BASTEI
LÜBBE

© Hagen Biewer

Anke Greifeneder

geb. 1972, studierte Jura in Konstanz, wo sie »weder Gerechtigkeit noch einen Ehemann fand«. Sie tauchte ab in die Medienwelt und leitete zunächst die Programmplanung für MTV in London, heute in Berlin. FLURFUNK ist nach KLATSCHMOHN ihr zweiter Roman.

Weitere Informationen zu der Autorin finden Sie unter www.anke-greifeneder.com

Anke Greifeneder

FLUR FUNK

ROMAN

BASTEI LÜBBE

BASTEI LÜBBE TASCHENBUCH
Band 15 372

1. Auflage: September 2005

Bastei Lübbe Taschenbücher in der Verlagsgruppe Lübbe

Originalausgabe

Dieses Buch wurde vermittelt durch die
Literarische Agentur
Thomas Schlück GmbH, 30827 Garbsen
Umschlaggestaltung: Bianca Sebastian
Titelbild: Photonica
Autorenfoto: © by Hagen Biewer
Satz: hanseatenSatz-bremen, Bremen
Druck und Verarbeitung: GGP Media GmbH, Pößneck
Printed in Germany
ISBN 3-404-15372-3

Für Hagen

eins

Wenn mich jetzt meine Mutter sehen könnte!

Ich war auf der Suche ... Aber nicht nach brauchbarem Schwiegersohnmaterial. Nein, ich irrte durch die Gänge von *TV-plus*, um ein »Päckchen mit illegalen Substanzen« abzuholen, damit eine hysterisch gewordene Moderatorin namens Imka wieder gut draufkam. – Mein Praktikum beim Fernsehen hatte ich mir wirklich anders vorgestellt!

»'tschuldige, weißt du, wo ich Patrick finde?« Der Typ mit den Rastazöpfen und dem Che-Guevara-T-Shirt, der im Gang zu den Studios rumstand, sah noch am ehesten wie ein Konsument illegaler Substanzen aus.

»Ich glaube, der ist Kabelträger in Studio 1.«

In den Studios lotste man mich mit wissenden Blicken weiter, und nach einer kleinen Ewigkeit stand ich endlich vor Patrick.

Das sollte der Hausdealer sein? Ein pickliger Mittzwanziger, dem man eher geglaubt hätte, dass er Yps-Hefte vertickt, sah mich fragend an. Ich brachte mein Anliegen vor.

Er zog mich in eine Ecke und fragte: »Wie viel?«

Brav gab ich meine Bestellung auf. »Ich soll ein Päckchen abholen. Für Imka! Du weißt Bescheid, meinte sie.« Wie erniedrigend!, dachte ich im selben Moment. Auf was hatte ich mich da eingelassen. Vor einer halben Stunde hatte ich nicht einmal gewusst, dass Koks in »Nasen« bemessen wird, und jetzt stand ich mit Pickel-Patrick in der Ecke eines Studios und feilschte um weißes Puder. Hätte Imka mich nicht schon auf dem Kieker gehabt, weil ich aus Versehen Kaffee auf ihre Moderationskarten geschüttet hatte und ich damit sicher vor dem Rauswurf stand, wäre ich bestimmt nicht auf ihre Bitte eingegangen. Nicht etwa aus moralinsaurer Empörung, schließlich war Imka alt genug, um zu wissen, was sie tat. Nein, vielmehr nervte mich ihr Befehlston, mit dem sie jeden um sich herum behandelte, sodass man am Ende fast automatisch versucht war, zu knicksen und sich mit einem gehauchten »Sehr wohl, Mylady« von dannen zu schleichen.

»Hier, nimm das. Imka wird später noch was brauchen. Sie will wieder abnehmen, da reicht eine Portion sicher nicht aus.«

Fragend sah ich Patrick an.

»Na, damit sie keinen Hunger hat, kokst sie eben. Ist zwar nicht schön, aber immer noch besser als ihre bulimische Phase, da bekam sie furchtbar Haarausfall und ihre Zähne verfärbten sich.«

Ich nahm das Päckchen in Gewahrsam, bezahlen musste ich nicht. Imka ließ anschreiben.

Auf dem Rückweg in die Maske hörte ich bereits von weitem Imka und Felix, Producer der Sendung *nachgefragt*, laut diskutieren.

»Felix, wo um alles in der Welt hast du die neue Praktikantin her? Ist das wieder so 'ne verwöhnte Tochter eines Freundes vom Chef, die du unterbringen musstest? Das Püppchen hat sicher noch nie arbeiten müssen. Und ausgerechnet mir teilst du sie zu. Wenn die mir das Michelle-Reese-Interview versaut ...«, schrillte Imka.

Sie schien die pulvrige Aufheiterung dringend zu brauchen. Ich sollte mich besser beeilen, denn sonst waren meine Tage bei *TVplus* womöglich gezählt. Dabei hatte ich es kaum abwarten können, mein Praktikum beim Fernsehen zu beginnen. Ich war total aus dem Häuschen gewesen, als Felix sich für mich entschieden hatte, obwohl ich keine Medienerfahrung vorweisen konnte. Ich hatte vor kurzem meinen Magister in Germanistik und Kunstgeschichte gemacht und nur noch ein Ziel: endlich raus aus dem verstandesgeprägten Rumgehirne à la »Goethes Hermeneutik« und rein in die Praxis der lustigen, bunten Medienwelt. Das war, bevor Imka auf den Plan getreten war.

Sie war mir zwar schon vor meiner Bewerbung ein Begriff gewesen, ich kannte ihre Sendung, hatte aber bis dahin weder Sympathie noch Antipathie gehegt. Imka hingegen hatte mich vom ersten Augenblick an abfällig gemustert und beschlossen, mich nicht zu mögen. Mein erster Kaffee, den ich ihr brachte, schmeckte wie »Plörre«, »da könnte man ja gleich Muckefuck trinken«, beim Kopieren war ich ihr zu langsam, und im Studio stand ich angeblich nur im Weg herum.

Ich wartete noch einen Moment vor der Tür zur Maske und lauschte.

Felix sprach mittlerweile beschwichtigend auf Imka ein. »Gib Charlotte eine Chance. Ich glaube, sie ist clever. Sie hat noch keine Fernseherfahrung, das stimmt. Aber ich denke, sie wird das schnell –«

Bevor er den Satz beenden konnte, wurde er von einer nach Luft schnappenden Imka unterbrochen. »Ich weiß, 'ne Germanistin ohne Produktionserfahrung! Dabei gibt es da draußen genug, die sich für ein Praktikum bei uns umbringen würden und die bereits wissen, wie's läuft. Muss ich denn ausgerechnet heute, wo das Interview mit Michelle Reese ansteht, 'ne Anfängerin einlernen?«

Felix schien kurz davor zu sein, die Fassung zu verlieren. »Keine Sorge, sie wird schon nicht jedes Mal, wenn sie was machen soll, vorher prüfen, ob es dafür 'ne These oder Antithese gibt. Falls sie sich in endlosen Diskussionen mit dem Kabelträger ergeht, ob es politisch korrekt ist, den Begriff ›*runner*‹ zu verwenden, schmeiß ich sie raus, versprochen.«

Mir wurde schlecht. Was machte ich eigentlich hier? Es war offensichtlich, dass ich nicht erwünscht war – zumindest, wenn es nach Imka ging.

Während Imka und Felix weiterdiskutierten, ging ich zu einer beigefarbenen Sitzgruppe, setzte mich und versuchte, das Gespräch so gut es ging zu ignorieren.

»Hey, alles klar bei dir?«

Vor mir stand ein Mädchen mit dunklen langen Locken und sah mich besorgt an.

Ich zwang mich zu einem Lächeln. »Ich bin neu hier, und ich hab das Gefühl, alles falsch zu machen.«

Das Mädchen lachte.

»Lass mich raten. Du hast bei Felix angefangen und musst mit Imka zusammenarbeiten.«

Wie peinlich! Hatte sich mein miserabler Ruf bereits rumgesprochen?

Sie setzte sich.

»Ich heiße Mimi und bin Volontärin bei den Nachrichten.«

»Charlotte«, stellte ich mich vor.

»Imka ist mal wieder nicht zu überhören. Mach dir nichts draus. Der Zickenalarm geht vorbei. Ist nicht persönlich gemeint. Wenn sie erst was geschnupft hat, ist sie handzahm«, klärte mich Mimi auf. Doch sehr überzeugt sah ich wohl nicht aus, denn Mimi fuhr fort: »Kopf hoch. Imka ist wirklich 'ne Ausnahme. Die meisten hier sind in Ordnung, und dass Felix hinter dir steht, ist viel wichtiger.«

Mimi war ansteckend fröhlich oder vielleicht auch nur »drauf«, ich hielt inzwischen alles für möglich. »Ich glaube, ich muss langsam rein und Imka ihre Tagesration bringen, sonst eskaliert das noch.«

Mimi zog die Augenbrauen hoch. »Du hast doch nicht …?«

»Na, Backpulver ist das hier nicht«, antwortete ich sarkastisch und ging in die Maske.

Felix hielt abrupt inne. »Charlotte, wo kommst du denn her?«

Gerade wollte ich zu einer Erklärung ansetzen, als ich Imka hektisch hinter Felix' Rücken abwinken sah.

»Ich war kurz auf'm Klo«, log ich.

Felix runzelte kurz die Stirn, wechselte dann aber das Thema. »Na, gut, dass du da bist. Wir brauchen dich gleich. In einer halben Stunde zeichnen wir das Interview mit Michelle Reese auf. Du passt bitte auf den Teleprompter auf und verkabelst Michelle, so wie ich es dir heute Morgen gezeigt habe, ja?«

Immer noch das Päckchen in der Hand, nickte ich artig.

Dann wurde Felix gerufen, und ich übergab Imka diskret ihre »Mahlzeit«.

Mit meiner Verschwiegenheit musste ich Pluspunkte gesammelt haben, denn Imka starrte mich nicht mehr ganz so feindselig an. Hey, vielleicht stand mir doch noch eine große Karriere beim Fernsehen bevor, wenn auch nur als heimlicher Drogenkurier.

Nachdem Imka sich »die Nase gepudert« hatte, wurde sie plötzlich extrem vertrauensselig. »Weißt du, die Michelle ist echt 'ne super Frau. Wir sind total *close* und erzählen uns alles. Das ist megaungewöhnlich für die Branche. Es gibt so wenige *free spirits*, die meisten neiden einem Aussehen und Erfolg. Aber mit der Michelle ist das anders. Wir haben einfach das gleiche *mindset*. Obwohl sie ein Weltstar ist, ist sie normal und natürlich geblieben.« Imka seufzte begeistert.

Auch ich seufzte, innerlich, und konnte es kaum abwarten, mit »Dr. Jekyll und Mrs Hyde«, wie ich Imka nach ihrer Wandlung im Geiste taufte, näher zusammenzuarbeiten.

Als wir uns kurz darauf auf den Weg ins Studio machen wollten, stürmte Felix mit hochrotem Kopf wieder herein. »Diese verdammte Zicke! Glaubt wohl, sie kann uns verarschen!«

Imka, immer noch super drauf, versuchte Felix zu beruhigen. »Was ist denn passiert?«, fragte sie sanft.

»Was passiert ist? Michelle Reeses Manager war gerade bei mir und hat mir eröffnet, dass wir das Interview leider nicht in Studio 3 im ersten Stock, wo wir bereits alles vorbereitet haben, drehen können, weil – haltet euch fest, ich zitiere – ›*Michelle doesn't do steps*‹. Wo gibt's denn so was, dass jemand keine Treppen geht! Erst hab ich gelacht, bis ich merkte, dass der Typ einer von der Sorte ist, die sich zum Lachen in den Keller verkriechen, und dass er das ernst meint. Anscheinend ist die Alte immer auf zu hohen Stilettos unterwegs, und die Versicherung zahlt nicht, falls sie stürzt. Vielleicht hat er auch Angst, sie schläft ein beim Gehen, so viel Tranquilizer, wie die schluckt. Ey, die soll singen und nicht strippen. Da sind ihre Beine wohl sekundär. Es nützt alles nichts. Wir haben keinen Aufzug, das heißt, wir müssen umkoordinieren, denn die Interviewzeit verlängert bekommen wir natürlich auf keinen Fall.«

So verhielt sich also ein natürlicher, auf dem Boden gebliebener Weltstar … wenigstens schien Michelle Reese mit eigener Reiseapotheke unterwegs und versorgt zu sein.

In kürzester Zeit wurde Studio 1 für sie hergerichtet. Die Stimmung war angespannt, und die Entourage der Sängerin, die aus Management, Label und Security bestand, trug nicht wirklich zur Auflockerung bei.

Dann erschien sie! Michelle Reese höchstpersönlich stöckelte auf ihren Highheels, ohne die sie tatsächlich nur ein laufender Meter gewesen wäre, herein, gefolgt von Nina, der Visagistin.

Imka warf sich Michelle an den Hals und betonte, »*how fab – just fab*« sie aussehen würde. Abwechselnd betitelten sie sich mit »*gorgeous*« und »*hon*«; dass Michelle nachfragte, wie Imka eigentlich heiße, störte diese nicht … bei einem solch starken Freundschaftsband kein Problem.

Erik, einer der Kameramänner, flüsterte: »Und, wie findest du sie?«

»Sie ist viel kleiner, als ich dachte.«

Erik klärte mich auf. »Die meisten sind nur um die 1 Meter 65, was aber gerade fürs Fernsehen und die Kamera die beste Größe ist.«

Leider aber auch nur fürs Fernsehen, denn ich zumindest konnte mit Napoleon-Verschnitten nichts anfangen.

Felix gab mir das Zeichen, und ich machte mich an die Arbeit. Möglichst nicht auffallen, dachte ich. Irgendwie hatte ich das Gefühl, das Ganze am besten zu überstehen, wenn ich mich unsichtbar machte. Mit zitternden Fingern überprüfte ich Michelle Reeses Verkabelung. Die Diva nahm mich keine Sekunde wahr. Wenn man bedachte, wie viele fremde Menschen täglich in ihrem Gesicht, an ihren Kleidern und der Frisur rumwerkelten, wohl auch kein Wunder. – Sie war jedenfalls wirklich wunderschön, auch aus der Nähe.

Nachdem ich meinen Teil der Arbeit ohne Zwischenfälle erledigt hatte, zog ich mich zurück. Ruhig wurde ich aber erst, als das Interview in vollem Gange war und die beiden Freigeister sich gegenseitig Nettigkeiten antrugen.

Die Aufzeichnung dauerte eine halbe Stunde, dann beendete die mitreisende PR-Dame das Interview. Bereits im Vorfeld hatte sie mit Felix abgesprochen, welche Fragen ein *»no go«* seien. »Wenn eine dieser Fragen angeschnitten wird, breche ich das Interview sofort ab«, hatte sie klargestellt, und keiner der Anwesenden hatte an ihren Worten gezweifelt. Sie war Vollprofi, das merkte man. Klassisch elegant gekleidet, perfektes Make-up und ein schneidender Aufpasserblick, der jede Security überflüssig gemacht hätte.

Nach der großen Verabschiedung fiel Imka allen vollkommen überdreht um den Hals und quietschte: »Lief doch super, oder? Wie war ich?« Ohne eine Antwort abzuwarten, schmiss sie sich Felix an die Brust und ließ sich versichern, wie großartig sie *performed* habe. Felix schien tatsächlich erleichtert zu sein, dass alles gut gelaufen war, und verteilte großzügig Lob; auch an mich. »Charlotte, du hast geschickt gearbeitet und dich dezent im Hintergrund gehalten.«

Gleich würde ich zur Miss Diskretion gewählt werden, das Einzige, was ich anscheinend wirklich gut machte.

Sogar meine neue Busenfreundin Imka stimmte dem Urteil zu. »Gar nicht schlecht für den Anfang, Süße! So, ihr Lieben. Ich muss los. Heute ist doch Deutschlandpremiere von *Lonesome*, Bowes neuem Film«, sprach's und rauschte von dannen, nicht ohne alle paar

Meter doch noch einmal stehen zu bleiben, um dem ein oder anderen zu versichern, »wie super alles gelaufen« sei.

»Na, Blut geleckt?«, fragte mich Felix.

Ich nickte und lächelte zaghaft. Vielleicht wollte er mich doch noch feuern. Aber zu meiner Erleichterung wünschte er mir nur einen schönen Abend und verabschiedete mich mit der Aufforderung, am nächsten Tag pünktlich um 9.30 Uhr zur Redaktionssitzung zu erscheinen.

Die erste Herausforderung hatte ich überstanden!

Gerade als ich mich auf den Weg machen wollte, rief Mimi: »Charlotte, komm, ich stell dich mal dem Rest der Redaktion vor. Du kennst sicher noch nicht alle.«

Es war fast 20 Uhr, und sie sprühte immer noch vor guter Laune. Bewundernswert!

Fast die komplette Belegschaft arbeitete noch. Das war mir schon die letzten Tage aufgefallen. Ob die immer so lange da waren?

»Charlotte ist die neue Praktikantin von *nachgefragt*. Ihr kennt sie vielleicht schon vom Sehen«, führte Mimi mich ein. Sie war beliebt, das konnte man spüren. Kein Wunder, Mimi war eine dieser natürlichen Schönheiten, die auch ohne Aufwand umwerfend aussehen. Dunkles langes Haar, leicht gelockt, große braune Augen, eine feine Nase, volle Lippen und ein Teint, als ob ihre Haut noch nie Großstadtluft und Abgase geatmet hätte. Sie war groß, wohlproportioniert und hatte ein ansteckendes Lachen. Ich war mir nicht sicher, ob es an Mimi lag, aber auf alle Fälle wurde ich sehr herzlich empfangen, und meine Unsicherheit, fehl am Platz zu sein, schwand von Minute zu Minute. Es war auch nach einigen Tagen immer noch alles aufregend und neu, aber dieser Tag endete zumindest bedeutend freundlicher, als er begonnen hatte.

Mimi zeigte auf ein großes Glasbüro und erklärte, dass es das Reich des Programmchefs sei.

Unauffällig schielte ich durch die Scheibe. Am Schreibtisch saß ein locker gekleideter Mittdreißiger mit Zigarette in der einen Hand und dem Hörer in der anderen. Überhaupt schien hier jeder zu rauchen. Durch die Scheiben konnte man sein dröhnendes Lachen hören.

»Das ist unser Programmchef Ralph Reigell. Ist ein guter Typ, dem kannste vertrauen.«

Das war also Ralph. Ich hatte seinen Namen schon mehrfach in einem Meeting gehört.

Wie jung hier alle waren, selbst in hohen Positionen! Oder sahen sie bloß jung aus? Vielleicht lag es an den Klamotten. Bei Anzugpflicht und Turnschuhverbot würde der eine oder andere auch älter aussehen.

Es war schwer, sich alle Namen und Abteilungen zu merken, jedoch schienen die Praktikanten und Volontäre zusammenzuhalten.

Tim, ein gut aussehender, wenn auch leicht mürrisch dreinblickender Praktikant bei *entertainment tonight*, dem täglichen Promimagazin auf *TV-plus*, durchwühlte gerade die *Bravo* nach Eastway, dieser irischen Boyband, und murmelte vor sich hin: »Die haben doch 'ne neue Single, da muss doch was drin sein«, als Mimi ihn unterbrach, um mich vorzustellen.

Tim sah ziemlich gut aus. Wenn man Sean Penn und Noel Gallagher kreuzen würde, käme Tim dabei raus. Dunkle strubbelige Haare, blaue stechende Augen und einen eigenwilligen, stolzen, leicht mürrischen Gesichtsausdruck.

»Du bist also auch Prakti, Charlotte. Na ja, der Laden läuft ja nur mit Praktis. Wir sind alle billig, arbeitswillig, hach, das reimt sich ja …«, freute sich Tim.

»Ich hab gerade nach 'nem Poster von Eastway gesucht, denn Meli möchte wissen, welcher von denen verzaubert ist, also muss Garrett drauf sein.«

»Tim ist ebenfalls verzaubert, nehme ich an«, flüsterte ich Mimi zu, als wir weitergingen. Nicht, dass er tuckig wirkte, aber solche

Prachtexemplare waren oft schwul. Leider! Denn diese Gene gehörten weitergetragen!

»Das kannste wohl laut sagen. Tim ist klasse und ein super Gaider«, klärte Mimi mich auf.

Nun gut, ich hatte geahnt, dass wir neue Wortschöpfungen den jungen hippen Menschen in den Medien zu verdanken hatten, aber was in aller Welt war ein *Gaider*? Jeder blamiert sich, so gut er kann, und so fragte ich nach.

Mimi lachte. »Wo lebst du denn? *Gaider* kommt von *gay* gleich schwul und *aider* bedeutet Helfer, soll heißen, er kann dir sagen, wer in seinem und wer in unserem Team spielt. Gehst du auch zur U-Bahn?«

»Nee, ich bin mit dem Auto da. Wo musst du denn hin?«

Mimi wohnte im Westen, und da ich heute noch bei meinen Eltern vorbeischauen musste, bot ich ihr an, sie nach Hause zu fahren.

Als ich den Wagen aufschloss, rief Mimi ungläubig: »Das ist aber nicht deine eigene Karre? Du kommst doch direkt von der Uni, oder?«

Ich gestand, den Range Rover zum Abi bekommen zu haben. Dass ich noch einen Mini fuhr, verschwieg ich lieber.

»Deine Eltern müssen ja Asche haben. Aber wie 'ne typische Germanistin siehst du auf alle Fälle nicht aus. Nach Kunstgeschichte schon eher«, stellte Mimi fest. Wenn sie etwas war, dann offen heraus. Ich mochte sie und war froh, sie getroffen zu haben.

Nachdem ich Mimi zu Hause abgesetzt hatte, bog ich in die Straße ein, in der meine Eltern wohnten, gab den Code zur Einfahrt ein und fuhr den beleuchteten Privatweg hinauf. Vor den Garagen parkten mehrere Autos, und der Garten war hell angestrahlt. Volles Programm! Wenn meine Eltern einen Empfang gaben, kam die gesamte Lokalprominenz und, was vor allem für meine Mutter weitaus interessanter war, deren Sprösslinge in bestem, heiratsfähigem Alter. Das war meiner Meinung nach auch der einzige Grund, weshalb sie darauf bestand, dass ich an ihren Abendveranstaltungen teilnahm. Wenn es nach meiner Mutter ging, war ich mit sechsundzwanzig Jahren nur kurz davor, als Fallobst entsorgt zu werden.

Ich sah auf die Uhr. Mist! Ich war viel zu spät dran! Wenn meine Eltern etwas nicht duldeten, dann Unpünktlichkeit. Ich hoffte, dass die beiden von den Gästen abgelenkt wurden und mein Zuspätkommen nicht bemerkten.

»Wo bleibst du denn um alles in der Welt!«, rief meine Mutter, als die Tür hinter mir ins Schloss fiel. Sie hielt nicht viel von berufstätigen Frauen. Ein Studium befand sie für wichtig, schließlich war die Uni ein bestens getarnter Heiratsmarkt, und sie pflegte stets zu sagen, »nur wenn man bis zum achten Semester noch keinen Doktor hat, muss man ihn wohl selber machen«. Sie selbst hatte nach ihrer Heirat in jungen Jahren meine Schwester Caroline und mich bekommen und den Vorsitz in mehreren Wohltätigkeitsorganisationen übernommen. Auch heute Abend ging es wieder um irgendeine Spende.

»Ach Kind! Wie siehst du nur aus! So kannst du unmöglich unter die Leute! Bertha hat dir dein Cocktailkleid hingelegt, bitte zieh das an, Schatz, ja?« Wie mein Praktikum bei *TV-plus* lief, interessierte sie nicht. »Ach, und deine Frisur! Du solltest dir wirklich die Haare blondieren lassen«, seufzte sie. Meine Mutter und ihre Freundinnen waren alle blond. Keine Ahnung, wie sie es hinbekamen, aber sie hatten ausnahmslos den gleichen Blondton. »Kreditkartenblond«, wie meine ältere Schwester Caroline zu lästern pflegte. Sie hatte auch unsere Mutter »die Stütze der deutschen Haarsprayindustrie« getauft, nur dass diese mit ihrer Dreiwettertaft-Frisur nicht nach London, Paris oder Rom jettete, sondern höchstens vom Wohnzimmer in den Salon.

Wenn Caroline heute da wäre, würden wir uns einen Spaß aus der Pflichtveranstaltung machen. Aber meine Schwester hatte es vorgezogen, ein Auslandsjahr in Paris zu verbringen, der Sprache wegen, hieß es offiziell, inoffiziell der Männer wegen.

Widerwillig zog ich mich um; ich hatte gelernt, dass es weniger anstrengend war, sich dem Willen meiner Mutter zu beugen, als endlose Diskussionen vom Zaun zu brechen. Als ich mich zu den Gästen gesellte, klimperte bereits ein Pianist alte Broadwaymelodien, und der Partyservice manövrierte voll beladene Tabletts von einem spendierfreudigen Gast zum nächsten. Sicher würde auch ohne Champagner und Menü eine stolze Summe zusammenkommen.

Meine Mutter rief mich zu sich. Sie sprach meinen Namen neuerdings französisch aus: »*Scharlott.*« Sie selbst hieß Susanne, aber sie und ihre Busenfreundin Marlene hatten beschlossen, nur noch »*Süsann*« zu sagen.

»Du bist einfach keine Susanne, du bist eine *Süsann*«, hatte Marlene meiner Mutter den Floh ins Ohr gesetzt, und seither ging es bei meinen Eltern vornehm französisch zu.

So wurden wir alle zur »*contenance*« aufgerufen, und nachdem meine Mutter bei Marlenes dubioser Wahrsagerin eine Reise durch ihre früheren Leben gemacht hatte und sie gleich zweimal in Frankreich gelebt haben sollte, einmal als Hugenottin, die vertrieben wurde, und einmal am Königshof, waren die beiden gar nicht mehr zu bremsen gewesen.

»Deshalb zieht es mich auch immer nach Paris und an die Côte d'Azur!«, hatte meine Mutter freudig über die plötzliche Erhellung ausgerufen, und Marlene hatte ihr natürlich beigepflichtet.

Meine gewiefte Schwester hatte ihre Chance gewittert, sich diesen Wahn zu Nutze gemacht und behauptet, auch sie spüre diese Verbundenheit zu Paris und hätte dort auf der Klassenfahrt ungefähr fünf Déjà-vus gehabt, sie müsse zurück in ihre wahre Heimat; damit hatte sie unsere Mutter tatsächlich überzeugt, sie für ein Jahr in die Stadt der Städte ziehen zu lassen.

»Wenn ich es schon nicht kann, dann lebe du wenigstens meinen Traum für mich mit«, hatte Mutter Caroline theatralisch verabschiedet.

Ob sie sich auch nur im Entferntesten vorstellen konnte, dass Carolines Traum weniger mit der französischen Geschichte und zuallerletzt mit einem früheren Leben zu tun hatte, sondern vielmehr mit allem, was die Stadt an männlichen Studenten zu bieten hatte? So viel zum Thema »*libération*«!

»*Scharlott*, ich muss dir unbedingt jemanden vorstellen!«, rief meine Mutter ungeduldig.

Ich schaffte es gerade noch, rechtzeitig meine Mundwinkel zu einem Lächeln zu bewegen.

»Das sind die Habermanns und ihr Sohn Jan. Meine Tochter *Scharlott*!«, sagte sie und klimperte viel sagend mit den Augenlidern. »Stell dir vor, Liebes, Jan hat auch an der Hegeluniversität studiert, allerdings Medizin. Warum unterhaltet ihr euch nicht ein bisschen?« Sie und Frau Habermann, ebenfalls kreditkartenblond gefärbt, zwinkerten sich verschwörerisch zu und ließen Jan, der nicht minder entzückt schien, und mich stehen. Einen Moment lang herrschte eine peinliche Stille.

»Und du hast gerade deinen Magister in Germanistik und Kunstgeschichte abgeschlossen, erzählte deine Mutter …« Jan versuchte ein Gespräch in Gang zu bringen.

Ich wollte nicht wissen, was meine Mutter sonst noch preisgegeben hatte.

»Und du Medizin?«, antwortete ich eher rhetorisch. Aus den Augenwinkeln konnte ich meine Mutter und Frau Habermann tuscheln sehen.

Wir tauschten gemeinsame Bekannte und den Speiseplan der Mensa aus, um nach angemessenen zwanzig Minuten endlich das erzwungene Trauerspiel zu beenden.

Meine Mutter nahm mich zur Seite.

»Na, wie findest du Jan?« Erwartungsvoll blickte sie mich an.

»Nett«, zog ich mich aus der Affäre.

»Ja, nicht?« Meine Mutter war kaum zu bremsen. Ein »nett« meinerseits reichte ihr, um nicht mehr um den Fortbestand unseres Genpools fürchten zu müssen.

»Und die Habermanns sind ja so reizende Menschen, eine tolle Familie ist das, sage ich dir. Ihnen gehören die Lingenwerke, alteingesessene Familie, spenden immer äußerst großzügig. Vielleicht solltet ihr mal eine Partie Golf spielen?« Es war nicht der erste Kuppeleiversuch meiner Mutter und würde garantiert nicht der letzte bleiben. Meistens beschrieb sie mich als sehr wählerisch, was stimmte, aber zum Großteil mit ihrer Auswahl der spießigen Kandidaten zu tun hatte, denn die Söhne ihrer Tennis- und Bridgepartnerinnen sahen allesamt aus, als ob sie einer Loriotverfilmung entstiegen und nun bereit wären, das väterliche Tee-Imperium bis aufs Messer zu verteidigen. Am besten mit einer Tochter aus der gleichen Kaste. Hier kamen Caroline oder ich ins Spiel: Wie praktisch! Mit den Schwiegereltern in spe wäre man sozusagen schon per du und die Vermögenslage auch geklärt.

Meine Eltern hatten zudem einiges an meinem Lebenswandel auszusetzen. Meine beste Freundin Lena befanden sie als zu gewöhnlich und merkwürdig, was wohl vor allem daran lag, dass Lena Geologie studierte und mit Konsumwahn und dem »weichen Chantré-Clan« meiner Eltern, wie sie gern sagte, nichts anzufangen wusste. Lena war nicht unbedingt der Prototyp einer Barbie, sah aber äußerst interessant und leicht ägyptisch aus, was ihr den Spitznamen Kleopatra eingebracht hatte. Lena hielt mehr von Wissen und anderen inneren Reichtümern denn von bebrillten Societyladys. Dass sie Lehrerskind war, sahen meine Eltern als ein weiteres Zeichen an, dass Lena kein Umgang für mich sei, denn das ganze linke »Lehrergesocks« habe doch damals die RAF unterstützt und sei mit schuld am Untergang der Wirtschaft. Und überhaupt, Lena, war das nicht ein russischer Name? Am Ende waren ihre Eltern sogar Kommunisten! Dass ich mit Lena seit meiner Schulzeit befreundet war und seit der Uni zusammenwohnte, betrachteten sie als äußerst schlechten Einfluss und eigentlichen Grund, weshalb ich mit sechsundzwanzig Jahren noch nicht einmal verlobt war.

»Vielleicht ist sie ja lesbisch«, hatten meine Eltern schon geargwöhnt, nur weil Lena nichts über ihr Privatleben, das sehr testosterongetränkt war, ausplauderte. Dass Lena einer Verlobung um einiges näher war als ich, verschwieg ich meinen Eltern gegenüber lieber, denn die nackte Panik wollte ich nicht bei ihnen ausbrechen sehen.

Just in dem Augenblick, in dem meine Mutter mir die Vorzüge Jan Habermanns schilderte, gesellte sich mein Vater zu uns, der wie immer todschick gekleidet war. Er sah sehr gut aus für sein Alter und war ein glänzender Unterhalter.

»Wen soll Lotte treffen?« Er nannte mich immer noch Lotte und nicht *»Scharlott«*, wofür ich sehr dankbar war.

Meine Mutter wehrte ab.

»Das verstehst du nicht, Leonard. Das ist Frauensache, *une chose de femmes*. Ich finde, es ist an der Zeit, dass sich *Scharlott* nach einer guten Partie umschaut. In ihrem Alter hatte ich bereits zwei Töchter, und Katharina ist erst vierundzwanzig und schon verlobt.«

Katharina, das Goldstück, war Marlenes Tochter, die meiner Schwester und mir bei jeder Gelegenheit als leuchtendes Vorbild vorgehalten wurde.

Als Katharina mit Eiskunstlauf begonnen und einfach entzückend in ihrem weißen Kleidchen ausgesehen hatte, wurden wir nur eine Woche später natürlich auch aufs Eis geschickt. War Katharina auf Synchronschwimmen umgestiegen, durften wir die Kufen gegen Nasenklammern eintauschen. Als Katharina eine Zeit lang keine Produkte mit Gluten aß, gab es bei uns selbstredend das gleiche Verbot. Und als Katharina für das Amt der Schulsprecherin kandidierte, wollte meine Mutter uns überreden, uns auch zur Wahl aufstellen zu lassen. Das wäre wohl der ultimative Test zwischen meiner Mutter und ihrer Busenfreundin Marlene geworden: Welche Tochter war beliebter?

Caroline und ich hatten die Aktion zum Glück abwenden können, doch Katharina war und blieb Reizthema, was nicht zuletzt an

Marlene lag, die nicht oft genug meiner Mutter aufs Brot schmieren konnte, wie talentiert, gut aussehend und beliebt ihre Tochter war.

Natürlich war Katharina heute Abend mit ihrem Verlobten da, den sie jedem vorstellte, während sie wie zufällig mit ihrem Verlobungsring spielte. Marlene immer ein gutes Stück dahinter, mit stolzgeschwellter Brust.

Er hieß Yannick, kam aus gutem Hause, war zugegebenermaßen attraktiv und zu allem Übel auch noch sehr sympathisch. Überhaupt nicht borniert, sondern ungezwungen und humorvoll. Wie war so ein netter Typ ausgerechnet an *Katharina die Große* geraten?

Es ging bereits auf Mitternacht zu, als endlich alle ihre Scheckhefte zückten und ich nach Hause fahren konnte.

Es brannte noch Licht in unserer Altbauwohnung, die eigentlich meinen Eltern gehörte und in der wir mehr oder weniger umsonst wohnen durften. Lena und mein grauer Tigerkater Cara waren noch wach. Lena las wieder ein Buch über Gesteinsschichten. Gut, ich konnte mir eine spannendere Lektüre vorstellen, aber Lena war von Versteinerungen, Kristallen und Edelsteinen einfach fasziniert. Sie saß im Wohnzimmer und hatte den Kamin angemacht.

»Na, wie war's heute in der großen bunten Schillerwelt des Privatfernsehens?«, rief sie süffisant, als ich zur Tür hereinkam.

Lena hielt nicht viel vom Fernsehen und schon gar nicht von schnöden Privatsendern, die ihrer Meinung nach Volksverdummung betrieben. *TV-plus* kannte Lena nur vom Wegschalten, wie sie betonte, und außer ARTE, der Tagesschau und, wenn's mal hoch kam, 3sat sah sie nicht fern. Wir waren wahrscheinlich die einzige WG, bei der die ersten beiden Schaltplätze mit ARTE und 3sat eingespeichert waren. Wenn ich eine meiner amerikanischen Serien schauen wollte, verließ Lena kreischend und unter Protest das Wohnzimmer, um aus der Wohnküche immer wieder »kommerzieller Amischrott!« rüberzurufen. In solchen Momenten wünschte ich, meine Eltern wären anwesend und könnten alle ihre Vorurteile bestätigt sehen. Ich sah meinen Vater förmlich vor mir, wie er zurückrufen würde: »So, so, Amischrott, ja? Wenn die Amis uns nicht gerettet hätten, wärst du, junges Fräulein, mit Broiler und Urlaub am Plattensee aufgewachsen!«

Auch wenn Lena meine Vorliebe für Film und Fernsehen nicht teilte, so ließ sie doch eine spöttische Toleranz mir gegenüber walten, die gleiche, die ich versuchte ihren geologischen und geschichtlichen Ausschweifungen zukommen zu lassen.

Es war nicht so, dass wir vollkommen verschieden waren, auch wenn man das auf den ersten Blick leicht glauben konnte. Uns verband die Musik. Wir teilten uns sogar einen Flügel, und während Lena es liebte, Chopin und Bach zu spielen, studierte ich gruppentaugliche Popsongs ein, die man an Mädelabenden oder am Ende einer grandiosen Party spätnachts zum Klavier trällern konnte – *My way*, *Angel* oder *Moonriver* waren meine Lieblingsstücke. Ab und zu schrieb ich auch eigene Songs, fand aber nie einen passenden englischen Text, was Lena wieder anstachelte, ich solle es doch mal mit deutschen Texten versuchen, es gebe doch genug Künstler, die das vorgemacht hätten. Im Gegenzug machte ich ihr klar, dass, bevor ich *Komm mit mir ins Abenteuerland* dichten würde, lieber bei »lalalala« bleiben würde.

»Und, was macht das internationale Showbiz? Lass dir doch nicht alles aus der Nase ziehen.« Lena wurde ungeduldig. Immerhin interessierte sie sich für meine Arbeit.

Ich ging in die Küche und setzte Tee auf, dann gab ich Auskunft. »Also, ich bin jetzt im *inner circle* und total *close*, wie meine neuen Freunde es ausdrücken würden. Ach Lena, eigentlich war es heute erst mal nur schrecklich!«

»Hab ich's dir nicht gleich gesagt, aber du wolltest ja unbedingt in die schale Welt der oberflächlichen Hyänen! Solltest du nicht lieber was Sinnvolles machen und dich um eine Stelle im Museum oder an der Uni bewerben?«

»Lena, du hörst dich an wie meine Eltern, nur, dass die mich möglichst schnell versorgt und unter der Haube wissen wollen!«, wehrte ich ab.

»Auweia, stimmt ja, ich hatte komplett vergessen, dass heute wieder der weiche Chantré-Clan bei deinen Eltern eingeladen war. Und wurde dir ein neuer Hoffnungsträger von deiner Mutter vorgestellt?«

Ich nickte.

»Jan Habermann. Seinen Eltern gehören die Lingenwerke, alteingesessene Familie.«

Lena lachte. »Irgendwie finde ich deine Mutter sehr unterhaltsam. Überleg mal, wie viel Energie sie hat. Wenn sie die sinnvoll einsetzen würde, anstatt Kronprinzen zu suchen, wäre sie ein nützliches Mitglied der Gesellschaft.«

Leider konnte ich nicht darüber lachen.

»Na ja, ich sage dir, nach meinem grandiosen Tag bei *TV-plus* stand ich heute Nachmittag der Verlobtenlösung zum ersten Mal offen gegenüber. Ich glaube, wenn meine Mutter mit Jan in dem Moment, in dem sich Imka über meine Fähigkeiten als Praktikantin ausgelassen hat, aufgetaucht wäre, stünde ich jetzt als stolze Mitbesitzerin der Lingenwerke und Mitglied des Golfclubs vor dir.«

»War's denn so schlimm?«

»Schlimm ist gar kein Ausdruck! Horror!« Und so gab ich meine Kurierdienste und mein erstes Zusammentreffen mit dem internationalen Showbiz in Gestalt von Michelle Reese zum Besten.

Lena unterbrach mich. »Michelle Reese kenn ja sogar ich. Ist das nicht diese geschrumpfte Barbie, die so schrecklich hoch singen kann und so viele Oktaven beherrscht und damit jeden nervt?«

Sah Lena heimlich Promimagazine? – Ich nickte.

»Sag, Charlotte, das mit dem Koks hat dich aber nicht wirklich geschockt, oder? Das weiß doch jeder, dass Medien- und Werbeleute ganz Bolivien auf Trab halten. Bestimmt hat *TV-plus* anstatt eines eigenen Weinbergs einen Kokahügel in Bolivien!«

Sieh an, so sehr hinter dem Mond war Lena dann doch nicht. Ich grinste Lena an.

»Bedeutet das, dass du hiermit kuriert bist und da nicht mehr hingehst?«, wollte Lena wissen.

Ich? Nicht mehr zu *TV-plus* gehen? Wo es gerade spannend wurde?

zwei

Ich erschien pünktlich zu meiner ersten Redaktionssitzung, sonst aber auch niemand. Erst hatte ich befürchtet, mich im Raum geirrt zu haben, und war panisch zu Tim gehetzt, um nachzufragen, wo die Sitzung stattfinden würde.

Tim hatte gelacht, mich beruhigt und auf die akademischen fünfzehn Minuten, also *cum tempore*, verwiesen, die mir doch sicher geläufig seien.

Also setzte ich mich in den Sitzungsraum, und tatsächlich trudelten nach und nach lauter hippe junge Menschen ein, die meisten mit Zigaretten in der Hand und blendender Laune. Es herrschte ein sehr offener Umgangston. Georg, der Chefredakteur, eröffnete die Konferenz. Inzwischen hatte ich kapiert, dass hier jeder jeden duzte. Alles andere wäre auch albern gewesen bei dem Altersdurchschnitt. Die verschiedenen Redaktionen legten die aktuellen Themen und Probleme dar. Es wurde diskutiert und schnell wurden Entscheidungen getroffen, es wurde gelacht und im nächsten Moment bereits konzentriert weitergearbeitet. Das Tempo war Schwindel erregend und in keiner Weise mit der ausführlichen Diskussionsweise in Uniseminaren zu vergleichen. Man musste schnell denken, sprechen und handeln können. Vor allem musste man eine bestimmte Sprache sprechen: »Hast du das auf dem Schirm«, »Aber denkt bitte an den Flow«, »Könnt ihr das covern«, »Wir pullen das einfach runter« und ganz wichtig: »Es geht darum, *awareness* zu schaffen«. Überhaupt hätte sich das Meeting zur Grundlagenforschung bezüglich Anglizismen hervorragend angeboten. Ich versuchte mir alles so gut es ging einzuprägen, vieles verstand ich aber noch nicht. Vielleicht konnte ich Mimi oder Tim fragen, was ein »EB-Team« war und was *cashen* bedeutete. Unter Scherzen und viel Gelächter stoben alle auseinander, die meisten zum nächsten Meeting.

Felix rief mich zu sich.

»Charlotte, kannst du bitte mal die Zuschauerreaktionen zur gestrigen Sendung checken? Hoffentlich hast du bis morgen einen Computer und 'ne eigene E-Mail-Adresse. Und wenn du fertig bist, bring mir die Auswertung bitte rüber. Ich bin am Sichtgerät.«

Ich tat, wie mir aufgetragen wurde, und loggte mich in Felix' PC ein.

Kurz darauf durfte ich die unterschiedlichsten Meinungen und Meisterwerke an sprachlichen und grammatikalischen Stilblüten lesen. Von Hasstiraden – »Ihr seid Scheiße« – über intellektuelle Kritik – »Verfall des deutschen Fernsehens und Verrohung der Sitten und des journalistischen Handwerks« – bis hin zu Autogrammwünschen und Nachfragen, ob Imka noch zu haben sei, war alles dabei.

Ich wertete die E-Mails aus und brachte die Ergebnisse Felix, der mit meiner Arbeit zufrieden zu sein schien.

»Analysieren hast du sicher im Studium gelernt, was?«, scherzte er.

Sehr witzig!

»Ach, kannst du als Nächstes bitte über Anisha Tayler recherchieren, sie wird nächste Woche zu Gast sein. Ich brauche ihre lückenlose autorisierte Biografie, Interviews, die sie bereits gegeben hat, alle Filme, und ich möchte vor allem wissen, was Schauspielkollegen über sie gesagt haben. Wenn du Hilfe benötigst, frag Tim von *entertainment tonight*, der hat schon mal ein Interview mit ihr vorbereitet.«

Ich nickte und begann Internetarchive und ihre offiziellen Homepages zu durchforsten. Ich war mitten in der Arbeit, als Mimi vorbeischaute.

»Lotte, hast du Lust, etwas zum Essen zu bestellen? Den Kantinenfraß kann ich heute echt nicht sehen, und Tim kennt 'nen super Thailänder, der ausliefert.«

»Hört sich gut an. Ich hab langsam auch Hunger.«

Mimi stupste mich in die Seite und flüsterte: »Pass auf, was jetzt passiert!«

Verdutzt sah ich auf, konnte aber nichts Außergewöhnliches feststellen, außer dass Programmchef Ralph das Großraumbüro betreten hatte. »Was denn?«

»Sieh genau hin«, sagte Mimi grinsend.

Und tatsächlich, jetzt wusste ich, was Mimi meinte. Anne aus der Produktion, die gerade noch krumm über ihrer Tastatur gehangen hatte, nahm schnellstens Haltung ein, Tine, ebenfalls Praktikantin, warf lasziv ihre Haare zurück, und Barbara, die gerade am Kopierer stand, lächelte Ralph kokett an.

»Das ist die Riege derer, die darauf warten, entdeckt zu werden, und die eigentlich vor die Kamera wollen«, klärte Mimi mich auf.

»Du musst mal zuhören, wenn Imkas oder Kirstens Sendung läuft. Die Kommentare! ›Wie sieht die denn wieder aus! Und die Klamotten!‹ Natürlich hätten alle ein besseres Styling und wären so was von geistreich und gescheit im Gegensatz zu unseren Moderatorinnen. Was meinst du, wie viele nebenher zu Castings gehen und hier nur arbeiten, damit endlich jemand ihr Talent bemerkt.«

»Und? Hat es schon mal eine geschafft?«, wollte ich wissen.

»Das kommt nur alle Jubeljahre vor. Ist wie bei den Stars, die zufällig in der Disco oder singend in der Einkaufszone entdeckt werden. Die sind eher selten. Besonders beliebt bei den Möchtegerns sind Partys im Sender! Da schmeißen sich besagte Kandidatinnen gerne an Ralph ran, um zu beeindrucken.«

»Und wie reagiert Ralph darauf?«

»Ziemlich unbeeindruckt. Er bleibt zwar immer freundlich, und ein bisschen gefällt es ihm vermutlich auch, so umschwärmt zu sein, aber genutzt hat es noch keiner. Wäre ja auch ziemlich unprofessionell.«

Auch meine Recherchen über Anisha Tayler gefielen Felix gut, und allmählich fühlte ich mich sicherer. Wie pflegte meine Schwester zu sagen: »Die kochen auch alle nur mit Wasser.« Just in diesem Moment klingelte mein Handy.

»Bonjour, ma petite.« Es war Caroline.

Das nannte man wohl Gedankenübertragung.

»Wie geht es denn unseren werten Eltern?«, wollte Caroline wissen.

»Es geht ihnen leider viel zu gut. Papa ist wie immer streng, zu anderen wie zu sich selbst, und Mama und Marlene sind mal wieder gelangweilt und probieren heute den letzten Schrei aus. Sie gehen *floaten.*«

»Was um alles in der Welt ist *floaten?*« Caroline schien ernsthaft um den Geisteszustand unserer Mutter besorgt zu sein.

»Na, da legt man sich in 'nen Tank mit Salzwasser. Das Wasser hat einen solch hohen Salzgehalt, dass man darin nicht untergehen kann. Man legt sich nackt hinein, dann wird es dunkel, und danach fühlt man sich angeblich wie neugeboren, weil es einen so entspannt und neue Horizonte eröffnet«, klärte ich Caroline auf.

»Also, für mich klingt das eher nach Panikattacken und klaustrophobischen Anfällen, oder würdest du dich gerne in einen geschlossenen dunklen Tank legen – nackt wohlgemerkt, damit, falls du panisch wirst und Hilfe brauchst, unbekleidet gerettet wirst? Na ja, dass Mama damit kein Problem hat, war ja klar. Ich will nicht wissen, was das wieder kostet.«

Wir mussten beide lachen.

»Wann kommst du denn endlich mal wieder nach Hause?«, fragte ich.

»Wann kommst du denn endlich mal nach Paris?«, lautete Carolines Gegenfrage. Und schon geriet sie ins Schwärmen. Wie romantisch es sei, am Montmartre zu wohnen, wie frei und lebendig sie sich fühle und wie sehr sie die Stadt und die Menschen, vor allem die Männer natürlich, liebe. Ich konnte ihr anhören, wie glücklich sie war. Kein Wunder! Sie war schließlich aus der Schusslinie und musste sich keine Vorwürfe anhören, weshalb sie nicht endlich eine gute Partie ehelichte.

»Also, wann kommst du nach Paris?«, hakte Caroline nach.

»Bald«, versprach ich.

»Ich weiß, dass du jetzt nicht sprechen kannst, aber schreib mir 'ne Mail oder ruf mich später noch mal an, denn ich platze vor Neugier, wie es bei *TV-plus* ist. Hast du schon irgendwelche Promis gesehen?« Sie kicherte.

Ich räusperte mich und sagte einige Male »hm«, um ihr zu bestätigen, dass jetzt wirklich kein geeigneter Zeitpunkt sei. Schließlich wollte ich nicht als unprofessionell auffallen.

Als ich gerade aufgelegt hatte, kam Mimi an meinen Platz.

»Du, der Lars aus *Sponsorship* feiert heute seinen Abschied. Haste Lust mitzukommen?«

»Ich kenn den doch gar nicht«, wandte ich ein.

»Ich auch nicht. Kein Wunder bei der Fluktuation. Aber das macht nichts. Ist ja auch nur ein guter Grund, um feiern zu gehen. Tim kommt auch mit.«

Na dann! Ich war überredet und sagte zu. »Was zieht man denn da an?«

Mimi grinste. »Haste Angst, dass das so 'ne Veranstaltung wie bei deinen Eltern wird? Bleib mal locker, ich verspreche dir, du wirst nicht Burberry tragen müssen, und es wird auch kein Ich-und-meine-Eltern-schwimmen-auf-einer-Wellenlänge-und-tragen-deshalb-auch-die-gleichen-Klamotten-Event. Wir gehen alle nach der Arbeit hin.«

Kurz nach 20 Uhr kamen Tim und Mimi, um mich abzuholen. Mimi überlegte kurz, ob sie sich nachschminken sollte, meinte dann aber: »Ich verzichte aufs Aufmotzen. Es stinkt in letzter Zeit wieder so säuerlich auf den Toiletten, dass einem schlecht wird. Ich glaube, die Neue vom Sport hat auch Bulimie.«

Na, dann war ja alles bestens.

Im *Viper*, dem angesagtesten Club der Stadt, in dem sich hauptsächlich die Film-und Fernsehbranche traf, hatte *TV-plus* Tische reservieren lassen, was nicht jedem möglich war. An der Tür herrschte strenge Gesichtskontrolle, und wer keine Schlauchbootlippen oder namhafte Beziehungen oder eindrucksvolle Visitenkarten aufzuweisen hatte, wurde nicht ins Nirvana der Clubszene eingelassen. Aus Neugierde hatte ich vor einiger Zeit versucht hineinzukommen – mit einer sichtlich genervten Lena im Schlepptau, die natürlich nicht verstand, was ich bei diesen »Lackaffen« eigentlich wollte.

»Komm, lass uns nur mal sehen, wie es da so ist. Das wird sicher lustig«, hatte ich sie überredet.

Lustig wurde es in der Tat, denn der Türsteher kanzelte uns innerhalb von Sekunden ab. Auf Nachfragen, was ihm denn nicht passe, musterte er Lena, die einen Ethno-Kleiderstil bevorzugte, alles andere als hip aussah und den Typen dazu auch noch arrogant angrinste.

»Wo soll ich da bloß anfangen?«, sagte er gereizt.

Lenas aufbrausendes Temperament war nach dieser Bemerkung nicht mehr zu bremsen gewesen, und während ich sie wegzog, schrie sie: »Steroide fressender Hauptschüler, für dich hätte die PISA-Studie neu erfunden werden müssen! Pass auf, wenn ich dir mal tagsüber begegne!«

Die Aktion hatte mir wirklich Leid getan, auch wenn Lena sich nichts daraus machte. Ich hatte einen Riesenhals auf diesen Wichtigtuer von Türsteher mit Hausmeistersyndrom gehabt und war zum Ausgleich mit Lena in ihren geliebten Kulturladen zur afrikanischen Trommelnacht gegangen und hatte dem Treiben sogar ein wenig abgewinnen können.

Der Türsteher an diesem Abend war der gleiche wie letztes Mal. Doch er schien sich nicht mehr an mich zu erinnern, wahrscheinlich hatte ihn Lenas farbenfrohe Pracht damals zu sehr geblendet, aber heute war ich herzlich willkommen im Kreis der jungen Populären. Da unsere Tische im hintersten Separee waren, mussten wir uns durch den Laden kämpfen und bekamen gleichzeitig eine super Show geboten.

Ach, was wurde geherzt und gelacht, perfekte Körper zur Schau getragen, getrunken, geschnupft und total *crazy* getanzt. Missglückte Lippenpolster und Silikonimplantate wurden auf vorsichtiges Nachfragen mit »Nee, ich habe nur 'ne neue Frisur« oder »Ich trage heute kräftigeres Make-up« abgetan. Beliebtestes Accessoire waren, abgesehen von Louis-Vuitton-Taschen, Hunde. Diese Saison musste man einen Hund bei sich haben. Die armen Viecher sahen zwar alles andere als glücklich aus, passten aber eben farblich perfekt zum Outfit und waren Garant, vom lokalen Szenefotografen abgelichtet zu werden, um dann in irgendeinem Stadtmagazin unter der Überschrift »Rassiges Frauchen im *Viper* beim Gassigehen« abgedruckt zu werden.

Hier und da sah man den Sohn oder die Tochter eines Prominenten im Gedränge, umringt von Freunden, die sich alle einander ähnlich sahen und sich wahrscheinlich noch aus alten Internatszeiten kannten. Von Tim wusste ich, dass viele der Promikinder zum achtzehnten Geburtstag eine goldene Mitgliedskarte des Clubs bekamen, die mit reichlich Privilegien verbunden war, unter anderem gab es damit Getränke frei.

Während wir die reservierten Tische ansteuerten, schrie ich Mimi ins Ohr: »Seid ihr öfter hier?«

Sie schüttelte den Kopf.

»Nee, die vom Marketing gehen ab und zu hierhin. Die Redaktionen gehen selten in diese gestylten Läden. Aber witzig kann es hier schon sein. Zumindest bekommt man immer was geboten.«

In diesem Augenblick begann ein kaum achtzehnjähriges, vollkommen enthemmtes Mädel mit ihrer ebenfalls wahrscheinlich minderjährigen Freundin einen lasziven Tanz aufs Parkett zu legen, der unter dem tosenden Beifall der anwesenden Männer – gehobenes, jung gebliebenes Management – in einem Zungenkuss gipfelte.

Nach der Performance kicherten die beiden vollkommen unsicher und rannten backfischgleich von der bestrahlten Tanzfläche ins sichere Dunkel der Bar, um sich dort für einen zweiten Auftritt Mut anzutrinken. Das hatte ich also bisher verpasst. Ich beschloss, es Mimi gleichzutun und alles von einer amüsierten Warte aus zu betrachten.

Endlich waren wir an unseren Tischen angekommen und unter halbwegs angenehmen Menschen. Mir schien, als ob sich das illustre Publikum vor allem deshalb hier aufhielt, weil jeder Einzelne von ihnen darauf hoffte, entdeckt zu werden oder eine gute Partie zu finden. Einige wussten, für welchen Sender wir arbeiteten, und waren geradezu erpicht darauf, Kontakte zu knüpfen.

Ob die Mädels hier tatsächlich Kärtchen mit den Worten »Ruf an, ich bring dich ganz groß raus!« in die Hand gedrückt bekamen?

Felix, der schon unzählige Biere intus hatte, legte mir kumpelhaft die Hand auf die Schulter.

»Charlotte, Charlotte. War ein schwieriger Einstieg, was? Aber jetzt ist alles gut. Du hast Biss, Mädel, das merke ich. Und mit Imka läuft auch alles. Bin ich echt froh. Du wärst nicht die Erste, die wegen ihr hätte wieder gehen müssen.« Felix wirkte mit seinen Tattoos und Piercings auf den ersten Blick einfach nur cool, dabei war er tatsächlich ein durch und durch lieber Kerl.

Ich war auch froh, nickte ihm zu und ging an die Bar, um mir einen völlig überteuerten Drink zu holen.

Felix folgte mir und rief plötzlich: »Ach, nee …!«

Er zeigte auf eine zierliche Blondine, die leicht bekleidet in einem Käfig tanzte. »Die hat mal bei uns als Praktikantin gearbeitet.«

»Echt? Scheint aber nicht gut gelaufen zu sein, die Karriere …«, wunderte ich mich.

»Nicht wirklich. Ihrem Vater gehört die ganze Stadt, und genau so hat sich das Fräulein auch benommen. Ließ sich jeden Mittag Sushi liefern und war sich zu schade für die Arbeit. Spät kommen und früh gehen waren ihre Stärken.«

»Und da habt ihr sie gefeuert?«

»Nee, die kam über Beziehungen. Ein einziges Mal ist Leben in das verwöhnte Balg gekommen. Da haben wir neue Moderatoren gecastet. Sie hat so lange unseren Chef beschwatzt, bis wir sie drangenommen haben.«

»Und? Kein Talent?« Ich musste selbst über meine Frage grinsen.

»Talent? Sie fand es total witzig, dass sie zweimal durchs Abi gerasselt ist, dachte wohl, das käme cool. Dann hat sie total stolz erzählt, dass sie, seitdem sie fünfzehn ist, in diesem Club hier im Käfig tanzt. Bei Razzien hat sie sich unterm Tisch des Clubchefs versteckt. Stell dir vor, die war sich nicht mal zu schade, uns beim Casting eine Kostprobe ihrer Tanzkünste zu zeigen.«

»Kann einem irgendwie Leid tun«, sagte ich und meinte es tatsächlich so.

»Hm. Wahrscheinlich nur ein trauriger Fall von Vernachlässigung. Die Eltern sind geschieden, und ihre Mutter lebt in Saint Tropez. Aber uns hat sie echt den letzten Nerv geraubt.«

April, halb Engländerin und Volontärin bei *entertainment tonight*, gesellte sich zu uns und sprach mich an.

»Hi, ich bin April. Du arbeitest doch bei *nachgefragt*. Ich habe gehört, ihr habt bald ein Interview mit Justus Staufen. Kannst du mir Bescheid geben, wann ihr das Interview macht? Ich würde nämlich gerne noch ein paar Aufsager mit ihm drehen.«

Ich versprach, mich bei ihr zu melden, und drehte mich zu Mimi und Tim um, die lachend hinter mir standen.

Fragend schaute ich die beiden an.

»Groupiealarm«, grinste Tim.

Er klärte mich auf, dass April das sendereigene Groupie war und nicht selten mit aufgeregter, gedämpfter Stimme von prominenten Errungenschaften berichtete. Natürlich stets unter dem Siegel der

Verschwiegenheit und begleitet von der Warnung »Wehe, du erzählst das weiter!«, während sie sich höchstpersönlich um die Verbreitung der Neuigkeit kümmerte und aus diesen Zwischenfällen ihr Selbstwertgefühl zog. Sie gab sich als engste Freundin des jeweiligen Stars und nannte nur vertraulich seinen Vornamen, wenn sie über ihn sprach. Dass sie bei späteren Begegnungen gerade mal erkannt wurde und erst nach penetrant detaillierten Hinweisen wie »Weißt du nicht mehr damals, im ..., nach der Premiere waren wir doch noch bei ...« ein allmähliches Dämmern erzeugte, störte sie nicht im Geringsten. Auch nicht die dann folgende erniedrigende Stotterei schien ihr zu denken zu geben. »Äh – Maxi – äh – nee – Hei ... – nee – April mein ich.« Im Gegenteil, sie wurde mit Beifall heischenden Blicken à la »seht ihr, wie dick wir befreundet sind« quittiert, und schon ging es immer heiter weiter mit *name dropping*.

Als Tim seine Ausführungen beendet hatte, stutzte Mimi ihn erst mal zurecht. »Du bist doch nur neidisch, weil du die leckeren Jungs nicht abkriegst, die April bekommt.« Dann versicherte sie mir: »Sie ist wirklich nett! Hat eben ein großes Herz, aber wenigstens ist sie nicht stutenbissig und wirklich hilfsbereit. Wenn sie meint, sie muss die Jungs durchprobieren, ist das doch ihre Sache. Und außerdem kenne ich jemanden« – Mimi deutete dabei viel sagend auf Tim –, »der ihr begierig alle Details aus der Nase zieht und nie früh genug wissen kann, was es Neues bei April gibt.«

Tim gab schließlich kleinlaut zu, dass er wahrlich nichts dagegen hätte, den einen oder anderen Künstler abzubekommen.

»Und Justus Staufen ist ihr nächstes Projekt, oder wie darf ich das verstehen?«, fragte ich nach.

»So würde ich das interpretieren. Der ist aber auch ein ganz besonders spannender Typ«, seufzte Tim.

Justus Staufen war mir natürlich schon vor meiner Recherche ein Begriff gewesen. Ich hatte ihn in *Frostbeulen* gesehen und war hingerissen gewesen. Er hatte den etwas abgedrehten, aber unglaublich sinnlichen Hauptdarsteller gespielt und wurde seither zu Recht als das Nachwuchstalent schlechthin gehandelt.

Momentan bereitete ich sein Interview vor.

»Spielt der eigentlich in deinem oder meinem Team?«, versuchte Mimi die sexuelle Gesinnung von Herrn Staufen zu erkunden und blickte Tim neugierig an.

»Schwer zu sagen. Könnte beides sein. Also 'ne Queen ist er sicher nicht!«

Mir fielen die Zeitungsartikel ein, die ich beim Durchforsten des Internets und Archivs gefunden hatte, nicht viele, aber alle mit dem gleichen Tenor: »wild und sinnlich«, »diese intensiven grünen Augen und sein sinnlicher Mund«, »überzeugende Schauspielleistung«, »Aufgepasst, ein Star von morgen«.

Die Presse war voll des Lobes. Nur Privates gab es nicht über ihn zu lesen, weder etwas von einer Freundin noch von seiner Familie. Vielleicht war er dafür aber auch zu kurz im Geschäft, sodass die Journalisten sein Leben noch nicht genau unter die Lupe genommen hatten. Dadurch gestaltete sich die Vorbereitung samt Fragenkatalog für das Interview schwierig oder sehr leicht – wie man es eben sehen wollte.

Auf der einen Seite konnte man ihn alles fragen, ohne Gefahr zu laufen, sich zu wiederholen, auf der anderen Seite wusste man nicht, wo es sich lohnte, zu bohren, und wo interessante Punkte in der Vita waren.

Aber eines stand unbestritten fest: Justus Staufen war sexy!

Kein Wunder, dass April wissen wollte, wann er in den Sender kam. Wie sie es wohl immer schaffte, an die Stars mit all ihrer Entourage heranzukommen?

»Und was machen bei dir die Männer?«, unterbrach Mimi meine Gedanken.

Was sollte ich darauf bloß sagen? Dass ich mich nur selten verliebte, schwer Vertrauen fasste und jetzt schon Schiss hatte, meinen Eltern einen Freund zu präsentieren, an dem sie doch nur rummäkeln würden, weil er mal wieder nicht gut genug für mich war? Wenn sie ihn nicht ausgesucht hatten, bestand kaum eine Chance …

»Momentan habe ich keinen Freund«, zog ich mich aus der Affäre.

»Echt nicht? Aber so, wie du aussiehst, hast du massenweise Angebote, oder?«

An meinem Aussehen lag es wohl tatsächlich nicht. Angeblich ähnelte ich vom Typ her Winona Ryder, als sie Männer noch dazu brachte, sich ihren Namen auf die Haut tätowieren zu lassen. Das war, bevor der *»Winona forever«*-Schriftzug in *»Vino forever«* umgestochen werden musste und sie lange Finger bekam.

»Das Kompliment kann ich nur zurückgeben, Mimi. Wie sieht es denn bei dir aus? Hast du 'nen Freund?«

Mir schien, als ob ich einen wunden Punkt angesprochen hatte, denn Mimis Lächeln verschwand augenblicklich von ihren Lippen.

»Das ist etwas komplizierter bei mir. Lass uns nicht darüber sprechen, okay?«

Das klang geheimnisvoll! Aber gut, ich wollte niemanden zwingen, über unangenehme Dinge zu sprechen. Nur Tim konnte es wieder nicht lassen.

»Ist er verheiratet?«

»So etwas in der Art«, antwortete Mimi und wechselte schnell das Thema. »Sag, Charlotte, hat dir dein Studium eigentlich Spaß gemacht? Ich überlege ja immer noch, ob ich nicht nach meinem Volontariat ein Studium anhängen soll.«

Mimi ließ sich von Tims Neugierde anstecken. »Meine Eltern haben früher immer demonstriert, war das bei dir auch noch aktuell, oder ist das voll 68er?«

»Also jetzt bin ich jedenfalls froh, dass die Studiererei ein Ende hat. Und die einzige Demo, die in meiner Studentenzeit organisiert wurde und an der alle Fachabteilungen teilgenommen haben, war, als es um die Erhöhung der Studiengebühren ging. Ansonsten wurde eher diskutiert, vor allem im AStA.«

»Klingt nicht so spannend«, meinte Mimi enttäuscht.

»Da fällt mir ein, einmal habe ich mich von Lena, meiner besten Freundin, deren Hauptziel die Gleichberechtigung der Frauen an der Uni war, zur AStA-Versammlung mitschleppen lassen, was sich jedoch als Fehler erwies. Ich sage dir, alle, die früher in der Schülermitverwaltung gesessen und Kaffee für Nicaragua verkauft hatten, saßen jetzt im AStA und machten bekifft so gehaltvolle Vorschläge wie ›Sollen wir den Treffpunkt für Frauen, die abends nicht alleine zum Parkplatz gehen wollen, von der Mensa zum Haupteingang verlegen?‹. Wobei man gleich beim nächsten Thema angelangt war, nämlich, weshalb es überhaupt einen Parkplatz an der Uni gab. Alle sollten gezwungen werden, das Fahrrad oder öffentliche Verkehrsmittel zu benutzen. Außerdem könne sich abgesehen von den Juristen und BWLern eh niemand ein Auto leisten. Der einzige anwesende Jurist und wahrscheinlich einzige Autobesitzer im Raum außer mir, der nicht etwa aus Interesse, sondern nur als Spitzel für den juristischen Arbeitskreis anwesend war und im AStA den natürlichen Feind sah, rief etwas von ›Diktat der Neider‹ dazwischen, was unter den Debattierenden einen Tumult auslöste und schließlich mit dem Vorschlag endete, immens hohe Parkgebühren zu verordnen, damit die ›faulen Säcke‹ endlich mal auf Fahrräder umsteigen würden. Der Erlös sollte dann dem Gemeinwohl der gesamten Studentenschaft zukommen. Was das im Einzelnen bedeutete, wurde nicht festgelegt.«

Mimi und Tim standen mit offenen Mündern vor mir.

»Begleitet werden sollte der Vorschlag von der äußerst einfallsreichen Kampagne *Autos stinken*, was den Spitzeljuristen wiederum zum Zwischenruf ›Fahrradfahrer schwitzen‹ animierte. Ich bin nie wieder hingegangen!«

Mimis und Tims Gesichtsstarre löste sich, und sie lachten.

Wir gingen an die Bar und bestellten noch ein paar Drinks.

drei

Am nächsten Morgen wachte ich früh auf, natürlich mit einem Kater. Ich ging erst mal ins Badezimmer. Lena, die mich gehört hatte, klopfte an der Tür.

»Lotte, alles okay bei dir? Soll ich dir 'nen Tee machen?«

Meinen Kopf noch über die Toilettenschüssel gebeugt, rief ich: »Ja bitte, aber bloß keinen deiner Frauenstimmungstees! Ich nehme Kamille oder Fenchel!«

Lena tat, wie ihr geheißen wurde, und machte sogar noch Toast mit Eiern und *baked beans*. Was würde ich nur ohne meine beste Freundin machen?

Ich schleppte mich in die Küche. An Lenas Blick konnte ich erkennen, dass ich genauso aussah, wie ich mich fühlte. Bevor sie zu einer spöttischen Bemerkung ansetzen konnte, winkte ich ab. »Sag nichts, ich weiß!«

»Hat es sich denn wenigstens gelohnt?«

»Vom Unterhaltungswert auf alle Fälle. Wir waren im *Viper*.«

Lena riss entsetzt die Augen auf.

»Sag nicht, dass du da freiwillig 'nen Fuß reingesetzt hast! Ich dachte, die Schmach vom letzten Mal hätte dir gereicht.«

Anscheinend nicht. Natürlich war Lena empört darüber, wollte aber gleichzeitig detailliert erfahren, wie es im Fegefeuer der Oberflächlichkeiten denn so gewesen sei. Meinen Bericht quittierte sie mit besserwisserischen Kommentaren und weisem Nicken.

»Siehste, habe ich dir doch gleich gesagt, was für 'ne Klientel sich da rumtreibt, aber du wolltest es wieder nicht wahrhaben. War denn jemand da, den man kannte?«

Aha!, und wieder einmal siegte Lenas Neugierde. Natürlich würde sie es nie zugeben, dass auch sie das Leben der Promis interessierte.

»Und wie war dein Abend, Lenchen?«

Sie seufzte. »Schön. Malte und ich waren im botanischen Garten und anschließend bei einem Jazzabend im *Kula*. Er zeigt zum Glück nicht nur Interesse an Heuschrecken und anderen Insekten.« Lena grinste zweideutig.

»Nee! Sag nicht, ihr habt ...?«

»Doch! Wir sind durch den Park nach Hause geradelt und haben beim Feuchtbiotop einen kleinen Halt gemacht«, erzählte sie kichernd.

»Lena! Das ist nicht dein Ernst!«

»Wieso? Ich finde das sehr passend. Mit einem Biologen die erste Liebesnacht in der Nähe eines Feuchtbiotops zu verbringen. Da ist er in gewohntem Gefilde und fremdelt wenigstens nicht.«

Typisch Lena. Sie pfiff auf Konventionen. Was täten meine Eltern mit ihr als Tochter! »War es denn wenigstens romantisch?«

»Null! Wer auch immer das Gerücht in die Welt gesetzt hat, es gebe nichts Romantischeres, als es in freier Natur zu machen, lügt. Wir haben uns abwechselnd die Mücken und Schnaken im Gesicht und am Po totgeschlagen, um dann angeekelt die Reste abzukratzen. Außerdem kann einen dieses ständige Mückengesurre wirklich in den Wahnsinn treiben und hat nur wenig mit musikalischer Untermalung zu tun. Und dann das Gras! Es war total nass geregnet, von Entspannung also keine Rede. Entweder krabbelte irgendein Viech auf mir herum, das Malte, typisch Biologe, auch noch versuchte zu identifizieren, oder Grashalme kitzelten mich. Ich schlug also prophylaktisch wild um mich.«

»Und was war dann schön? Sich gegenseitig die Insektenstiche aufzukratzen?«

»Na ja, schön wurde es erst später. Ich habe Malte noch mit in die Wohnung genommen. Du warst ja mit deinen neuen Showbizfreunden unterwegs. Und nach dem Parkerlebnis konnte es ja nur besser werden.« Sie verdrehte sehnsüchtig die Augen. Ich wusste, was jetzt kam. Eine detaillierte Beschreibung von Maltes Fähigkeiten als Liebhaber. Wenigstens hatte Malte äußerlich mit dem, wie man sich einen Biologen im Forschungsjahr vorstellte, nichts gemein. Er war ein dunkler sportlicher Typ, äußerst durchtrainiert und hatte auffallend schöne Zähne. Lena schwärmte von Maltes Körper, ließ kein Detail dabei aus, während in mir erneut die Übelkeit hochstieg. Ich hechtete ins Badezimmer und hielt meinen Kopf wieder über die Toilettenschüssel – und während ich dachte, dass der WC-Stein mit Meeresbrise eigentlich immer besser gerochen hatte als der jetzige mit Zitrone, plauderte Lena munter durch die verriegelte Tür weiter und achtete sogar auf die dramaturgischen Pausen, in denen ich die Spülung betätigte.

Nachdem ich wieder halbwegs stehen konnte, gurgelte ich ausgiebig mit Mundwasser. Man musste in der Redaktion ja nicht auf Anhieb riechen, wie ich mir die Nächte um die Ohren schlug.

Lena, fürsorglich, wie sie war, gab mir noch Proviant, bestehend aus Salzstangen und Cola, mit.

Mir fiel ein, dass ich meinen Wagen am *Viper* hatte stehen lassen und mit dem Taxi gekommen war. »Eine vernünftige Entscheidung«, wie Lena befand.

»Dann nehme ich eben den Mini«, brummelte ich vor mich hin, was Lena veranlasste, mir »Manchmal ist es doch ganz gut, Großkapitalisten als Eltern zu haben« hinterherzurufen.

Ich sah auf die Uhr. Mist! Schon eine halbe Stunde zu spät! Ich trat aufs Gas und versuchte nebenbei Felix zu erreichen. Völlig verpennt und vom Glück verfolgt, wurde ich geknipst, 25 Stundenkilometer zu schnell und mit dem Handy in der Hand. Glückwunsch! Der Wagen war auf meinen Vater angemeldet, dem seine rasende, telefonierende Tochter als hübsches Foto ins Haus schneien würde.

Die Predigt konnte ich mir jetzt schon ausmalen, und an die offizielle Strafe mochte ich erst recht nicht denken. Das gab sicher Punkte in Flensburg – oder drohte mir vielleicht sogar der Führerscheinentzug?

Felix meldete sich.

»Hallo, Felix. Ich bin gerade geblitzt worden«, sagte ich und seufzte schwer.

Sein Mitleid hielt sich in Grenzen. Er erwartete mich dringend im Studio, also war er über meine Verspätung alles andere als entzückt.

»Sag doch einfach, du warst zu spät dran und musstest dringend zu einer Produktion«, lautete sein hilfreicher Vorschlag.

Typisch! Als ob es bei einer Fernsehproduktion um Leben und Tod ginge.

»Felix, falls du jemals geblitzt wirst, bringe dieses Argument bitte nicht an. Es gibt 'ne BGH-Entscheidung dazu, die besagt, dass zu schnelles Fahren um des eigenen Vorteils willen als besonders verwerflich angesehen wird. Wenn schon 'ne Ausrede, dann so was wie, ich war kurz vor dem Blinddarmdurchbruch und auf dem Weg ins Krankenhaus, oder auf dem Rücksitz lag meine Frau in den Wehen, oder mir hat jemand 'ne Knarre in den Nacken gehalten … Hallo, Felix?«

Endlich angekommen, raste ich ins Studio, wo Imka mich bereits erwartete.

»Lotte, hast du das Material für das Staufen-Interview?«, fragte sie.

Es lag noch an meinem Platz, das Interview war erst für nachmittags angesetzt. Schnell ging ich es holen und ratterte runter, was ich herausgefunden hatte.

»Sag, wie sieht es mit 'ner Freundin aus? Ist er liiert oder Single? Poppt er durch die Gegend, oder ist er schwul?«, hakte Imka nach.

»Eine Freundin wird nirgends erwähnt – es gibt über sein Liebesleben insgesamt nicht viel zu lesen, manche Quellen behaupten, er müsse schwul sein, so gut wie er aussähe ...«

»Verstehe. Hast du Tim mal dazu befragt?«

»Ja.«

»Und, was meint er? Schwul oder nicht schwul?« Imka wusste anscheinend auch um Tims Gaiderqualitäten.

»Er war sich nicht sicher. ›Fifty, fifty‹, meinte er. Vielleicht zählt Justus Staufen auch nur zur Sorte Schauspielegomane und findet nur sich selbst toll«, gab ich zu bedenken.

Unser Lachen verstummte bereits im nächsten Moment, als sich eine zornig dreinblickende gut aussehende, elegante Dame, die etwa Mitte dreißig war, vor uns aufbaute.

»Darf ich mich vorstellen? Mein Name ist Becker, ich vertrete Justus Staufen. Ich verbitte mir die Art und Weise, wie Sie über ihn sprechen. Wenn das Ihre Vorstellung von professionellem Arbeiten ist, denke ich, sind wir mit unserem Interview hier fehl am Platz.«

Wo bitte ging es zum Schafott?

Wie peinlich! Wie war sie hereingekommen, und vor allem, was machte sie um diese Uhrzeit schon hier? Bis zum Interview dauerte es noch Stunden.

Gerade wunderte ich mich, wieso Frau Becker von »wir« gesprochen hatte, als ich Justus Staufen *himself* im Türrahmen wahrnahm. Er war anscheinend ebenfalls Zeuge unseres Gesprächs geworden.

Ich blickte ohne Übertreibung in das strahlendste Paar grüner Augen, das ich je gesehen hatte.

Mein Kopf begann zu dröhnen, mein Puls, der sich gerade wieder beruhigt hatte, schnellte in die Höhe, und mein Kater war mit einem Mal wie weggeblasen. Wie blamabel! Mein Praktikum konnte ich mir in die Haare schmieren, »KÜNSTLER dissen« kam nicht gut an, auch wenn es sich nur um ein Nachwuchstalent handelte.

Imka war genauso überrascht wie ich und fragte fast mit Empörung in der Stimme: »Was machen Sie denn schon hier?« Ihre Frage entspannte die Situation nicht gerade.

Felix, der hinter Justus Staufen den Raum betrat, begrüßte die schnaubende Frau Becker und Justus Staufen überschwänglich und bat sie in sein Büro, wohin sie von einer Redaktionsassistentin geführt wurden. Als sie außer Hörweite waren, meinte er verärgert: »Der Termin wurde vorverlegt, das habe ich euch beiden gestern Nacht noch auf die Mailbox gequatscht und auch als E-Mail geschickt.« Dann wurde sein Ton wieder lockerer. »Die Becker sieht ja echt *pissed* aus. Was habt ihr der denn erzählt?«

Imka beichtete, und Felix schlug die Hände über dem Kopf zusammen.

»Sagt mal, seid ihr des Wahnsinns? Die Becker vertritt nicht nur Justus Staufen, sondern so ziemlich alles, was Rang und Namen in der Schauspielbranche hat. Jetzt darf ich das wieder gerade biegen! Weiber!«

Ich fühlte mich schuldig. »Sagt einfach, ich bin eine dumme Praktikantin, die keine Ahnung hat und die ihr zur Strafe feuern werdet«, bot ich an.

»Bring mich jetzt besser nicht auf so eine Idee!«, zischte Felix und rauschte ab.

Imka wurde hysterisch und kicherte vor sich hin.

»Also wenn's nicht so peinlich wäre, fände ich es echt witzig. Vielleicht haben wir Glück, und es ist nur *Verstehen Sie Spaß?* oder so was.«

Mir war nicht zum Lachen zu Mute. Erstens glaubte ich nicht, dass Imkas Bekanntheitsgrad für die versteckte Kamera ausreichte, und zweitens ärgerte ich mich, dass mir dieser Fauxpas passiert war. Sonst gehörte ich doch auch nicht zur undiplomatischen Sorte. Frau Becker jedenfalls sah nicht so aus, als ob sie sich leicht besänftigen ließe.

Nach einigen Minuten kam Felix zurück. »Ab jetzt darf nicht mal der kleinste Ausrutscher passieren. Wir müssen das gesamte Interview zeigen, anstatt eines kurzen Beitrages, und zwar nachdem *sie* es freigegeben hat.«

»Oh Mann! Solche Starallüren bereits am Anfang. Das kann ja heiter werden«, regte Imka sich auf.

Doch Felix beschwichtigte sie.

»Das geht allein von der Becker aus. Die ist zu geschäftstüchtig, um aus der Situation nicht Profit zu schlagen. Er scheint ganz cool zu sein, und ihm ist der Aufstand eher unangenehm, habe ich das Gefühl.«

Als das Studio ausgeleuchtet war, konnte das Interview beginnen. Zu Beginn war die Atmosphäre noch angespannt, doch mit jeder Minute, die verging, wurde die Stimmung besser, was vor allem an Justus Staufen lag. Er schien nicht nachtragend zu sein, war ein interessanter Gesprächspartner und hatte mehr Humor als seine wichtigtuerische Managerin. Zwischendurch gab es neue Einstellungen, und es wurde nachgeschminkt.

Während ich Justus Staufen verkabelt hatte, hatte ich es vermieden, ihn anzusehen. Mein Auftritt war mir noch immer peinlich gewesen – doch jetzt schaute ich umso lieber hin. Er hatte Charisma. Unsere Blicke trafen sich mehr als einmal; wahrscheinlich überlegte er schon, wie hoch er die Schadenssumme treiben konnte, wenn er mich wegen übler Nachrede verklagen würde. Ich überlegte im Gegenzug, ob ich eigentlich eine Rechtsschutzversicherung hatte und dass es mir nichts ausmachen würde, ihn wiederzusehen, und wenn es nur vor Gericht wäre.

Nach einer halben Stunde gab es eine Pause. Ich stiefelte los, um Erfrischungen zu besorgen, die alle dankbar annahmen.

Justus Staufen saß allein in seinem Sessel, Imka war wahrscheinlich gerade mal »nachpudern«, und so fasste ich mir ein Herz und sprach ihn an.

»Ich – ich wollte mich für vorhin entschuldigen.« Oh Mann! Wie konnte ich mich selbst so demütigen. Das ist sonst wirklich nicht meine Art! Stotternd und völlig verkatert Schauspieler anzusprechen, während seine Managerin gerade die Messer wetzt, um mich über die Klinge springen zu lassen.

Er sah mich mit seinen tiefgrünen Augen an und schmunzelte. »Also ich fand es interessant, zu hören, wie meine eventuellen sexuellen Vorlieben mal schnell durchdiskutiert wurden. An solche Sachen muss ich mich wohl gewöhnen, wenn ich eine öffentliche Person sein will. Danke, dass du schon mal versuchst, mich abzuhärten. Wie heißt du denn?«

Sein Ton war locker, und ich freute mich, dass er mich duzte. »Charlotte«, antwortete ich, »die meisten nennen mich Lotte.« Er schien überhaupt nicht sauer zu sein, und ich war mit einem Schlag erleichtert. Aber warum ging dieses dumme Gefühl im Bauch nicht weg?

»Ich finde Charlotte schöner. Lotte klingt so nach Pferdeschwanz. Und du bist Praktikantin? Was willst du denn nach dem Praktikum machen?«

»Heiraten, wenn's nach meiner Mutter geht«, rutschte mir raus.

Justus lachte.

»Und was sagst du dazu … oder ein Zukünftiger?«

»Na, daran wird es wohl scheitern, es gibt noch gar keinen Kandidaten. Das heißt, meine Mutter findet schon genug Anwärter, aber leider ist ihre Tochter zu bockig und wählerisch und treibt sich lieber bei unseriösen Privatsendern rum.«

»Na, da befindest du dich doch in bester Gesellschaft. Aber dass es heutzutage tatsächlich noch Mütter gibt, deren Ziel es ist, die Tochter bestmöglich zu verheiraten, hätte ich nicht gedacht.«

Er kannte eben Mutter oder *Maman*, wie sie sich zurzeit nennen ließ, und ihre berüchtigte Langeweile nicht.

»Und wie sieht es bei dir aus?«, fasste ich mir ein Herz.

»Äh, meinst du jetzt privat oder beruflich?«

Natürlich meinte ich privat, aber das getraute ich mich nicht zu fragen, und schwenkte auf beruflich um.

»Also ich möchte einfach nur spielen. Ob Film oder Fernsehen, ist mir relativ egal. Für mich gab's noch nie eine Alternative. So was nennt man wohl Glück gehabt – oder besessen sein. Ich glaube nämlich, dass ›Beruf‹ von Berufung kommt, schließlich verbringt man den Großteil seines Lebens damit, und die Zeit wäre doch verplempert mit etwas, das man halbherzig macht, oder?«

Ich nickte hingerissen und war mir sicher, noch nie zuvor solch kluge Worte gehört zu haben. Ich verstand mich selbst nicht. Wieso fühlte ich mich zu ihm hingezogen und spürte eine so tiefe Verbundenheit? Bestimmt wendete er einen Schauspielertrick an, den man im Studium lernte, um das Publikum einzulullen. Wenn ja, funktionierte er einwandfrei. »Ich glaube, ich weiß noch nicht, was ich eigentlich will«, versuchte ich seine Ausgangsfrage zu beantworten.

Er lächelte, was mich nur noch mehr dahinschmelzen ließ. Kein Wunder! Die Zähne waren sicher gebleached.

»Bei mir ist das, abgesehen von der Schauspielerei, auch nicht viel anders. Ich bin gerade dabei, rauszufinden, wer ich bin, oder besser, wer ich sein will. Das Beste ist, viel auszuprobieren, dann merkst du auf alle Fälle schon mal, was du nicht willst.«

»Was hast du denn so ausprobiert?«

Diesmal grinste er verwegen und flüsterte leise: »Das willst du nicht wissen. Aber ich kann dir sagen, langweilig war es auf keinen Fall.«

Mein Herz schlug wie verrückt.

Wir schauten uns einfach nur an. Ich stand mit leicht geöffnetem Mund und schnellem Atem beinahe komatös da, was hoffentlich sinnlich und nicht debil aussah, bis Justus' sympathische Managerin mich plötzlich zur Seite schob und rief: »Wir können weitermachen!«

Justus schaute mich immer noch an.

Den Rest des Interviews erlebte ich wie in Trance, ich hatte sogar meinen Kater vergessen und dass ich komplett übernächtigt aussehen musste. Das war alles nebensächlich. Ich wollte, dass das

Interview nie aufhören würde. Ich wollte nicht, dass er einfach wieder ging.

»Und *cut*. Wir sind fertig, Leute. Danke!« Felix kam auf mich zu.

»Lotte, kannst du bitte die Bänder gleich in den Schnitt bringen?«

»Jetzt sofort?«, wagte ich zu fragen, doch Felix' Blick ließ keine Fragen offen. Ich nahm die Bänder und ging widerwillig und so langsam wie möglich, immer in der Hoffnung, Justus würde mir nachrufen … Fehlanzeige.

»Nimm dich nicht so wichtig! Er ist eben ein guter Schauspieler. Das war sicher eine seiner leichtesten Übungen«, redete ich mir ein. In Wirklichkeit war mir längst klar, dass es mich erwischt hatte, und zwar gnadenlos.

Nachdem ich die Bänder im Schnitt abgegeben hatte, rannte ich so schnell wie möglich ins Studio zurück.

Außer Atem musste ich jedoch feststellen: keine Spur von Justus oder seiner Managerin.

»Sind sie schon weg?«, rief ich enttäuscht.

Imka sah mich verständnislos an.

»Ach, du meinst Justus Staufen und seine Kampfdogge. Ja, die sind gerade gegangen.«

Ich versuchte, mir die Enttäuschung nicht anmerken zu lassen.

»Hat er noch was gesagt?«

Imka begriff natürlich nichts.

»Nein, zum Glück nicht. War alles wieder okay. Mach dir keine Sorgen. Das ist sicher längst vergessen. Und mit dem Interview war die Becker sehr zufrieden.«

Ich machte mir keine Sorgen! Es war mir völlig gleichgültig, was diese Zicke von Becker fand. Die Anspannung ließ nach, und ich fühlte mich niedergeschlagen. Was, wenn das mein Schicksalswink gewesen war und ich ihn hatte verstreichen lassen?

Andererseits hätte Justus ja auch etwas unternehmen können!

So gut es ging, lenkte ich mich ab, war jedoch offensichtlich durch den Wind. Mimi und Tim fiel es sofort auf. Sie witzelten, ob Justus mich so geschafft hätte. Wenn sie gewusst hätten, wie richtig sie damit lagen …

Den Grund für meinen verwirrten Zustand behielt ich aber erst mal für mich, oder sollte ich mich lächerlich machen und sagen, dass ich gerade die Liebe auf den ersten Blick erfahren hatte, noch dazu ausgerechnet mit Justus Staufen?

Mimi versuchte zwar etwas aus mir herauszubekommen, doch ich winkte ab und vertröstete sie.

»Jetzt nicht, Mimi. Ich erzähl's dir ein anderes Mal.«

In diesem Moment klingelte mein Handy. Vollkommen irrational hoffte ich, es könnte Justus sein. Vielleicht hatte er sich meine Nummer von Felix besorgt.

Nervös hob ich ab und meldete mich aufgeregt.

»*Scharlott*. Was ist los mit dir? Du klingst so nervös.«

Meine Mutter – natürlich, wie immer, mit dem Gespür für das richtige Timing.

Sie wollte mich an das Rosenfest erinnern, zu dem sie jedes Jahr einlud und das am nächsten Abend stattfinden sollte.

»Du weißt, das Rosenfest ist eine legere Veranstaltung, zu der du auch Freunde mitbringen darfst. Wen hast du denn eingeladen?«

Ich hatte es natürlich vergessen, versprach aber schnell, noch einige alte Freunde anzurufen und auch Mimi und Tim zu fragen, ob sie Lust auf das Fest hätten.

Als ich die beiden kurz darauf einlud, versprachen sie zu kommen. »Allein schon aus Neugierde«, wie Mimi zugab.

»Wie muss ich mir denn eine ›legere Veranstaltung‹ bei deinen Eltern vorstellen? Mimi hat da so Andeutungen gemacht … von wegen der ›weiche Chantré-Clan‹.« Tim grinste.

»Also als Verhaltensforscher für Etikette wirst du deine reine Freude haben«, frotzelte ich und ging zu meinem Platz.

Erleichtert, endlich aus dem Office rauszukönnen, beschloss ich erst mal, eine Runde laufen zu gehen. Die frische Luft tat gut, und beim Laufen konnte ich am besten abschalten.

Nach einer kalten Dusche ging es mir aber immer noch nicht anders. Ich konnte nur an i h n denken und stellte mir sein Gesicht vor und wie er mich angelacht hatte. Mir kam eine geniale Idee. Ich fuhr in die nächste Videothek und fragte nach, ob es *Frostbeulen* schon auf DVD gab, was natürlich nicht der Fall war.

Jetzt blieb nur noch die Fünf-Buchstaben-Rettung: Prada!

Für leichtere Fälle reichte Gucci, für mittelschwere Dolce, doch bei einem Notfall half ausschließlich Prada!

Schnell fuhr ich in unsere Einkaufsstraße, auch als mein zweites Zuhause bekannt, rüttelte aber nur an verschlossenen Türen.

Das konnten die doch nicht mit mir machen! Das war fahrlässig! War denn noch niemandem der Gedanke gekommen, einen 24-Stunden-Bereitschaftsdienst für Frauen in Not einzurichten, die ihr seelisches Gleichgewicht verloren hatten und zur Wiedererlangung desselben dringend an edlen Stoffen schnüffeln mussten?

Enttäuscht und keinen Deut ruhiger, fuhr ich nach Hause.

Ich versuchte es mit Klavierspielen, doch außer Popschnulzen fiel mir nichts ein. Als ich mich dabei erwischte, die ersten Klänge von *Endless Love* anzuschlagen, beschloss ich, auch das sein zu lassen, und begann die Wohnung zu putzen.

Wo blieb denn nur Lena?

Nachdem ich zwanghaft alles gescheuert hatte, was zu scheuern war, und schon grübelte, ob in meiner analen Phase vielleicht etwas schief gelaufen war, kam mir die glorreiche Idee, auf Justus' Homepage zu surfen und die Fotogalerie durchzuklicken.

Seine Biografie kannte ich auswendig: Ausbildung an einer der renommiertesten Schauspielschulen in Wien, erste Theatererfolge und dann von Radek persönlich in einem Stück entdeckt und für *Frostbeulen* gecastet worden – ein Überraschungserfolg. Sogar einen Preis, einen Bären, hatte der Film bekommen und war auch in Cannes vorgestellt worden.

Endlich hörte ich Lena die Tür aufschließen und sprintete ihr entgegen.

»Na, du bist ja wieder ganz schön fit im Vergleich zu heute Morgen«, meinte sie mit breitem Grinsen.

»Ja, ich muss dir auch dringend etwas erzählen!«

Ich legte sofort los und war erst mal nicht zu bremsen.

Lena kreischte und rief abwechselnd: »Wahnsinn!«, »Nee, das gibt's doch nicht!«, um dann wieder zu kreischen: »Lotti, so kenn ich dich ja gar nicht. Der Typ muss es dir echt angetan haben! Wir haben *Frostbeulen* doch gemeinsam gesehen, der Film war unglaublich gut! Wenn Justus Staufen im echten Leben annähernd so ist wie in diesem Film, kann ich dich verstehen.«

»Besser, besser als im Film. Und vor allem ist er im Gegensatz zu vielen anderen Schauspielern groß genug.« Ich seufzte.

»Wann siehst du ihn wieder?«

Das war das Problem, ich wusste weder, wann ich ihm begegnen würde, noch, wie ich an ihn herankommen könnte.

»Eigentlich müsste ich dir ja raten, dir diesen Schauspieler aus dem Kopf zu schlagen, denn zukunftsträchtig sieht die Sache nicht aus.« Lena schmunzelte. »Aber wenn es dich endlich auch mal erwischt hat, was ja nur alle Jubeljahre vorkommt, will ich dir nicht gleich die ersten Illusionen rauben. Kannst du nicht unauffällig rausfinden, wann wieder ein Interview mit ihm ansteht? Sprich doch mal mit dieser Mimi oder mit Tim, die scheinen ja sehr nett zu sein.«

Es war wirklich süß zu sehen, wie Lena sich für mich freute und sogar bereit war, meine Spinnerei mitzumachen – und das bei einer Frau, die die Vernunft für sich gepachtet hatte. Wenn es in Diskussionen etwa darum ging, ob es ein Leben nach dem Tod gibt, gab sie so aufmunternd rationale Standpunkte von sich wie: »Was soll denn da weitergehen? Du zerfällst zu Staub. Dein Gehirn schüttet während des Sterbevorgangs Endorphine aus, daher kommt auch das Märchen vom Licht im Tunnel. Ist alles wissenschaftlich erwiesen.«

»Wissenschaftlich erwiesen« war eine von Lenas Lieblingsredewendungen.

»Ach Lenchen, ich weiß, dass das total pubertär von mir ist, aber mich hat's wirklich erwischt. Meinst du, ich soll wirklich mit Mimi und Tim sprechen? Die glauben, ich hab voll das Rad ab, mich nach nur einigen Tagen Praktikum in einen Schauspieler zu verlieben, den ich verkabelt und mit dem ich mich kurz unterhalten habe. Total unprofessionell!«

Lena überzeugte mich, dass ich entweder weiter träumen oder aber versuchen konnte Justus zu treffen, um festzustellen, ob ich mir das alles nur eingebildet hatte.

»Na gut, morgen Abend ist doch das alljährliche Rosenfest bei meinen Eltern. Ich habe Mimi und Tim auch dazu eingeladen. Vielleicht ergibt sich ja ein günstiger Augenblick, in dem ich beichten kann.«

Lena freute sich diebisch.

»Juhu! Ich freu mich richtig auf das Konsumfest. Ich weiß nur noch nicht, womit ich deine Eltern dieses Jahr schocken kann. Eigentlich sehr großzügig, beinahe schon tolerant, dass ich noch mal am legendären Fest der Rosenzweigs teilnehmen darf.«

Da hatte sie Recht. Im letzten Jahr war die Stimmung zwischen Lena und meinen Eltern ein wenig eskaliert. Ich konnte mich nur zu gut daran erinnern, als Lena sich über Asylpolitik ausgelassen hatte und von ihrer Mitgliedschaft bei den Globalisierungsgegnern erzählt hatte, nachdem Marlene sich als Fastfoodfan geoutet hatte, worauf mein Vater, der im Nebensatz die Globalisierungsdiskussion mitbekommen hatte, »fanatische Öko-Terroristen« in die Runde geworfen hatte. Seither verstand Lena auch, weshalb ich ihr einmal auf die Frage »Womit könntest du deine Eltern am meisten schocken?« nicht »Wenn ich ungewollt schwanger würde, anschaffen ging oder Drogen nehmen würde« geantwortet hatte, sondern mich für »die Grünen wählen« entschieden hatte. Lena hatte gelacht und gemeint, sie könnte ja mal andeuten, dass sie sich überlege, in die PDS einzutreten, was ich dann doch übertrieben gefunden und sie darauf verwiesen hatte, sie habe doch eigene Eltern, die sie ärgern könne. Auf alle Fälle wurde Lena trotz ihrer Ansichten ähnlich einem schwarzen Schaf in unserer Familie geduldet, man hatte sich daran gewöhnt, dass sie seltsam und zugleich meine beste Freundin war.

Wir saßen bis spät in die Nacht am Küchentisch und unterhielten uns abwechselnd über Malte und Justus. Lena verzog sich schließlich gähnend und nicht ohne noch einmal zu erwähnen, dass sie total Muskelkater und 'ne Blasenentzündung vom Intermezzo mit Malte habe und sich richtig auf ihr Bett freue, während ich komplett aufgekratzt und hormontrunken noch überhaupt nicht müde war.

Erst sah ich noch fern, dann las ich eines von Lenas Büchern über Gesteinsschichten in Alaska – eigentlich ein todsicherer Garant zum Einschlafen –, doch heute half einfach nichts. Schließlich setzte ich auf die altbewährte Methode und legte eine Hörspielkassette ein. Erst griff ich nach *Hui Buh das Schlossgespenst*, dann entschied ich mich aber doch für *Die drei Fragezeichen*. Und tatsächlich ließen mich die Kinderstimmen von Justus, Jonas und Peter schon bald in einen süßen Schlaf fallen.

vier

»Lotte, kannst du dich um die kreischenden Teenager draußen im Hof kümmern?«, fragte Felix, als ich gerade aus dem Schnitt kam, wo ich den Morgen über das pulitzerpreisverdächtige Interview mit Justus selbst geschnitten hatte, weil sonst noch keiner dafür Zeit gehabt hatte.

»Klar!« Ich war noch immer ganz euphorisch, aber auch verärgert, weil ich mich am Tag zuvor gar nicht so sehr hätte beeilen müssen und stattdessen noch mit Justus die Nummern hätte tauschen können.

Felix schien tatsächlich um die Mädels, die auf Fab5 warteten, die angesagteste Boyband, die Großbritannien momentan zu bieten hatte, besorgt zu sein. »Bei den Temperaturen und so lange, wie die schon dastehen, kippen uns sonst noch welche um. Besorg doch mal Getränke und Süßigkeiten. Wir wollen ja nicht, dass uns die Zielgruppe vom Fleisch fällt und wir uns mit den erzürnten Eltern rumschlagen müssen!« Er versuchte, es beiläufig und cool klingen zu lassen, aber in Wirklichkeit war er ein Seelchen.

Felix war vor kurzem von seiner langjährigen Freundin verlassen worden und ließ sich seitdem jeden Abend voll laufen. Immer in Gesellschaft, versteht sich – ein Vorteil, wenn man in den Medien arbeitete. Felix plagte Tinnitus, wie er mir anvertraut hatte, was mit neunundzwanzig Jahren nicht die beste Voraussetzung für ein langes, gesundes Leben war. Kette zu rauchen und immer gestresst zu sein sicher auch nicht. Als mein nächster Vorgesetzter war er aber sehr fürsorglich und nahm sich trotz Hektik immer wieder Zeit, um mir Abläufe zu erklären, und das war keine Selbstverständlichkeit. Die meisten wurden nach der Ins-kalte-Wasser-werf-Methode oder gemäß *learning by doing* geschult, und manchmal wurde mir schlecht, wenn ich daran dachte, wie viel Verantwortung ich, ohne je wirklich ausgebildet worden zu sein, trug.

Bevor ich, wie mir aufgetragen, Getränke und Zucker für die Kreisläufe der Teenies besorgte, sah ich noch schnell meine E-Mails durch.

Vielleicht hatte sich Justus Staufen meine Adresse besorgt!

Ja, ich hatte eine Nacht über unsere Begegnung geschlafen, und es hatte nichts genutzt! Ich war auch nach einer langen REM-Phase immer noch verliebt und sah aus wie die Weiße-Riese-Mama, wenn sie die supersaubere Wäsche aus der Maschine holt, nämlich geradezu beängstigend glücklich.

Natürlich waren nur redaktionsinterne E-Mails angekommen. Ich machte mich auf den Weg in die Kantine, füllte mehrere Kartons mit Getränken und Snacks und ging in den Hof hinunter.

Die Mädels waren wirklich süß! Völlig fertig von der prallen Sonne und dem langen Warten standen sie tapfer mit selbst gebastelten Plakaten und Geschenken für die Jungs von Fab5 da, hatten aber weder ihre Begeisterung noch die glänzenden Augen verloren und fanden es ganz toll, dass ihnen so viel Aufmerksamkeit in Form von Essen und Trinken geschenkt wurde. Und ich war die tolle Tante vom Fernsehen, die hautnah an ihre Helden herandurfte.

Natürlich wurde ich gelöchert.

»Sind Fab5 schon da? Kannst du uns nicht mit reinnehmen? Hat Stewart 'ne Freundin?«

Diesen Job hätte ich mit fünfzehn haben sollen! Dann hätte ich täglich hyperventiliert und meinen ebenfalls hysterischen Freundinnen die Abschminkpads aus der Maske rausgeschmuggelt, weil die Stars ihren Lippenabdruck darauf hinterlassen hatten. Wie schön wäre das gewesen!

Obwohl, wenn ich an meine völlig hirnlose Aktion mit Justus Staufen dachte, war der Abstand zwischen mir und den Mädels im Hof gar nicht so groß.

Endlich kamen mehrere schwarze Mercedeslimousinen angebraust und Fab5, von denen keiner viel älter als die Fans war, wurde bestens abgeschirmt in die Studios geführt.

Die enttäuschten Gesichter der Mädchen gaben mir den Rest. Schnell lief ich zu April, die Fab5 interviewen würde.

»April, ich weiß, es geht mich nichts an. Aber da draußen wird seit heute Morgen der Hof von Fans belagert, und Fab5 sind gerade eben ohne auch nur einen Gruß oder ein Autogramm vorbeigerauscht, als wären sie Weltstars«, empörte ich mich.

»Wären sie Weltstars, hätten sie nicht nur angehalten und gegrüßt, sondern stünden jetzt noch da draußen und würden brav Autogramme geben. Das ist der Unterschied. Liegt aber nicht an den Jungs, die machen nur, was ihnen gesagt wird, und das hängt vom Management ab. Es gibt super Manager, die selbst so 'ne Band wachsen lassen und ihren Fankreis pflegen, und andere, die in ihnen nur ein schnelles Projekt sehen, das den Mehraufwand und die Arbeit nicht lohnt.«

»Und was machen wir mit den gebrochenen Mädchenherzen?«

»Ich kenne die TV-Promoterin vom Plattenlabel, die dabei ist. Ich spreche mit ihr.«

April war klasse, gleichgültig, welchen Ruf sie hatte.

Mit der TV-Promoterin, die nicht viel älter als ich war, kam sie zurück und erklärte die Lage.

»Wir sind viel zu spät dran. Deshalb gab's auch keine Autogramme, aber wenn die Jungs fertig sind und *performed* haben, kommen sie noch mal raus. Das kannst du den Fans sagen.«

Ich fühlte mich wie die Mutter Beimer des Popbiz und ging nach draußen, um den Mädchen die frohe Botschaft zu verkünden. Ich hätte nie geglaubt, dass hysterisches Gekreische Musik in meinen Ohren sein könnte.

Meine Mission war erfüllt, ich konnte wieder reingehen, aber erst, nachdem ich mehrmals fotografiert wurde. Anscheinend war man schon ein Foto wert, wenn man nur den geringsten Kontakt mit dem Objekt der Begierde vorweisen konnte.

Tim und Mimi mussten lachen, als ich berichtete, weshalb ich so lange verschwunden war.

»Da hast du dir was vorgenommen. Solche Aktionen kommen hier ständig vor. Oft stehen sogar dieselben Mädchen für verschiedene Stars an. Und meistens ist ein Quotenjunge dabei, der auch ein Plakat halten darf und später schwul wird«, lästerte Tim.

»Woher willst du denn das bitte wissen?«

»Na, weil ich früher dieser Junge war. Das ist wie in der Werthers-Echte-Werbung aus den 90ern. Und heute bin ich der Großpapa.«

Imka kam vorbei und fragte, ob das Interview mit Justus fertig geschnitten sei und ob sie es mal sehen dürfe.

Auswendig konnte ich inzwischen Fragen und Antworten mitsprechen, aber natürlich sah ich es mir gern noch mal mit ihr gemeinsam an und trottete zum Sichtgerät.

Mit Imka kam ich inzwischen bestens aus. Sie band mich in viele Tätigkeiten ein, die über ein normales Praktikum hinausgingen. Ihre Launen konnte ich mittlerweile einschätzen und wusste genau, wann man besser nichts sagte.

Mittlerweile verstand ich auch, weshalb Imka anfangs einen solchen Aufstand veranstaltet hatte und mich ohne Fernseherfahrung nicht haben wollte. Praktikanten waren beim Fernsehen im Gegensatz zu den Praktikanten in anderen Branchen nicht nur Anhängsel, die über die Schulter schielen durften – nein, das Medienbusiness lebte im Prinzip von arbeitswilligen, motivierten und unverbrauchten Arbeitskräften, die teilweise ein sektenähnliches Verhalten an den Tag legten, um fürs Fernsehen zu arbeiten, immer in der Hoffnung, eines Tages groß rauszukommen. In der Zwischenzeit ackerten sie, rissen begeistert eine Überstunde nach der anderen, um genug *good will* zu zeigen und dann irgendwann ins Fernsehnirvana aufzusteigen – als Producer oder als Moderator.

Das mit dem »sektenähnlichen Verhalten« hatte ich von Tim, der einen Artikel über Privatsender an seinem Platz hängen hatte. Dort wurde von erleuchteten, beängstigenden Praktikanten gesprochen, die, um beim Fernsehen arbeiten zu dürfen – die Betonung lag auf *dürfen* –, nicht nur ihre Seele verkauft hätten und auf der Sympathieskala nur wenige Plätze vor menstruierenden Frauen im Kaufrausch standen.

Neben diesem erheiternden Artikel, den ich weder meinen Eltern noch Lena (»Ich hab's schon immer gewusst!«) kopieren würde, hatte sich Tim einen aufmunternden anonymen Leserbrief ausgeschnitten, in dem der Moderator von *entertainment tonight* auf das Übelste beschimpft wurde, weil er es gewagt hatte, sich ironisch über ein »Nachwuchstalent« zu äußern, das einer dieser inflationären Castingshows entsprungen war.

> *Ich frage mich, was für Menschen sind das, die bei Ihrem Sender arbeiten? Sind Sie alle kranke Nichtskönner, Nichtsblicker? Ihr Team ist Abschaum, denn wenn ihr nicht begreift, dass Dominik Mückelman mit seiner positiven Art und seinem Talent Licht und Freude in diese Welt bringt, und Sie das in den Dreck ziehen müssen, wünsche ich euch alles Schlechte, ihr Idioten.*
> *Anonym.*
> *P. S. Falls Sie gegen mich vorgehen, berufe ich mich auf mein Recht auf freie Meinungsäußerung.*

Solche Briefe erhielt der Sender laut Mimi immer mal wieder. Meistens von Hand geschrieben, auf Briefpapier, von dem man dachte, es in den 80ern ausgerottet zu haben, sprich: vorzugsweise mit Pferdemotiven oder einem Händchen haltenden Pärchen im Sonnenuntergang am Strand. Bezeichnend für diese Art von Briefen war die wechselnde Anredeform, die zwischen Siezen und Duzen schon mal hin und her sprang, sowie die i-Pünktchen, die eher kunstvoll gezeichnete kleine Kreise waren, was von Grafologen entweder als Zeichen von Kreativität oder aber schwer gestörtem Verhalten gedeutet wurde. Diese Briefe waren entgegen der persönlichen, fast liebevollen Aufmachung immer anonym und kamen mir mit dem Hinweis auf das Recht der freien Meinungsäußerung gelinde gesagt paranoid vor – immerhin brachten sie Spaß in die Redaktion, was die Schreiber in ihrer Meinung, dass es beim Fernsehen nur gefühllose, zynische Sadisten gab, die einfach kein Herz für Stars wie Dominik Mückelman hatten, sicherlich bestärken würde. Übrigens ging diese Art von Fanatismus oft mit der Tatsache einher, dass der Fan auf irgendeiner Veranstaltung, meistens einem Frühjahrsfest, eben verteidigten Nachwuchskünstler persönlich hatte kennen lernen dürfen und dieser ja so unglaublich nett gewesen sei und Schmach einfach nicht verdient habe. Tja, wer hatte das schon?

Ich nahm mir fest vor, falls Justus je von irgendjemandem verunglimpft würde, keinen flammenden Leserbrief zu seiner Ehrenrettung zu verfassen.

Ach Justus! Natürlich hatte ich den ganzen Tag an nichts anderes denken können, was halbwegs legal war, da ich die Sendung mit ihm vorbereitete. Falls sich heute auf dem Rosenfest meiner Eltern die Gelegenheit ergäbe, würde ich Mimi und Tim meine Spinnerei auf jeden Fall beichten.

Auf dem Weg zu meinen Eltern rief meine geliebte Schwester an und sprühte nur so vor guter Laune. Caroline war mal wieder verliebt. Das passierte so häufig, wie ich meine Beine wachsen musste, also alle drei bis vier Wochen.

»Er heißt Stéphane und studiert auch Kunstgeschichte. Wir besuchen die gleiche Vorlesung, das heißt …« Sie hielt inne und kicherte. »Jetzt besuchen wir mehr meine Wohnung.«

Caroline war jedes Mal bis über beide Ohren verknallt, so als entdecke sie das männliche Geschlecht gerade das erste Mal. Die Begeisterung, die sie dann an den Tag legte, sowie das Gefühl, am Boden zerschmettert zu sein, wenn ein Intermezzo nach kurzer Zeit beendet war, kannte ich bereits zur Genüge.

Caroline, mit ihrer lebhaften, übersprudelnden Art und den blitzenden hellen Augen, hatte so viele Verehrer wie andere Leute Selbstzweifel. Ich beschloss, ihr erst mal nichts von Justus Staufen zu sagen, außer dass ich beim Interview dabei gewesen war, was sie kurze Zeit schrecklich aufregend fand, um dann aber gleich wieder zu Stéphane zurückzuschwenken. Mein Einwand, dass sie, sagen wir mal, sehr flexibel war, was Anzahl und Länge ihrer Beziehungen anging, wischte sie mit den Worten weg: »Du wirst doch nicht schon wie unsere Eltern denken. Verheiratet und brav werde ich lange genug sein! Und außerdem, wovon soll ich dann zehren, wenn wir uns nur noch zum Bridgespielen verabreden.«

»Apropos Eltern. Ich bin gerade auf dem Weg zum alljährlichen Rosenfest und beneide dich, dass du in Paris bist und Marlene samt ihrer reizenden Tochter Katharina aus dem Weg gehen kannst. Stell dir vor, bei Mamas letztem Wohltätigkeitsfest haben Marlene und Katharina über nichts anderes als Katharinas Verlobung und baldige Hochzeit gesprochen. Obwohl, das stimmt so nicht ganz. Auf Platz zwei der Themenliste standen wir und unser Singledasein.«

Caroline lachte. »Wer heiratet heute denn noch mit Anfang zwanzig, außer Katharina natürlich. Warum hat sich unsere Mutter ausgerechnet diese Schnepfe als Maßstab für ihre beiden viel entzückenderen Töchter ausgesucht?«

Das war eine gute Frage. Wahrscheinlich stellte Marlene, nachdem ihr Mann sie sehr stilvoll mit seiner Assistentin betrogen und danach verlassen hatte und sie keine andere Beschäftigung mehr als die Tochter hatte, alles, was Katharina machte, als so genial hin, dass sie und meine Mutter angefangen hatten, es zu glauben.

»Lotte, ich muss auflegen. Stéphane klingelt. Grüß Mutti, Vati und natürlich Lenchen von mir.«

Das würde ich bestimmt machen, falls sie sich nicht schon gegenseitig zerfleischt hatten, bis ich ankam, weil Lena ausgiebig über Rosa Luxemburg referierte.

Zum Glück war ich noch rechtzeitig vor den Gästen da und wurde Zeuge, wie meine Mutter wieder einmal generalstabsmäßig Haus- und Partypersonal abordnete und mein Vater sich unter dem Vorwand, er müsse noch Unterlagen durchsehen, verdrückt hatte.

»Nein, die Horsd'œuvres kommen in das hintere Zelt, nicht in den Gartenpavillon … *Scharlott*, da bist du ja. Kümmerst du dich bitte um das Orchester und den Tenor? Sieh nach, ob sie genügend Verpflegung haben und ob jeder weiß, wo er sitzt. Ich glaube, sie haben noch eine kurze Generalprobe oder stimmen gerade die Instrumente.«

Während ich mich auf den Weg in Richtung Garten zum Orchester machte, gab meine Mutter von der Veranda aus weitere Anweisungen.

»Die Rosen und der Teich müssen noch besser beleuchtet werden. Sobald es dämmert, möchte ich, dass die Lichter angehen und die Rosen angestrahlt werden. Schließlich heißt es Rosenfest, und da sollte man die Rosen auch sehen können. Sie blühen dieses Jahr besonders prächtig …«

Mir spukte ein Vers durch den Kopf, den mir Alexander, mein Schwarm in der dritten Klasse, ins Poesiealbum geschrieben hatte: »Sei stets wie das Veilchen im Moose bescheiden und klein und nicht wie die stolze Rose, die immer bewundert will sein.« Damals hatte ich mit dem Spruch nichts anfangen können und war enttäuscht gewesen, dass keine Liebeserklärung wie »Ich schreibe dir aufs letzte Blatt, weil ich dich am liebsten hab« darin gestanden hatte, heute jedoch war mir klar, weshalb aus Alexander und mir nie ein Traumpaar hatte werden können, auch wenn wir pro forma Anfang der vierten Klasse vor der ganzen Grundschule geheiratet hatten, mit Schleier und der Klassenlehrerin als Trauzeugin.

Es war ein heißer Sommertag, doch langsam kühlte die Luft ab, und es regte sich ein laues Lüftchen. Ich nahm mir einen selbst gemachten frischen Eistee mit Pfefferminzblättern vom Tablett der im Garten umherschwirrenden Hostessen und ging zum Leiter des Kammerorchesters, Herrn Arnold, der mit seinem kleinen Orchester und wechselnden Solisten schon des Öfteren bei Festen meiner Eltern gespielt hatte. Herr Arnold saß auf einem der noch unbesetzten Stühle am Teich und blätterte das Programm durch. Leichte Melodien, bevorzugt Mozart und Händel, würden sie zum Besten geben sowie einige Schubertlieder, natürlich auch das *Forellenquintett*, das *Yesterday* der Klassik. Es verhielt sich mit der *Forelle* bei einem Kammerkonzert wie mit *Satisfaction* bei einem Konzert der Stones, die sich nicht von der Bühne getrauen, ohne den Song gespielt zu haben. Zum Glück waren heute wenigstens keine Opern oder Operetten auf dem Plan, denn das Lieblingsstück meiner Mutter, *Nessun dorma* von Puccini, war schon zur Genüge strapaziert worden. Nach dem Konzert würde eine Big Band einige Swing-Klassiker zum Besten geben, was der kleinste gemeinsame Nenner unter den Gästen sein sollte.

Die letzten Anweisungen wurden ausgeführt, und keine Sekunde später trudelten nach und nach die erlauchten Gäste meiner Eltern – Unternehmer, Ärzte, Anwälte, Stadtpolitiker und der ein oder andere Künstler – zur Begrüßung im Salon ein. Begleitet wurden die meisten von den Gattinnen, die zu der Kategorie gehörten, die sich mit Frau Doktor oder Frau Professor ansprechen ließen, obwohl der Mann den Titel hatte. Man kannte sich vom Golf- und Tennisclub, von Bridgepartien und Segeltörns.

Inmitten der ankommenden Menge in der mit Marmorboden ausgelegten Empfangshalle standen Mimi und Tim mit großen Augen und für ihre Verhältnisse ziemlich gestriegelt.

»Da seid ihr ja!«

Besonders Tim war begeistert. »Das ist ja der Hammer hier!«, rief er. »Wie konntest du freiwillig ausziehen! Wollen deine Eltern vielleicht noch einen Sohn adoptieren? Womit macht man denn so viel Kohle?«

»Geldwäsche natürlich«, flachste ich. »Nee, meine Familie handelt mit Stoffen und Tüchern. Schon seit drei Generationen, aber um deine Frage vorwegzunehmen, ich möchte die Firma nicht übernehmen.«

Lena, die ebenfalls gerade eingetroffen war, hatte meine Bemerkung mitbekommen und schaltete sich sofort in das Gespräch ein.

»Das ist wie bei den Buddenbrooks. Die erste Generation baut alles auf, die zweite erweitert, die dritte verwaltet nur noch und die vierte, also du, liebe Lotte, bringst alles durch.«

Ich musste lachen.

»Darf ich vorstellen. Das ist Lena, meine beste Freundin seit Kindertagen.«

Lena hatte sich dem Anlass entsprechend wieder etwas Besonderes einfallen lassen. »Besonders« bedeutete in diesem Zusammenhang ausgefallen genug, um aufzufallen und meine Mutter zur Weißglut zu bringen.

Manchmal hatte ich das Gefühl, dass Lena, weil sie ihre eigenen liberalen 68er-Eltern mit nichts hatte schocken können, meine Eltern als Ersatz benutzte, um Reibung, Konfrontation und ihre pubertäre Phase nachzuholen, getreu dem Motto: Endlich ist mal jemand entsetzt anstatt verständnisvoll. Es dauerte auch keine Minute, und meine Mutter kam zu uns herüber, eigentlich, um Mimi und Tim kennen zu lernen und uns mit den anderen Gästen in Richtung Garten zu treiben.

Skeptisch begutachtete sie Lenas Asialook. Lena hatte sich die Haare mit Essstäbchen zu einer Rolle befestigt und trug eines dieser leuchtend roten asiatischen Kleidchen. Ansonsten war sie barfuß, hatte sich das Gesicht weiß gepudert und passend zum Sommerabend einen Fächer dabei. Sie sah großartig, unkonventionell und originell aus, was für meine Mutter gesellschaftlichem Selbstmord gleichkam.

Dementsprechend kurz begrüßte sie Lena und wendete sich Mimi und Tim zu.

»Und ihr seid *Scharlotts* Kollegen vom Fernsehen, ja? Schön, dass ihr gekommen seid.«

Sie konnte schon sehr *charming* sein, und Mimi und Tim waren sichtlich hingerissen. Wir schlenderten in den stimmungsvoll beleuchteten Garten, wo das Orchester bereits für musikalische Untermalung der Szenerie sorgte.

Maman war entzückt ob der vielen Komplimente, die sie von meinen Kollegen für ihre Rosen, die Musik, das Fest und ihre Aufmachung bekam. Es würde nicht mehr lange dauern, und sie würde Mimi und Tim lebenslanges Wohnrecht einräumen. Marlene, die natürlich nie weit entfernt war, wenn meine Mutter sich amüsierte, gesellte sich mit Katharina und ihrem Verlobten zu uns.

In gewohnter Manier riss Marlene das Gespräch an sich, um – wer hätte es gedacht – von Katharina und ihrer Verlobung zu sprechen.

Mit feuchten Augen erzählte sie, wie »ihre Prinzessin« Yannick kennen gelernt hatte. Katharina hielt zum ersten Mal den Mund und unterbrach die Logorrhö ihrer Mutter nicht, schließlich betrieb diese mit ihrer Geschwätzigkeit beste PR für sie und ihr junges Glück.

Meine Mutter, ergriffen von der jungen Liebe, warf mir zwischendurch vorwurfsvolle Blicke zu, die in der überaus mitfühlenden Mitteilung gipfelten: »Ach, das wünsche ich meiner *Scharlott* auch so sehr! Aber sie ist so kompliziert und wählerisch. In ihrem Alter war ich bereits Mutter ...« Und schon ging die übliche Diskussion los, über Frauen von heute und diese furchtbaren Emanzen. Diese waren sozusagen der Inbegriff des Bösen.

Meine Mutter und Marlene ereiferten sich, dass sich solche Frauen nicht mal die Beine rasierten und bloß auf dem Karrieretrip wären. Sie kamen noch zu dem Schluss, dass Emanzen einsam und allein sterben würden, und nahmen sich ohne Atempause allein erziehende Mütter vor, denen sie unterstellten, ihre Kinder zu psychologischen Krüppeln zu erziehen.

Gerade als Marlene fragte, ob Schwule und Lesben Kinder adoptieren dürfen und, wenn ja, eventuell nur Kinder mit HIV, die sonst niemand adoptieren möchte, rief ich, bevor Lena ausrastete, dazwischen: »Ihr habt ja noch gar nicht erzählt, wie es beim Floaten war!« Zu meiner großen Erleichterung wurde sofort das Thema gewechselt.

»*Scharlott*, das musst du ausprobieren! Bei mir hat es Energien freigesetzt, ich kann dir sagen!«

Zum Glück kamen verspätete Gäste durch den angelegten Wildheckengang, und meine Mutter samt Marlene eilten ihnen zur Begrüßung entgegen.

Tim, der Marlenes Frage zum Glück nicht mitbekommen hatte, weil er ausgiebig den Garten bestaunt hatte, stupste mich in die Seite. »Deine Mutter ist ja sehr charmant. Ist sie eigentlich Französin? Sie hat so einen leichten Akzent.«

»Nein, aber wenn du sie das fragst, steht deiner Adoption wirklich nichts mehr im Wege.«

Leider ließ Marlene ihren Sonnenschein Katharina samt Verlobtem bei uns stehen. Und Katharina schaffte es innerhalb kürzester Zeit, Mimi und Tim zu nerven.

Zuerst versuchte sie anzugeben und mit *name dropping* zu beeindrucken, womit sie leider an die Falschen geraten war. Wie hätte sie auch ahnen können, dass die beiden den Großteil der Bekanntschaften, mit denen sie angab, persönlich kannten.

»Ich habe letzte Woche im *Schneewittchen* Carsten Schweighof getroffen. Ich kenn ihn ja sehr gut. Der betrügt seine Freundin mit so einer kleinen Rothaarigen. Keine Ahnung, was er an der findet. Ich habe zufällig an der Bar gehört, dass sie sogar gemeinsam nach Portugal wollten. Ganz schön dreist, oder?«

Sie sah sich Beifall heischend um. Mimi, die sich die ganze Zeit auf die Lippen gebissen hatte, platzte der Kragen.

»Dreist finde ich eher zu sagen, dass du ihn gut kennst. Denn wäre das der Fall, wüsstest du, dass das rothaarige Mädel, das du so ätzend findest, seine Halbschwester Corinne ist und die Eltern der beiden in Portugal leben.«

Sagte ich schon, dass ich Mimi einfach liebe!

Noch nie hatte ich Katharina so fassungslos gesehen. Doch sie fing sich schnell wieder.

»Woher willst du das denn wissen?«, versuchte sie, sich kläglich aus der Affäre zu ziehen.

Das übernahm ich – und wie gern!

»Katharina, darf ich vorstellen. Das sind Mimi und Tim, meine Kollegen bei *TV-plus*. Mimi arbeitet in der News-Redaktion und Tim bei *entertainment tonight*.«

Anstatt das Thema zu wechseln oder peinlich berührt den Ort des Geschehens zu verlassen, machte Katharina einfach weiter.

»Du siehst aber noch ganz schön jung aus.«

Mimi versuchte die Fassung zu bewahren und steckte sich eine Zigarette an.

»Ich nehme das jetzt mal als Kompliment. Ich werde im März fünfundzwanzig.« Und dann fügte sie noch hinzu: »Ich war nach dem Abi im Ausland, habe anschließend einige Praktika gemacht und bin jetzt Volontärin bei *TV-plus*.«

Katharina wurde nun immer unverschämter. »Also ich würde nie in den Medien arbeiten, ohne vorher studiert zu haben. Man braucht doch einen Abschluss. Wie stellst du dir das vor? Was soll denn später mal aus dir werden?«

Mimi schaute mich an, verdrehte die Augen und antwortete zuckersüß: »Na ja, ich dachte, ich kann mich zur Not ja immer noch verloben, falls gar nichts aus mir wird«, woraufhin Lena lauthals loslachte und Katharina puterrot wurde.

Yannick, Katharinas Verlobtem, wurde die Szene sichtlich unangenehm, und er machte sich mit einem verlegenen »Ich besorge mal Getränke« Richtung Bar, die unter der alten Blutbuche aufgebaut war, aus dem Staub, im Schlepptau Tim, der »Zickenalarm« murmelte.

Katharina, die leider nicht die Schlagfertigste war, überlegte krampfhaft, was sie als Nächstes sagen könnte. Man sah förmlich, wie angestrengt sie grübelte.

Endlich stieß sie aus: »Dafür müsstest du erst mal jemanden finden, der sich mit dir verloben möchte, oder hast du etwa einen Freund?«

Katharina war laut geworden, und mein Vater, der nachsehen wollte, ob alles in Ordnung sei, fragte: »Was ist mit deinem Freund, Katharina?«

»Nichts. Ich habe ja einen.«

Mimi, die genug Selbstbewusstsein hatte, sich nicht von der Anwesenheit meines Vaters einschüchtern zu lassen, grinste süffisant.

»Na ja, ich stehe auch nicht auf deine Art Freund. Ich mag eben ältere Männer.«

Mein Vater war hellhörig geworden und fragte äußerst interessiert nach. »Aha, wie alt denn genau?«

»Papa!«, rief ich empört.

»Man wird ja mal fragen dürfen.«

Katharina fühlte sich so ganz ohne Gefolge unsicher.

»Wo bleibt denn Yannick nur! Ich schau mal nach ihm.« Und mit einem süßlichen »Kommst du mit, Leonard?« hakte sie sich bei meinem Vater ein, der keine Chance hatte, etwas zu entgegnen, und so ließen sie Lena, Mimi und mich stehen.

Wir waren endlich unter uns und machten es uns in einem der aufgestellten Strandkörbe bequem. Natürlich wollte ich unbedingt wissen, was es mit Mimis Vorliebe für ältere Männer auf sich hatte. »Sag, Mimi. Hast du das eben nur so dahingesagt, um Katharina zu ärgern? Oder stehst du echt auf ältere Männer?«

Mimi zierte sich, doch diesmal ließ ich nicht locker.

»Warum machst du denn so ein Geheimnis daraus? Ist doch nichts dabei.«

Lena, die genauso neugierig war wie ich, aber es natürlich nie zugeben würde, wiegelte ab. »Lotte, so lass sie doch, wenn sie darüber nicht sprechen mag. Aber Mimi, falls es dich beruhigt, ich hatte auch mal einen älteren Freund, und das war nicht das Schlechteste.«

Super, Lena. Was sollte das denn werden? Spielten wir jetzt *good cop* und *bad cop*?

Mimi grinste.

»Ich kann mit Gleichaltrigen einfach nicht so viel anfangen. Ältere Männer finde ich interessanter, die haben schon etwas erlebt, wissen oft mehr und sind viel relaxter.«

»Ja, und hast du nun einen Freund oder nicht?«, bohrte ich weiter.

»Wenn ich das nur wüsste. Das ist etwas komplizierter und ein ewiges Hin und Her. Und nun lass gut sein. Ich werd's dir irgendwann erzählen. Wie sieht es denn bei dir aus?«

Ha, da hatte sie mich kalt erwischt.

Lena schaute mich aufmunternd an.

Zögerlich erklärte ich: »Also, bei mir geht das nicht so schnell, bis ich mich verliebe.«

»Bist du denn momentan verliebt?«

Und wie, dachte ich, war mir aber immer noch unsicher, wie Mimi es auffassen würde, wenn ich ihr beichten würde, wer das Objekt meiner Begierde war. »Ja, momentan bin ich verliebt. Aber das ist ebenfalls kompliziert oder besser gesagt ziemlich kindisch.«

Mimi zog die Augenbrauen hoch.

»Versteh ich nicht. Wie kann es denn kindisch sein, sich zu verlieben?«

»Indem du dich in einen Nachwuchsschauspieler verliebst, den du nur einmal getroffen hast!«

»Nein!« Mimi kreischte so laut, dass die vorbeiwandelnden Gäste interessiert herüberschauten. »Sag nicht, du hast dich in Justus Staufen verknallt?«

»Siehst du, ich hab gleich gesagt, dass es kindisch ist.« Ich bereute, es überhaupt gesagt zu haben.

Mimi nahm mich in den Arm. »Ach Quatsch, deshalb kreische ich doch nicht, auch wenn er wirklich ein besonderes Kaliber ist. Nein, ich musste nur lachen, weil April sich vergeblich um ihn bemüht hat, als er da war. Er hat sie ziemlich kalt abblitzen lassen.«

»Das ist doch ein gutes Zeichen. Dann ist er zumindest nicht so anfällig für die Versuchungen des Showbiz ... oder ist April nur nicht sein Typ?« Lena erwartete keine Antwort auf ihre Frage und wandte sich im nächsten Moment an Mimi. »Glaub mir, ich wäre die Erste, die Lotte sagen würde ›vergiss es einfach‹. Aber weißt du, Lotte findet wirklich nicht oft jemanden richtig gut, und sie ist die Letzte, die für irgendwelche Schauspieler oder Stars schwärmt.«

Das stimmte, als Teenager hatte ich nie Starposter an der Wand und reale Jungs immer interessanter gefunden.

»Wie war er denn zu dir? Habt ihr Nummern getauscht?«

Es war mir unangenehm, zugeben zu müssen, dass wir uns nur unterhalten hatten, ich in den Schnitt musste und mich nicht mal verabschieden konnte.

»Mimi, du hältst mich jetzt sicher für durchgeknallt. Versprich mir, dass du es niemandem sagst.«

»Was soll Mimi niemandem sagen?« Tim war zurück und rückte sich einen Korbsessel heran.

»Dass sie sich in Justus Staufen verliebt hat!«, posaunte meine beste Freundin Lena fröhlich heraus.

Ich sah sie mit meinem Komm-du-mir-nur-nach-Hause-Blick an.

»Zier dich nicht so, Lotte. Tim darf das wissen«, befand Lena.

»Genau! Ich finde das süß! Ich verliebe mich jede Woche aufs Neue. Kein Wunder bei dem Material, was einem zum Interview vor die Nase gesetzt wird. So ist das eben, wenn man nicht als Hautarzt, sondern beim Fernsehen arbeitet. Da gibt's eben eine höhere Fluktuation an gut aussehenden Menschen, denen man begegnet. Justus Staufen finde ich sehr sexy, aber damit bin ich wohl nicht allein. Keine Sorge, ich werde es für mich behalten und es nicht über den Flurfunk verbreiten«, versprach er.

Nachdem alle eingeweiht waren, fühlte ich mich sichtlich erleichtert.

Lena, die sich blendend mit meinen beiden Kollegen aus der bösen, scheinheiligen, oberflächlichen Welt der Privatsender verstand, begann mit ihnen Pläne zu schmieden, wie ich Justus wiedersehen könnte.

Tim hatte die Lösung parat. »Nächste Woche ist Premiere von *Sturmjahre*. Da treibt sich alles an Schauspielern rum, was Rang und noch keinen Namen hat. Und ich weiß sicher, dass einige Schäfchen, die die Becker vertritt, da sein werden. Justus sicher auch, falls er nicht am Set ist. Er dreht ja gerade seinen zweiten Film zusammen mit Annabelle Leiniger. Ich kann dich auf alle Fälle mitnehmen. Ich stehe mit Begleitung auf der Gästeliste.«

Bei dem Gedanken, Justus schon in ein paar Tagen wiederzutreffen, wurde ich furchtbar aufgeregt. Ob ich ihn immer noch so prickelnd finden würde? Vielleicht war es ja wirklich nur eine nichts sagende Hormonwallung gewesen, die sich als vollkommen überschätzt herausstellen würde. Auf alle Fälle fühlte ich mich mit einigen Verbündeten im Boot wohler.

Als die Big Band schließlich ihre letzte Zugabe spielte und das Fest sich langsam dem Ende näherte, fiel mir auf, dass ich mich mit den meisten meiner alten Freunde kaum unterhalten hatte. Es waren wie immer einfach zu viele Leute da gewesen. Einige Gäste brachen bereits auf, unter anderem auch die heilige Triade: Marlene und Katharina samt Verlobtem.

Es blieb uns nicht erspart, sie zu verabschieden, da sie extra dafür bei uns vorbeikamen – und auch, um noch ein wenig Gift zu verspritzen.

»Ihr Lieben, wir müssen! Manche Leute gehen eben morgens früh in ihre Vorlesungen und fangen nicht erst um 10 Uhr zu arbeiten an.«

»Nur kein Neid!«, zischte Tim.

Kaum dass sie weg waren, sprach Tim aus, was alle dachten. »Diese Katharina ist ein verzogenes Miststück. Eine unsägliche Person! Ich frage mich, wie Yannick an sie geraten konnte. Der ist so ein toller Kerl. Habe mich länger mit ihm unterhalten, und er sieht nicht nur gut aus, sondern ist auch ein richtig kluger Kopf, was man von ihr ja nicht gerade behaupten kann. Was studiert die überhaupt?«

»Dreimal darfst du raten.« Lena freute sich.

»Jura oder BWL?«

»Volltreffer. Jura im vierten Semester.«

»Das passt! Bei uns an der Uni sahen die Juristen wie geklont aus. Da haste dich immer gefragt, wo die herkommen. Direkt aus dem Schweizer Eliteinternat oder vom Segeltörn, oder warum sonst tragen die alle Timberlake-Segelschuhe und blaue Hemden?«

Lena lachte. Sie hatte einst eine heftige Affäre mit einem Juristen gehabt, der diesem Bild ebenfalls genau entsprach und der sie nicht seinen Jurafreunden vorstellen wollte, weil sie nicht der Norm entsprach. Nicht, dass Lena umgekehrt vorgehabt hätte, ihn ihren Geologen- und Soziologenfreunden vorzustellen, aber da er ihr mit der Bitte, das Ganze nicht an die große Glocke zu hängen, zuvorgekommen war, konnte Lena sich heute noch moralisch empören ob der Intoleranz und des gesellschaftlichen Zwanges, dem er sich untergeordnet hatte.

»Du meinst die ungeschriebene Juristenuniform? Die Jungs immer im vorzugsweise blauen Hemd mit dem obligatorischen Polospieler draufgestickt, manchmal auch mit Seidenschal oder Einstecktuch, meistens mit schwarzen Budapester oder eben erwähnten Segelschuhen, die Mädels mit glatten langen Haaren, meist blond und Pagenschnitt, Anzug, Kostüm oder auch gern mal weiße und hellblaue Blusen mit einem leichten Strickpullover um die Schultern und Perlenohrringen. Und damit man sich auch außerhalb der geheizten Räume auf einen Blick gegenseitig erkennt und nicht etwa aus Versehen einem Politologen oder noch schlimmer Soziologen in die Arme läuft, tragen beide Geschlechter ganz aufgeklärt und unisex die gute alte Barbour-Jacke und haben den obligatorischen Schönfelder Gesetzestext, der mindestens drei Kilo wiegt, unterm Arm als Zeichen der Bürde, an der man schleppt, wenn man über Gut und Böse zu entscheiden hat.« Lena genoss ihre Lästertirade sichtlich.

»Dass diese Katharina das Klischee gut bedient, steht wohl außer Frage, aber ehrlich gesagt, seid ihr ja auch nicht gerade schlecht im Über-einen-Kamm-Scheren, wenn ich das mal bemerken darf. Mein Bruder und eine meiner besten Freundinnen studieren auch Jura und sind weder doof noch spießig, auch wenn sie diese Klamotten tragen«, sagte Mimi entrüstet.

Natürlich hatte sie Recht. Auch ich zählte einige Jurastudenten zu meinem Freundeskreis, die nicht wie Katharina wichtige Literatur in der Bibliothek in Regale einsortierten, wo sie nicht hingehörten, nur um als Einzige Zugang zum Herrschaftswissen zu haben. Und die fanden es auch nicht witzig, dass die Bibliotheksleitung entsprechend reagiert hatte und eine Dame eingestellt hatte, deren Aufgabe einzig und allein war, falsch einsortierte Jurabücher wieder an ihren Platz zu stellen. Ja, so brachte man die Konjunktur in Schwung und sorgte für neue Arbeitsplätze. Zumindest sah Katharina das so. Sie fand es auch zum Schreien komisch, Abfall in der Uni einfach fallen zu lassen und dann großmütig zu verkünden: »Ich sichere nur den Arbeitsplatz der Putzkolonne!«

Die anderen Gäste hatten das Fest mittlerweile verlassen oder waren ins Haus umgesiedelt, und die Jungs vom Partyservice machten zum ersten Mal an diesem Abend eine Rauchpause, bevor sie die leeren Gläser einsammelten. Meine Mutter stürmte uns gewohnt theatralisch die Verandastufen herunter entgegen. Wir waren die Einzigen, die noch im Garten saßen.

»*Scharlott*, da bist du ja? Ich möchte dir jemanden vorstellen.«

Meine Mutter! Das hatte ich ja komplett vergessen. Sie hatte angedroht, mir einen »ganz außergewöhnlichen jungen Mann« vorzustellen.«

Wir hielten auf halbem Weg vor der Laube an, und schon wurde ich mit Casper Kröger bekannt gemacht, der – man musste es eigentlich gar nicht mehr sagen – entweder Arzt in spe war oder gerade im väterlichen Großkonzern eingearbeitet wurde.

Wir tauschten Höflichkeiten aus, während meine Mutter nicht einen Schritt von unserer Seite wich. Caspers Blick schweifte die ganze Zeit, während er mit mir sprach, ab. Sehr schmeichelhaft. Dass ich ihn dermaßen langweilte, hätte er auch galant überspielen können.

Plötzlich bemerkte ich, dass sein Blick Lena galt.

»Und wer bist du, wenn ich fragen darf?«

Zum Entsetzen meiner Mutter sprach er Lena auch noch an.

Die beiden plauderten ausgelassen, während meine Mutter mir zuflüsterte: »Bring dich ein, *Scharlott*, bring dich doch endlich in das Gespräch ein.«

Ich schüttelte den Kopf und begleitete stattdessen Mimi und Tim, die sich verabschieden wollten, ins Haus und ließ meine Mutter zusammen mit Casper Kröger und Lena vor der Laube stehen.

»Danke für die Einladung und das schöne Fest«, sagte Mimi.

Ich wartete, bis das Taxi für die beiden da war.

Als ich in den Garten zurückkam, unterhielten sich Lena und Casper immer noch, während meine Mutter daneben stand und sie keinen Moment aus den Augen ließ.

Es war eindeutig, dass Lena und Casper miteinander flirteten. Das musste einer der schwärzesten Abende für meine Mutter sein, denn anscheinend bekam die seltsame Freundin eher einen viel versprechenden Kandidaten ab als die eigene Tochter …

»So, Kinder. Ich möchte nicht unhöflich sein, aber ich bin sehr müde. Wie wäre es, wenn wir diese kleine Feier auflösen?«, intervenierte meine Mutter so gut sie konnte. Wenn schon ich den Fisch nicht an Land ziehen würde, dann durfte ihn auch keine andere fangen.

Wir verabschiedeten uns, und Lena und ich stiegen kurz darauf ins eilig herbeigerufene Taxi.

Im Wagen kicherten wir beide los.

»Hast du die gefrorenen Gesichtszüge deiner Mutter gesehen, als Casper nach meiner Nummer gefragt hat?«

»Allerdings. Sie tut mir fast ein bisschen Leid. Immerhin gibt sie sich immer solche Mühe. Ich habe sie trotz ihrer Spleens und Macken furchtbar lieb. Vielleicht sollte ich ihr zuliebe mal ein Date annehmen. Dann beruhigt sie sich.«

Zuerst aber würde ich Justus wieder treffen! Wenn alles klappte, schon nächste Woche! Ich konnte es kaum abwarten!

Müde und angenehm beschwipst, legte ich mich zu Hause ins Bett und hoffte inständig, Justus möge mir im Traum begegnen …

fünf

Die nächsten Tage war ich völlig unkonzentriert und konnte an nicht anderes als an das mögliche Wiedersehen mit Justus Staufen denken.

Am Tag der Filmpremiere saß ich schließlich völlig fertig in der Redaktion und stierte wie in Trance vor mich hin.

»Lotte, komm mal her! Das muss ich dir erzählen.« Felix kam von einem Dreh zurück und lachte Tränen. Mit gespielter Neugier sah ich ihn an.

»Ich war gerade im *Prinz*, wo Fred Schimmel abgestiegen ist ...« – Fred Schimmel war einer der erfolgreichsten Popstars und gleichzeitig Produzent. Was er anfasste, wurde zu Geld. Er musste ein Vermögen mit seinen Platten gemacht haben. Er war in der Stadt, um zwei Konzerte zu geben. – »Mein alter Freund Johannes ist der Konzertveranstalter und Organisator der Tour, durch ihn haben wir auch so einfach das Interview bekommen. Wir trudeln also in dem Hotel ein, aber Schimmel lässt auf sich warten. Johannes und ich setzen uns ein Weilchen an die Bar, und auf einmal kommt Leila, sichtlich verärgert ...« – Ich erfuhr, dass Leila die langjährige *On-and-off-Dauerfreundin* von Fred Schimmel und so musikalisch wie drei Kilo Kartoffeln war. Sie durfte als Beschäftigungstherapie mit auf die Bühne, denn dekorativ sei sie allemal, hämmere lächelnd ein bisschen auf dem Synthesizer herum, was ja nicht verkehrt sei. Felix redete ohne Punkt und Komma. – »Leila druckste irgendwie nur rum, weil ich dabei war, aber Johannes beruhigte sie und meinte, ich sei ein alter vertrauenswürdiger Freund. Plötzlich platzte sie heraus: ›Johannes, ich wollte mal fragen, ob wir eigentlich immer in so teure Hotels gehen müssen, wenn wir auf Tour sind?‹ Ich denke, ich höre nicht recht. Endlich mal eine Frau, der Luxus nicht wichtig ist. Johannes aber fragte verwundert: ›Warum das denn?‹ Da sagt sie doch tatsächlich: ›Na ja, also Fred gibt mir pro Auftritt abends 125 Euro, aber das geht immer gleich fürs Hotel drauf. Und da dachte ich eben, ob wir nicht mal in billigeren Hotels absteigen könnten?‹ Johannes und ich sehen uns an. Wie sagt man Leila, dass ihr liebenswürdiger Freund auf Tour alles, inklusive teuerste Hotelsuiten, vertraglich festgelegt vom Veranstalter bezahlt bekommt und er sich anscheinend etwas *on top* verdient, indem er fürs Hotel bei ihr abkassiert? Johannes versprach, sich mit Fred zu unterhalten! Der Mann hat Millionen! Stell dir das mal vor!«

Höflichkeitshalber tat ich ebenfalls perplex, aber wirklich konzentrieren auf die Story konnte ich mich nicht. Immer wieder sah ich Justus' Gesicht vor mir. Ob ich ihn heute tatsächlich wiedersehen sollte? Hoffentlich war Tims Quelle zuverlässig!

Ich blickte an mir hinunter. Zum Glück war Lena tags zuvor noch mit mir shoppen gegangen, was ich ihr hoch angerechnet hatte, denn sie hasste die Boutiquen und Shops, in denen ich einkaufte. Sie bevorzugte Flohmärkte und originellere Läden, Designershops mied sie. Doch sie hatte mich ablenken wollen, und mir hatte der Bummel tatsächlich gut getan …

»Okay. Vergiss einen Moment lang, dass du mit dem Geld, den dieser Stofffetzen kostet, eine bedrohte Tierart retten könntest. Steht mir das?«, hatte ich sie gefragt.

Lena war die beste Beraterin, die man sich denken konnte, denn sie sagte mir ehrlich ihre Meinung. Nach der Einkaufstour waren wir noch schwimmen gewesen – ein bisschen die Muskulatur zu stärken konnte nicht schaden –, und danach hatte ich die komplette Vorbereitung für die Premierenfeier getroffen, also Peelen, Maske, Wachsen, Augenbrauenzupfen und *Saint Tropez* für zu Hause. War ich froh, dass es diese Selbstbräunungscreme gab! Zum ersten Mal ausprobiert hatte ich sie in London, wo eine Studienfreundin lebte. Ich hatte mich über ihren gesunden Teint – im April! – gewundert, wo doch das englische Wetter bekanntlich nicht viel hergibt. Daraufhin schleppte sie mich in den nächsten Kosmetiksalon und buchte mir eine *Saint-Tropez*-Behandlung. Was sich sehr glamourös anhört, stellte sich letztlich als dunkle Schlammmasse heraus, mit der der ganze Körper eingecremt wurde. Es bildeten sich hier und da Klümpchen, was aber kein Problem sei, wie mir erklärt wurde, denn das Tolle an dieser Schlammmasse war, dass sie gleichmäßig von der Haut aufgenommen wurde und sich so im Gegensatz zu herkömmlichen Selbstbräunern tatsächlich keine Flecken bildeten. Das Ergebnis begeisterte mich so sehr, dass ich die Maske seither auch zu Hause selbst machte, was eine Riesenschweinerei war, weil es das ganze Bad verdreckte. Das bedeutete eine Putzrunde extra. Wenn wir doch noch unsere Putzfrau hätten …! Aber auf Lenas Geheiß hin, denn welche normale WG leistet sich schon eine Putzhilfe, hatten wir ihr gekündigt!

Das Einzige, worauf man bei *Saint Tropez* aufpassen musste, war, nicht süchtig zu werden, denn wenn man es zu häufig anwandte, färbte sich die Haut orange. Daran erkannte man englische Promis, die es gern mal übertrieben. Jüngstes Opfer: Posh Spice Victoria Beckham. In der *Heat* aus England, einem jungen und sehr viel frecheren Pendant zur *Gala*, gab es regelmäßig Abbildungen der *Saint-Tropez-Abhängigen*, die von leicht Orange über sehr Orange bis hin zu *»Oh-my-God«*-Orange alle Farbstufen abdeckten.

Ich war natürlich sparsam mit der Masse umgegangen und hatte nun einen schönen goldbraunen Ton am ganzen Körper, was gut zu dem weißen Sommeranzug und den Edelbast-Flipflops aussah.

Lena hatte mir später noch gerade so viel Rotwein eingeflößt, dass es reichte, müde zu werden, und hinterher, vorsorglich wie sie war, einen Baldrian-Hopfen-Tee gereicht.

»Wenn du dir etwas nicht leisten kannst, dann unausgeschlafen auszusehen«, hatte sie gemeint.

Da Justus mich zum ersten Mal schon verkatert und mit Ringen unter den Augen getroffen hatte, tat ich Lena und mir den Gefallen und wurde trotz Aufregung müde und schlief mühelos durch.

Natürlich war die Unruhe morgens zurückgekommen, und ich stand den Tag über so ziemlich neben mir. Wann immer ich auf die Uhr schaute und an abends dachte, zuckte ich nervös zusammen.

Zumindest optisch aber hatte ich vorgesorgt und sah bestens aus, was eine kleine Hilfe war. Als Tim mich endlich abholte, um mich zum Schafott zu führen, baute er mich auf.

»Lotte, du siehst hinreißend aus! Und wenn ich das sage, stimmt das. Schließlich haben schwule Männer von Haus aus guten Geschmack.«

Normalerweise hätte ich gekontert, dass es auch positive Diskriminierung gab. Den Begriff hatte Joy geprägt, eine Freundin, die schwarz war und weder singen noch besonders gut tanzen konnte oder gar sportliche Höchstleistungen vorzuweisen hatte, auch wenn alle Welt das von ihr erwartete. Aber momentan hatte ich keine Lust, Wortgefechte auszutragen, mir war so schon schlecht genug.

Die Premiere fand mitten in der Pampa auf einem Anwesen mit einem kleinen Wasserschloss statt. Die Veranstalter hatten einen Shuttle Service eingerichtet, und so saßen wir mit Pressefuzzis und Fotografen in einer Mercedeslimousine und wurden bis zum eigens eingerichteten Pressezelt am Fuße des Schlösschens gefahren. Dort bekamen wir unsere Akkreditierungen.

Die ganze Zeit schon hielt ich nervös Ausschau nach Justus, konnte ihn im Getümmel aber nicht entdecken.

Die Veranstalter hatten an alles gedacht und sogar ein Freiluft-Kino in der Parkanlage aufgebaut, mit roten Plüschsitzen. Der erste Feinkost- und Partyservice der Stadt hatte das Büfett und Häppchen sowie erfrischende Cocktails mit liebevollen Ideen hergerichtet und dekoriert. Die perfekte Kulisse, um Justus wiederzutreffen.

»Ob der dich noch erkennt, bei so viel Leuten, die er trifft?«, rutschte es Tim heraus.

Danke! Daran hatte ich gar nicht gedacht! Das würde gerade noch fehlen, dass Justus nach all den schlaflosen Nächten und Anstrengungen, die ich betrieben hatte, um umwerfend auszusehen, einfach an mir vorbeiging, weil er sich an die kleine Praktikantin von *TV-plus* nicht erinnerte. Wie peinlich wäre das? Diese Gedanken halfen nicht, meine Unsicherheit zu verdrängen. Überhaupt, was machte ich eigentlich hier? Wie kam ich auf die absurde Idee, dass Justus sich genauso zu mir hingezogen fühlte wie ich zu ihm? Er suchte im Gegensatz zu mir nicht Mittel und Wege, um mich wiederzusehen.

»Tim, das war 'ne komplette Schnapsidee! Komm, lass uns gehen. Ich möchte hier weg!«

»Ich glaube, dafür ist es zu spät. Sieh mal, wer da kommt!«

Ich drehte mich um und sah Justus.

Er ging zusammen mit Annabelle Leiniger, seiner *sympathischen* Agentin Becker und dem Regisseur seines zweiten Films unter Blitzlichtgewitter über den roten Teppich. Lachte in die Kameras, winkte hier und da und hatte mich innerhalb eines Augenblicks wieder genau da, wo ich das letzte Mal schon gewesen war: völlig hingerissen mit entglittenen Gesichtszügen, einer Ohnmacht nahe, weil ich vergaß zu atmen.

Mit einem Schlag war mir vollkommen egal, ob ich mich lächerlich machte oder nicht; ich wollte einfach in seiner Nähe sein – alles andere war gleichgültig.

Schnell hakte ich mich bei Tim ein und zog ihn über den roten Teppich in den großen Saal des Schlosses, wo Aperitifs gereicht wurden.

Um Justus und seine Begleitungen hatte sich bereits eine Traube Schauspielerkollegen, Musiker und anderer Gestalten der Filmbranche gebildet. Sie kannten sich sicher von verschiedenen Drehs.

»Lotte, starr da nicht so hin. Die denken sonst noch, du bist ein durchgedrehter Fan, der sich reingeschmuggelt hat«, versuchte Tim mich auf den Boden zu bringen.

»Das kommt der Sache doch ziemlich nah!«, scherzte ich, immer noch aus den Augenwinkeln zu Justus hinüberschielend. Er hatte mich bisher nicht entdeckt, sondern unterhielt sich blendend mit diversen Kollegen. Justus stach eindeutig aus dem Pulk hervor, und als ich mich im Saal umschaute, bemerkte ich, dass ich nicht die einzige Bekloppte war, die ihn nicht aus den Augen ließ. Er war begehrt und, wie mir schien, sich dessen nicht bewusst oder schon immun.

»Los, Lotte, reiß dich los. Du wirst ihn heute Abend noch oft genug sehen. Ich hab Hunger. Können wir bitte was zu essen holen?« Schweren Herzens wandte ich mich ab, aber schließlich war ich Tim unendlich dankbar, dass er mich mitgenommen hatte, und zweitens hatte ich selbst vor Aufregung den ganzen Tag nichts gegessen und fürchtete entweder vor Justus ohnmächtig zu werden, was noch die tolle Variante gewesen wäre, oder aber mein Magen würde, wenn ich endlich die Gelegenheit hätte, ihn zu sprechen, laut knurren oder die Aufregung in Blähungen umschlagen, was ich auf keinen Fall riskieren wollte.

Tim besorgte in Honig gebratene Hühnchenschenkel und für jeden einen Mojito.

»Und? Immer noch verliebt, oder war es nur der Restalkohol beim ersten Treffen?«

Ich nahm einen kräftigen Schluck von meinem Drink.

»Immer noch verliebt. Sogar noch mehr, befürchte ich.«

»Na, dann lass uns nach dem Essen gleich mal mit dem Manöver beginnen«, freute sich Tim.

Das Manöver mussten wir jedoch erst mal aufschieben, denn wir wurden gebeten, im Park unsere Kinoplätze einzunehmen. Wir gingen den mit Fackeln beleuchteten Weg entlang und setzten uns auf unsere Plätze. Im Halbdunkel hielt ich Ausschau nach Justus und entdeckte ihn nur einige Stuhlreihen schräg vor mir. Diesen braun gebrannten Nacken hätte ich überall erkannt, schließlich hatte ich vorhin genügend Gelegenheit gehabt, ihn anzustarren. Er beugte sich zu seiner Nachbarin hinüber, die ich als Annabelle Leiniger identifizieren konnte, wobei ich mich nur auf sein umwerfendes Profil mit den sinnlichen Lippen konzentrierte.

Leider wurde ich jäh von Annabelle gestört, die Justus etwas ins Ohr flüsterte.

»Was kichert denn die Leiniger die ganze Zeit so aufgesetzt?« Tim stupste mich an.

Das würde ich auch gern wissen – oder vielleicht auch lieber nicht. Langsam kroch die Eifersucht in mir hoch. Was, wenn die beiden nicht nur bei den Dreharbeiten ein Liebespaar waren? Gab es ja oft genug, dass Schauspieler nicht mehr zwischen Film und Realität unterscheiden konnten.

Tim versuchte so gut es ging zu helfen und Annabelle Leinigers Redefluss zu bremsen und rief die ganze Zeit: »Pst, Ruhe bitte da vorne!«

Der Film zog sich ewig in die Länge, was nicht nur ich fand, wie ich sehen konnte, denn Annabelle setzte ihre persönliche Unterhaltungsoffensive unentwegt fort.

Endlich kam der Abspann. Wir warteten den richtigen Augenblick ab, bis Justus aufstand, und verließen unsere Reihe so gut getimt, dass wir ihm praktisch in die Arme liefen. Unser Plan schien aufzugehen, Justus kam immer näher, und ich wurde immer nervöser. Wir waren fast auf Augenhöhe, als er mich ansah, musterte und ziemlich kühl »Guten Abend, Charlotte« sagte und ohne ein weiteres Wort an mir vorbeizog, gefolgt von Annabelle und meiner Lieblingsfrau des deutschen Showbiz, nämlich seiner Agentin Becker, die sich die Bemerkung »Seit wann schicken die denn ihre Praktikanten auf solche Veranstaltungen!« nicht verkneifen konnte.

Völlig geschockt und nicht in der Lage, mich weiterzubewegen, stand ich im Weg, bis Tim mich wortlos weiterschob und zu einer Hecke beförderte, wo wir ungestört waren.

»Was war das denn bitte, Lotte? Was hast du dem denn getan?«

Gute Frage! Nahm er mir das Gespräch mit Imka, dessen unfreiwilliger Zeuge er geworden war, doch übel und hatte nur für das Interview gute Miene zum bösen Spiel gemacht? Aber die Reaktion wäre selbst dafür übertrieben gewesen. Was war nur los?

Tim versuchte, mich aufzumuntern.

»Immerhin hat er dich gleich erkannt und wusste, wie du heißt!«

»Auf diese Art der Begrüßung kann ich liebend gern verzichten. Komm, Tim, ich hab genug. Lass uns bitte gehen.«

»Gehen? Jetzt wo es spannend wird! Auf keinen Fall. Ich will wissen, was für ein Problem er mit dir hat. Los, lass uns ins Getümmel stürzen, du musst ihn noch mal länger treffen, um zu sehen, wie er reagiert.«

Der Plan überzeugte mich keineswegs, ich war immer noch vor den Kopf gestoßen ob der offensichtlichen Abfuhr, gleichzeitig wollte auch ich wissen, was los war.

Zu verlieren hatte ich jetzt eh nichts mehr. Tim besorgte mir einen Mojito und zog mich in Richtung Tanzfläche, wo Justus die Hüften schwang. Selbst in benebeltem Zustand sah ich, dass er einer der wenigen Männer war, die tatsächlich tanzen können, ohne übertriebene Balzbewegungen hinzulegen. Oft gab es nichts Schlimmeres als tanzende Männer, bei Justus aber sah es natürlich und sexy aus. Tim nahm mir das Glas aus der Hand und stupste mich in Richtung Justus. Wie erniedrigend! Die letzte dieser Aktionen kannte ich noch aus dem Schullandheim in der siebten Klasse, als sich keiner auf die Tanzfläche getraut hatte.

»Du kommst gefälligst mit, Tim!«

Das musste ich nicht zweimal sagen. Tim war in seinem Element und katapultierte sich und mich zappelnderweise immer näher an Justus und Annabelle, die Flüsterzunge, heran. Annabelle war, was man unter einer Kindfrau verstand: blonder Garçonhaarschnitt, Kindchenschemagesicht mit weit aufgerissenen Augen, Stupsnase und Schmollmund, zierliche Gestalt, aber genug Oberweite – ob echt oder nachgeholfen, sei dahingestellt.

Sie weckte den Beschützerinstinkt in Männern und tanzte elfengleich und leicht verloren vor sich hin, so als ob sie den Rest der Welt gar nicht wahrnahm, die Welt sie hingegen schon.

Plötzlich war Tim verschwunden, und ich tanzte allein in der Menge, bedacht, nicht in Justus' Richtung zu schauen.

Wenige Augenblicke später war Tim außer Atem wieder da und lächelte zufrieden.

»Was führst du denn im Schilde?«

»Überraschung!« Das konnte ja heiter werden. Plötzlich stoppte die Musik und der DJ sagte ins Mikro: »Auf besonderen Wunsch eines Gastes …«, und legte *Dancing Queen* von Abba auf.

Tim war nicht mehr zu halten.

»Sag nicht, dass das deine Überraschung ist? Diese Schmonzette! Was für ein Klischee!«, rief ich ihm zu.

»Sei froh, ich hätte mir auch *I will survive* von Gloria Gaynor wünschen können. Aber *Dancing Queen* ist der Flirtsong schlechthin.«

»Ja, vielleicht auf dem Christopher Street Day, mein Lieber!« Ich wollte die Tanzfläche verlassen, doch Tim hielt mich zurück.

»Mit Geschmack hat das nichts zu tun. Es gibt Songs, die die niederen Instinkte ansprechen, gegen die man sich nicht wehren kann. Und dieser Song gehört dazu … Sieh mal, Justus tanzt auch brav.«

War das nun ein gutes oder schlechtes Zeichen?

Ich ließ mich überreden.

Tim, der im nächsten Leben Choreograf werden wollte, begann, mich zu allem Übel noch zu coachen.

»Du musst aussehen, als ob du den Mörderspaß hast! Wirf deinen Kopf zurück, fahr dir durch die Haare, los und jetzt die Hüften. Dreh dich und wackel mehr mit den Schultern. So und jetzt schaust du rüber, singst mit und lächelst Justus an.«

Das waren ja gleich drei Dinge auf einmal! Doch da ich völlig verunsichert war, befolgte ich Tims Anweisungen.

»You are the daaaancing queen, young and sweet only seventeen«, sang ich.

»Ja, weiter so. Er schaut rüber. Er beobachtet dich. Wirf die Haare. Sing weiter!«

»Dancing queen, feel the beat from the tambourine, oh yeah!«

»Du machst das super, Justus schaut immer noch. So und jetzt sieh wie zufällig rüber, und wenn er schaut, lächle dezent und sieh dann sofort wieder weg.«

Ich tat, wie mir geheißen.

»You can dance, you can jiiiive having the time of your life.« Dabei ließ ich wie zufällig den Blick schweifen, sah Justus direkt in die Augen, lächelte und drehte den Kopf wieder weg.

»Und, wie hat er reagiert?«, rief Tim gegen die Musik an.

»Woher soll ich das wissen? Ich sollte doch sofort wieder wegschauen. Ich dachte, darauf achtest du.«

»Noch mal, Lotte, noch mal!«

»See that girl, watch that scene.« Blick hinüberwandern lassen. Lächeln.

Justus schaute mich direkt an, schüttelte ungläubig den Kopf und grinste fröhlich zurück. Das warf mich so aus der Bahn, dass ich einen kurzen Moment meine Rolle als Dancing Queen vergaß und kurz innehielt. Ich lächelte ihn weiter an, und so tanzten wir schließlich wenige Meter voneinander und strahlten beide über das ganze Gesicht. Mein Herz raste, und ich hätte nie gedacht, dass ich mich das je fragen würde, aber gab es wohl eine Maxi-Version von *Dancing Queen*?

»Siehste, Abba funktioniert immer!« Tim tanzte nun wieder ganz in meiner Nähe.

»Okay! Ich geb's zu! Aber überleg mal, wie übel, wenn unser Lied ausgerechnet *Dancing Queen* würde. Das kannste doch niemandem erzählen!«

Tim, der um einiges souveräner war als ich, sah mich tadelnd an. »Lotte, du musst dir dringend abgewöhnen, dein Leben danach auszurichten, was angeblich cool und uncool ist!«

Plötzlich beobachtete ich, wie Annabelle Justus antanzte. Sie hatte bei *Dancing Queen* zuerst demonstrativ die Tanzfläche verlassen, was ich gut verstehen konnte, doch manchmal zahlte sich Mut eben aus. Er ließ sich von ihrer lasziven Haarnummer, die nun folgte, nicht wirklich beeindrucken, außerdem hatte ich Tim, den besten Coach überhaupt.

Der Song war fast zu Ende, als Justus sich zu mir durch die Menge drückte.

Er kam ganz nah an mich heran und flüsterte: »Flirtest du etwa mit mir, Charlotte?«

»Also ich versuch's zumindest und bin froh, dass du es als flirten identifizieren konntest und es nicht nach einer verzweifelten Biene-Maja-Imitation aussieht.«

Er lachte wieder sein unverschämtes Grübchenlachen. Ich war verloren!

»Das wundert mich allerdings! Neulich hast du mir doch deutlich gezeigt, dass du kein Interesse hast«, sagte Justus sichtlich erstaunt.

Was hatte ich?! Wo war meine illegitime Doppelgängerin, die so viel Mist baute? »Ich versteh nicht? Was hab ich?«

»Na, nach dem Interview bist du doch gleich abgerauscht, und als ich Ulli bat, deine Nummer zu besorgen, kam sie zurück und meinte, sie hätte die Nummer nicht bekommen.«

Ungläubig sah ich ihn an.

»Das stimmt nicht! Mich hat niemand gefragt. Ich hätte dir jede Nummer gegeben! Wer ist denn Ulli?«

»Meine Agentin.«

Konnte man bitte seiner Agentin einen Auftrag bei der Mafia als verdeckte Ermittlerin geben, von dem sie nie wieder zurückkehrte, diese 000!

»Ist ja auch egal. Kommst du mit an die Bar?«

Machte er Witze? Natürlich kam ich mit an die Bar und bis Timbuktu, falls erwünscht.

»Was nimmst du?«

Wäre es wohl sehr albern, »Dich ohne Eis und ungerührt!« zu antworten? »Einen Mojito, bitte.« Zum Glück hatte ich vorhin auf Tim gehört und noch etwas gegessen.

Gerade als Justus und ich anstießen, gesellte sich Ulli, die Triplenull zu uns und sprach hektisch auf Justus ein.

Da die Musik sehr laut war, verstand ich nur Wortfetzen.

»Ja, jetzt gleich … das ist superwichtig … Annabelle auch …«

Justus beugte sich zu mir herüber.

»Das Schicksal meint es nicht gut mit uns. Ich muss leider zusammen mit Annabelle ein Interview zu unseren gemeinsamen Dreharbeiten geben. Ulli meint, das ist sehr wichtig.«

Hatte Ulli Justus eigentlich gekauft? Hätte es ein Meerschweinchen nicht auch getan? Warum gerade jetzt!

Ich wollte, dass er blieb und mich weiter mit diesen bambusgrünen Augen ansah und wie zufällig berührte.

»Geh nicht weg, hörst du? Ich bin gleich wieder da.«

Er eilte voraus, Triplenull alias Ulli wollte hinterher. Waren es die vielen Mojitos, die mich ritten, oder die Wut, dass sie schon wieder Justus von mir fern hielt. Auf alle Fälle tippte ich ihr auf die Schulter und rief beherzt: »Was ich Sie noch fragen wollte … Was sollte eigentlich die Nummer mit meiner Nummer?«

Die Nummer mit meiner Nummer? Wie peinlich, dabei hatte ich doch ganz souverän wirken wollen. Na ja, jetzt hatte sie wenigstens einen wirklichen Grund, mich doof zu finden.

Sie drehte sich um und musterte mich kühl. »Mädel, ich habe wirklich Wichtigeres zu tun, als mich mit deinen Backfischallüren zu beschäftigen. Wenn du ein Problem hast, kläre das bitte mit deinem Producer und verschone mich, ja?«

Sie tätschelte mir herablassend die Wange und eilte Justus hinterher, wahrscheinlich um meine peinliche Aktion zu petzen.

Ich wartete und wartete. Trank einen Mojito und noch einen, ein Wasser zwischendurch, denn ich wollte Justus ja noch erkennen, wenn er wieder auftauchte. Vor Aufregung völlig aufgekratzt, bemerkte ich kaum, was um mich herum vorging, und starrte immer nur auf den Eingang, durch den Justus wieder hereinkommen musste.

»Da bist du ja! Komm, die Party ist zu Ende. Wir sind die Letzten!«

Tim hatte mich gefunden.

Keinen Augenblick ließ ich den Eingang aus den Augen, während ich ihm antwortete: »Nee, geh du ruhig alleine. Ich muss noch auf Justus warten. Er kommt nach seinem Interview wieder.« Aus den Augenwinkeln erkannte ich, dass Tim mich besorgt ansah.

»Lotte, Justus ist bereits vor einer guten Stunde mit Annabelle und ihrer gemeinsamen Agentin gegangen. Ich habe selbst gesehen, wie sie ins Auto gestiegen sind.«

»Bitte?«

»Wenn ich es doch sage. Sie sahen aus, als ob sie es sehr eilig gehabt hätten. Nun guck doch nicht so enttäuscht. Sag mir lieber, was passiert ist.«

Wenn ich das nur selbst wüsste.

Im Shuttle konnten wir nicht sprechen, da noch andere Gäste mitfuhren, worüber ich froh war, denn es gab mir die Möglichkeit, den Abend erst einmal für mich zu ordnen.

Tim brannte vor Neugierde. Ich berichtete das Nötigste mit dem Versprechen, am nächsten Tag bei klarem Verstand die ausführliche Version noch mal nachzuholen. Für heute hatte ich genug.

Zu Hause setzte ich mich an den Flügel und spielte leise vor mich hin. Stundenlang hätte ich so dasitzen und nachdenken können.

Ich hörte, wie die Tür ins Schloss fiel. Lena war noch auf einer Uniparty gewesen.

»Oh, oh! Du spielst *Somebody* von Depeche Mode, das ist kein gutes Zeichen. Erzähl mal, wie war's?«

Sie setzte sich neben mich ans Klavier, tippte einige Tasten an und sah mich fragend an. »Sag schon, Lotti, wie war's?«

»Komplett verwirrend. Ich bin kein bisschen schlauer! Das heißt doch, jetzt bin ich noch mehr verliebt oder noch unglücklicher verliebt, wenn du so willst.«

Ohne mich zu unterbrechen, ließ Lena sich haargenau den gesamten Abend berichten. Als ich fertig war, nahm sie meine Hände in ihre. »Okay, Mausl. Und weshalb sehe ich hier noch keine geöffnete Veuve-Flasche, um die du strahlend Calypso tanzt?«

Ich seufzte.

»Na, weil er mich hat sitzen lassen.«

Lena zog die Augenbrauen hoch. Meistens leitete sie so Levitenlesen ein.

»Meine liebe Lotte. Unter uns gesagt, räumte ich bis heute einer Romanze zwischen dir und Justus Staufen realistischerweise eine gegen null tendierende Chance ein. Seit fünf Minuten bin ich vom Gegenteil überzeugt und glaube, dass er in dich verliebt ist, und da sitzt du am Klavier und machst theatralisch einen auf: Ich verdunkle das Zimmer, verhülle mein Gesicht und werde auf ewig leiden!«

»Aber wieso hat er mich sitzen lassen?«, wandte ich ein.

»Hast du schon mal daran gedacht, dass er die Party aus beruflichen Gründen verlassen musste?«

»Ohne sich von mir zu verabschieden und mich nach meiner Nummer zu fragen?«

»Wer weiß, vielleicht hatte er keine Gelegenheit mehr.«

»Vielleicht fand er mich beim näheren Hinsehen plötzlich doof und war froh, dass seine Agentin ihn da rausgeholt hat.«

Lena verdrehte die Augen.

»Genau, ein Engel für Justus! Wenn er dich doof findet, hätte er dich garantiert nicht gebeten, auf ihn zu warten, es sei denn, er ist ein richtiger Fiesling oder passionierter Hundetrainer im Nebenberuf. Lotte, glaub mir, er ist verliebt und wird schon einen Weg finden, sich zu melden. Immerhin weiß er, wo du arbeitest.«

Meine Stimmung schwankte zwischen Euphorie, Niedergeschlagenheit, Selbstzweifel und der alles entscheidenden Frage: Wieso hat er mich sitzen lassen?

Lena machte uns eine heiße Schokolade mit viel Sahne.

Wir setzten uns in die Wohnküche und zündeten Kerzen an. Es war mittlerweile weit nach Mitternacht, und eine bleierne Müdigkeit dämpfte die widerstreitenden Gefühle ein wenig.

»Sag mal, Lotte, was meinte denn diese Agentin, als sie sagte, du solltest mal mit deinem Producer sprechen, wenn du ein Problem hättest?«

»Glaube mir, das wird das Erste sein, was ich Felix morgen fragen werde!«

Mit diesem guten Vorsatz ging ich immer noch komplett verwirrt ins Bett und erlebte den Abend im Geiste wie in einer Dauerschleife.

sechs

»Lotte, komm schnell. Wir brauchen deine Hilfe!« Mimi war furchtbar aufgeregt. Trotz der wenigen Stunden Schlaf war ich am nächsten Morgen erstaunlich fit.

»Was ist denn passiert?«

»Pst, nicht so laut, die tauchen immer auf, wenn man es gerade nicht erwartet. Sie können dich sicher hören.«

Ich verstand nur Bahnhof und war an der Reihe, Mimi besorgt anzusehen.

»Mimi, du musst dich schon klarer ausdrücken. Im Moment hört sich das nur nach einem psychotischen Schub an. Wer kann uns hören?«

Sie blickte sich vorsichtig um, schaute unter die Tische und flüsterte: »Die Kinder.«

Okay. Das war wirklich beängstigend. Oder hatte es jemand bloß witzig gefunden, Mimi Speed in den Kaffee zu mischen? Gerade wollte ich ihr vorschlagen, ein wenig an die frische Luft zu gehen, als Felix an unseren Tisch kam, ebenfalls komplett verstört, und leise fragte: »Waren sie schon da?«

Mir reichte es.

»Sagt mal, wird das heute Mottotag zum Thema Paranoia, oder habe ich was nicht mitbekommen? Wer sind ›sie‹? Und um welche ›Kinder‹ geht's?«

Beide zogen mich in den Konferenzraum und schlossen die Tür.

Felix legte los. »Lotte, wenn es etwas gibt, wovor du dich hier wirklich fürchten musst, dann sind es drei Dinge. Die beiden Kinder vom Geschäftsführer, die beiden Kinder vom Geschäftsführer und die beiden Kinder vom Geschäftsführer.«

»Was haben diese Kinder euch denn getan?«

Felix lachte verächtlich. »Ha, uns noch nichts, aber wir haben sie bisher auch immer zu *pleasen* gewusst. Ich weiß, es klingt für jeden, der noch nicht so lange hier ist, immer total absurd, aber diese kleinen Kröten haben garantiert vier Entlassungen auf ihrem Gewissen.«

»Wie das?«

Mimi, die vor lauter Aufregung rote Flecken im Gesicht bekam und hektisch eine nach der anderen rauchte, erklärte: »Der Chef glaubt, dass seine Kinder perfekt unsere Zielgruppe vertreten, und wenn den beiden eine Show nicht gefällt, kann es auch dem Rest der Welt nicht gefallen.«

Das wurde ja immer absurder.

»Und wie alt sind die Kinder?«, fragte ich nach.

»Das ist ja der Witz! Der Junge ist gerade mal neun geworden und das Mädchen sieben. Also meilenweit entfernt von unserer Zielgruppe. Du kannst dir vorstellen, welchen Geschmack ein Neunjähriger und eine Siebenjährige haben. Die haben sich gerade von den Teletubbies verabschiedet und entdecken zum ersten Mal Pop, aber von der ganz üblen Sorte. Und wir dürfen jedes Jahr vor der *TV-plus*-Preisverleihung erraten, welche Helden die Knirpse gerade haben, um das in Daddys Augen richtige Line-up an den Start zu bringen. Und wenn die Kinder die Veranstaltung ›kacke‹ fanden, wird der Papa richtig böse und zieht auch schon mal Konsequenzen.«

»Aber normal wird doch so was an der Quote festgemacht, wie eine Sendung läuft.« Kopfschüttelnd blickte ich von Felix zu Mimi und zurück.

Felix kicherte hysterisch. »Ja, nicht! Sollte man meinen! Aber die *TV-plus*-Preisverleihung wird als Imagegeschichte gesehen und soll die Marke *TV-plus* stärken. Eine Geschichte für die ganze Familie, vor allem die Kleinen, die zu den Zuschauern von morgen, sprich treuen *TV-plus*-Zuschauern, herangezüchtet werden sollen. Kannst du jetzt verstehen, weshalb bei diesem Event nur eins zählt, nämlich diese Kinder glücklich zu machen? Die werden zugeschleimt und mehr hofiert als Michael Jackson, wenn er käme. Wir haben da immer zwei Mann abgestellt, die nichts anderes machen, als sich von den Bälgern auf der Veranstaltung gängeln zu lassen, und die jeden Wunsch der Kinder erfüllen müssen. Ich habe das einmal gemacht und wollte danach ernsthaft kündigen, wenn Ralph, der Programmchef, mich nicht überzeugt hätte zu bleiben …«

Aha. Langsam verstand ich, wie das hier lief. »Und die Kinder sind heute da?«

Mimi nickte.

»Wir müssen unbedingt herausbekommen, auf wen sie dieses Jahr stehen, damit die richtigen Künstler gebucht werden. Aber die Biester sind natürlich nicht dumm. Die haben natürlich gleich geblickt, welche Macht sie besitzen, und spielen das genussvoll aus.«

»Wie bitte? Mit sieben und neun Jahren? Wo gibt's denn so was?« In diesem zarten Alter hatte ich außer Ballett, Pferden und Klavierunterricht nichts anderes im Kopf gehabt, zumindest bestimmt nicht, wie man eine Truppe Erwachsener erzittern lässt.

Felix seufzte. »Ja, der Apfel fällt nicht weit vom Stamm.«

Plötzlich rief eine lispelnde Mädchenstimme von der Tür her: »Was macht ihr da? Ich sag das meinem Papa!«

Es konnte losgehen.

Vor uns stand das liebreizende Geschwisterpaar.

Auf den ersten Blick sahen sie wie süße, unschuldige Landliebe-Werbungskinder aus, rausgeputzt und niedlich. Sie musterten mich.

»Wer bist denn du?«, fragte mich der Junge, der seinem Vater wie aus dem Gesicht geschnitten war.

»Lotte, und wer bist du?«, fragte ich zurück, bedacht darauf, freundlich und Vertrauen erweckend zu klingen.

»Das geht dich gar nichts an!«, rief der Junior frech. Und seine liebreizende Schwester stimmte ein.

»Genau, du gehörst nämlich unserem Papa!«

Mimi und Felix hatten nicht übertrieben. Ich sah, wie Ralph durch den Flur huschte, um sich in Sicherheit zu bringen. Ralph hatte schon genug Erfahrungen mit den Monstern gesammelt, um zu wissen, dass es besser war, ihnen erst gar nicht zu begegnen.

Wir gingen an unsere Tische, die beiden Gören im Schlepptau.

Wie konnten wir nur herausfinden, wen sie toll fanden? Mir kam eine Idee, die bei meiner Schwester immer funktioniert hatte. Ich nahm sämtliche Jugendmagazine und begann Starposter rauszureißen und zu begutachten. Die beiden standen neugierig dahinter und ließen mich keinen Augenblick aus den Augen.

»Was macht denn die da?«, rief die kleine Viola ihrem Bruder Ludwig zu.

Ich drehte mich um.

»Die da heißt Charlotte und möchte nicht gestört werden, weil sie die Poster ihrer Lieblingsbands aussortieren möchte.«

Natürlich bewirkte die Bemerkung, dass ich nicht gestört werden wollte, Wunder. Die beiden Sonnenscheinchen standen jetzt direkt an meinem Tisch, um zu sehen, wen ich da vor mir liegen hatte, und kicherten. Durch Kommentare wie »Oh nee, guck mal wie uncool. Die findet … gut« oder Ansagen, welches Poster ich rauszurücken hätte, schließlich gehöre ihrem Papa der Laden, konnte ich relativ schnell einschätzen, wen die beiden toll fanden. Felix und Mimi strahlten über das ganze Gesicht und streckten beide Daumen in die Höhe.

Endlich tauchte das auffallend hübsche brasilianische Aupairmädchen auf, das wohl auch Papa »gehörte« und die Kinder schon länger gesucht hatte. Nach einigem Hin und Her zogen die drei endlich ab.

Felix atmete unüberhörbar auf. »Du hast uns den Arsch gerettet, Lotte! Wie kann ich dir das nur danken.« Jetzt wo diese Farce vorbei war, wusste ich schon, wie er sich bedanken konnte! Mit der Antwort auf meine seit gestern Abend brennende Frage.

»Hat dich die Agentin von Justus Staufen eigentlich um meine Nummer gebeten?«

Felix war überhaupt nicht überrascht. »Ja, die habe ich aber abgewimmelt. So wie die drauf war und vor dem Interview ein Theater gemacht hat, gebe ich der doch nicht deine Nummer raus, damit die Kuh dich anruft und persönlich zur Schnecke macht. So weit kommt's noch.«

Okay. Jetzt hatte ich mich wirklich blamiert. Wie peinlich, die Becker zumindest indirekt zu beschimpfen, dass sie versucht hätte, Justus und mich voneinander fern zu halten. Als hätte sie nichts Besseres zu tun. »Und warum hast du mir nichts davon gesagt, Felix?«

»Ach Lotte, ich wollte dich nicht noch beunruhigen. Hattest ja schon einen schweren Einstand.«

Männer!

Felix dämmerte es erst jetzt und fragte, woher ich das überhaupt wisse.

»Hab sie zufällig getroffen ...«

Zum Glück sprang Mimi ein und fragte: »Kommst du mit, Chai Tea Latte holen?«

Auf dem Weg zum *Starbucks* weihte ich Mimi in die vertrackte Geschichte ein. Eigentlich hatte ich erwartet, sie würde wie Lena reagieren, kreischen oder lachen. Stattdessen hörte sie aufmerksam zu und machte einen sehr nachdenklichen Eindruck.

»Was sagst du dazu, Mimi?«

»Ich denke, er ist wirklich an dir interessiert, und jetzt weiß ich nicht, ob ich das gut oder schlecht finden soll.«

Wie bitte? Was gab es denn daran schlecht zu finden?

Mimi hatte meinen erstaunten Blick gesehen.

»Versteh mich nicht falsch, Lotte. Ich freue mich für dich und finde es süß, wie verliebt du bist, ich will nur, dass du weißt, worauf du dich einlässt. Die Beziehung mit jemandem, der im Rampenlicht steht, ist sicher nicht immer einfach, vor allem, wenn er die Becker als Agentin hat.«

Nun war ich besorgt. »Wieso? Was hat sie denn für einen Ruf? Meinst du, sie steht auf Justus? Chancen hätte sie sicher, so gut wie sie aussieht.«

Mimi lachte. »Oh nein! Dazu ist sie viel zu professionell. Außerdem ist sie glücklich verheiratet. Sie hat auch keinen schlechten Ruf in dem Sinne, aber man weiß, dass sie clever ist und auch mal gerne Spielchen spielt oder ungewöhnliche Wege geht, um ihre Schützlinge und Projekte zu promoten. Da ist schon öfter mal was zu Bruch gegangen, und wenn man zart gebaut ist, kann das unschön sein. Zur Feindin wollte ich sie nicht haben.«

»Mensch, Mimi, jetzt habe ich ein mulmiges Gefühl, vor allem, wo ich schon zweimal an sie geraten bin. Sag mal, kennst du sie etwa näher?«

Mimi wehrte ab.

»Nein, ich hatte nur einige Male mit ihr zu tun. Aber du musst dir keine Sorgen machen, zumindest noch nicht. Sie nimmt dich noch gar nicht ernsthaft wahr, aber wenn sie schnallt, dass Justus auf dich steht, könnte es komplizierter werden. Sei einfach vorsichtig … Und jetzt freu dich, dass er dich mag!«

Sie hatte Recht: Wieso über ungelegte Eier nachdenken? Vielleicht sollte ich wirklich darauf vertrauen, dass Justus einen Weg finden würde, mich wiederzusehen. In der Zwischenzeit konnte ich in Erinnerungen schwelgen.

Wieder zurück im Büro, trafen wir auf Tim.

»Lotte, Felix sucht dich dringend. Und wann erzählst du mir ausführlich, was ihr gestern gesprochen habt?«

»Das kann Mimi übernehmen. Ich suche Felix.«

Felix saß in seinem Büro. Ich ging hinein, und er bat mich, die Tür zu schließen.

Er sah wirklich besorgt aus.

»Lotte, weißt du, wo Imka ist? Sie müsste längst hier sein, und ich kann sie weder zu Hause noch über Handy erreichen.«

Ich überlegte.

»Also, mir gegenüber hat sie nicht erwähnt, dass sie später kommt. Ich weiß nur, dass sie gestern ins *Loxi* wollte.«

Warum sah Felix noch besorgter aus?

»Bist du dir sicher, Lotte?«

Ich nickte. Was war denn so schlimm, wenn Imka ins *Loxi* ging? Gut, es war kein Laden, in den ich gehen würde, er war mir zu neureich und grell, aber das war ja Geschmackssache.

»Lotte, das ist eine delikate Angelegenheit, und ich kann davon ausgehen, dass sie unter uns bleibt, ja?«

Ich nickte erneut.

»Ich weiß nicht, ob du es zufällig mitbekommen hast, aber Imka lebt gerade – sagen wir mal – nicht sehr gesund. Sie hat 'ne schlechte Phase und wirft sich viel zu viel ein. Vor einem Jahr war das schon mal so. Sie hat sich aber wieder gefangen, leider kann sie sich, sobald sie extremem Stress ausgesetzt ist oder massive private Probleme hat, nicht mehr kontrollieren und fällt in ihr altes Muster zurück. Wir haben schon oft darüber gesprochen, aber seit einigen Wochen geht es ihr immer schlechter. Sie ist entweder unzuverlässig und komplett aufgedreht, wenn sie da ist – oder extrem schlecht gelaunt und aggressiv.«

Natürlich wusste ich, wovon er sprach, ich wurde täglich damit konfrontiert und hatte mich schon daran gewöhnt. Imka war labil und schwankte ständig in ihren Stimmungen. So sehr, dass ich es inzwischen für ihren Normalzustand hielt.

»Und warum machst du dir gerade jetzt so Sorgen? Ist was Bestimmtes vorgefallen?«

»Wir haben gestern noch für einen Piloten gedreht. Ich hab 'ne Idee für ein neues Showkonzept, und Imka war so nett zu bleiben, um einige Moderationen zu drehen. Es ging wirklich nicht lange, vielleicht 'ne Stunde, aber sie ist irgendwann komplett durchgedreht und schrie, sie könne nicht mehr und sei fertig mit den Nerven. Wir würden ihr Leben stehlen und sollten sehen, wie wir ohne sie weitermachen würden. Dann bekam sie einen Weinkrampf und kauerte auf dem Boden. Wir haben natürlich sofort unterbrochen, und ich hab auch versucht sie zu beruhigen, aber … Als ich sie in den Arm nehmen wollte, ist sie aufgesprungen und rausgerannt.«

»Und dann?« Es schien wirklich ernst um Imka zu stehen.

»Ich bin hinterher und konnte sie gerade noch abhalten, mit dem Auto zu fahren. Ich habe sie nach Hause gebracht und bin erst gegangen, als sie wieder einigermaßen okay war … Wir wollten heute Morgen noch mal in Ruhe über alles sprechen … Würdest du mitkommen? Ich muss wissen, wie es ihr geht!«

»Aber glaubst du, Imka will mich sehen?«

»Sie mag dich, Lotte.«

Okay. Natürlich kam ich mit. Wenn ich an meinen Einstieg dachte, hätte ich nie gedacht, mal als Unterstützung in Imkas Krisenbewältigungsteam aufgenommen zu werden.

Wir machten uns auf den Weg.

Imka wohnte in einem teuer sanierten Altbau, nicht weit von meinen Eltern entfernt. Die Rollläden waren heruntergelassen. Auf unser Klingeln öffnete niemand. Ihr Auto stand jedoch vor der Tür.

Felix schlug vor, es bei den Nachbarn zu versuchen. Tatsächlich öffnete uns eine Studentin. Felix machte seine Sache sehr diplomatisch.

»Sag mal, hast du zufällig 'nen Schlüssel zu Imkas Wohnung? Sie müsste eigentlich auf 'nen Dreh, hat aber verschlafen, und ihr Handy ist aus.«

Das Mädchen hatte zwar keinen Schlüssel, wusste aber, dass der Vermieter im ersten Stock wohnte und einen Ersatzschlüssel besaß. Er war zum Glück zu Hause und gab uns sogar den Schlüssel.

»Bestellen Sie schöne Grüße an das Fräulein Imka«, sagte er mit leuchtenden Augen, zweifelsohne ein Fan.

Das würden wir bestimmt, wenn wir sie in klarem Zustand vorfinden würden.

Leise schloss Felix die Tür auf.

»Imka, bist du da?«

Ich folgte ihm mit Abstand. Horrorszenarien schossen mir durch den Kopf. Imka, mit 'ner Überdosis Schlaftabletten am Boden oder im Rausch gestürzt.

Felix öffnete die Tür zum Schlafzimmer. In einem riesigen weißen Kingsizebett lag Imka und schlummerte friedlich, zwar mit verschmiertem Make-up vom Vortag und in voller Montur, aber sie schien gesund zu sein.

Erleichtert sahen wir uns an.

Ich zog die Rollläden hoch, während Felix Imka wachstupste.

Schläfrig öffnete sie die Augen und wurde dann schlagartig hellwach. »Was macht ihr denn in meinem Schlafzimmer?«

»Ich habe mir Sorgen nach gestern Abend gemacht.«

Imka setzte sich langsam auf. Sie sah zwar trotz ihrer Aufmachung wie immer sehr hübsch aus, aber ohne Beleuchtung, Kamera und Stylistin kam sie mir verletzlich und jünger vor. Sie konnte kaum älter als ich sein. In der Umgebung ihres Schlafzimmers wirkte sie auch natürlich und hatte überhaupt nichts Aufgesetztes mehr an sich.

»Ich war einfach durch und wollte mal ausschlafen.«

Sie sah an sich hinunter und bemerkte, dass sie noch die Klamotten vom Vortag trug.

»Du, Felix. Ich habe nachgedacht, worüber wir gesprochen haben, und ich möchte einige Wochen eine Auszeit nehmen. Meinst du, das geht?«

Wer auch immer das Gerücht des zynischen Fernsehproduzenten in die Welt gesetzt hatte, wurde von Felix eines Besseren belehrt.

»Ist zwar nicht ideal, aber muss gehen! Ich spreche mit Ralph und seh, was sich machen lässt!«

Imka sah ihn dankbar an.

»Weißt du, ich würde es gerade auch gar nicht schaffen. Ich kann keinen Flieger mehr sehen, die ständigen Partys und wenig Schlaf.«

Felix strich ihr über die Haare.

»Ist schon gut. Aber weißt du, andere schaffen das auch. Vielleicht übertreibst du es einfach. Du kannst ja auch mal 'ne Party auslassen und dafür ausschlafen. Zwingt dich ja keiner.«

Imka nickte.

»Aber immer dieser Druck, super aussehen zu müssen, und wehe, ich sehe zu alt oder zu fett aus.«

Imka über Alter und Fett sprechen zu hören, war der Hohn schlechthin. An ihr war ungefähr so viel Fett wie an einem abgenagten Hundeknochen.

»Also ich finde, du siehst super aus. Vielleicht beschäftigst du dich viel zu viel mit deinem Aussehen«, wagte ich einzuwerfen.

»Das ist leichter gesagt als getan, wenn du jeden Tag vor der Kamera stehst, egal wie du drauf bist, ob krank oder nicht.«

Felix runzelte die Stirn.

»Jetzt übertreib aber mal nicht. Es zwingt dich ja niemand, diesen Job auszuüben. Wenn du ehrlich bist, möchtest du nichts anderes machen, wie übrigens tausend andere junge Mädels auch.«

»Siehst du! Genau das meine ich! Sei froh, dass du vor die Kamera darfst, andere würden dafür alles tun! Wenn du gehst, scharren sie schon in ihren Startlöchern! Und da soll man sich locker machen?«

Imka war wütend.

Felix versuchte sie zu beruhigen.

»Komm, lass uns nicht streiten, sondern lieber sehen, dass wir dich wieder auf die Beine kriegen. Du nimmst dir deine Auszeit, denkst darüber nach, wie du künftig dein Leben führen willst, und Lotte und ich werden dir den Rücken freihalten, okay?«

Imka sah uns erleichtert und dankbar zugleich an.

»Das bleibt aber unter uns, ja? Ihr achtet darauf, dass es nicht über den Flurfunk geht?«, versicherte sich Imka.

»Klar. Wir werden sagen, du hast regulären Urlaub genommen. Dann soll Babette für ein paar Wochen einspringen.«

Bei der Erwähnung von Babette fiel sie kurz in die alte Imka-Rolle zurück.

»Na, davon träumt die Landpomeranze schon ihr ganzes Leben, dass sie mal meine Sendung machen darf.«

Als wir gingen, rief Imka noch: »Danke, ihr beiden. Das werde ich euch nicht vergessen!«

Zum ersten Mal schloss ich Imka wirklich ins Herz.

Zurück im Sender, sprach Felix mit Ralph, der erst alles andere als erfreut war, aber ebenfalls Verständnis für die Situation hatte und Imka sogar noch selbst anrief, um mit ihr zu sprechen.

So war er eben. Wenn eine Show nicht gut produziert war, konnte er schon mal toben und Sätze ausstoßen wie: »Ihr habt noch 48 Stunden Zeit, um diese Show sendefähig zu bekommen!

Sobald er sich beruhigt hatte, konnte man immer mit einem offenen Ohr und Verständnis rechnen.

Da sollte noch einer behaupten, es arbeiteten nur eiskalte Zyniker beim Fernsehen.

Mir reichte es für heute, und Felix ließ mich früher gehen.

Im Auto ging mir die Sache mit Imka immer noch nicht aus dem Kopf, und ich hoffte inständig, dass sie das Richtige tun würde, erst nach mehreren Ampeln schwenkten meine Gedanken endlich wieder zu Justus. Ob er wohl auch gerade an mich dachte? Oder hatte er mich inzwischen schon wieder vergessen, war ich nur die kleine Praktikantin von *TV-plus*? Vielleicht hatte ihn Annabelle Leiniger auch in Beschlag genommen. Wie konnte er es nur mit einer erwachsenen Frau aushalten, die sich wie eine 16-Jährige benahm, die mit kindlicher Fistelstimme das Trommelfell ihrer Zuhörer unangenehm belästigte und beim Sprechen kokett auf ihren Fingerchen herumbiss, während sie leicht den Kopf senkte, um unschuldig von unten zu Justus aufzublicken? War solch ein Benehmen nicht strafbar?

»Ich bin wieder da, Lenchen!«

Lena saß auf der Toilette und hatte mal wieder die Badezimmertür offen gelassen. Sie hatte kein Problem damit, wenn man ihr beim Pipimachen zusah. Ich hingegen konnte nicht einmal aufs Klo, wenn mir die Wände zu dünn schienen, aus Angst, man könne etwas hören oder riechen. Aus meinen Urlauben kam ich deshalb meist mit Verstopfung zurück. Irgendetwas musste in meiner analen Phase schief gelaufen sein.

Ich ging in die Küche und holte mir ein Wasser aus dem Kühlschrank.

»Wie war dein Tag? Hat er sich gemeldet?«, rief Lena, während sie sich die Hände wusch.

»Du machst wohl Witze. Der vergnügt sich mit Pädophilenschwarm Annabelle vor der Kamera, wenn du mich fragst. Wusstest du, dass sie seine Geliebte spielt?«

»Was dachtest du denn? Seine Mutter etwa?«

Lena holte sich ein Eis aus dem Tiefkühlfach.

»Du siehst müde aus, Lotti. Alles klar bei dir, oder hast du tatsächlich Liebeskummer?«

Die Sache mit Imka hatte meine sowieso schon labile Stimmung noch gedrückt, ich hatte aber keine Lust, darüber zu reden.

Lena sah richtig aufgebretzelt aus. »Ein neues Kleid?«, fragte ich. »Und du trägst dein Zieh-dich-aus-ich-glaub-ich-lieb-dich-Parfum! Wo geht's denn hin?«

Sie druckste verlegen herum.

»Zu 'ner Einladung.«

»Geht's noch nebulöser oder versuchst du, es spannender zu machen?«, fragte ich nach.

»Also, ich treffe mich mit Casper. Seine Eltern geben ein Fest zu Ehren seiner Promotion«, gab Lena sichtlich verlegen zu.

Ich musste lauthals lachen und spürte die alten Lebenskräfte in mir aufsteigen. »Ich weiß, meine Mutter wollte mich dahin mitschleppen. Meine Eltern sind auch eingeladen. Das finde ich ja zu komisch, dass du jetzt den gleichen Freundeskreis wie meine Eltern pflegst. Nicht mehr lange und du gehst voller Sorge den Cognacbestand mit Casper durch, weil Doktor Sandemann zu Besuch kommt und der weiche Chantré alle ist. Vielleicht hast du ja Glück und *Maman* oder Marlene zur Tischnachbarin!«

Lena reagierte leicht säuerlich. »Man wird sich ja wohl mal unverbindlich treffen dürfen. Casper ist wirklich interessant und ...«

Ich unterbrach sie grinsend. »Und wenn ich schon meiner Mutter keine gute Tochter bin und ihre Kandidaten ernsthaft in Erwägung ziehe, erledigst du das jetzt für mich.«

Ich wusste genau, wie ich Lena ärgern konnte.

»Also weißt du, Lotte, von dir hätte ich mehr Toleranz erwartet!« Lena zog beleidigt eine Schnute, allerdings sah ich ihre Mundwinkel verräterisch zucken.

»Und ich von dir mehr Rückgrat, was deine Ideale und den Kampf gegen Großkapitalisten und das Spießbürgertum anbelangt. Wo kommen wir denn da hin, wenn du jetzt schon Anwälte *datest* und mit meinen Eltern gemeinsame Einladungen annimmst? Da gerät mein Weltbild total aus den Fugen.«

»Tja, liebe Lotte. Nur wer gegen den Strom schwimmt, kann etwas verändern!«

»Trifft sich ja gut, dass Caspers Eltern ein eigenes in Naturstein eingelassenes Schwimmbad mit Thermen-Whirlpool haben. Da lässt es sich wenigstens feudal gegen den Strom schwimmen, nicht?«, zog ich sie auf.

»Na warte!« Lena ging auf mich los und jagte mich Prügel androhend durch die Wohnung.

»Gewalt ist keine Lösung, Lena! Denk doch an deinen Lieblingssong. ›Sind so kleine Hände, darf man niemals schlagen‹«, sang ich und schlug einen gefährlichen Haken durchs Wohnzimmer.

Lena bekam mich aber zu fassen, warf mich aufs Sofa und drückte mir kichernd ein Kissen aufs Gesicht, bis ich nach Luft japsend um Vergebung winselte.

Nachdem wir uns wieder beruhigt hatten, machte sich Lena auf den Weg zu ihrer Verräterverabredung.

»Und was machst du heute Abend? Gehst du noch aus?«

Ich verneinte. Der Tag war anstrengend genug gewesen. Ich würde mich noch ein wenig auf unsere Terrasse setzen und meinen neuen Gedichtband lesen.

Mit einer leichten Wolldecke, japanischen Reiscrackern und meiner Katze Cara zu den Füßen machte ich es mir auf der Terrasse in dem riesigen Korbsessel gemütlich. Von weitem näherte sich ein grollendes Gewitter. Diese Stimmung im Sommer liebte ich. Ich legte eine alte Calypsoplatte auf, genau das Richtige zum Abkühlen nach einem heißen Tag, und schmökerte in einem Buch. Irgendwann wurde ich müde, begann zu dösen und malte mir die tollsten Szenen mit Justus aus. Wie es wäre, ihn zu küssen, und wie fühlte es sich wohl an, wenn er mich berührte.

»Lotte, wach auf, du bist eingeschlafen.«

Lena war zurück, und draußen herrschte inzwischen vollkommene Dunkelheit. Es musste geregnet haben, denn der Rasen war nass, und die Veranda hatte einige Tropfen abbekommen.

»Wie spät ist es denn?«

Lena sah auf ihre Uhr.

»Kurz nach zwölf.«

An ihrem Gesichtsausdruck versuchte ich zu erkennen, wie der Abend gelaufen war, konnte aber nichts ablesen.

»Bist du jetzt Mamas neue Busenfreundin? Habt ihr euch zum Bridge verabredet? Erzähl doch, wie es war?«

»Durchwachsen, würde ich sagen. Ich soll dich von deiner Mutter grüßen und ausrichten, ich zitiere: ›Du sollst dir ein Beispiel an mir nehmen und dich in Zukunft auch in der richtigen Gesellschaft bewegen.‹ Dass deine Mutter ausgerechnet mich dir mal als leuchtendes Vorbild vorhält, hätte ich auch nicht zu träumen gewagt. Das ist ein schlechtes Zeichen!«

Angesichts der Sorgen, die sich Lena machte, ob sie jetzt zu den Großkapitalisten übergelaufen und damit ihre Seele und Identität verkauft hatte, weil sie sich einmal mit Casper getroffen hatte, musste ich grinsen.

»Hey, wer weiß. Vielleicht löst du Katharina sogar ab, und künftig muss ich mir ein Beispiel an dir nehmen. ›Sieh mal, Lotte, Lena hat sich Casper geangelt! Tritt doch auch der Antifa bei, mach 'ne Unterschriftenaktion und steige vom Auto aufs Rad um. Das scheint ja zu helfen. Ach, und in Zukunft kaufst du gefälligst deine Klamotten auf dem Flohmarkt, ist ja auch viel origineller.‹ Katharina wird sicher sauer, wenn man ihr den Vorbildstammplatz streitig macht.«

Lena sah mich skeptisch an.

»Und jetzt erzähl! Lass dir doch nicht alles aus der Nase ziehen. Wo hast du gesessen? Neben meinen Eltern vielleicht oder gar Marlene?« Ich musste allein bei der Vorstellung kichern.

»Schlimmer. Meine Tischnachbarin war niemand anderes als unser geschätztes Miststück Katharina, samt Verlobtem, wobei der eine wahre Wohltat im Vergleich zu ihr war.«

So etwas nannte man wohl Realsatire.

»Auweia, dann war es sicher richtig übel, bist du denn überhaupt dazu gekommen, mit Casper ein Gespräch zu führen?«

»Zum Glück ja. Stell dir vor, Casper schaffte es, Katharina höflich zu ignorieren und mit mir zu sprechen.«

»Hat es gefunkt?«

»Kann ich noch nicht sagen. Er ist auf alle Fälle wirklich interessant, auch überhaupt kein Schnösel und hat sogar vernünftige Ansichten.«

Aha – wenn seine Ansichten selbst Lena gefielen, konnte man davon ausgehen, dass er tatsächlich kein Schnösel war.

»Und warum bist du dann nicht aufgedrehter? Hört sich doch gut an.«

Lena druckste herum.

»Na ja. Ich weiß nicht, wie ich es sagen soll, aber Katharina hat den ganzen Abend davon gesprochen, wir sollten mal zu viert weggehen. Ich glaube, Yannick langweilt sich bereits mit ihr, denn viel zu sagen hatten sich die beiden nicht. Anfangs bin ich über ihren Vorschlag einfach hinweggegangen, aber sie war so was von penetrant, dass Casper irgendwann zugesagt hat, und jetzt bin ich tatsächlich mit der Sumpfkuh im Pärchenvierer verabredet! Lotte, ich geh nicht mit denen alleine weg. Du musst mitkommen!«

Ha! Das war gut! Ausgerechnet Lena sollte sich mit Katharina treffen. Größere Gegensätze gab es nicht. Wieso nur legte Katharina so viel Wert darauf, mit Lena etwas zu unternehmen? Die beiden hatte ich bisher nur im *catfight* erlebt. Vielleicht musste Katharina Yannick wirklich etwas bieten, viele Freunde hatte sie ja nicht. Aber dass ich mitkommen würde, konnte sich Lena abschminken.

»Lenchen, du glaubst doch nicht, dass ich freiwillig meinen Abend mit Katharina und zwei Pärchen als fünftes Rad am Wagen verbringen werde.«

Sie sah mich bittend an.

»Lotte, tu's für mich. Ich hasse Katharina ja auch, aber ist es wirklich so schlimm, einen kleinen Abend zu opfern? Du darfst auch eine Migräne vortäuschen und früher gehen.«

Verständnislos sah ich Lena an.

»Lena, wir sprechen schon von der gleichen Katharina, nicht? Katharina, der Obsessiven, die, bevor sie sich mit Yannick verlobte, ihrer Endlosaffäre Ben nachheulte und eine Zeitrechnung einführte, nämlich VSZ und NSZ, ja?«

»Ja, ich weiß, ich versuche ja nur einen Vorwand zu finden, unter dem ich dich mitlocken kann. Was war denn VSZ und NSZ?«

»Habe ich dir das gar nicht erzählt? Katharina hatte Ben zum Mittelpunkt ihres tristen Lebens erklärt und eine neue Zeitrechnung eingeführt. VSZ gleich ›Vor Seiner Zeit‹ und NSZ gleich ›Nach Seiner Zeit‹.«

Lena hielt sich die Hände vor den Mund und prustete los. »Komm, Lotte, bitte! Und wenn's nur für den Unterhaltungswert ist. Wir machen uns 'nen Spaß draus, ja?«

»Also unter Spaß stelle ich mir was ganz anderes vor!«

»Lotte, jetzt zier dich nicht so!« Lena zog alle Register.

»Was bekomme ich denn dafür?«, foppte ich sie.

»Was immer du willst!«

»Das nenne ich eine vernünftige Verhandlungsbasis!«

Müde schlurfte ich zum Zähneputzen ins Bad.

»Also, kommst du jetzt mit oder nicht?«

Lena stand vor der Tür, wartete, bis ich fertig war, trottete mir in mein Schlafzimmer hinterher, sah zu, wie ich mich ins Bett legte, und versuchte es dann noch mal zuckersüß.

»Liebe Lotti! Lässt du bitte deine beste Freundin nicht im Stich und kommst bitte, bitte mit?«

Während ich überlegte, was ich für einen qualvollen Abend mit Katharina als Gegenleistung verlangen konnte, suchte ich eine Hörspielkassette zum Einschlafen aus.

»Ich hab's! Ich weiß, was ich will!«

Lenas erwartungsvoller Blick würde sich gleich in blankes Entsetzen wandeln.

»Was denn? Muss ich wieder mit dir shoppen gehen?«

»Ja, aber das ist nicht alles!«

»Shoppen mit dir ist schon kaum auszuhalten!«

»Aber was du mir da abverlangst, ist nicht mit einem Einkaufsbummel gutzumachen. Ab nächster Woche legen wir uns wieder eine Putzfrau zu!«

»Das ist Erpressung!«

»Allerdings, aber danke für dein Verständnis!« Ich konnte das Grinsen nicht unterdrücken.

Nachdem Lena mein Zimmer verlassen hatte, schloss ich die Augen, bereit einzudämmern und wieder an Justus zu denken.

Die drei Fragezeichen und der seltsame Wecker lief, aber ich hörte nicht wirklich zu. Ich stellte mir Justus' Gesicht, seine karamellfarbene Haut, die wilden grünen Augen, sein Haar mit den von der Sonne aufgehellten honigblonden Strähnen vor. Gerade als ich versuchte, mich an seine Lippen zu erinnern, hörte ich ein surrendes Geräusch und meinte im ersten Moment, das Band habe sich verheddert. Doch die Kassette leierte nicht mal. Da sah ich, dass das Display meines Handys aufleuchtete. Ich hatte eine Kurznachricht bekommen. Sicher von Felix, der mir wieder irgendetwas Lebenswichtiges schicken musste, was nicht bis morgen warten konnte. Felix hörte nie auf zu arbeiten, zumindest nicht mental. Wenn ihm irgendwas zur Show einfiel, musste er das sofort loswerden, egal um welche Zeit. Erst vorgestern hatte er mir gegen 3 Uhr eine SMS geschickt mit den Worten: »Hi Lotte, habe überlegt, dass wir dringend was zum Thema ›Pilates und Stars‹ machen sollten. Wichtiges Thema. Recherchiere bitte morgen mal!« Zum Glück war mein Handy aber ausgeschaltet gewesen.

Ich machte Licht und starrte auf das Display. Die Nummer kannte ich nicht. Wehe, wenn das so ein Spamteil war, in dem ich gefragt wurde, ob ich Lust hätte, Singles aus meiner Umgebung zu treffen!

Ich öffnete die Nachricht und las.

Ich träume wieder von der Unbekannten,
Die schon so oft im Traum vor mir gestanden.

Wir lieben uns, sie streicht das wirre Haar
Mir aus der Stirn mit Händen wunderbar.

Und sie versteht mein rätselhaftes Wesen
Und kann in meinem dunklen Herzen lesen.

Justus

Mein Herz raste!

Ich war hellwach. Ich las die Nachricht noch einmal, um jeden Zweifel auszuräumen. Da stand klar und deutlich »Justus« unter dem Gedicht.

Sofort rannte ich in Lenas Zimmer, die noch in einem Buch blätterte und mich erstaunt ansah.

»Er hat mir 'ne SMS geschickt!«, kreischte ich.

Lena riss überrascht die Augen auf und war ebenfalls sofort aus dem Häuschen.

»Das gibt's doch nicht! Was hat er denn geschrieben?«

Ich las Lena das Gedicht vor.

»Wow, das ist gut!«, rief Lena.

»Das ist nicht nur gut, das kenne ich sogar! Das ist der Anfang von einem Gedicht von Paul Verlaine, Hesse hat es übersetzt. Es heißt *Mon rêve familier*!« Meine Stimme überschlug sich vor Aufregung.

»Stimmt, hätte ich mir ja denken können, dass du als romantischer Gedichtejunkie es kennst.«

»Lena, ich fass es nicht! Er hat geschrieben! Wo hat er denn jetzt meine Nummer her? Oh Mann! Was antworte ich bloß? Oder soll ich lieber warten? Sag, was meinst du?«

Lena schüttelte lachend den Kopf.

»Jetzt komm erst mal runter, du bist total überdreht!«

Mir war klar, dass ich wie eine Rumpelstilzchen-Version auf Speed vor Lena herumzappelte, aber wer konnte mir das bitte verdenken, wenn gerade der aufregendste Mann des Planeten mir eine romantische SMS geschickt hatte. Sie war doch hoffentlich auch von ihm! Was, wenn sich jemand nur einen Scherz erlaubt hatte?

Meine Euphorie schlug sofort in Panik um.

»Lena, was, wenn die Nachricht gar nicht von ihm ist? Ich kenne seine Nummer ja nicht. Wie finde ich das denn raus?«

Sie versuchte, mich zu beruhigen. »Lotte! Es wissen nur Mimi und Tim Bescheid, und die würden dich nie dermaßen reinlegen! Natürlich ist die SMS von Justus Staufen.«

Sie hatte sicher Recht, doch wenn der Zweifel erst mal gesät ist ... Was, wenn doch jemand etwas mitbekommen hatte, Felix zum Beispiel oder Justus' dämliche Managerin!

»Lena, ich muss einfach wissen, ob die Nachricht von ihm ist.«

Lena seufzte.

»Dann ruf die Nummer eben an.«

Entgeistert rief ich: »Bist du wahnsinnig! Was ist, wenn es seine Nummer ist und er rangeht! Dann ist das total uncool. Willst du gelten, mach dich selten.«

»Alte Plattitüdendrescherin! Dann ruf eben Mimi und Tim an und frage, ob sie etwas damit zu tun haben.«

Es war halb zwei, aber schließlich handelte es sich um einen Notfall!

Mimi hatte ihr Handy ausgeschaltet. Ich hinterließ ihr eine kurze Nachricht und wählte Tims Nummer. Es klingelte. Hoffentlich war er noch wach.

Mit der Bemerkung »Lotte, wie schön, von dir mitten in der Nacht zu hören!« hob er ab. Klang aber noch sehr munter.

»Ja. Entschuldige! Ich weiß, es ist super spät, aber Tim, du wirst nicht glauben, was passiert ist. Justus hat mir gerade eine SMS geschickt. Also zumindest hoffe ich, dass sie von ihm ist. Ich kenne die Nummer nicht und wollte sichergehen, dass du sie nicht von einem anderen Handy geschickt hast, um mir 'nen Streich zu spielen.«

Tim war ob meiner Paranoia überhaupt nicht überrascht.

»Sag Lena, sie soll dir eins überziehen, du bist ja so aufgedreht, nicht zu ertragen. Da ist sogar diese hyperaktive Trutsche aus der koffeinfreien Kaffeewerbung ein Barbiturat gegen dich. Also meine Liebe, ich kann dich beruhigen. Die Nachricht ist von Justus. Das weiß ich sicher, denn ich habe ihm deine Nummer gegeben.«

Ich versuchte, nicht noch hektischer zu werden, sprach betont langsam und achtete darauf, Atempausen zu machen. »Wann – Wo? – Erzähl!«

»Stopp!«, rief Lena. »Ich will mithören, stell laut.«

Ich schaltete laut, und Tim fuhr fort.

»Ich war heute Abend auf einem Benefiz-Fußballspiel. Da spielen verschiedene Teams aus Film und Fernsehen mit. *TV-plus* hatte auch eins, und ich habe mich angeboten, für sie zu kicken.«

»Für sie zu kicken? Hast du einen Sprachkehler?« Lena konnte sich den ältesten Witz aller Witze nicht verkneifen. Strafend sah ich sie an.

Tim fuhr fort. »Ich spiel sogar ziemlich gut. Einer meiner besten Freunde wäre fast Profi geworden, und den habe ich auch zur Unterstützung mitgenommen.«

Lena rief: »Wusste gar nicht, dass du und deine Freunde auf Fußball stehen!«

»Meinst du, als Schwuler kann man höchstens die Farbzusammenstellung des Trikots festlegen, oder wie? Ich kicke für mein Leben gern, und eben erwähnter Freund ist hetero – ja, das soll's auch geben.«

Hallo? Ich stand kurz davor zu hyperventilieren, und die beiden ergossen sich in Nichtigkeiten.

»Erzähl endlich von Justus!«, gellte ich in einer Lautstärke ins Telefon, die mich selbst zusammenschrecken ließ.

»Justus hat für seine Produktionsfirma gespielt.«

Aha! Und warum wurde mir so was erst hinterher erzählt? Was hätte ich ihn gern in kurzen Hosen gesehen.

»Unser Team hat gegen seins gespielt. Ich musste ihn decken – Lena, ich kann dich im Hintergrund kichern hören! – Auf alle Fälle hat er mich wiedererkannt und wusste, dass ich mit Lotte auf der

Premierenfeier gewesen bin. Es war etwas absurd, gegeneinander zu spielen und nebenbei über dich zu sprechen.«

»Was habt ihr?«, rief ich aufgeregt.

»Na, uns darüber unterhalten, ob dein Busen echt ist. Quatsch, er wollte wissen, ob du auch da bist und ob ich dein Freund bin.«

Ha! Der war gut! Tim mein Freund! Immerhin sah er gut aus. Für diese Unterstellung musste man sich wahrlich nicht schämen.

Tim fuhr fort: »Nachdem ich alles klargestellt hatte, war er richtig erleichtert und fragte, ob er deine Nummer haben könne. Und der Rest ist inzwischen Geschichte. Der hatte es plötzlich eilig. Das Spiel und die anschließende Feier ging nämlich noch länger. Ich bin auch erst gerade nach Hause gekommen und hätte dich in den nächsten Minuten angerufen. Mal so aus Neugier: Was hat er denn geschrieben?«

Während ich Tim das Gedicht vorlas, dachte ich, dass Justus vielleicht auf eine Antwort wartete und das bereits seit einer halben Stunde.

Ich bedankte mich nervös bei Tim und versprach, ihn auf dem Laufenden zu halten.

Lena hatte in der Zwischenzeit Melonenstücke aus dem Kühlschrank geholt und schmatzte zufrieden vor sich hin.

»So, Lotti, und was antwortest du jetzt deinem Prinzen?«

Das wusste ich genau. Zu Lena aber sagte ich: »Erzähl ich dir morgen.« Kichernd rannte ich in mein Zimmer.

Lena trommelte gegen die verriegelte Tür. »Das ist fies. Wie soll ich jetzt schlafen? Sag schon, Lotti, was wirst du antworten?«

Seufzend schob ich den Riegel zurück, öffnete die Tür einen Spaltbreit und steckte meinen Kopf raus.

»Natürlich auch mit Hesse. Aber du findest das eh wieder nur bildungsbürgerlich und lächerlich!«

»Gar nicht. Das ist romantisch. Ist wahrscheinlich überflüssig zu fragen, ob du schon weißt, was genau du schreibst, oder?«

Erwartungsvoll sah sie mich an.

Schwärmerisch verdrehte ich die Augen und zitierte: »›Und jedem Anfang wohnt ein Zauber inne, der uns beschützt!‹ «

Nachdem ich mit zitternden Fingern die Antwort geschickt hatte, war natürlich an alles, nur nicht an Schlaf zu denken! Die erste Stunde wartete ich hysterisch auf eine weitere SMS und horchte so angestrengt auf jedes Geräusch, dass ich mich fast in einen Tinnitus hineingesteigert hätte, bis ich merkte, dass das Fiepen nicht die Handyvibrationen waren, sondern nur der Kühlschrank in der Küche. Die nächste Stunde überlegte ich, ob ich die SMS vielleicht versehentlich an jemand anderen geschickt hatte, und verfluchte mein Handy, weil man keine Sendebestätigung für Kurznachrichten erhielt. Nachdem ich mir vorgenommen hatte, mir so bald wie möglich ein neues Gerät zuzulegen, dachte ich eine weitere geschlagene Stunde darüber nach, ob ich ihn vielleicht anrufen sollte und fragen, ob er meine Antwort erhalten hatte, was er aber als ziemlich unlocker auffassen könnte und vermutlich würde!

Wieso konnte ich nicht einfach glücklich sein, dass er sich gemeldet hatte, auch noch mit der schönsten Liebeserklärung, die man sich vorstellen konnte?

Wieso diese Zweifel!

Gegen halb fünf war ich so weit zu glauben, dass er mein Hesse-Zitat nicht kannte und nicht verstanden hatte und mich für vollkommen bescheuert hielt.

Gegen fünf war ich davon überzeugt.

Nach weiterem Hin- und Hergewälze, unterbrochen durch kurzes Lichtanknipsen und Anstarren seines Fotos in einem Magazin, beschloss ich, aufzustehen und mich auf die Veranda in unsere Hängematte zu legen. Es dämmerte bereits, und vereinzelt begannen Vögel zu zwitschern. Trotz meines halbherzigen Versuches, leise zu sein – Lena hatte jetzt schon immerhin vier Stunden geschlafen, das musste doch reichen –, wachte sie auf und kam mit verknautschtem Gesicht und ihrer Decke ebenfalls heraus und legte sich in den Korbsessel.

»Oh, tut mir Leid, habe ich dich geweckt?«

Lena knurrte: »Spar dir das, ich kenne dich, schon bevor du Tampons benutzt hast! Du grübelst wieder, stimmt's?«

Ich nickte und teilte ihr meine Sorgen mit.

»Warum hat er nicht mehr geantwortet? Meinst du, er fand das doof?«

Lena seufzte. »Lotti, wann begreifst du endlich, dass du überhaupt nicht doof sein kannst? Du bist bezaubernd, und zwar immer, selbst wenn du wie jetzt nervös und völlig übermüdet deine Falte ziehst. Du hast diese Ausstrahlung, für die andere Frauen töten würden.«

Gab es eine bessere Freundin? Selbst wenn es erstunken und erlogen war, half mir Lenas Zuspruch.

Die frische Luft und Lenas Anwesenheit wirkten beruhigend auf mich. Irgendwann übermannte mich die Erschöpfung, und ich schlief ein.

sieben

»Lotte, wach auf, du musst langsam los.« Lena stand vor mir mit einer Tasse Yogi-Tee. Ich verzog das Gesicht.

»Ich weiß, dass du nichts davon hältst, aber nach so einer Nacht ist das wie Medizin. Es hilft dir, die Balance wiederzufinden.«

Da ich Lena die halbe Nacht auf Trab gehalten hatte, tat ich ihr den Gefallen und trank tapfer das Gebräu aus.

»Magst du noch was essen, Lotte?«

Angewidert schüttelte ich den Kopf.

»Nee, ich bin viel zu aufgeregt, ich krieg nichts runter.«

Geduscht und einigermaßen restauriert, eilte ich aus der Wohnung. Fast wäre ich über den Stein vor der Tür gestolpert.

Super! Lena war sicher wieder in irgendeinem Steinbruch unterwegs gewesen und hatte Versteinerungen oder »Brachiopoden«, wie sie mich immer verbesserte, gesammelt und vor dem Haus abgeladen.

Da fiel mir der Zettel auf, der unter dem Stein klemmte.

Es war ein abgerissenes Flugblatt.

»Charlotte, ich muss dich heute Abend sehen. Bin ab 20 Uhr im *Puck* und warte auf dich. Justus«

»Lena!«, schrie ich hysterisch.

Panisch kam sie, nur in ein Badehandtuch gewickelt, herbeigerannt. Klar, dass sich Ich-bin-unverklemmt-und-habe-ein-super-Körpergefühl-Lena nicht darum scherte, was die Nachbarn von ihrem freizügigen Auftritt hielten.

Keuchend hielt ich ihr Justus' Nachricht hin.

»Lotte! Wenn das die nächste Zeit so weitergeht, sag Bescheid, dann ziehe ich aus. So habe ich dich ja noch nie erlebt. Färben die nervösen Fernsehfuzzis doch auf dich ab?« Lena hatte wirklich einen Schreck bekommen.

Nun mussten wir beide grinsen.

»Nicht böse sein, Lenchen! Ich weiß auch nicht, was mit mir ist, aber Justus fördert Seiten an mir zu Tage …! Ich hab mich überhaupt nicht mehr unter Kontrolle.«

»Was gut ist, wenn man daran denkt, was du sonst für ein Kontrollfreak bist und mich an Weihnachten nicht mal Plätzchen ausstechen lässt, weil du Angst hast, den Zimtsternen könnte ein Zacken fehlen. Aber zwischen Kontrolle und Hysterie gibt es einen feinen Unterschied. So verliebt, wie du bist, hast du im Moment Narrenfreiheit, und ich würde wahrscheinlich auch ausrasten, wenn mich ein Kaliber wie Justus umgarnen würde. Das ist echt romantisch, und du weißt, ich scheue Romantik wie du Schuhe von *Deichmann*.«

Im Nachbarhaus wurde mit lautem Knall ein Fenster zugeschlagen, und ein empört dreinblickender Herr Weiß schüttelte deutlich missbilligend den Kopf. Herrn Weiß, seines Zeichens CDU-Stadtrat, und Lena verband, seit wir hergezogen waren, eine ausgeprägte Hassliebe.

»Na, wollen wir die Gesichtsfarbe von Herrn Weiß mal seinem Namen anpassen?« Lena kicherte, ließ ihr Handtuch fallen und winkte Herrn Weiß, der jetzt kreidebleich seinem Namen alle Ehre machte, freundlich zu.

Na also. Da hätten wir doch mal wieder für die nächsten Wochen das Gesprächsthema gesichert.

Immer noch etwas durcheinander, machte ich ein paar Schritte Richtung Auto. »Lena, ich brauch was Neues zum Anziehen. Hast du nachher Zeit? Ich versuch heute 'ne Stunde eher wegzukommen.«

Lena blickte mich so an wie ich sie, wenn sie mich auf einen Vortrag über Insekten mitschleppen wollte.

Seufzend sagte sie zu.

Zum Glück promovierte sie und konnte sich ihre Zeit einteilen, wie sie wollte.

acht

»Lotte, was war das denn für eine seltsame Nachricht, die du mir heute Nacht auf die Mailbox gesprochen hast? Ich hab null verstanden.«

Mimi stand vor mir und sah mich verwundert an. Wer konnte es ihr auch verdenken!

»Lass uns Chai Tea Latte holen gehen.« Das war inzwischen der Code für: Jetzt wird's spannend, und der Flurfunk darf nichts mitbekommen.

Wenn Lena wüsste, wie oft ich inzwischen zu *Starbucks* ging! Als Globalisierungsgegner trank sie lieber die Plörre im heruntergekommenen *Assocaffé* an der Ecke, bevor sie einen Fuß ins *Starbucks* setzen würde. Und irgendwo hatte sie ja Recht, ich hatte auch immer ein schlechtes Gewissen, vor allem nachdem sie mich gezwungen hatte, *No Logo* zu lesen, aber leider war ich zu schwach und faul, um mir ein anderes Café zu suchen. Außerdem bekam man Chai Tea Latte sonst nirgendwo, und ich war inzwischen abhängig von dem Zeug.

»Möchte nicht wissen, welche Geschmacksstoffe die da reinschütten«, hatte Lena gemurrt, als ich von meinem Lieblingsgetränk geschwärmt hatte. Wahrscheinlich plante sie, in Anlehnung an Günter Wallraff dort inkognito zu arbeiten, um dann irgendwelche Machenschaften aufzudecken. Bei dem Gedanken, wie Lena mit blonder Perücke und Schürze, Kaugummi kauend und mit strahlendstem Lächeln Kaffee verkaufte und nebenher in ihr Diktiergerät sprach, musste ich lachen.

Ich bestellte zwei Chai Tea Latte zum Mitnehmen.

»Mach's nicht so spannend. Was war denn nun mit Justus?«, fragte Mimi ungeduldig, und so erzählte ich ihr von meiner schizoiden Nacht samt Happy End.

»Du hast vielleicht ein Glück, Lotte! Genieß es so lange wie möglich. Oh Mann, ich wäre auch gern wieder so frisch verliebt!«

Das musste ausgerechnet Mimi sagen, bei der die Verehrer sich um die Platzkarten schlugen.

»Sag, Mimi, so umschwärmt, wie du bist, kann es doch nicht schwer sein, sich zu verlieben.«

Sie lächelte wissend. »Wer sagt denn, dass ich nicht verliebt bin?«

»Stimmt, ich vergaß, bei dir ist das ja diese geheimnisvolle Geschichte, von der niemand wissen darf. Du bist also zwar verliebt, aber nicht glücklich, oder wie darf ich das verstehen?«

Mimi war das Thema sichtlich unangenehm.

»Ach Lotte, sprechen wir lieber von deinem neuen Glück! Das ist viel aufregender.«

Da musste sie mich nicht zweimal bitten.

Fröhlich plappernd, machten wir uns schließlich mit unseren Teebechern auf den Rückweg und stießen im Sender gleich mit Babette, Imkas Vertretung, zusammen.

Wer hätte gedacht, dass ich mich je nach Imka und meinen Kuriergängen zurücksehnen würde. Babette, der Name war Programm, tat alles, damit wir sie ja nicht mochten. Zwar kokste sie nicht, sondern berauschte sich an sich selbst, aber das war in ihrem Falle noch unerträglicher.

Vom Typ *Papis Prinzessin* wusste sie genau, wie man andere für sich arbeiten ließ. Babette war naturstoned und bei jedem Blick in den Spiegel wurde sie high, nach jedem ihrer sinnentleerten Kommentare, die sie auf affektierteste Weise betonte, machte sie eine bedeutungsschwangere Pause, was sich dann etwa so anhörte: »Lotte« – Pause – »kannst du« – Pause – »mir mal« – Pause – »die Wasserflasche« – Pause – »geben?« Augenklimpern! Vielleicht hatte aber auch nur das viele Telepromterlesen bleibende Schäden bei ihr hinterlassen.

Selbst Felix, der nicht so leicht aus der Ruhe zu bringen war, schließlich arbeitete er sonst auch nicht mit den pflegeleichtesten Charakteren, nannte Babette nur noch »Babuschka« und hatte mit rotem Edding für alle sichtbar im Kalender »Imka endlich wieder da« eingetragen.

Während Babette ihren Busen herausstreckte, fuhr sie sich mit ihren manikürten Nägeln, Frenchstyle natürlich, aufreizend durch die Haare. Mimi und ich schauten uns erstaunt an, bis wir uns umdrehten und Ralph vorbeilaufen sahen.

Ah ja, alles klar! Eine Showeinlage für den Programmchef. Wir nickten uns zu.

»Charlotteeeeee!« Babette zog meinen Namen gern in die Länge und betonte dabei das E am Ende.

Konnte denn kein Mensch meinen Namen normal aussprechen? Außerdem klang es bei Babette immer so, als ob sie nach ihrer Zofe rief.

»Was denn, Babetteeeeee?« Ha, ich konnte ihren blöden Möchtegern-Dynastienamen auch in die Länge ziehen, was ihr aber nicht auffiel – natürlich nicht, schließlich kam es nicht aus ihrem eigenen Mund.

»Du, ich habe gerade gesehen, dass ihr mich für den Dreh am Wochenende in so ein komisches Hotel eingebucht habt.«

Das komische Hotel war ein Viersternehotel und vollkommen in Ordnung.

»Ja, mehr war leider nicht drin im Budget«, erklärte ich.

Babette wurde nicht wütend – denn das sähe ja nicht gut aus. Babette fing an, verkrampft zu lächeln und zuckersüß zu sprechen – was aber eher nach Zischen klang.

»Wie soll ich denn in diesem Hotel vernünftig arbeiten? Ich muss doch da sein, wo alle Künstler wohnen, allein schon zur Kontaktaufnahme und wegen der Zeitersparnis.«

Aha, daher wehte der Wind!

Ich verwies sie mit Freuden an Felix, der nur noch darauf wartete, Extrawürste für *Babuschka* zu braten.

Während ich alles für den Dreh am Wochenende vorbereitete, EB-Team und Flüge buchte, Zeit und Interview vereinbarte und Felix sich mit Babettes Hotelreservierung herumschlug, merkte ich kaum, wie schnell die Zeit verging.

Der Empfang rief an und ließ mich wissen, dass eine Lena auf mich warte.

»Sie soll hochkommen, ich bin gleich fertig«, gab ich zurück.

Doch so weit ging die Liebe dann doch nicht. Für Lenas Verhältnisse war es schon sehr tolerant, sich überhaupt freiwillig in die Nähe der Volksverdummung zu begeben.

»Da bist du ja endlich!« Sie sah mich vorwurfsvoll an.

Bevor sie noch saurer wurde und eventuell ihre Meinung änderte, beförderte ich sie ins Auto und fuhr in meine Lieblingseinkaufsstraße.

Muss man sich Gedanken machen, wenn die Verkäuferin bei Prada einen duzt und fragt, ob das lästige Kopfweh von vergangener Woche wieder weg ist und bereits einige Klamotten für einen beiseite gelegt hat, weil sie meint, das sei ganz mein Stil? Lenas Blick nach zu urteilen: Ja! Wenn sie wüsste, wie oft ich Tüten vor ihr versteckte, um nicht wieder eine Diskussion über mein Konsumverhalten auszutragen!

Kurz schilderte ich mein Problem, nämlich ein Kleidungsstück zu finden, in dem ich ohne großen Aufwand umwerfend aussah.

»Wo geht's denn hin, *Sssarlotte*?« Evelin, die Storemanagerin, lispelte leicht, was niedlich klang, nur war sie wieder jemand, der meinen Namen nicht richtig aussprach!

»Ins *Puck*!« Das *Puck* war ein Künstlercafé. Relaxte, unaufgetakelte Atmosphäre; brotlose und erfolgreiche Künstler mischten sich mit der in die Jahre gekommenen intellektuellen Linken, hier und da ein paar Szeneheinis, die den Geheimtipp irgendwo aufgeschnappt hatten, das *Puck* aber immer schnell wieder verließen, weil sie zu wenig Beachtung fanden. Das Lokal war witzigerweise auch der kleinste gemeinsame Nenner, auf den Lena und ich uns einigen konnten, wenn wir weggingen.

»Ich glaube, da habe ich was für dich.« Evelin zeigte uns ein Sommerkleid, das schlicht, aber gleichzeitig sexy und raffiniert aussah.

Zum Glück war ich gebräunt genug, mit weißen Beinen sehen solche Kleider nämlich immer bescheuert aus.

Als ich aus der Umkleidekabine kam, begutachteten Lena und Evelin mich fachmännisch.

»Das ist es! So kannst du dich sehen lassen. Wenn er da nicht tot umfällt, weiß ich auch nicht.«

Das Kleid war ein Traum! Der Preis leider auch, aber hey, man musste ja auch mal in seine Zukunft investieren. War sicher in Mutters Sinne.

Leider war der Style noch nicht perfekt, es fehlte noch etwas Entscheidendes. Evelin begleitete meine Kaufsucht schon lange genug, um meinen Blick richtig zu deuten.

»Schuhe! Du brauchst die passenden Schuhe!«

Dankbar lächelte ich sie an, während sie schon mit einer Auswahl herbeigeeilt kam.

Lena zog mich beiseite.

»Lotte, ich weiß, deine Eltern finanzieren fast alles, aber hast du mal geschaut, was das kostet? Ich weiß, dein Ziel ist, dass die hier irgendwann, wenn du reinkommst, den Laden nur für dich schließen, und ich sage dir, diese Evelin hast du bald so weit, aber ist es das wert? Das Kleid ist echt der Hammer, doch du hast genug neue Sachen, in denen du genauso umwerfend aussiehst.«

Verunsichert sah ich an mir hinunter. Dieses Kleid gab mir alles, was ich heute Abend brauchte, nämlich Selbstbewusstsein!

»Lena, ich verspreche, diesen Aufstand mache ich nur für das erste Date, okay? Und jetzt gib mir deine Absolution, sonst komme ich mir wie ein oberflächlicher Kleiderständer vor.«

Sie drückte mich.

»Ach Lotte, du und oberflächlich! Spleenig vielleicht, aber oberflächlich doch nicht! Ist sicher auch im Sinne deiner Mutter!«

Das hatte ich ja auch schon gedacht.

Evelin brachte mir eine veredelte Flip-Flop-Version, ein Paar Riemchensandalen, die man bis zu den Knöcheln binden konnte, und Highheelpantoletten. Wir entschieden uns eindeutig für die Sandalen, Flip Flops waren so etwas von out, und mit den Pantoletten war ich eher *overdressed*!

Evelin wünschte mir viel Glück und zwinkerte mir beim Hinausgehen zu wie der Dealer seinem Lieblingsjunkie.

»Wir bekommen Freitag neue Ware.«

Bevor ich darauf eingehen konnte, hatte Lena mich schon auf die Straße gezogen.

Wieder beim Sender angekommen, ließ sich Lena überreden, doch mal mit hineinzukommen, allerdings nur, um Tim und Mimi zu Katharinas dämlichem Pärchenabend einzuladen.

Die beiden freuten sich sichtlich, Lena zu sehen, und begrüßten sie herzlich.

Zu meinem Erstaunen versprachen sie zu kommen.

Lena ließ sich zu einem kleinen Rundgang durch die Redaktion bewegen und zeigte sogar ein bisschen Interesse, auch wenn ich deutlich sehen konnte, was sie eigentlich dachte. Wie können sich Menschen den ganzen Tag – oder noch schlimmer, ihr ganzes Leben lang – mit solchen Nichtigkeiten und aufgeblasenen Storys beschäftigen? Darüber hatten wir nicht nur einmal diskutiert.

»Findest du, dass du dein Leben sinnvoll verbringst? Meinst du nicht, du solltest mit deiner Begabung und deinem Talent etwas Bedeutungsvolleres anfangen?«

Bedeutungsvoller hieß, die Menschheit oder Erde zu retten. Lena konnte beim besten Willen nicht nachvollziehen, dass man gern über den neuen Song oder die neue Frisur von XYZ berichtete.

Vergeblich hatte ich versucht ihr zu erklären, dass der Mensch nicht nur vom Brot allein lebte, sondern zwischendurch auch mal etwas zur Zerstreuung und zum Lachen brauchte, wenn er eine Pause vom Weltverbessern machte! Mein Dienst an der Menschheit war eben der, sie elementare, sorgenvolle Dinge vergessen lassen zu können. Mein Talent hieß unterhalten. Ich tat nur, was ich am besten konnte.

»Lotte, wo warst du denn? Ich such dich schon.«

Auweia – Felix! Da verließ man seinen Platz mal länger als fünfzehn Minuten, und schon hatte man ein schlechtes Gewissen. Wenn man vor 20 Uhr ging, bekam man immer ein »Na, hast wohl 'nen Halbtagsjob!« hinterhergeschleudert.

Eilig verabschiedete ich mich, um Felix nicht zu reizen.

»Lotte, wir haben eine Interviewanfrage bekommen. Ich möchte gerne, dass du das übernimmst. Imka ist ja noch weg, und Babette muss an diesem Tag noch für ihre eigene Sendung drehen. Wir machen das Interview einfach ohne Moderator im Bild und benutzen es als Einspieler. Kannst du das mal anrecherchieren?« Sagte es und drückte mir ein Fax in die Hand.

Ich sah darauf und glaubte meinen Augen nicht: Das Interview war mit, welch Zufall, ausgerechnet Annabelle Leiniger!

»Is was? Das bekommst du doch hin?« Felix musterte mich nervös.

»Klar. Ist ja erst in drei Wochen. Ist ja noch massig Zeit, da kann ich mich gut vorbereiten.«

Annabelle Leiniger, in der Suchmaschine eingegeben, erzielte höre und staune 312 Treffer! Sie musste eine treue Fanbase haben oder eben pubertierende Jungs, die genug Zeit hatten, am Computer Seiten für sie zu basteln, und sicher glaubten, Annabelle sei auch erst siebzehn.

Ihre offizielle Seite wurde von einem Schwarz-Weiß-Porträt, Marke *Uups, ich bin so unschuldig, wie kommt mein Foto nur ins Internet?* geziert. Die Biografie, die für meinen Geschmack viel zu blumig geschrieben war und eher nach Poesiealbum klang, gab nicht viel her.

Ihr Geburtsdatum war nicht zu finden. Gar nicht so doof. Früh übt sich, wer später mal sein wahres Alter verschweigen will. Annabelle stammte aus einer berühmten Familie. Ihr Vater war erfolgreicher Maler und ihre Mutter ebenfalls eine bekannte Schauspielerin. Angeblich hatte Annabelle ihre Karriere ohne deren Hilfe und mit anderem Namen begonnen, da sie es »ganz alleine« schaffen wollte. Apropos Namen, ihren hatte sie keineswegs den Zeilen des Reinhard-Mey-Hits »Annabelle, ach Annabelle, du bist so herrlich intellektuell« zu verdanken, wie sie gleich in ihrem Vorwort richtig stellte, sondern allein der Tatsache, dass ihre Mutter Französin war. Tja, die einen hatten eine Französin zur Mutter, andere eine, die sich wegen angeblicher früherer Leben für eine hielt.

Nicht auszudenken, wenn Annabelle je auf meine Mutter mit ihrem Französisch-Tick traf. *Maman* würde Annabelle sofort adoptieren wollen, denn sie sprach Französisch als Muttersprache und war auf eine französische Schule gegangen.

Was ihre schauspielerischen Errungenschaften anging, konnte sie einige Serienauftritte und kleinere Rollen in Low-Budget-Produktionen verzeichnen. Laut Biografie war sie Einzelkind – und das gern. Neben der Fotogalerie, die den meisten Platz einnahm und Annabelle in allen bereits da gewesenen und nicht gerade unkonventionellen Posen zeigte, fand man auch einen Link zu *Erspare dir die Liebe*, ihrem momentanen Filmprojekt, das sie laut Eigenaussage »mit dem talentierten und wunderbaren Justus Staufen« drehte.

Nachdem ich mich genug über ihre kitschige Homepage aufgeregt hatte, suchte ich Interviews und wurde in einer Frauenzeitschrift fündig.

Na, dann wollten wir doch mal sehen, was Annabelle darin Glorreiches zu sagen hatte.

Ich war nicht einmal bis zur Hälfte des Interviews gelangt, da stand für mich eines fest: Ungeschickter und abschreckender konnte man sich selbst gar nicht verkaufen. Wer um Himmels willen war für Annabelles PR zuständig?

Auf die Frage, wie ihre Freundinnen es fänden, dass sie Annabelle auf der Leinwand bewundern durften, antwortete Annabelle allen Ernstes: »Ich habe eigentlich keine Freundinnen. Mit Frauen bin ich noch nie sonderlich gut ausgekommen. Da gab es früher oder später immer Probleme wegen Jungs und meines Aussehens. Frauen ertragen meine Wirkung nicht. Ich verstehe mich mit Männern viel besser. Meine besten Freunde sind alle männlich. Das ist zwar manchmal nicht leicht, denn es kommt leider immer wieder vor, dass einer mehr als Freundschaft möchte, aber das kläre ich dann. Meine einzige richtige Freundin ist meine Mutter. Wenn wir zusammen in einen Club gehen, werden wir immer wieder für Schwestern gehalten. Ihr kann ich auch alles erzählen. Aber um auf Ihre Frage zurückzukommen …«

Was war das für eine Nummer mit ihrer Mutter?

Ansonsten verriet uns Annabelle, dass sie nicht kochen könne, nicht einmal Nudeln, was hervorragend in das Beschütze-und-füttere-mich-Schema passte. Sich selbst beschrieb sie als leicht chaotisch und unorganisiert, »wenn ich eine Rolle lerne, kann mir schon mal passieren, dass ich vergesse, welchen Wochentag wir haben, und an wichtige Termine muss man mich erinnern«.

Es zeugte nicht von besonders starkem Intellekt, um bei den Drei-Satz-Rollen, die Annabelle bisher gespielt hatte, den Wochentag zu vergessen. War schon klar, was sie damit eigentlich hatte sagen wollen. Seht her, ich bin Künstlerin durch und durch! Ich lebe für die Schauspielerei! Der Effekt war der gegenteilige, Annabelle brauchte dringend jemanden, der sie auf Interviews vorbereitete.

Warum achtete nicht diese Ulli Becker darauf?

»Sag mal, Felix. Die Becker ist doch auch die Agentin von Annabelle Leiniger, oder?«

»Ja, weshalb fragst du?«

»Ich lese gerade ein Interview und frage mich, wie die Becker das freigeben konnte.«

Felix lachte.

»Ach so, du meinst das unsägliche erste Interview von ihr. Da dachte Fräulein Leiniger noch, sie könne alles alleine machen. Erst nach dieser blamablen Story sorgten ihre Eltern dafür, dass sich jemand professionell um das Töchterchen kümmert. Sie haben die Becker darauf angesetzt, die Annabelle auch in *Erspare dir die Liebe* unterbringen konnte. Man munkelt, ohne Justus als Druckmittel hätten die Produzenten Annabelle nie die Rolle gegeben. Justus wollten sie unbedingt und haben dementsprechend dem Doppeldeal zugestimmt. Und du musst mal schauen, wie ihre Interviews jetzt aussehen. Hier, lies mal!«

Felix drückte mir die neue Ausgabe eines Promimagazins in die Hand. Unter der Rubrik »Künstler von morgen« war Annabelle spärlich, aber geschmackvoll abgelichtet. Eine kurze Notiz teilte dem Leser mit, dass sie die Glückliche sei, die mit Justus Staufen drehen dürfe. Auf die Frage, wie es sei, mit Justus vor der Kamera zu stehen, hatte sie geantwortet: »Er ist ein begnadeter Schauspieler. Ich kann nur sagen, dass er wahnsinnig viel Charisma hat. Selten habe ich einen so intensiven Menschen getroffen.«

Da musste sogar ich ihr Recht geben und sie loben, dass sie inzwischen gelernt hatte, wie man antwortete. Diese Becker, so abgebrüht, wie sie war, verstand etwas von ihrem Job.

Die Recherche für Annabelles Interview hatte mir vor allem eines gebracht: Sie hatte mich abgelenkt.

Ein Blick auf die Uhr sagte mir, dass ich bald losmusste.

Völlig nervös machte ich mich auf den Weg – zuvor hatte ich mir noch lauter gute Ratschläge geben lassen.

»Denk dran, das ist auch nur ein ganz normaler Typ«, sagte mir Mimi. »Verhalt dich ja nicht so, als ob du den Star in ihm siehst!«

»Wenn es unlocker ist, geh einfach mit ihm tanzen. Das hat das letzte Mal auch geklappt!«, war Tims Vorschlag.

»Sei einfach du selbst. Er muss dich wollen, wie du bist!«, erklärte Lena.

Mein Gefühl aber sagte mir nur eines: Lauf so schnell du kannst und geh einfach nicht hin. Dann kannst du dich auch nicht blamieren.

Völlig nervös stieg ich in meinen Wagen und fuhr wie ferngesteuert los. Das Treffen stand unter einem guten Stern, wie es schien, denn ich fand gleich einen Parkplatz. Ich blieb so lange im Wagen sitzen, bis ich spät genug dran war, um mich interessant zu machen, und früh genug, um nicht als unverschämt zu gelten. Wieso fühlte sich dieses Date wie ein Termin zur Magenspiegelung an? Mir war übel, und ich glaubte, jeder konnte an meinem unsicheren Gang erkennen, dass ich mich gleich mit Justus Staufen treffen würde, der – ehrlich gesagt – eine Nummer zu groß für mich war.

»Das ist nicht dein Kaliber, Lotte«, sagte ich zu mir selbst, bevor ich die Tür zum *Puck* aufstieß.

Ich nahm meinen ganzen Mut zusammen und trat beherzt ein.

Hey, was konnte mir schon passieren? Mich zwang niemand zu irgendetwas! Ich konnte jederzeit wieder gehen!

Und überhaupt, so toll war Justus Staufen auch wieder nicht. Bestimmt war ich wirklich nur dem Hype um ihn erlegen. Männer wie ihn traf man jederzeit wieder, falls ich mich bis auf die Knochen blamieren würde.

Betont locker schaute ich mich um. Von Justus keine Spur. Nur nicht durchdrehen! Vielleicht hatte er ja das Separee reservieren lassen.

Mit eingeredetem Selbstbewusstsein oder zumindest mit dem, was noch übrig war, ging ich zum Separee hinüber, das mit barocken roten Vorhängen und zwei vergoldeten Chaiselonguen den Charme eines Wiener Freudenhauses ausstrahlte, nur um Zeuge einer Knutsch- und Fummelattacke eines frisch verliebten Pärchens zu werden, die meine, wie ich fand, witzig dahingeworfene Bemerkung – »Wollte nur mal fragen, ob ich mitmachen soll« – leider nicht richtig deuteten und mir synchron 'nen Vogel zeigten.

Okay. Auch ich merke, wenn ich störe!

Nach diesem fulminanten Auftritt beschloss ich, an die Bar zu gehen und die letzten Minuten mit einem Mojito runterzuspülen. Während ich mich setzte und bestellte, überlegte ich kurz, ob ich den Barkeeper fragen sollte, ob Justus schon da war, ließ es aber lieber bleiben, um nicht noch in den Verdacht zu geraten, ein irrer Fan zu sein. Ein Fettnapf pro Abend genügte!

Wo um alles in der Welt blieb Justus? Meine Nerven machten das Warten nicht mehr lange mit! Ich kannte mich gut genug, um zu wissen, dass die nervöse Phase bald in eine hysterische umschlagen würde, um dann in eine Depression zu münden, um schließlich mit verwischter Wimperntusche und zerzaustem Haar vom entnervten Barkeeper (»Ich will auch mal nach Hause«) aus dem Lokal geschoben zu werden.

Wie lange sollte ich überhaupt warten? Zwanzig Minuten? Eine halbe Stunde? Sollte ich anrufen? Besser nicht, wer weiß, nachher erlaubte er sich nur einen Scherz und stand schon längere Zeit mit falschem Bart und Ulli Becker an seiner Seite in einer Ecke und amüsierte sich köstlich ob der kleinen Praktikantin, die er so durcheinander gebracht hatte. Bestimmt hatten sie gewettet, wie lange ich warten würde. Wie viel ihnen die Wette wohl wert war?

Unauffällig schielte ich auf die Uhr. Achtunddreißig Minuten gewartet, kein Justus in Sicht. Stattdessen saß ich wie ausgemustertes Freiwild am Tresen und wurde schon vom Rudel nebenan – getarnt als intellektuelle Diskussionsrunde – begutachtet. Natürlich nicht plump! Nein, im *Puck* punktete man höchstens mit Anmachen wie »Du hast was von Frieda Kahlo«. Mir reichte es! Ich stand auf und ging. Auf dem Weg zum Auto sah ich ein Taxi anhalten, dem, wenn mich nicht alles täuschte – ich war durch meine Kurzsichtigkeit leider auch leicht nachtblind –, Justus entstieg!

Ich pirschte mich näher heran – tatsächlich, es war Justus! Im Halbdunkel sah er genauso umwerfend aus, wie ich ihn in Erinnerung hatte. Dieser lässige, unangestrengte Style! In Sekundenschnelle befand ich mich wieder in einem komatösen Zustand und schnappte nach Luft.

Nachdem Justus im *Puck* verschwunden war, eilte ich ebenfalls hinein, um nicht zu riskieren, dass er wieder ging.

Außer Atem schleuderte ich einem erfreuten Justus entgegen: »Ich weiß, ich bin viel zu spät! Bitte entschuldige! Kam nicht früher aus dem Büro los, und mein Akku war leer, sonst hätte ich dich angerufen! Du wartest ja sicher schon eine Ewigkeit!«

Justus, nein, dieser Gott lächelte sein verwegenes Grübchengrinsen und küsste mich auf die Wange. Er roch nach *Hugo*, einem meiner Lieblingsdüfte.

»Ehrlich gesagt, bin ich gerade erst angekommen. Hatte schon voll das schlechte Gewissen, dich warten zu lassen, aber der Dreh wurde hundertmal wiederholt! Hat Ulli dich erreicht? Ich hatte sie gebeten, dir Bescheid zu geben. Ach nein, ging ja gar nicht, wenn dein Akku leer war.«

»Genau.« Ich grinste gezwungen und überlegte mir eine besonders perfide Art, um Ulli Becker außer Landes zu treiben, während ich unauffällig mein voll aufgeladenes Handy ausschaltete.

»Ich bestell uns was zu trinken«, nahm Justus das Ruder in die Hand und wandte sich zum Barkeeper, der ihn erkannte und stürmisch begrüßte.

»Ich nehm ein Bier und du, Charlotte?«

Der übereifrige Barkeeper fragte, bevor ich etwas sagen konnte: »Einen Mojito?«

Erstaunt sah Justus mich an.

»Bin öfter hier«, wand ich mich aus der Klemme.

Zum Glück schluckte Justus das.

Wir setzten uns an einen freien Tisch, Justus wollte keine Extrabehandlung, obwohl der Barkeeper uns angeboten hatte, das Separee für uns zu räumen. Das fehlte noch, dass dieses »spaßfreie« Pärchen mich wiedererkannte.

Meine Nervosität hatte sich keinen Deut gelegt. Im Gegenteil, es wurde immer schlimmer, und es wunderte mich auch nicht, weil Justus Staufen mich anstrahlte und alle an den Nachbartischen sich die Köpfe verrenkten.

»Alles klar bei dir, Lotte?«, fragte er fast zärtlich und nahm für einen kurzen Moment meine Hand, was nicht gerade hilfreich war, denn die Berührung tat ihr Übriges!

Tapfer lächelte ich. »Es ist nur komisch, weil ich noch nie mit jemandem ausgegangen bin, der die ganze Zeit angestarrt wird«, versuchte ich eine Erklärung.

Er lachte. »Dabei müssten doch eigentlich dich alle anstarren, so schön, wie du bist. Hab ich auch gar nicht gemerkt, du hast mich so abgelenkt. Aber eigentlich ist es im *Puck* immer angenehm, denn hier sind genug Leute, die mich noch aus Zeiten kennen, in denen ich brotloses Improvisationstheater gespielt habe, und die so gar nicht mit meinem Ruhm zu beeindrucken sind.«

Meine Atmung normalisierte sich.

»Also, wie die drei Mädels am Nebentisch herübersehen, sind sie beeindruckt. Außerdem dürften die viel zu jung sein, um dich aus alten Zeiten zu kennen, es sei denn, du bist auch auf Kindergeburtstagen aufgetreten.«

Justus wandte seinen Blick zu besagtem Tisch, was die Oberstufenschülerinnen in zeitgleiches Kichern ausbrechen ließ. Eifrig steckten sie ihre Köpfe zusammen und flüsterten.

Schließlich stand das dunkelhaarige Mädchen mit dem olivfarbenen Teint auf und kam an unseren Tisch.

»Äh, du bist doch Justus Staufen. Kannst du mir und meinen Freundinnen Autogramme geben?«, fragte sie schüchtern.

»Kann ich gerne machen, aber leider habe ich keine Karten bei mir«, antwortete Justus charmant.

Das war das geringste Problem, die Teenies von heute wussten, was Flexibilität bedeutete, und ließen Justus kurzerhand vorn auf den ausgeschnittenen Shirts oder hinten auf den Jeans unterschreiben.

Die anderen Gäste waren aufmerksam geworden, und plötzlich stand eine Schlange an, um auch Autogramme zu bekommen. Von wegen, hier kannten ihn alle von früher! Justus wurde die Situation sichtlich unangenehm. Kurzerhand stand er auf, gab schnell die Autogramme und beugte sich zu mir herüber: »Charlotte, lass uns verschwinden!«

Nichts lieber als das. Ich hatte nämlich bereits die eine oder andere peinliche Frage gestellt bekommen wie zum Beispiel »Bist du seine Freundin? – Kannst du mir sagen, wo er wohnt?«.

Auf der Straße mussten wir beide loslachen. Endlich! Das Eis war gebrochen.

»Lass mich überlegen, wo wir hinkönnen, irgendwohin, wo uns niemand kennt! Schwimmst du gerne?«

Natürlich, aber rein zufällig hatte ich keinen Bikini dabei, was ich ihm auch sagte.

»Da, wo wir hingehen, brauchst du keinen.« Justus grinste verschmitzt.

Wir gingen zu meinem Mini, und ich fuhr los. Justus dirigierte mich zu sich nach Hause, er müsse noch dringend etwas besorgen. Vor einem leicht verkommenen Altbau bat er mich anzuhalten, sprang aus dem Wagen und kam wenige Minuten später wieder, mit Handtüchern, einem Gettoblaster und zwei Flaschen Bier unterm Arm.

»Jetzt kann's losgehen! Soll ich fahren? Ist vielleicht einfacher, ich kenne den Weg.«

Er legte eine Tom-Waits-Kassette ein und fuhr los. Während ich seine glatte, gebräunte Haut und sein klares Profil betrachtete, erklang *Ol' '55*, mein Lieblingslied. Die Fahrt hätte von mir aus ewig dauern können. Und das dauerte sie auch, denn wir fuhren aus der Stadt hinaus und aufs Land. An einem kleinen Weg, den ich fast übersehen hätte, bog Justus ab und lenkte in eine Pappelallee, die zu einem kleinen See führte.

Es dämmerte bereits. Außer uns war nur ein Rentner da, der eisern seine Runden im glasklaren Wasser schwamm, bis er uns bemerkte und auf den Steg kletterte.

Der See lag wunderschön vor uns. Er war von einem schmalen Streifen Wiese und dichten Büschen umgeben, und in Wassernähe gab es sogar Sand.

»Hier hätten die mal die Lätta-Werbung drehen sollen! Dagegen kann doch jeder skandinavische See einpacken!«, rief ich Justus zu, der gerade mit seinem Feuerzeug die Bierflaschen öffnete.

Er kam mit dem Gettoblaster und den Handtüchern zu mir, setzte sich und reichte mir eine Flasche.

»Endlich alleine!« Der Rentner hatte seine sieben Sachen gepackt und war durch die Büsche verschwunden. Oder hockte er noch irgendwo im Grün?

Mir fiel Lena und ihre Nummer am Feuchtbiotop ein, und ich musste grinsen.

»Woran denkst du?«, fragte Justus, der mich beobachtet hatte.

»Dass es hier fast keine Mücken gibt!«

»Aha! Ist ja schön, worüber du dich so freuen kannst. Aber ich habe an alles gedacht, auch an das beste Mittel, um Mücken zu vertreiben.« Er steckte sich eine Zigarette an und hielt mir die geöffnete Schachtel hin.

»Ich rauche nicht!«, sagte ich und kam mir dabei so uncool vor wie ein Erstklässler ohne Scout-Schulranzen.

»Ich nur, wenn ich nervös bin«, sagte er und schaute mich wieder mit diesem intensiven Blick an.

Justus Staufen und nervös! Der Typ war die Ruhe selbst, wobei … Wie konnte man das bei einem begnadeten Schauspieler, wie er es war, schon wissen.

»Heißt das, du bist jetzt nervös, oder willst du nur die Mücken vertreiben?«

War ich nicht mutig?

Er strich sich eine honigfarbene Strähne hinters Ohr.

»Was wäre dir denn lieber?«

Anstatt einer Antwort schluckte ich.

Justus unterbrach das Schweigen nicht. Erst nach einer Weile fragte er: »Hast du Lust, schwimmen zu gehen?«

Mit Justus hatte ich eigentlich auf alles Lust. Aber …

»Jetzt? Ohne Klamotten?« Absichtlich vermied ich das Wort nackt, denn ich fühlte mich auch schon so spießig genug.

Justus musste über meinen verängstigten Gesichtsausdruck lachen. »Klar, ich geh vor und du kommst hinterher. Keine Angst, ich dreh mich auch nicht um. Dein Handtuch kannst du ja auf den Steg legen, damit ich beim Rausgehen nichts sehen kann, du züchtiges Mädchen.«

Das war doch ein Angebot!

Während ich mich unter dem Handtuch umständlich freimachte, zog Justus sich ohne Scheu die Kleider aus und lief sogleich ins Wasser. Sein Anblick hatte mir den Atem verschlagen. Normalerweise achtete ich auf Dinge wie Augen, Stimme oder Hände, aber dieser Körper sprach selbst bei mir alle niederen Instinkte an!

Warum in aller Welt gab er sich mit mir ab! Diesem Mann lag die Welt zu Füßen!

So rasch wie möglich tauchte auch ich ins Wasser ein. Justus hatte brav abgewandt gewartet und drehte sich erst um, als ich kleine verklemmte Spießerseele rief: »Bin im Wasser!«

Langsam schwamm er auf mich zu. Mit leicht nassen Haaren war er die Personifikation der Versuchung schlechthin.

»Kennst du das Lied?«

Natürlich kannte ich es. *Nightswimming* von REM lief passenderweise, als ob es getimt wäre. Wer weiß, vielleicht war das hier seine Masche, und er wusste genau, wann er die Mädels ins Wasser treiben musste, um zu *Nightswimming* neben ihnen im Wasser zu sein? Aber auch wenn es eine Masche sein sollte, bei mir funktionierte sie einwandfrei. Womöglich wollte er aber nur potenzielle Kandidatinnen vorher genauer anschauen, um nicht die Katze im Sack zu kaufen, ließ ich meiner Paranoia freien Lauf.

Die Tiefe des Sees war perfekt. Ich konnte stehen, war aber bis knapp unter den Schultern mit Wasser bedeckt, das von der Sommersonne angenehm aufgewärmt war.

»Gefällt's dir, oder fühlst du dich unwohl?«

»Es ist herrlich. Und auf alle Fälle besser als im *Puck*!«

»Finde ich auch. So für das erste Date war das echt nervig. Hier sind wir wenigstens ungestört.«

Ha! Er hatte Date gesagt! Und er wollte ungestört mit mir sein! Wenn das kein gutes Zeichen war.

Er schwamm dichter an mich heran. Wie von allein hielt ich mich an ihm fest. Ich konnte den vorher begutachteten Körper spüren, und es fühlte sich warm und aufregend zugleich an. Wir sahen uns in die Augen, und während er mir zärtlich über den Rücken strich, wurde mir leicht schwindlig, was aber auch an meiner unregelmäßigen Atmung liegen konnte.

Bevor es zu gefährlich wurde, wandte ich mich ab, schließlich hatte meine Mutter in jahrelanger Arbeit uns eingebläut: nie, aber wirklich nie beim ersten Date zu küssen!

Als ich vorschlug, wieder aus dem Wasser zu gehen, war Justus nicht gekränkt, sondern holte mein Handtuch, rubbelte mich sogar später trocken und hüllte mich in den flauschigen Frotteestoff.

Wir setzten uns wieder auf die Wiese und schauten in die monderhellte Nacht.

Justus rückte nah an mich heran.

»So, Charlotte, nachdem du mein Leben schon durchrecherchiert hast, möchte ich bitte auf den gleichen Wissensstand gebracht werden. Wo kommst du her, wo gehst du hin?« Den letzten Satz hatte er lachend gesagt, und so erzählte ich, wer ich war.

Da ich mich in seiner Gegenwart sehr wohl fühlte, ließ ich auch keine Macke und keinen Spleen aus, immer Lenas Worte im Kopf: »Der muss dich genauso wollen, wie du bist!«

Ihn schockten weder meine Konsumtouren, noch dass ich zum Einschlafen *Hui Buh* und *Die drei Fragezeichen* hörte, auch die Tatsachen, dass ich mich in manche Situationen allzu sehr reinsteigerte und eine Möchtegernfranzösin zur Mutter hatte, ließen ihn kalt. Dass ich Lieder ohne Text komponierte und nur »lala« dazu sang, fand Justus laut eigener Aussage total niedlich, und Lena wäre stolz, wenn sie wüsste, wie ich mit offenen Karten spielte und nichts ausließ, was mich eigentlich demütigen müsste.

Wir saßen noch eine Weile nah nebeneinander, ohne einander zu berühren. Zwar unterhielten wir uns über dies und das, aber eigentlich überlegte ich nur, ob ich noch den einen Zentimeter näher rutschen sollte, der fehlte, um ihn zu berühren, oder ob ich ihn das lieber machen lassen sollte. Wahrscheinlich deutete er mein Verhalten als züchtige Zurückhaltung. Doch dann war es zu spät. Wir brachen auf.

»Charlotte, ich fahr dich nach Hause und nehm mir dann ein Taxi!«

Als wir vor meiner Wohnung hielten, stieg er aus und öffnete mir die Wagentür. Manieren hatte er!

Er geleitete mich zur Tür. Mein Mund war wie ausgetrocknet, und mein Herz raste. Die klassische Türsituation. Wenn er mich toll fand, würde er mich küssen, wenn ich es verbockt hatte, sich artig verabschieden und sich nie wieder blicken lassen. Ich konnte ihn reinbitten, wenn ich es auf einen One-Night-Stand abgesehen hatte, oder ihn fest und lange umarmen, um Anstand zu wahren, aber Interesse durchblitzen zu lassen.

»Also dann! War ein schöner Abend!«, begann ich die Verabschiedung einzuleiten.

Er lächelte verschmitzt.

»Kann ich nur bestätigen. Ich hoffe, ich habe dich nicht verstört.« Ich schüttelte lachend den Kopf.

»Tja, dann, mach's gut«, presste ich heraus. »Ruf mich an«, getraute ich mich nicht zu sagen.

Ich holte die Schlüssel aus meiner Tasche und drehte mich langsam um, um aufzuschließen.

Justus machte keine Anstalten, mich abzuhalten. Super! Ein Satz mit X: War wohl nix!

Die Tür war schon geöffnet, da drehte ich kurz noch mal meinen Kopf über die Schulter und lächelte tapfer zum Abschied. Gerade als ich mich wieder abwenden wollte, um hineinzugehen, fasste mich Justus an den Schultern, zog mich wortlos zurück und küsste mich. Danach ging er und ließ mich verdutzt stehen.

Regungslos verharrte ich für einen Moment und sah ihm nach, als ich plötzlich eine vertraute Stimme wispern hörte: »Jetzt komm endlich rein, Lotte, und erzähl!« Es war Lena.

»Wieso bist du denn noch wach?«, fragte ich erstaunt.

»Hab dein Auto gehört und wollte wissen, wie es war. Aber das war eindeutig. Mann, echt filmreif der Kuss! Hab alles von der Küche aus gesehen! Da hat sich dein teurer Fummel wenigstens ausgezahlt.«

Immer noch hirntaub betrat ich die Wohnung und setzte mich zu Lena in die Küche, nahm aber um mich herum alles nur verlangsamt wahr.

Sie stellte mir einen Eistee hin, holte einen Becher Jogurteis aus dem Tiefkühlfach und fing an zu löffeln.

»Und wie war's im *Puck?*«

Nur allmählich löste sich meine Starre, und ich musste haarklein berichten, immer wieder von Lenas Zwischenrufen »Nee, gibt's doch gar nicht!« und »Wie aufregend!« unterbrochen.

Sie war total aufgedreht, ich hingegen eher lethargisch-fassungslos.

Plötzlich fiel mir ein, dass Justus und ich kein weiteres Treffen ausgemacht hatten.

»Du Lena, er hat gar nicht gesagt, wann wir uns wieder sehen oder telefonieren werden!«

Aufgrund meines panischen Blickes wusste Lena, was die Stunde geschlagen hatte. »Lotte, gerade eben hat dich Justus Staufen persönlich geküsst – ich war Zeuge! Du willst doch jetzt nicht schon wieder damit anfangen, rumzuhirnen, wann und ob ihr euch wieder trefft! Entspann und freu dich, okay?«

Sie hatte Recht. Ich musste endlich lernen, mit der Grübelei aufzuhören und den Moment nicht kaputtzumachen.

So legte ich mich brav ins Bett und ließ den Abend Revue passieren. Wann immer ich an Justus' Kuss denken musste, spürte ich kleine Elektroschläge in der Bauchgegend und war hellwach. Wo sollte das nur enden? Ich musste endlich einmal wieder schlafen!

neun

»Lotte, ich krieg 'nen Schreikrampf!« Felix sah alles andere als heiter aus, und ich ging neugierig zu seinem Tisch.

Er schüttelte den Kopf.

»Babette hört auf! Sie will Schauspielerin werden und hat ein Angebot in so 'ner schlechten Soap bekommen. Nicht, dass ich der Ische auch nur eine Träne hinterherweine, aber das Timing ist ja wirklich super gewählt! Imka kommt erst in vier Wochen wieder, und jetzt müssen wir sehen, wie wir das überbrücken.«

Das waren wirklich schlechte Nachrichten. Momentan waren viele Moderatoren im Urlaub, und die, die da waren, produzierten entweder für den eigenen Urlaub vor oder vertraten bereits Kollegen. Außerdem tat einer Sendung, die eigentlich Imkas Gesicht trug, ein zweiter Wechsel innerhalb weniger Wochen wirklich nicht gut.

»Wie wäre es, wenn wir versuchen Stars als Gastmoderatoren zu bekommen? Das zieht doch sicher«, schlug ich vor.

Felix nickte. »Daran hatte ich auch schon gedacht. Bei der Sommerflaute gestaltet sich das aber eher schwierig, vor allem was wir da an B- oder C-Klasse angeboten bekommen, taugt nicht, um echte Stars zu interviewen. Die zweite Liga versucht dann wieder alles, um sich selbst zu profilieren, deckt den eigentlichen Star zu und labert den wahren Promis ins Wort.«

Da hatte er Recht.

»Wie wär's, wenn wir Best-ofs produzieren, bis Imka wieder kommt?«, überlegte ich.

»Darauf wird's wohl rauslaufen. Aber aktuelle Interviews müssen wir natürlich annehmen. Die müssen wir dann eben off Kamera drehen. Das können wir dann auch ohne Moderator machen. Stellst du eben die Fragen. Zum Glück sprichst du fließend Englisch.«

»Sag, Felix, und wie kommt Babette auf die glorreiche Idee, sich als Schauspielerin zu versuchen? Die ist doch schon bei einfachen Moderationen verkrampft und so natürlich wie Ivana Trump bei einer ihrer Bootfotostorys?«

Felix zog seufzend die Schultern hoch. »Da fragst du den Richtigen, so nah wie Babette und ich uns stehen. Aber ich habe läuten hören, dass sie versucht Mara nachzueifern.«

Mara war eine der wirklich begabten Moderatorinnen. Sie war ausgebildete Schauspielerin, spielte neben ihrer Tätigkeit bei *TV-plus* in hochwertigen Fernsehproduktionen mit, tourte mit ausgesuchten Theaterprogrammen durch die Republik und war auch ansonsten ein Traum.

Witzig, schlagfertig, intelligent. Mara war eine der wenigen, der man keine Texte schreiben musste, sondern die frei und aus dem Stegreif sprechen konnte. Sie zog ihr Ding unbeeindruckt durch und hatte ein Händchen für Projekte, die ihr nicht nur Spaß machten, sondern sie auch weiterbrachten. Außerdem sah sie unglaublich gut aus.

»Ja, Mara! Warum können wir nicht Mara bekommen?«

»Weil sie leider schon ausgebucht ist. Aber wenn's nach den internen Bewerbungen ginge, hätten wir kein Problem. Der Flurfunk hat wieder prächtig funktioniert. Bevor ich das mit Babette wusste, stand schon so ein junges Ding vor mir, die gerade mit 'nem Praktikum im Verkauf angefangen hat, und meinte, sie würde gerne einspringen und sei in Spracherziehung ausgebildet. Bin echt froh, dass du keine Ambitionen hast, vor die Kamera zu wollen, Lotte.«

In dieser Hinsicht musste sich Felix tatsächlich keine Sorgen machen. Die Arbeit hinter der Kamera fand ich viel spannender.

Felix sah mich plötzlich mit so einem komischen Blick an.

»Sag, Lotte, du leuchtest so. Bist du verliebt?«

»Äh, ich habe gestern Nacht kaum geschlafen«, antwortete ich, obwohl die Auskunft nicht viel Sinn machte.

Schleunigst nahm ich die Beine in die Hände, Richtung Archiv, um Tapes für die Best-of-Sendungen zu sichten und mich keinen weiteren Fragen stellen zu müssen.

Wie hatte ich mich verraten? Was hieß, ich leuchte? Ich war höchstens überdreht. Vielleicht hatte Felix bemerkt, wie manisch ich im Sekundentakt auf mein Handy schielte und unbedarft vor mich hinstrahlte. Das waren die Momente, in denen ich an Justus' Kuss denken musste. Vielleicht war ihm aber auch mein panisches Stirnrunzeln aufgefallen, das immer dann auftrat, wenn ich daran dachte, dass er sich noch nicht gemeldet hatte.

Vielleicht kam mir aber auch die Erklärung gerade in Form einer grinsenden Mimi mit Blumenstrauß und Karte in der Hand entgegen.

»Du musst ja wie 'ne Bombe eingeschlagen haben, wenn ich der Karte glauben darf.«

Sofort schnellte mein Blutdruck wieder in die Höhe.

»Sind die von Justus?«

Mimi nickte.

»Und da liest du einfach die Karte?«

»War ein Missverständnis. Felix glaubte, die seien für mich gekommen. Ich hab die Karte gelesen und gemerkt, dass ich leider nicht die umwerfende Charlotte bin, der für einen unvergesslichen Abend gedankt und die gefragt wird, ob sie nicht Lust hat, am Wochenende Justus Staufen am Set zu besuchen.«

»Was?«, kreischte ich entzückt.

Mimi schüttelte sich vor Lachen.

»Lotte, krieg dich wieder ein. Sonst merkt das ja jeder! Felix hat schon wissend gegrinst, als ich meinte, dass die Blumen für dich sind.«

Aufgeregt riss ich ihr die Karte aus der Hand und las mit eigenen Augen.

»Danke für den unvergesslichen Abend. Würde dich gerne bald wieder sehen. Hast du Lust, mich Samstag am Set zu besuchen? Justus.«

Selig drückte ich die Karte an mich. Mimi übergab mir die Blumen. Ein Strauß ganz in Weiß gehalten, mit vielen Callas, Landrosen und Lilien.

Überschwänglich fiel ich Mimi samt Blumen um den Hals. Das Leben war schön, das Leben war gerecht!

Durchs Büro schwebend, stellte ich die Blumen ins Wasser und überging geflissentlich die Bemerkungen meiner Kollegen. Ich rief Justus an, um mich zu bedanken und für das Wochenende zuzusagen, leider war nur seine Mailbox erreichbar, also hinterließ ich eine Nachricht.

Tim freute sich fast noch mehr als ich, er sah sich sozusagen als mein Liebescoach und fand sich sehr erfolgreich, was seine Ratschläge anging.

»Nimmst du mich zum Dank mit aufs Set? Vielleicht werde ich ja auch entdeckt. Gib doch mal Babette 'nen Tipp und steck ihr, dass du jetzt in Schauspielkreisen verkehrst. Was meinst du, wie schnell du 'ne neue Busenfreundin hättest«, scherzte er.

Heute konnte ich über alles, aber wirklich alles lachen. Was waren die Menschen doch witzig! Was hatte ich nur für einen Traumjob!

Selbst als meine Mutter anrief, um mit leidender Stimme mitzuteilen, dass sie sich gerade mit Marlene verschiedene Hochzeitslocations für Katharina zeigen ließ, blieb ich fröhlich und wünschte ihr von ganzem Herzen viel Spaß.

»Ach, *Scharlott*! Ich wünsche mir so, dass du auch irgendwann einen Seelenverwandten aus gutem Hause triffst. *Un ami de l'âme*.«

Wenn meine Mutter dramatisch wirken wollte, reicherte sie ihren gefakten Akzent mit französischen Vokabeln an.

»Ach Mama! Vielleicht bin ich ja gerade dabei«, hörte ich mich lachend sagen. Ja, die Sonne schien mir aus dem Hintern!

Meine gut gemeinte, dahingeworfene Bemerkung bereute ich sofort. Natürlich fiel meine Mutter, deren zweiter Name nicht Diskretion hieß, sofort über mich her.

»Du hast einen Freund? Wie heißt er? Was macht er? Wer sind seine Eltern?«

Sie war nicht mehr zu bremsen. Die Aussicht, Marlene mit der eigenen Tochter und deren Freund kontern zu können, versetzte sie in wahre Hochform. Sie wollte am liebsten gleich ausfindig machen, ob er auch zum Angeben taugte, was unter dem Deckmantel »gesellschaftsfähig« verhandelt wurde.

Nur eine Minute nachdem ich meine Mutter abgewürgt hatte, rief meine Schwester an.

»Lotte, du hast einen mysteriösen Freund, habe ich gehört! Gerade rief Mama an und wollte mich ausfragen. Also wenn so etwas Spannendes passiert, möchte ich doch wenigstens eingeweiht werden!«, rief Caroline empört.

»Keine Sorge, das hätte ich noch gemacht. Unsere Mutter nervte eben wieder mit Katharinas Verlobung, da ist mir eine Bemerkung rausgerutscht.«

Hinter vorgehaltener Hand erzählte ich Caroline von Justus. Das Flüstern hätte ich mir allerdings sparen können, denn sie kreischte so laut durchs Handy, dass sie sicher jeder im Umkreis von mehreren Metern hören konnte.

»Lotte, kommst du mal schnell?« Tim winkte mich zu sich.

Ich musste also auflegen und versprach Caroline, beim nächsten Mal ausführlich über die Romanze zu berichten.

»Rate mal, wer ein einziges exklusives Deutschlandkonzert gibt!« Tim war sichtlich aufgeregt.

Verständnislos sah ich ihn an.

»Will Taite!«, rief er wie unter Schock.

Wow! Will Taite war einer der besten Sänger weltweit! Hatte eine prägnante sexy Stimme, schrieb alle Songs selbst, konnte sogar eine Gitarre in die Hand nehmen, ohne dabei auszusehen, als ob er 'ne Klobürste hielt, und bewegte sich im Gegensatz zu seinen meisten Kollegen gekonnt auf der Bühne. Erschwerend hinzu kam, dass er unheimlich gut aussah, aber nicht Boygroup-*like*, dafür war er zu alt. Nein, er hatte mit Anfang vierzig einen trainierten Body, etwas verwuschelte dunkle Haare und dazu die blitzendsten dunklen Augen, die man sich vorstellen konnte. In Interviews fuhr er eine Charmeoffensive auf, ohne dabei hohl zu wirken, und wenn eines ganz besonders für ihn sprach, dann, dass seine Konzerte auch richtig gute Typen besuchten und nicht nur kreischende Mädels. Er genoss Respekt und war kaum zu toppen.

»Und nun rate mal, wer Karten dafür bekommt!« Tim strahlte.

»Wo und wann ist das denn, und wieso hast du Karten?«

»Von Mimi! Die hat doch vor *TV-plus* bei seinem Label gearbeitet und hat noch super Connections. Der Gig ist in zwei Wochen. Wohl so eine Mischung aus Showcase, mit ein, zwei neuen Liedern und einer Art Akustikkonzert. Das wird genial! Ein ganz kleines Konzert. Ich glaube, nur fünfzig Gäste sind eingeladen. Auf normalem Wege kommst du gar nicht an die Karten ran. Und wir haben sage und schreibe drei Stück! Also für Mimi, dich und mich!«

Ja, konnte der Tag denn noch besser werden? Blumen von Justus und Karten für Will Taite! Hatte das Universum endlich ein Einsehen und meine braven tapferen jahrelangen Bemühungen entlohnt?

Mimi war im Gegensatz zu Tim und mir überhaupt nicht aufgeregt.

»Mensch, Mimi, jetzt freu dich doch mal! Ist doch der Hammer, dass wir da hinkönnen!« Tim stupste sie in die Seite.

Sie lächelte gezwungen.

»Ich find's ja auch super! Aber ich kenne Will doch schon, deshalb kann ich nicht so richtig aufgeregt sein.«

»Wie, du kennst Will Taite? Und das lässt du im Nebensatz fallen?«

Tim und ich sahen uns empört an.

»Na ja, als ich bei seinem Label gearbeitet habe, musste ich mal bei einer Promotour aushelfen und hab ihn bei einigen TV-Auftritten begleitet.«

»Ja, und wie war das? Wie ist er so privat?«

Tim ließ nicht locker, wenn man schon mal einen Informanten aus erster Hand befragen konnte.

»Eigentlich kein großer Unterschied zu dem, wie er sich sonst in der Öffentlichkeit gibt.«

»Und kennst du auch seine Familie? Der ist doch verheiratet, oder nicht? Ich meine, ich hätte mal gelesen, seine Frau sei depressiv.«

Auch ich ließ meiner Freude am Austausch über Will Taite freien Lauf. »Der ist ja sehr auf sein Privatleben bedacht. Ich glaube, dass es noch nie Fotos von seinen Kindern gab, und von seiner Frau kursiert nur so eine alte Aufnahme von früher. Den Winter über lebt er angeblich in den Staaten, und in London ist er auch nur ab und zu. Der macht sich rar. Ist schon eine Meisterleistung, die Presse so im Griff zu haben.«

Tim und ich hätten gern noch etwas *gossip* ausgetauscht, aber leider musste Mimi in den Schnitt. Für weiteren Tratsch war also keine Zeit mehr.

Abends war ich mit Lena verabredet. Ich hatte versprochen, sie zu einer Schmuckausstellung ihrer Freundin Ina zu begleiten, die Goldschmiedin war. Inas Schmuck war nicht ganz mein Geschmack, eher zu groß und abstrakt gehalten, nur wenige Stücke hatten breitflächige Steine eingearbeitet. Ich selbst stand mehr auf Konservatives und shoppte bei Cartier und Tiffany. Die Klientel von Ina bestand aus Literaturprofessorinnen, Ärztinnen, die Naturheilkundeverfahren anwandten, Journalistinnen, die bei großen Tageszeitungen im Feuilleton schrieben, und kunstinteressierten Industriellengattinen.

Da Lena mich solidarisch und entgegen ihrer Überzeugung in die Straße des Konsums begleitet und mich auch noch in verschiedenen Boutiquen beraten hatte, schuldete ich ihr etwas. Lenas Verständnis von Modespaß war eben diese Schmuckpräsentation der anderen Art.

Die Ausstellung fand in einem begrünten Hinterhof statt, der mit vielen kleinen roten Lampions dekoriert war. Es wurde Worldfood gereicht und Worldmusic gespielt. Die Objekte waren in Glasvitrinen angestrahlt, und Ina, die Künstlerin, wie man passenderweise wohl sagen musste, nahm in einen Sari gehüllt die Komplimente ihrer treuen Kundschaft entgegen. Ihre Kollektion war handgefertigt, und man sah, dass in jedem einzelnen Stück eine Menge Arbeit steckte. Beim Blick auf die Preisliste musste ich dennoch kurz schlucken. Wer hätte es gedacht, aber hier konnte man locker ein Vermögen loswerden!

Lena sah das natürlich anders. Das Material und die Handarbeit, erklärte sie, seien das wert, während sie einen matten Armreif mit Verzierungen anprobierte, der vom Handgelenk fast bis an den Ellenbogen reichte.

Lena probierte weitere Stücke an, während ich ihr von den neuesten Ereignissen mit Justus berichtete.

»Siehste, was hab ich dir gesagt. Sei einfach du selbst, dann kann er sich nur in dich verlieben! Sag mal, kannst du mir notfalls Geld leihen? Ich glaube, den Ring muss ich kaufen.«

»Klar, kann ich machen. Bekommst du denn Prozente bei Ina?«

»Spinnst du? Dann verdient sie ja gar nichts mehr. Überleg doch mal, wie lange sie wohl an diesem Ring hier gesessen hat!«

Wenn ich mir Ina so ansah, hatte ich nicht das Gefühl, als ob sie sich materiell sorgen musste.

Wir gingen zu einer anderen Vitrine, und aus den Augenwinkeln sah ich eine mir nur zu bekannte elegante Erscheinung … mit einem Drink in der Hand in ein Gespräch verwickelt.

Schnell zog ich Lena zur Seite.

»Die Becker ist da!«, zischte ich leise.

»Wer?«, posaunte Lena viel zu laut heraus.

»Pst, sei bitte leise! Ulli Becker, Justus' Managerin, die mich so gerne leiden mag, ist hier. Die da hinten im schwarzen Hosenanzug und mit dem Burberry-Tüchlein.«

Lena drehte sich unauffällig um.

»Kannste sagen, was du willst, aber 'ne gut aussehende Frau ist das allemal. Die würde 'ne gute Stilikone für deine Mutter und Marlene abgeben, nur etwas dezenter und geschmackvoller.«

Seit wann achtete Lena auf solche Oberflächlichkeiten? Predigte sie mir nicht immer, wie wichtig es ist, hinter die Fassade eines Menschen zu sehen?

Und ausgerechnet bei Ulli Becker machte sie eine Ausnahme und vergab Bonuspunkte fürs Aussehen?

»Würde ja zu gerne wissen, warum die hier ist.«

»Tja, sie hat eben Geschmack. Warum verstecken wir uns eigentlich vor ihr?«

Lena verstand überhaupt nichts! Hatte sie etwa meine peinlichen Begegnungen bei Justus' erstem Interview und der Kinopremiere vergessen? Oder dass Ulli Becker mich eigentlich hätte anrufen sollen, um mir auszurichten, dass Justus sich bei unserem ersten Date verspätete und es – »uups« – leider vergessen hatte? Nach dieser kurzen Zusammenfassung waren Lena und ich wieder auf gemeinsamem Kurs.

»Hast Recht, Lotte! Freundlich sieht sie auf alle Fälle nicht aus!«

Na also, ging doch!

Vorsichtig pirschten wir uns näher an sie heran, denn natürlich wollten wir wissen, was sie hierher verschlagen hatte.

»Ich glaube, sie ist wegen der älteren Dame neben ihr da. Die kauft zumindest schon die zweite Kette. Scheint 'ne Freundin von Frau Becker zu sein.«

Wir hatten uns taktisch außerordentlich klug hingestellt, und zwar so, dass ich mit dem Rücken zu den beiden stand, mich mit Lena unterhielt, die sie nicht kannten, und Lena das Geschehen hinter mir beobachten konnte.

»Sie gehen weiter. Du kannst dich umdrehen, Lotte!«

Nichts lieber als das. Neugierig schielte ich hinüber.

»Lena! Von wegen eine Freundin! Weißt du, wer das ist? Das ist die Herausgeberin von *Zeitgeschehen!* Das Gespräch ist hundert pro geschäftlicher Natur. Die Becker ist doch immer im Dienst.«

Lena kicherte. »Soll ich mal lauschen gehen, was die beiden so aushandeln?«

Eine glänzende Idee. Lena zog los; ich nahm mir einen mit Hummus gefüllten Gemüsewrap und heuchelte Interesse an einer Brosche, mit der man spielend tellergroße Flecken überdecken konnte.

Es dauerte nicht lange, da war Lena zurück. Sie wirkte erschrocken und bleich.

»Komm, Lotte. Lass uns mal schnell irgendwohin, wo wir ungestört sind.« Ohne einen Kommentar abzuwarten, schob sie mich in die Werkstatt und sah sich um, ob jemand da war.

»Was soll denn die Geheimniskrämerei? Hecken die beiden etwa eine Übernahme aus?«, fragte ich belustigt.

»Nein, aber etwas, was dir garantiert nicht gefallen wird.«

»Hä?«

»Ulli-ich-bin-immer-im-Dienst-Becker hat gerade einen Artikel plus Interview zu *Erspare dir die Liebe* klargemacht.«

»Was ist daran schlimm?«

»Der Artikel soll hauptsächlich über die Dreharbeiten berichten und eine angebliche Liebesgeschichte zwischen Annabelle Leiniger und Justus Staufen als Nebengeschichte haben. Das passende Interview mit eindeutig zweideutigem Inhalt wird Annabelle dazu liefern!«

»Wie bitte? Das ist doch erstunken und erlogen! Außerdem: *Zeitgeschehen* ist seriös, die würden nie so einen Schrott abdrucken!«

»Würdest du das für erstunken und erlogen halten, wenn die gemeinsame Managerin der beiden, die außerdem einen guten Ruf in der Branche zu haben scheint, dir diese Story anbietet? Die Dame hat ja explizit nachgefragt, ob das nur Gerüchte sind oder ob das die Schauspieler auch bestätigen würden, und da hat die Becker im Gegenzug ein Interview mit Annabelle angeboten. So wie ich das rausgehört habe, plante die Redaktion eh einen Artikel über die Dreharbeiten, und Ulli Becker versucht dem Ganzen durch ihre Pseudoinfo einen zusätzlichen Kick zu geben.«

»Spinnt die eigentlich? So 'nen Schwachsinn zu verbreiten?« Ich war außer mir.

»Lotte, wo lebst du denn? Du arbeitest doch in den Medien! Wie kann dich so 'ne PR-Kampagne schocken? Diese Becker versucht nur den Film zu hypen. Das muss ich dir jetzt wirklich nicht erklären, oder?«

Leider hatte Lena Recht mit dem, was sie sagte.

»Meinst du, Justus weiß davon?«

Lena zuckte mit den Achseln.

»Keine Ahnung, wundern würde es mich nicht. Gehört das nicht zum Geschäft?«

Mir wurde allein bei dem Gedanken schlecht, wie Annabelle Leiniger affig wie immer im Interview Andeutungen bezüglich Justus und ihr machen würde.

Vielleicht waren es aber auch gar keine Andeutungen?

»Lena, was ist, wenn das wahr ist? Vielleicht finden die beiden sich ja tatsächlich gut?«

»Lotte, du musst nicht gleich durchdrehen, okay? Justus hat dir erst heute Morgen Blumen geschickt und dich aufs Set eingeladen. Das spricht nicht gerade dafür, dass er etwas zu verbergen hat, oder? Vergiss, was du eben gehört hast! Das Einzige, was zählt, ist, dass Justus und du euch näher kommt!«

Zum Glück war ich mit einer vernünftigen Freundin gesegnet, die mich davon abhielt, eine Dummheit nach der anderen zu begehen.

Wir traten in den Hof hinaus und liefen geradewegs Ulli Becker samt der Herausgeberin von *Zeitgeschehen* in die Arme. »Frau Becker« war sichtlich erfreut, mich zu sehen. Sie hatte einen Gesichtsausdruck wie ich, wenn mir Tintenfischbeinchen angeboten werden.

Ich sah ihr förmlich an, dass sie mich am liebsten ignoriert hätte, was bei einem handbreiten Abstand leider nicht möglich war. So presste sie sich ein »Guten Abend. Welch Zufall! Man ist ja gar nicht mehr sicher vor dir!« heraus, was wohl witzig hatte klingen sollen, aber genau so rüberkam, wie es vermutlich gemeint war, nämlich so: Ich kann dich nicht leiden und hab keine Lust, dir immer wieder zu begegnen.

Nett fand ich auch, dass sie mich duzte. Das war zwar in der Medienbranche üblich, nur hatte sie sich bei Justus' Interview als Frau Becker vorgestellt und sich so auch von uns ansprechen lassen.

Ich straffte die Schultern und gab zurück: »Du, das dachte ich auch gerade. Und stell dir vor, Samstag werden wir uns wahrscheinlich wieder treffen. Justus hat mich zum Dreh eingeladen. Bist du auch da?«

Gleiches Recht für alle. Ich war mir nicht sicher, was ihr mehr missfallen hatte: die Tatsache, dass ich es gewagt hatte, sie ebenfalls zu duzen, oder die Androhung, auf dem Set aufzutauchen. Sie schien überrascht und wusste offensichtlich nichts von der Einladung. Das musste eine Perfektionistin wie Ulli Becker in den Wahnsinn treiben. Und das ausgerechnet vor der Herausgeberin von *Zeitgeschehen*. Diese musterte mich unverhohlen mit einem gewissen Interesse.

Sie wollte gerade etwas sagen, als Ulli Becker hastig die Verabschiedung einleitete und verschwand.

»Okay Lotte, jetzt ist es offiziell! Ich beglückwünsche dich zu deiner eben neu erworbenen Erzfeindin Frau Becker, äh Ulli, meine ich natürlich. Hatte ganz vergessen, dass ihr euch duzt!«

»Ich weiß, das war kindisch, aber ich konnte es mir einfach nicht verkneifen. Meinst du, die hasst mich jetzt?«

»Na ja, ich weiß nicht, wie ich es sonst deuten sollte, dass ihr burberry-bedeckter Hals anschwoll. Freude sieht, glaube ich, anders aus. Ich bin mir nicht sicher, ob das so 'ne gute Idee war. Schließlich ist sie eine der Personen, die am meisten Zeit mit Justus verbringt, und ich nehme an, dass er sie auch schätzt, schließlich scheint sie ihn bis nach oben gebracht zu haben.«

»Wie meinst du das?«

Lena sah mich skeptisch an.

»Na, ich hoffe eben nicht, dass sie jetzt versucht Einfluss auf Justus zu nehmen, weil du nicht gut für ihn bist, oder irgendwelche anderen Intrigen spinnt.«

War ich wirklich so blöd gewesen? Auf die Idee war ich überhaupt nicht gekommen. Nein, ich musste wieder total impulsiv reagieren, ohne einen Funken Verstand.

»Aber meinst du nicht, dass sie viel zu professionell ist, um mich ernst zu nehmen oder sich zu rächen?«

Lena legte mitleidig ihren Arm um meine Schultern.

»Lotti! Das mag sie sicher sein. Aber sie ist auch nur eine Frau, und du hast sie eben bis aufs Blut gereizt und sie vor einer wichtigen Kollegin ziemlich blöd aussehen lassen. Und das wird ihr sicher nicht gefallen haben. Also sei besser auf der Hut. Mit der ist nicht zu spaßen!«

Das konnte ja heiter werden, und das Beste daran war, ich hatte persönlich dafür gesorgt. Nachdem Lena sich ihren Ring gekauft und von Ina verabschiedet hatte, machten wir uns auf den Heimweg.

Wie gern hätte ich Justus angerufen und seine Stimme gehört, verbat es mir jedoch. Schließlich hatte ich erst nachmittags angerufen, und jetzt war er an der Reihe.

Als ich wenig später im Bett lag und noch las, hörte ich plötzlich einen mir bekannten Ton. Justus hatte eine SMS geschickt, die besagte, dass er sich auf Samstag freue und es kaum abwarten könne. Er hatte mir Adresse und Uhrzeit mitgeschickt. Beruhigt schlief ich ein.

zehn

»Hallo, mein Name ist Charlotte Rosenzweig. Ich bin mit Justus Staufen verabredet.« Es war Samstag. Aufgedonnert und tierisch nervös, war ich mit dem Auto vor die bewachte Schranke gefahren, wo man mich nicht durchlassen wollte, da ich keinen Passierschein für meinen Wagen hatte.

»Parken Sie bitte da hinten, und kommen Sie dann wieder«, gebot mir ein finster dreinblickender, durchtrainierter Typ mit rasierten Haaren, ganz in Schwarz gekleidet und mit dem gelben Schriftzug »Security« auf der Brust. Er gehörte zu der Sorte Aufpasser, mit der man sich besser nicht anlegte, hatte einen Body und einen Ohrring, auf die selbst Meister Proper neidisch gewesen wäre, und wenn hinter ihm spontan der Indianer von Village People hervorgesprungen wäre, hätte mich das auch nicht gewundert. Ich tat, wie mir geheißen wurde, und stand einige Minuten später noch aufgeregter an der Schranke. Zu allen Seiten hin hielt ich nach Justus Ausschau, schließlich hatte er gesagt, er würde mich abholen. Heute würden wir uns also zum ersten Mal in der Öffentlichkeit treffen, und ich war mehr als unsicher. Wie würde er mich vorstellen? Würde er mich küssen oder mich nur wie eine gute Freundin behandeln? Lena hatte mir eingeschärft, mich auf keinen Fall nervös machen zu lassen, und mir einen beruhigenden Bergkristall in die Tasche gesteckt.

»Lotte, und wenn er dir nicht gleich vor der gesamten Mannschaft um den Hals fällt und dich als die Liebe seines Lebens vorstellt, heißt das nicht, dass er dich nicht mehr will, okay? Hast du dir das vergegenwärtigt?«

Natürlich hatte ich das. Ob es allerdings etwas nutzte, würde sich zeigen.

Während Lena immer langsamer und ruhiger gesprochen hatte – sie hatte sich einen Wochenend- und Sonnenscheinjoint gebastelt – ,war ich zu einem reinen Nervenbündel mutiert.

»Du solltest definitiv mit Kiffen anfangen, dein Nervenkostüm und Solarplexus scheinen dein Leben alleine nicht zu bewältigen.«

»Und du solltest bitte den Kühlschrank wieder füllen, wenn deine kiffbedingte Heißhungerattacke wieder vorbei ist, wir haben nämlich fast gar nichts Essbares mehr im Haus.«

Wenn meine Eltern wüssten, dass Lena in ihrer Wohnung regelmäßig kiffte, hätten sie bereits den Bundesgrenzschutz eingeschaltet. Hasch war für meine Eltern das, was Schwule für Papst Johannes Paul waren, nämlich Sodom und Gomorrha. In ihrer Vorstellung waren Kiffer im schwerstkriminellen Milieu angesiedelt, die sich à la Christiane F. bevorzugt in Bahnhofsgegenden rumtrieben und in ihrer freien Zeit, wenn sie nicht gerade mit Dealen oder Klauen beschäftigt waren, als Freizeitterroristen Molotowcocktails bastelten und planten, damit Atomkraftwerke außer Gefecht zu setzen.

Da Justus immer noch nicht auftauchte, wandte ich mich noch mal an den Meister-Proper-Verschnitt, der mich an eine aufgetakelte, Versace tragende Pressereferentin mit genervt schnippischem Gesichtsausdruck verwies, die alle Journalisten betreute. Was ich bei ihr sollte, war mir zwar nicht klar, aber vielleicht lief das so beim Film.

Die Pressetante fragte mich ungeduldig nach meinem Namen.

Was waren die alle sympathisch hier!

Bereitwillig wiederholte ich.

»Mein Name ist Charlotte Rosenzweig, ich bin mit Justus Staufen verabredet, und zwar privat, deshalb werden Sie mich auch nicht auf Ihrer Liste finden.«

Zu meinem Erstaunen wusste sie jedoch sofort, wer ich war.

»Sie sind von *TV-plus*. Ich weiß Bescheid.« Das war ja mal gut organisiert! Justus hatte sich wohl um alles gekümmert. Wo aber steckte er nur? Wieso begrüßte er mich nicht?

Plötzlich tauchte ein blonder, sympathisch aussehender Mann Anfang dreißig auf und kam direkt auf mich zu.

»Du musst Charlotte sein. Ich bin Kai Hubertus und werde dich ein wenig herumführen. Justus ist noch beschäftigt.«

Das nennt man Service! Kai machte einen sehr netten Eindruck. In welchem Verhältnis er wohl zu Justus stand? Ich frohlockte! Immerhin musste ich Justus so viel bedeuten, dass sich extra jemand um mich kümmerte, solange er verhindert war.

Kai Hubertus bat mich, mein Handy auszuschalten.

»Wir haben hier die Regel, wenn jemand vergisst, sein Handy auszumachen, und es während der Aufnahme klingelt, bezahlt er die Szene. Und das ist richtig teuer, kann ich dir sagen.«

Also wirklich! Als ob ich das nicht wüsste! Jeder, der schon mal ein DVD-Making-of oder ein Hidden Feature gesehen hatte, wusste das. Außerdem war das bei Fernsehproduktionen auch nicht viel anders.

Kai Hubertus führte mich auf dem Arsenal zwischen Kulissen, Gebäuden und Trailern umher.

»Das sind die Wohnwagen des Regisseurs und der Schauspieler.«

Um die Wohnwagen herum saßen einige Schauspieler, die gerade keine Szene hatten. Eine Visagistin zupfte und puderte sie zurecht. Von Justus keine Spur.

Es waren außer mir einige Journalisten am Set, die von der wenig ausgeglichenen Pressereferentin, die mich anfangs in Empfang genommen hatte, in einer Gruppe herumgeführt wurde. Anscheinend genoss ich eine Sonderbehandlung.

»Und was dreht ihr gerade?«, fragte ich Kai neugierig, hätte aber auch eigentlich fragen können: Und wo ist Justus jetzt?

»Justus und Annabelle drehen gleich die Szene, in der sie sich das erste Mal küssen. Ich weiß nicht, ob wir dazukönnen, das muss ich erst checken.«

Und ich wusste nicht, ob ich ausgerechnet diese Szene sehen wollte. Eine Liebesszene! Justus hatte mir von einer ganz anderen Szene erzählt. Warum konnten sich diese flatterhaften, total crazy Filmleute daran bitte nicht halten? Sollte mir keiner mit der »Das-Wetter-hat-sich-plötzlich-geändert«-Ausrede kommen. Wieso drehte Justus überhaupt einen Liebesfilm? Hätte es ein gut gemachtes soziales Drama im Trinkermilieu nicht auch getan oder von mir aus ein Krimi? Und wieso hatte Justus mich nicht gewarnt, dass jetzt ausgerechnet eine Liebesszene anstand? Wollte er mir damit etwas sagen? War er exhibitionistisch veranlagt und fand es toll, wenn ich zusah?

Während Kai die Lage checken ging, verdrückte ich mich auf die Toilette.

Die aufgestellten Toilettencontainer, eine größere Dixiklo-Variante, waren zum Glück sauber. Am Waschbecken traf ich auf eine Journalistin, die ich vorher in der Gruppe gesehen hatte. Sie war nur etwas älter als ich, auf *Berlin Mitte* gestylt und sah nett aus. Sie kramte in ihrer Handtasche und schien etwas zu suchen.

»'tschuldige, hast du vielleicht einen Tampon dabei?«

Ah, daher wehte der Wind! Unwillkürlich sah ich auf ihren weißen Mini. Sie sah meinen Blick und musste loslachen.

»Nee, zum Glück nichts passiert, aber wäre super, wenn du was dabeihast.«

Das hatte ich, schließlich ist man als Frau von Welt auf solche Malheurs vorbereitet, vor allem, wenn man selbst ein traumatisches Menstruationserlebnis mit einer weißen Leinenhose in der achten Klasse Religionsunterricht im Hinterkopf hatte. So etwas prägte. Diskret legte ich ihr den Tampon hin. Dankbar sah sie mich an.

»So, jetzt kann ich mich auch besser auf mein Interview konzentrieren. Das wäre sonst nicht besonders angenehm geworden und ich panisch. Ich bin übrigens Johanna.«

»Charlotte«, sagte ich lächelnd, »wen interviewst du denn?«

»Annabelle Leiniger. Ich arbeite für *Zeitgeschehen*, und wir machen eine ganze Seite über das Making-of von *Erspare dir die Liebe*. Justus Staufen wäre mir natürlich lieber gewesen«, grinste sie verschwörerisch.

Zeitgeschehen! Sieh an, da hatte Ulli Becker ihren Schmuckausstellungsbesuch tatsächlich lohnend vergolden können! Mich juckte es geradezu, Ulli Becker einen Strich durch die Rechnung zu machen.

»Auf alle Fälle bin ich gleich bei der Szene dabei, wo Justus und Annabelle sich das erste Mal küssen. Bin gespannt, angeblich soll zwischen den beiden ja was laufen, hab ich gehört. Für wen arbeitest du denn?«

»Eigentlich für *TV-plus*, ich bin heute aber privat da.«

»Echt? Privat? Ich dachte schon, du schreibst für die *Film*, weil du nicht mit uns herumgeführt worden bist, sondern Kai sich alleine um dich kümmert. Das macht er doch sonst nur mit den Megawichtigen. Sonst hat er gar nicht die Zeit dazu.«

Aha? Das war ja interessant.

»Was macht denn Kai sonst so?«

Sie sah mich an, als ob ich sie nicht mehr alle hätte.

»Äh, das weißt du gar nicht? Den kennt doch jeder! Das ist der Assistent von Ulli Becker, ihre rechte Hand sozusagen.«

Schlagartig ging mir ein Licht auf. So lief das also: Kai war mir als Aufpasser zugeteilt! Was würde Ulli Becker wohl sagen, wenn sie wüsste, dass ich gerade ohne meinen Aufpasser ausgerechnet mit Johanna von *Zeitgeschehen* zusammenstand und mir überlegte, einen dezenten Hinweis auf mein Verhältnis zu Justus zu platzieren? Natürlich war das nur ein Gedanke, aber ein sehr lustiger.

Ich kämmte mir die Haare, spritzte Parfum auf und verließ mit Johanna plaudernd den Container, nur um kurz darauf in das entsetzte Gesicht von Kai Hubertus zu schauen, der fassungslos abwechselnd Johanna und dann mich anblickte. Innerlich musste ich schmunzeln.

Tja, Kai Hubertus, sechs, setzen! Komplett versagt! Wenn das Ulli Becker rausfindet … Die möchte ich nicht sauer erleben. Man sah Kai deutlich an, dass er abwägte, ob und was wir eventuell gesprochen haben könnten.

Johannas Verabschiedung: »Bis später, Charlotte. Und das eben bleibt natürlich unter uns, nicht?«, trug nicht wirklich zu seiner Erleichterung bei. Wie konnte Kai auch ahnen, dass es sich um einen Tampon und keine Liebesbeichte handelte.

»Und? Darf ich bei der Kussszene zuschauen, oder befürchtet ihr, dass ich ausraste und eine peinliche Szene hinlege?«

Kai blickte noch verblüffter drein. Mir schwante inzwischen, wie das alles abgelaufen sein musste. Eigentlich war eine andere Szene für heute geplant gewesen, nämlich die, von der Justus mir berichtet hatte. Ulli Becker hatte aber *Zeitgeschehen* ans Set eingeladen und wollte was bieten, daher die Liebesszene. Da ich dumme Kuh sie auch noch wegen meines Besuches vorgewarnt hatte, hatte sie kurzerhand Kai als meinen Aufpasser abgestellt, der darauf achten sollte, dass ich nicht auf die Journalistin von *Zeitgeschehen* oder andere Schreiberlinge traf, bevor nicht alles in trockenen Tüchern war. Nicht schlecht, Frau Becker! Mich wunderte nur, welcher Regisseur sich auf solche Spielchen einlassen und sich vom Management eines Nachwuchsschauspielers so drangsalieren lassen würde?

»Äh, also wenn du magst, können wir zum Dreh. Wir müssen nur darauf achten, dass wir weder die Crew noch die Journalisten bei ihrer Arbeit behindern. Am besten stellen wir uns etwas abseits.«

»Keine Sorge, Kai. Bin doch Profi. Ich weiß doch, wie das so läuft im Filmbiz«, sagte ich etwas überzogen und lächelte ihn breit dabei an.

Unsicher ging er voran und blieb an einer abgeriegelten Sackgasse stehen. Vor einem alten Mini standen Annabelle und Justus. Einen Moment lang verschlug es mir den Atem. Justus sah so unglaublich gut aus, und ihn umgab ein Charisma, das förmlich die Luft erfüllte. Und wie bereits auf der Party und im *Puck* fiel das anscheinend auch allen anderen auf. Es konzentrierte sich alles auf ihn, und er, der sich seiner Intensität überhaupt nicht bewusst zu sein schien, alberte mit den Journalisten herum. Bisher hatte er mich nicht gesehen, und Kai tat alles, dass das so blieb.

»Du kannst ihn später begrüßen. Dafür ist jetzt keine Zeit« – sagte es und schob mich so in eine Ecke, dass ich zwar sehen, aber nicht gesehen werden konnte.

Ich beschloss, keinen Aufstand zu proben, auch wenn ich allmählich ungeduldig wurde und Justus endlich Hallo sagen wollte.

Es war erstaunlich, wie unscheinbar der eigentliche Drehplatz trotz aufgestellter Richtmikrofone und Kameras aussah. Ich konnte mir kaum vorstellen, wie dieser schmale Ausschnitt von nicht mehr als zwei Metern später auf der Leinwand gut aussehen konnte. Ansonsten war alles so, wie ich es mir gedacht hatte. Die Aufnahmeleiterin hatte natürlich einen Pferdeschwanz und eine Baseballkappe auf und den Funk am Ohr, und die Beleuchter waren kräftige angegrunchte Jungs, wie man sie auch bei Konzerten aufbauen sah.

»Wir fangen an!«, gab der Regisseur, ein braun gebrannter Lebemann Ende vierzig, das Startsignal.

Mit einem Mal herrschte äußerste Ruhe und Konzentration. Justus nahm einen völlig anderen Ausdruck an und begann die Szene.

»Wieso rennst du mir hinterher? Ich weiß, dass du auf Paul stehst!«

Annabelle riss entsetzt ihre Kinderaugen auf.

»Wie kommst du denn auf die Idee? Nur weil ich mit ihm einen Abend weg war?«

Justus sah sie wutentbrannt an. Das war gut. Richtig überzeugend! Vielleicht konnte er die Szene ja abwandeln, sie »Flittchen« nennen und wegfahren; hatten Schauspieler nicht eine gewisse Improvisationsfreiheit?

»Nein, Clara hat es mir gesagt. Sie ist immerhin deine beste Freundin und kennt dich genau!«

Annabelle zeigte ihre kleine Zornesfalte und schleuderte hasserfüllt zurück: »Auf die Idee, dass Clara selbst auf dich steht und versucht einen Keil zwischen uns zu treiben, bist du wohl noch nicht gekommen, du Idiot!«

Hey, langsam! Ganz langsam. Annabelle »Intelligenzbestie« Leiniger würde garantiert meinen Freund in spe nicht ungestraft einen Idioten nennen. Und wer war oder wo war die keiltreibende Clara? Sie schien mir die einzig vernünftige Person in dem Film zu sein.

Justus' Mimik entspannte sich. Verwundert fragte er: »Was soll das heißen?«

Annabelle sah zu Boden, machte, was sie am besten konnte, nämlich einen Augenaufschlag, sah Justus direkt an und hauchte: »Das heißt, dass ich mich in dich verliebt habe.«

Justus hielt inne, ließ einen Moment im Raum stehen, was sie gesagt hatte, um sie dann an sich zu reißen und heftig zu küssen.

Mir wurde übel! Wieso um alles in der Welt rief denn niemand »Stopp«! Das war nicht mit anzusehen! Ich versuchte, mich zu beherrschen. Das war doch nur sein Job! Er musste das machen. Er empfand sicher nichts dabei, gleichgültig, wie überzeugend es aussah.

Endlich schrie jemand: »Danke!«, und die Umstehenden applaudierten. Justus hatte sofort wieder sein Justus-Gesicht, während Annabelle ihn immer noch verliebt ansah. Das war keine Show, Annabelle stand wirklich auf Justus. Als Frau riecht man das.

»Kurze Pause, dann machen wir das noch mal!«

Noch mal? Noch mal?!!

Bitte schön, aber dann ohne mich! Man konnte mir viel nachsagen, aber der Hang zu masochistischen Spielarten gehörte nicht dazu!

»Kai, richtest du Justus bitte aus, dass ich gegangen bin?«

Bevor er antworten konnte, machte ich auf dem Absatz kehrt und ging. Wer wusste schon, wie oft so eine Szene wiederholt würde, und ich wusste ungefähr tausend andere Dinge, die ich an einem Samstagnachmittag lieber machen würde, als Justus und Annabelle beim Knutschen zuzusehen.

»Charlotte! So bleib doch bitte da!« Ich drehte mich um, und Kai Hubertus sah mich schuldbewusst an.

»Wenn Justus erfährt, dass ich dich habe gehen lassen, bringt er mich um.«

»Wieso denn dich? Du kannst doch nichts dafür!«

»Na ja«, druckste Kai rum.

»Also wir sind gestern viel schneller als erwartet fertig geworden, und da hat Uli beschlossen, dass wir die Liebesszene heute Nachmittag vorziehen.«

»Wieso entscheidet denn die Becker, wann welche Szene gedreht wird? Wofür habt ihr denn bitte 'nen Regisseur?«

»Doch nicht die Becker, sondern der Becker, ihr Mann!«

Jetzt verstand ich erst recht nichts mehr!

»Aber hast du nicht Ulli Becker gesagt? Und was hat denn ihr Mann damit zu tun?«

»Na, ihr Mann ist der Regisseur des Films und heißt lustigerweise auch Uli. Einziger Unterschied, er schreibt sich nur mit einem L.«

Ach so! Und wieder fiel ein Groschen! Eine schöne Vetternwirtschaft! Jetzt war mir auch klar, weshalb die Becker ein so ausgeprägtes Interesse daran hatte, dass der Film ein Erfolg wurde! Aber wie konnte man sich gegenseitig Ulli und Uli nennen? Ich liebe dich, Ulli. Ich dich auch, Uli. Wie unsexy! Unter humorig stellte ich mir etwas anderes vor!

Kai fuhr fort: »Als Justus erfahren hat, dass heute die Liebesszene gedreht wird, ist er voll ausgetickt und meinte, dass das nicht ginge, weil er Besuch am Set bekommt, und außerdem sei eine andere Szene geplant gewesen. Er wollte dir absagen, aber Ulli, also *die* Ulli meinte, dass es kein Problem sei, ich könnte mich um dich kümmern, solange er dreht. Wir versprachen, alles zu arrangieren, aber wirklich überzeugt war Justus nicht. Wenn er jetzt erfährt, dass du gegangen bist, macht er mich 'nen Kopf kürzer!«

»Warum hast du das nicht von Anfang an gesagt?«

Kai sah ganz zerknirscht aus und tat mir Leid.

»Okay. Schwamm drüber. Ich tu dir den Gefallen und bleibe, aber zuschauen werde ich nicht mehr. Und ich will Justus endlich Hallo sagen!«

Erleichtert nickte Kai.

»Das rechne ich dir echt hoch an! Komm, wir gehen zu ihm in die Maske, es ist gerade Pause.«

Kai schob mich an den Komparsen vorbei.

»Ich warte hier auf dich«, sagte er schließlich und deutete auf eine Tür.

Mein Herz begann zu rasen, als ich an die Tür klopfte und eintrat. Justus saß vor einer beleuchteten Spiegelkommode im Halbdunkel und überflog seinen Text. Einige Haarsträhnen fielen ihm ins Gesicht, und wie er so konzentriert dasaß und sich seiner Wirkung wieder nicht bewusst war, sah er unglaublich sexy aus.

Ich räusperte mich, denn er schien mein Klopfen nicht gehört zu haben.

Endlich drehte er sich um, und ich schwöre, sein erfreutes Grinsen flutete den kleinen Raum.

Er sprang auf und kam auf mich zu.

»Charlotte! Endlich! Ich dachte schon, du wärst gar nicht gekommen. Hab die ganze Zeit schon nach dir Ausschau gehalten. Was für ein Chaostag.«

Seine Augen funkelten übermütig, und er beugte sich zu mir, um mich zu küssen. Ich sah auf seine Lippen und musste unwillkürlich daran denken, wie gerade eben erst Annabelle Leiniger an ihnen gehangen hatte, und drehte instinktiv den Kopf zur Seite.

Erstaunt sah Justus mich an.

»Äh, mir ist gerade nicht danach.«

Justus schien ein Licht aufzugehen.

»Sag, hast du gerade die Szene gesehen?«

Ich nickte.

»Wenn ich vorher gewusst hätte, dass wir heute ausgerechnet eine Liebesszene drehen, hätte ich das verschoben. Ich wollte dich aber unbedingt sehen. Ich weiß, dass es nicht prickelnd ist, dabei zuzusehen, aber ich kann dir versichern, dass es nichts Unerotischeres gibt als Filmküsse!«

»Das sah aber ganz schön echt aus«, wandte ich ein.

»Na, wenn es das nicht täte, könnte ich meinen Job an den Nagel hängen. Charlotte, das ist mein Beruf, es gehört dazu. Und du wirst dich daran gewöhnen müssen, denn ich habe auch richtige Bettszenen mit Annabelle vor mir, die du dir spätestens, wenn der Film fertig ist, ansehen wirst. Ich würde dich wirklich gerne verschonen, aber wenn du mit mir zusammen sein willst, musst du dich daran gewöhnen.«

Wenn ich die Bettszenen mit Annabelle mal außen vor ließ, was schwer genug war, hatte ich dann eben richtig verstanden, dass Justus es ernst mit mir meinte?

Ich riss mich zusammen.

»Na gut. Aber hast du dir die Lippen wenigstens abgewischt?«

Er lachte.

»Nee, Annabelles Speichel schmeckt super. Hab ihn extra noch einwirken lassen für dich.«

Spöttisch sah er sich meinen angeekelten Gesichtsausdruck an und zog mich an sich.

»So, Frau Rosenzweig, jetzt zeige ich Ihnen mal, wie man beim Film so küsst! Immer schön die Zunge drinlassen, und bitte nur fischartige Luftbewegungen machen, den Unterkiefer bewegen und dabei den Kopf drehen. Gerne auch eine Hand als Zeichen besonderer Ergriffenheit auf meine Wange legen, was einzig und allein dem Zweck dient, einen gefakten Kuss zu übertünchen. Wir fangen an!«

Er kam nah an mein Gesicht und gab mir einen Filmkuss. Ich bekam weiche Knie! Von wegen nichts fühlen! Allein seine Lippen zu spüren und ihn zu riechen reichten bei mir und garantiert jedem anderen weiblichen Wesen aus, um vor ihm niederzuknien.

Der Filmkuss ging nahtlos in einen richtigen Kuss über.

Justus hielt inne, sah mich an, schüttelte den Kopf und sagte leise: »Was machst du bloß mit mir, Charlotte?«

Bitte? Das war meine Frage! Schließlich kannte ich mich kaum wieder! Und weiche Knie vom Küssen hatte ich bei meinen beiden Exfreunden nicht gehabt, was ich ihm aber bestimmt nicht auf die Nase binden würde.

Es klopfte. »Justus, Uli möchte weitermachen«, hörte man dumpf Kais Stimme durch die Tür.

Okay. Der Name Uli, mit einem oder mit zwei L, wurde hiermit für mich zum Unwort des Jahres gewählt!

Widerwillig riss Justus sich los.

»Bleibst du noch? Wir gehen später alle gemeinsam feiern, und ich möchte dich gern dabeihaben. Wir sind auch sicher bald fertig.«

Ich weiß nicht, welche Zeitrechnung beim Film herrscht, aber unter »bald fertig« verstand ich nicht eine weitere Stunde.

Kai und ich hatten uns auf eine der Bänke, die abseits vom Drehort aufgestellt waren, gesetzt, als Justus plötzlich vor mir stand. Noch in voller Montur und mit Schminke!

»Charlotte! Du bist noch da!« Sein erfreutes Gesicht entschädigte für alles! Na ja, nicht ganz, denn wenn ich mir seine roten Lippen betrachtete, die schlimmstenfalls eine geschlagene Stunde von Annabelle durchgeknutscht worden waren – ich hatte genau gestoppt …! Aber ich würde nicht mehr eifersüchtig sein. Ich hatte mich unter Kontrolle, jawohl!

»Hat Kai sich wenigstens gut um dich gekümmert?«

»Das hat er allerdings! Ich habe fast vergessen, dass er dafür bezahlt wird, so viel Spaß hatten wir!«

Kai grinste dankbar.

Justus zog die Augenbrauen hoch.

Täuschte ich mich, oder war er tatsächlich eifersüchtig?

»Hast du denn noch Lust, mit feiern zu gehen? Wir würden gleich losgehen.«

Ich nickte, und Justus lachte selig.

Kai verschwand unauffällig, und Justus setzte sich zu mir.

»Das war wie verflixt mit der Szene. Normalerweise geht das schneller, aber Annabelle hatte heute 'nen schlechten Tag, und wir mussten ewig wiederholen. Ich glaube, sie war echt durch und unkonzentriert, denn einmal hat sie sogar aus Versehen mit Zunge küssen wollen.«

Ich glaubte, mich übergeben zu müssen. Aber natürlich ließ ich mir nichts anmerken, ich musste mich doch als professionelle potenzielle Freundin eines Schauspielers beweisen. Da kam es nicht gut, wenn man kleinlich wirkte und Eifersuchtsszenen hinlegte. Also bemühte ich mich, das gequält verständnisvolle Lächeln zu entkrampfen. Die beste Performance für den ungerührtesten Gesichtsausdruck in der Kategorie *Angebeteter Schwarm erzählt von Zungenkuss mit ätherischer Kindfrau* geht an Charlotte Rosenzweig für ihre glaubwürdige Darstellung der gelassenen Freundin.

Wenig später saßen wir mit der gesamten Mannschaft im *Pashna*, einer Art Nobelinder, aßen Chicken Masala, und ich bekam zuhauf Gelegenheit, an der Rolle der gelassenen Freundin zu feilen. Sanfter Augenaufschlag, als erst Annabelle und dann die halbe weibliche Belegschaft Justus begrüßten, als ob er wochenlang als vermisst gegolten hätte. Begütigendes Lächeln, als Ulli Becker und Annabelle Justus in ihre Mitte platzieren wollten, ohne von mir Notiz zu nehmen. Achselzucken, als auch noch der hübsche Stylist ihm durch die Haare fuhr. Geduldiger Blick, als Uli, der Regisseur, noch schnell mit Justus etwas besprechen wollte.

Wir hatten bereits die Vorspeise hinter uns, als Justus sich endlich zu mir setzen durfte. Wenn ich gedacht hatte, ihn jetzt für mich zu haben, hatte ich weit gefehlt.

»Justus, wenn du die Bettszene mit Annabelle drehen musst, stelle ich mich als Double zum Einleuchten bereit«, gackerte die Visagistin, die noch den vernünftigsten Eindruck gemacht hatte, angeshakert über den Tisch.

»Das würde dir so passen! Du darfst mich höchstens doubeln, wenn ich die Regenszene habe und klatschnass durch die Kulisse laufen muss!«, rief Annabelle.

Hallo? War ich unsichtbar? Ja, ich hatte Kleidergröße S, aber das war weit entfernt von unsichtbar! Justus sah meine eingefrorene Mimik, nahm meine Hand, küsste mich zum Entsetzen seiner Bewunderinnen und flüsterte mir ins Ohr: »Lass dich nicht verunsichern. Die testen dich gerade aus. Das machen die immer. Du musst was entgegnen, dann ist Ruhe.«

Was war beunruhigender? Dass eine geschlossene Gruppe mich auf die Probe stellte, oder Justus' Kommentar, dass sie das immer machten. Wann immer? Immer, wenn er eine Neue mitbrachte, die dann wieder verschwand?

Wenn ich gehofft hatte, sein Kuss hätte für Klarheit und Ruhe gesorgt, hatte ich mich getäuscht. Den lustigen Filmleutchen war das eher noch Ansporn.

»Sag bloß, das ist dieses Mal was Ernstes. Lohnt es sich, ihren Namen zu merken, oder ist sie nur *flavour of the month*?« Hinter vorgehaltener Hand kicherte eine Kamerafrau, die neben Justus saß, laut genug, dass ich es hören konnte.

Es reichte mir endgültig!

Das war nicht mehr witzig, nicht mehr ironisch, das war einfach nur noch beleidigend und unverschämt.

Natürlich konnte ich gute Miene zum bösen Spiel machen und den ganzen Abend zu stutenbissigen Kommentaren meinen Mund halten, aber dafür hatte ich zu viel Stolz. Zwar war ich unsterblich in Justus verliebt, aber eine ungesunde Schmerzgrenze bemerkte selbst ich durch den Hormonschleier!

»Wir können ja Justus zum Geburtstag einen Kalender schenken, mit Fotos der Mädels passend zu jedem Monat«, führte der Regieassistent die Idee aus.

Ich stand auf.

»Okay. Es reicht. Ihr scheint Justus' Gesellschaft dringender zu brauchen als ich. Und wenn ihr schon 'nen Kalender macht, bastelt doch gleich noch eine frustrierte Verschmähtengalerie mit euren Fotos dazu. Einen schönen Abend wünsche ich.«

Mit einem Mal war es still, alle starrten mich fassungslos an.

Auf dem Absatz drehte ich mich um und ging Richtung Ausgang. Meinen Oscar für die dienende, geduldige Starfreundin hatte ich gerade eben vergeigt.

Ich hörte, wie Justus aufsprang und mit wutverzerrter Stimme in die Runde rief: »Danke! Ihr seid wahre Freunde. Da könnte es einmal was Ernstes werden, und ihr könnt es nicht ertragen oder mir nicht gönnen! Warte, Charlotte, ich komme mit!«

Justus folgte mir auf die Straße und sah mich betrübt an.

»Ich versteh nicht, was in sie alle gefahren ist!«

»Na, es scheint, dass sie mich eben nicht besonders mögen.«

Justus schüttelte energisch den Kopf. »Das glaub ich nicht, schließlich bist du keine Zicke und auf alle freundlich zugegangen. Ich glaube, das hängt eher mit mir zusammen.«

Für mich war nicht ersichtlich, was die Antipathie mir gegenüber mit ihm zu tun haben sollte. Und was mich viel brennender interessierte, war, wie die Anspielungen auf die vielen Mädchen vorher gemeint gewesen waren.

»Sag mal, Justus, dass du jeden Monat eine andere hast, haben sich deine so genannten Freunde doch nicht aus den Fingern gesogen, da ist doch was dran, oder?«

Er seufzte. »Allerdings. Charlotte, ich habe so ziemlich alles ausprobiert und getestet, was man testen kann, dazu gehören auch Frauen, und zwar nicht wenige. Ich bin nicht wirklich stolz drauf, es war mehr 'ne Suche oder die Hoffnung, dass mich eine plötzlich vollkommen umhaut. Es war natürlich total bescheuert, ich kann es aber nicht mehr ändern.«

Ich wusste nicht, was ich zu seiner Spontanbeichte sagen sollte.

»Erst du hast mich wirklich umgehauen. Auch wenn es abgedroschen klingt, aber du hast so was Natürliches an dir, und das ist eine wahre Wohltat im Gegensatz zu den teilweise verlebten und echt kranken Mädels, die ich gedatet hab. Wenn ich an dich denke, und glaube mir, das mache ich eigentlich die ganze Zeit, bin ich aufgeregt, glücklich und getröstet zugleich. Das Einzige, was mir wichtig ist, ist, dass es mit uns beiden klappt und nicht irgendwelche Deppen das zerstören. Ich weiß, dass es nichts Abtörnenderes gibt, als gleich zu Beginn solche Psychogespräche zu führen, aber wahrscheinlich ist es in meiner Situation komplizierter und ich muss öfter etwas erklären, weil du es sonst von anderen zuerst erfährst, und das möchte ich nicht. Ich will nichts vor dir verbergen. Du kannst mich alles fragen.«

Ich war sprachlos. Justus meinte es tatsächlich ernst mit mir! Er hatte es also auch von Anfang an gespürt! Wen störte da seine Vergangenheit? Zumal er bereit war, sich mir komplett zu öffnen. Aber wollte ich wirklich wissen, wie er bisher gelebt hatte? Ich war doch nicht blöd und ließ mir Dinge erzählen, die ich mir dann vorstellte und die mich doch nur schmerzen würden. Was zählte, war das Hier und Jetzt!

»Komm, wir gehen zu mir. Wenn Cara dich mag, ist alles okay …«, sagte ich und musste grinsen.

elf

»Cara ist 'ne Katze? Charlotte, du hast 'nen Schuss!«

Justus war nach einem kurzen Rundgang durch die Wohnung in den Garten hinaus und hatte Cara dort liegen sehen.

»Was hast du denn gegen Cara? Mit 'nem Hund hättest du doch leichtes Spiel gehabt, die sind viel zu gutmütig. Der Katzentest ist viel aufschlussreicher!«

»Na super! Und was muss sie jetzt machen, damit ich bestehe? Sich auf den Rücken rollen, alle vier Pfoten spreizen oder auf meinen Schoß springen?«

»Das kannste getrost abhaken. Es reicht, wenn sie dich nicht gleich kratzt und das Weite sucht.«

Ich hörte, wie die Tür ins Schloss fiel.

»Wobei … – Es gibt noch einen effektiveren Test. Voilà, meine Freundin Lena!«

Lena war passend zu meinem Stichwort auf die Terrasse getreten und sah Justus erstaunt an. Wenn mich nicht alles täuschte, wurde sie sogar rot, ausgerechnet meine tiefsinnige Freundin, die Filmstars so gar nichts abgewinnen konnte.

»Hi, ich bin Justus.«

»Äh. Weiß ich. Ich bin Lena.«

Lena wirkte tatsächlich gehemmt und eingeschüchtert, ein Zustand, den ich an ihr gar nicht kannte. Sie war es doch immer, die mir sagte, ich sei unlocker und solle endlich mal kiffen.

Justus bemerkte sofort, wie verkrampft Lena war, und versuchte das Eis zu brechen. Er schaffte es, dass sie sich schnell wieder fing.

»Setz dich doch zu uns«, forderte Justus sie auf.

»Das würde ich furchtbar gerne, aber Casper wartet auf mich. Ich habe nur unsere Karten vergessen.«

Lena sah hin und her gerissen aus.

»Was macht ihr denn?«, fragte Justus interessiert.

»Wir gehen in die *Vagina Monologe*.«

Casper musste wirklich ganz anders als seine Eltern sein. Allein beim Wort »Vagina« würden sie ihn enterben.

»Ich habe sie gesehen, als Eleonore Hecht sie gespielt hat. Wer spielt sie denn gerade?«

Lena war happy, dass Justus das Stück kannte und sie sich keinen dummen Kommentar wie von so vielen anderen anhören musste. Sie unterhielten sich noch kurz über die Besetzung, dann begleitete ich Lena zur Tür.

»Mann, Lotte! Du hast echt Glück mit Justus. Der hat 'ne Ausstrahlung! Übrigens hast du heute sturmfrei, ich übernachte bei Casper. Aber zum Frühstück morgen möchte ich ausführlich berichtet bekommen, was ich verpasst habe.«

Das versprach ich.

»Sind wir alleine?«

Justus stand hinter mir, legte die Arme um mich und küsste mich in den Nacken.

»Wenn du Cara nicht dazuzählst, sind wir alleine.«

Wir steuerten geradewegs auf mein Bett zu. Nie zuvor war ich so aufgeregt gewesen. Und nie zuvor hatte ich so für jemanden gefühlt.

Justus' Intensität und Sinnlichkeit beschränkte sich nicht nur auf seine Schauspielkunst, und wenn seine Affären dazu beigetragen hatten, so lieben zu können, würde jede der Damen morgen Früh ein Dankesschreiben von mir bekommen.

Ich war glücklich, einfach überglücklich und musste mich immer wieder versichern, dass Justus noch da war. Er schien nicht weniger aufgekratzt, und so machten wir in dieser Nacht kein Auge zu, sondern unterhielten uns und alberten rum, bis wieder dieses Kribbeln da war und eins zum anderen führte.

zwölf

»Oh Mann, Lotte! Es war gut! Und wie! Das steht dir ins Gesicht geschrieben!« Lena stand mit verschmierter Wimperntusche und fleckigem Make-up im Türrahmen. Justus war schon lange gegangen, sein Drehtag begann früh.

»Und dir steht ins Gesicht geschrieben, dass Casper keine Abschminkpads bunkert, oder ist das eine neue Protestaktion gegen den gesellschaftlichen Schönheitswahn?«

»Nö, ich hab vergessen, mich abzuschminken.« Lena lachte, holte sich einen Teller, setzte sich zu mir und schmierte sich einen Toast mit Marmite. Eine ekelhafte Vorliebe, die sie sich seit ihrer Aupairzeit in England angewöhnt hatte. Neugierdehalber hatte ich einmal abgebissen! Widerlich, da konnte man auch gleich Maggi-Brühwürfel lutschen. Lena hingegen schwor auf das Zeug und aß es fast schon glasweise.

»Aber wie war's mit Justus? Erzähl endlich!«

»Ohne Worte! Fast schon beängstigend gut. Lena, wenn das mal zu Ende sein sollte, finde ich sicher nie wieder einen Mann, der so unglaublich ist. Es macht mir wirklich Angst, wie unterschiedlich wir sind und uns doch anziehen. Das kann eigentlich nicht gut gehen. Er kommt aus einer Art Schauspielerdynastie. Sein Vater lehrt Schauspiel am Stein-Konservatorium, und seine Mutter ist Journalistin. Er ging als Kind in den Kinderladen und wurde ohne Tabus großgezogen. Wenn meine und seine Familie aufeinander treffen sollten, dann …«

»Dann möchte ich auf alle Fälle dabei sein, denn das riecht nach ganz großem Kino!«, unterbrach Lena mich gut gelaunt.

»Lotte, hör endlich auf, dir Horrorvisionen auszumalen. Lebe, genieße den Augenblick und bring bitte eine Kamera in der Dusche an, falls Justus jetzt öfter hier übernachtet.«

»Das wird er, nehme ich an. Du, Lena … Justus hatte vor mir eine ziemlich wilde Zeit.«

»Na, dann hat er wenigstens nicht das Gefühl, was verpasst zu haben. Sei froh. Sag mal, sollen wir essen gehen, oder musst du wieder zu deinen Eltern?«

Mist, das hatte ich vergessen! Der monatliche Sonntagsbrunch meiner Eltern stand an. »Gut, dass du mich daran erinnerst. Komm doch mit.«

Lena verzog das Gesicht.

»Nee, die Überschneidungen, die sich gerade zwangsläufig durch Casper ergeben, reichen, glaube ich, beiden Seiten. Aber grüß doch recht herzlich von mir.«

Es war schon lustig, die Hassliebe zwischen Lena und meinen Eltern.

dreizehn

»*Scharlott!* Du siehst großartig aus. Macht das dein neuer Freund? Du musst unbedingt alles erzählen!«

Meine Mutter war anscheinend richtig gut drauf, was bei ihr rüberkam, als ob sie eine Packung Valium intus hatte. Sie trug eines ihrer Chanel-Kostüme, dazu die passend sitzende Betonfrisur, Perlen und wie immer ihr Lieblingsparfum *Coco*, das früh am Morgen schon bei einmaligem Einatmen Migräne verursachen konnte.

»Danke, du siehst aber auch sehr entspannt aus«, versuchte ich, von mir abzulenken, was mir zumindest einen kurzen Moment lang gelang.

»Ja, nicht? Ich war gemeinsam mit Marlene und Katharina im Spa zum Wellnesstag. Ich hatte ein Rosen-Facial, ein Honig-Milch-Treatment und eine indische Kopfmassage. Das nächste Mal kommst du mit, dann machen wir mit Marlene und Katharina einen Mutter-Tochter-Tag. Das wird so amüsant!«

Ungefähr so amüsant wie ein Langzeitflug in der Economyclass. Gab es eine schlimmere Vorstellung? Drei gackernde Hühner, die in weißen Bademänteln und mit Frotteepuschen an den Füßen in der Lounge des Spa Katharinas Hochzeit planten und stundenlang über die richtige Stärke des geschöpften Papiers für die Einladungen diskutierten.

»Katharina überlegt übrigens, dich oder Caroline zur Trauzeugin zu machen. Ist das nicht aufregend?«

Für meine Mutter sicher, denn das garantierte ihr, mitplanen und probehalber zusehen zu dürfen, wie man unsere Hochzeit ausrichten konnte.

Ich war mir sicher, dass Katharina niemals allein auf die Idee gekommen war, sondern auf mehr oder weniger sanften Druck von meiner Mutter und Marlene hin, die sich nicht von ihrer Überzeugung abbringen ließen, dass Katharina und wir wie Schwestern wären.

»Was bedeutet das genau?«

»Du wirst in die Vorbereitung mit einbezogen, darfst die Hochzeitszeitung beaufsichtigen, Geschenke absprechen, Fürbitten aussuchen, die Abendgestaltung mitplanen und so weiter.«

Okay! Man musste Abstriche machen. Das Universum gab einem zwar Justus Staufen, dafür musste man Katharinas Trauzeugin werden. So funktionierte das eben. Ein fairer Deal. Ich nahm mir vor, keinen Aufstand zu machen, sondern mich, so gut es ging, aus der Sache herauszuhalten.

Wir setzten uns an den üppig gedeckten Tisch. Mein Vater saß bereits und sah uns tadelnd an.

»Auch wenn ihr das schöne Geschlecht seid und euch einiges rausnehmen dürft, so lege ich immer noch Wert auf Pünktlichkeit. Was gab es denn schon wieder zu tratschen?«

Meine Mutter spielte die Beleidigte. »Also weißt du, Leonard! Man wird wohl noch die eigene Tochter begrüßen dürfen! Schließlich hat sie jetzt einen Freund, habe ich läuten hören. Wurde ja auch langsam Zeit, wenn selbst ihre homosexuelle Freundin Lena sich eines Besseren besonnen, den richtigen Weg wiedergefunden hat und mit Casper Kröger ausgeht.«

»Mama, Lena war noch nie lesbisch! Sie hatte immer nur Freunde!«, protestierte ich entschieden.

Mein Vater zog verwundert die Augenbrauen hoch.

»Susanne, hattest du Casper Kröger nicht für Lotte vorgesehen?«

»Leonard, denk bitte endlich daran, mich *Süsann* zu nennen, und nein, Casper Kröger hatte ich nicht für Lotte vorgesehen. Er ist viel zu unkonventionell.«

Wenn meine Mutter etwas nicht leiden konnte, dann zuzugeben, dass sie versagt hatte, vor allem in ihrem Terrain als Kupplerin.

Wenn sie Casper Kröger bereits als unkonventionell empfand, was würde sie erst zu Justus sagen …!

Nun wandte sich mein Vater an mich. »Stimmt das, Lotte, dass du einen neuen Freund hast? Aber hoffentlich keinen dieser unseriösen Fernsehfuzzis! Du weißt, du hast mehr Klasse, Kind!«

»Jetzt lass sie doch mal erzählen. Wie heißt er denn, was macht er?« Meine Mutter wurde langsam nervös.

Das Spiel konnte beginnen.

»Er heißt Justus!«

»Anständiger Name. Nicht so ein moderner Quatsch wie Kevin oder Steven«, warf mein Vater ein.

Meine Mutter warf ihm einen Blick zu, der ihn sogleich verstummen ließ.

»Und er ist Schauspieler!«

Ding, ding, ding, Jackpot! Bei »Schauspieler« waren beiden gleichzeitig die Kiefer heruntergeklappt. Mein Vater fasste sich schneller als meine Mutter, die gerade alle ihre Felle davonschwimmen sah. Nie wieder eine Stehparty mit ihrer Tochter Charlotte als Smalltalkthema!

»Schauspieler? Du meinst, in seiner Freizeit? Was machen denn seine Eltern beruflich?«

»Nein, Papa, sein Beruf ist Schauspieler, und sein Vater ist auch Schauspieler und seine Mutter Journalistin.«

Meine Eltern hielten sich zur moralischen Unterstützung an den Händen, als ob ich ihnen gerade gebeichtet hätte, einen Kinderhandel zu betreiben.

Da meine Mutter immer noch sprachlos dasaß, bohrte mein Vater weiter. »Lotte! Und was machen diese Schauspieler, wenn ich fragen darf? Nackt auf Provinzbühnen rumrennen? Oder versuchen sie vielleicht, Klassikern mit ihrer Stümperhaftigkeit einen neuen Anstrich zu verpassen? Lotte, das ist doch nichts für dich!«

Meine Mutter fand endlich ihre Sprache wieder. »Leben sie in einer Kommune?«

»Nein, im Wohnwagen!«, versuchte ich einen Scherz, doch die entsetzten Gesichter meiner Eltern, die mir das sofort abnahmen, zeigten mir, dass momentan kein geeigneter Zeitpunkt für Witze war.

Eigentlich hätte ich sauer sein müssen, da ich aber meine Eltern bestens kannte und wusste, dass man sie nicht ändern kann, versuchte ich ihrer Reaktion mit Gelassenheit zu begegnen.

»Okay. Jetzt kriegt euch wieder ein! Justus' Vater ist Professor am Stein-Konservatorium, seine Mutter ist Journalistin für Reisereportagen, und Justus ist ein erfolgreicher Schauspieler – nicht, dass das ausschlaggebend wäre, aber sonst schlaft ihr nachts ja gar nicht mehr!«

Immer noch misstrauisch, aber schon viel erleichterter, hakte meine Mutter nach. »Wenn er so erfolgreich ist, müssten wir doch schon von ihm gehört haben, immerhin sind wir ja keine Kunstbanausen!«

»Es ist Justus Staufen!«

»Nein! Justus Staufen!«, rief meine Mutter ehrfürchtig aus, mein Vater dagegen sah immer noch verständnislos in die Runde.

»Leonard, das ist dieser hoch begabte Künstler! Er hat früher Gastrollen im *Tatort* gehabt, und wir haben ihn auch mal in Schillers *Kabale und Liebe* gesehen. Und mit Marlene habe ich seinen ersten Kinofilm letztes Jahr gesehen. Leonard, der ist nicht nur eine gute Partie, der ist nicht zu toppen!«

Meinem Vater schien zu dämmern, wer Justus war.

Er klopfte mir anerkennend auf die Schulter.

So viel zum Thema Tiefgang und innere Werte. Ich fragte mich, wo ich Letztere, umgeben von all dieser Oberflächlichkeit, herhaben sollte.

»*Scharlott*, du musst ihn mitbringen. Wir veranstalten eine kleine Party zu seinen Ehren. Hach, das wird umwerfend!« Meine Mutter hielt inne und sah mich prüfend an. »Er verfolgt hoffentlich ernste Absichten, *Scharlott*!«

Ich nickte, und sie sprang auf, um kurz zu telefonieren.

Aus der Eingangshalle hörte ich sie aufgeregt mit Marlene schnattern.

Ich hatte gerade ein Mutterherz glücklich gemacht.

»Doch, Marlene, Justus Staufen, wenn ich es dir doch sage. Keine Ahnung! Ich weiß auch nicht, wie *Scharlott* das angestellt hat … Hm, stimmt, wahrscheinlich steht er auf dunkel, gut, dass sie sich nicht blondiert hat. Du, ich muss wieder, wir telefonieren später!«

Mit geröteten Wangen und leuchtendem Blick setzte sie sich wieder zu uns. So sah also das Paradies für meine Mutter aus: endlich gegen Marlenes Goldstück Katharina anstinken können! Wenn es sie glücklich machte …

Geradezu euphorisch tätschelte sie meine Hände, sah mich an, holte tief Luft, nicht um, wie ich vermutet hatte, mit stolz geschwellter Brust zu verkünden, dass ich so einen Fisch ja nicht wieder von der Angel lassen durfte – nein, meine Mutter nutzte wie immer die Gelegenheit, um sich selbst einzubringen.

»Wusstest du, *Scharlott*, dass ich selber fast Schauspielerin geworden wäre? Ich stand kurz vor einer Filmkarriere!«

Mein Vater rutschte unruhig auf seinem Stuhl hin und her, ein eindeutiges Zeichen, dass eine für ihn ungemütliche Geschichte folgen würde. Zumindest war es eine, die ich noch nicht kannte.

»Das hast du mir ja noch nie erzählt, Mama!«

Theatralisch, so als ob ihr gerade wieder das kleine Einmaleins der Filmdiven eingefallen wäre, winkte sie ab.

»Weißt du, *Scharlott*. Das ist eine schmerzhafte Episode in meinem Leben, an die ich nicht gerne zurückdenke. Ich bin auf der Straße von einem Herrn angesprochen worden, weil ich schon damals ein so ausdrucksvolles Gesicht hatte. Zuerst dachte ich, das sei ein Perverser, aber bei genauen Nachforschungen stellte sich der Herr als renommierter Künstleragent heraus. Ich war gerade zwanzig geworden und mit deinem Vater verlobt.« Sie warf einen vorwurfsvollen Seitenblick auf meinen Vater, der – wie unhöflich – sich die Sonntagszeitung vor die Nase hielt und sehr unbeteiligt tat.

»Ja und dann?«, hakte ich ungeduldig nach.

»Na, ich ließ mich in seine Kartei aufnehmen und wurde tatsächlich für eine Produktion eingeladen. Vorsprechen bei Kalwer, dem großen Regisseur! Natürlich probte ich wie eine Besessene und war bereit, mein Talent unter Beweis zu stellen!«

Sie legte eine Kunstpause ein, sie hatte ihr Publikum im Griff!

»Und was ist passiert? Jetzt lass dir doch nicht alles aus der Nase ziehen!«

Nach einem langen, leidenden Seufzer antwortete sie: »Ich bin nie hingegangen.«

»Wie bitte? Warum denn nicht?«

»Ja, warum wohl nicht! Frag doch deinen Vater!«

Wenn es eine Steigerung von schnippisch gab, saß sie vor mir.

Was hatte er damit zu tun? Schlummerte in meinem Vater ein eifersüchtiger Liebhaber, den ich nicht vermutet hätte?

Bisher hatte ich ihn relativ gleichgültig und immun den Launen und Macken meiner Mutter gegenüber erlebt. Sollte er sie wirklich abgehalten haben?

Nachdem klar war, dass mein Vater sich nicht äußern würde, sondern lieber noch mal im Fernsehteil der Zeitung nachschaute, ob die Tagesschau tatsächlich um 20 Uhr lief, fuhr sie fort: »Er hat mich damals angefleht, nicht hinzugehen. Ich würde unsere Zukunft aufs Spiel setzen! Er meinte, ich solle es lieber lassen, Schauspielerin sei nichts Seriöses und schon gar nichts für mich!«

Sieh mal an. Mein Vater!

Ohne eine Antwort abzuwarten, stürzte meine Mutter übertrieben, aber zugegebenermaßen wirkungsvoll aus dem Zimmer. Ihr Auftritt als verhinderte Künstlerin war ihr gelungen. Wenig später hörte ich sie, wer hätte es gedacht, mit Marlene sprechen. Ein gutes Zeichen! Dann musste man sich nicht wirklich Sorgen machen.

Das Zeitungsrascheln wurde unüberhörbar laut.

»Was ist denn, Papa?«

»Also, natürlich würde deine Mutter es nie zugeben, aber erstens handelte es sich um eine kleine Komparsenrolle mit genau zwei Sätzen Text, zweitens hatte sie vor dem Vorsprechen einen hysterischen Heulkrampf und war überhaupt nicht mehr zu beruhigen, und drittens sollte sie unbekleidet auf einer Toilette sitzen und die FAZ runterspülen – als Protest gegen das konservative Establishment, eine Rolle, die sie nicht besonders überzeugend gespielt hätte, da sie schon damals nicht ohne ihre Dior-Robe, die Cartier-Uhr und den Diamantverlobungsring aus dem Haus ging! Sie verkörperte doch das Establishment ... Das Gesicht von Kalwer hätte ich sehen mögen, wenn Helmut sie im Jaguar zum Vorsprechen gefahren hätte. Nachdem sie drohte, sich die Pulsadern aufzuschlitzen, konnte ich sie schließlich überzeugen, dass trotz allen Hangs zur Übertreibung ihre Bretter im realen Leben zu finden sind.«

Bei der Vorstellung, meine Mutter in einem revoltierenden künstlerisch wertvollen Film von Kalwer nackt auf dem Klo zu sehen, musste ich loslachen. Mein Vater stimmte mit ein.

Aus der Halle drang die säuerliche Stimme meiner Mutter zu uns herüber. »Ja, lacht ihr nur! Ihr werdet schon sehen! Marlene sagt, es sei nie zu spät, seine Talente umzusetzen!«

Oh nein! Bedeutete das, dass sie wieder schauspielern würde? Anscheinend ja, denn ich hörte, wie sie Bertha anwies, ihr einen Shakespeareband aus der Bibliothek zu bringen. Na, immerhin nichts von Samuel Beckett.

Wenn ich geahnt hätte, welche Lawine ich mit Justus lostreten würde!

Eine Weile noch unterhielt ich mich mit meinem Vater über die Firma und Caroline in Paris. Meine Mutter ließ sich nicht mehr blicken. Also verabschiedete ich mich von meinem Vater und ging zur Tür. Auf dem Weg kam ich am Salon vorbei und sah meine Mutter in einen dicken Shakespeareband vertieft, während ihre Lippen leise den Text mitlasen.

»Oh Romeo, warum bist du Romeo!«

Das durfte doch nicht wahr sein! Mit fast fünfzig sein verschüttetes Schauspieltalent wieder ausgraben zu müssen, ist das eine. Sich in die Rolle der minderjährigen Julia einzulesen das andere! War ich nur von Irren umgeben? Oder hatte Marlene meiner Mutter einen Floh ins Ohr gesetzt, eine reife Version der Julia sei mal etwas ganz Originelles.

Gerade als ich überlegte, ob ich sie stören sollte oder einfach gehen, rief sie mir zu: »*Scharlott*! Wann bringst du Justus mit? Ich möchte ihn unbedingt kennen lernen! Ich habe einige fachliche Fragen an ihn! Hach, das ist alles so aufregend!«

Warum nur? Warum ich? – »Keine Ahnung, wann er mal Zeit hat, Mama. Ich sag dir Bescheid!«

Wie kam ich aus der Nummer bloß wieder raus?

Kaum war ich aus der Tür, schaltete ich mein Handy an. Bei meinen Eltern musste ich es immer ausschalten. Mein Vater hasste Ruhestörungen generell, meine Mutter, von irgendjemandem – und sei es ein Handyläuten – in ihrem Redefluss unterbrochen zu werden.

Meine Mailbox meldete neue Nachrichten. Ich betete, dass sie von Justus waren!

»Sie haben zwei neue Nachrichten.« Nachricht eins, eingegangen um 14.24 Uhr. »Charlotte, ich hab solche Sehnsucht, wo bist du denn?«, hörte ich Justus' Stimme.

Bei meinen Eltern, die du hoffentlich nie treffen wirst!

Nachricht zwei, eingegangen um 15.08 Uhr: »Gestern Nacht geht mir nicht aus dem Kopf. Wann können wir uns sehen?«

Immer und jederzeit, solange es nicht im Haus meiner Eltern war.

Ich rief ihn zurück.

Allein, wie er sich meldete, ließ mir sämtliche Bilder wieder in den Kopf schießen. Sein leises heiseres Lachen und die Art, wie er mit mir sprach, knockte alle Vernunft in mir aus. Das Schlimmste, was einem als Kontrollfreak passieren konnte. Justus Staufen war garantiert gefährlich; wenn ich nicht aufpasste, würde ich ihm komplett verfallen.

Sei's drum!

»Und wann sehen wir uns jetzt wieder, Charlotte?«

Es war wie verhext. Justus war die gesamte Woche unterwegs, und der einzige Abend, an dem er mich treffen konnte, war ausgerechnet besagter Katharina-Abend. Lena würde mir nicht verzeihen, wenn ich die Freundschaftstodsünde beging, sie wegen eines Mannes hängen zu lassen.

»Und was ist, wenn ich zu diesem Abendessen einfach mitkomme? Da wird doch sicher keiner was dagegen haben.«

Katharina bestimmt nicht – ich sah sie förmlich mit Gästebuch und Kamera vor mir. Ich zögerte.

»Katharina gehört nicht gerade zu meinen besten Freunden. Die ist eher anstrengend!«, sagte ich schließlich.

»Ich will doch nicht diese Katharina sehen, sondern dich. Was sie macht, ist mir egal. Außerdem, wenn sie so Panne ist, warum gehst du dann hin?«

»Das ist eine lange Geschichte, die willst du nicht hören!«

»Doch, wenn du die Geschichte nackt erzählst und ich daneben liegen darf!« Er lachte. Ich konnte sein anzügliches Grinsen vor mir sehen.

»Okay. Ich nehm dich mit, aber ich habe dich gewarnt.«

»Ich freu mich! Hast du eigentlich schon geduscht?«

Ich schwöre, das Blut schoss mir nur so in die Wangen. Im hellen Tageslicht war ich eben doch eine kleine, verklemmte höhere Tochter. Leugnen zwecklos!

Stammelnd verabschiedete ich mich, während Justus sich hörbar freute, mich so aus der Fassung gebracht zu haben. Wo führte das nur hin!

vierzehn

»Sag mal, Lotte, was ziehst du eigentlich auf das Taite-Konzert an?«

Es war gerade mal Montag, und Tim machte sich bereits Sorgen um seine Garderobe für nächste Woche.

»Keine Ahnung. Frag Mimi.«

Mimi zuckte mit den Schultern.

»Ist völlig egal. Die zeichnen das Konzert auf, und da werden eh die gecasteten Bimbos in die erste Reihe gesetzt, von daher könnt ihr anziehen, was ihr wollt.«

Mimi war seit einigen Tagen nicht gut drauf. Sie sah übermüdet aus, war fahrig und schien viel zu grübeln.

Wenn man sie ansprach, riss sie sich ertappt zusammen, lächelte schnell und versicherte, dass alles in bester Ordnung sei.

Tim und ich hatten es beide bemerkt und machten uns langsam Sorgen.

Ab und zu verschwand sie mit dem Handy vor der Tür und kam dann noch verwirrter wieder herein.

Ich wechselte das Thema.

»Übrigens, Justus kommt Mittwochabend mit!«

Tim fand es wie vorausgesehen total aufregend, von Mimi kam eher eine verhaltene Reaktion.

»Ach Lotte, ich weiß noch gar nicht, ob ich dabei bin. Es kann sein, dass ich absagen muss.«

Tim und ich wechselten wieder besorgte Blicke.

Es war zwecklos, Mimi zu fragen, weshalb. Sie wollte nichts sagen, blieb stur. Wenn sie nur nicht diesen leidenden Ausdruck hätte!

Mein Handy klingelte. Justus? Seit unserem Telefonat hatte ich nichts mehr von ihm gehört, auf meine SMS, die ich ihm abends geschickt hatte, war keine Antwort gekommen. Natürlich panikte ich sofort, ob die SMS ein Fehler gewesen war.

»Charlotte?« Eine hohe, unangenehme Stimme, die ich unter tausenden heraushören würde, drang an mein Ohr.

Katharina!

Ich musste bei Gelegenheit meine Nummer ändern lassen.

»Charlotte, sitzt du gut? Ich muss dir nämlich was sagen.«

Mir schwante Übles.

Sie machte eine bedeutungsschwangere Pause.

»Charlotte«, setzte sie erneut an, »willst du meine Trauzeugin werden?«

Hatte ich eine Wahl?

Wieso hatte sie sich für mich entschieden und nicht für Caroline? Eigentlich verstand sie sich, wenn man das so überhaupt sagen konnte, mit Caroline um einiges besser, zumindest hatten Carolines Freunde sie nicht wie Mimi und Tim bloßgestellt. Ob die Tatsache, dass Lena mit Casper, also einem Kandidaten aus ihren Kreisen, liiert war, den Ausschlag für mich gegeben hatte?

Mein Rätseln war überflüssig, denn die Erklärung wurde mir sogleich hinterhergereicht.

»Sag, Charlotte, ich will nicht indiskret sein, aber stimmt es, dass du mit Justus Staufen zusammen bist?«

Aha, der Promibonus! Jetzt war alles klar. Meine Trauzeugin ist die Freundin von Justus Staufen!

»Ich denke schon. Es ist noch zu frisch, um es zu benennen, aber ja, wir sehen uns. Da wir gerade dabei sind: Hast du etwas dagegen, wenn ich ihn am Mittwoch zu deiner Einladung mitbringe?«

Ihr unterdrücktes Jubeln wäre Antwort genug gewesen.

»Aber nein, Lotte! Ganz und gar nicht. Was isst und trinkt er denn gerne?«

Ich hatte soeben meiner Mutter und Marlenes Traum wahr werden lassen: Katharina und ich waren ab jetzt beste Freundinnen und würden unzertrennlich sein, zumindest so lange, wie ich und Justus unzertrennlich waren.

Mit einer Freundlichkeit, die selbst einen Zeugen Jehovas vor der Wohnungstür in den Schatten gestellt hätte, verabschiedete sie sich.

»Lotte, hast du eigentlich schon das Annabelle-Leiniger-Interview vorbereitet?«, rief Felix aus seinem Büro.

Natürlich hatte ich das, obwohl noch fast zwei Wochen Zeit war. Wieso fragte Felix jetzt schon danach? War doch massig Luft! Er winkte mich zu sich in sein Büro.

Fragend sah ich ihn an.

»Es geht gar nicht um das Interview! Ich wollte dich nur unauffällig hierher lotsen. Weißt du, was mit Mimi los ist? Sie gefällt mir überhaupt nicht! Hat sie dir etwas gesagt?«

Es war kein Geheimnis, dass Felix für Mimi schwärmte. Sie schien es aber nicht zu merken oder ging einfach nicht darauf ein. Wäre vielleicht auch etwas viel verlangt bei den Horden von Verehrern! Ich musste schmunzeln. Felix, der supercoole Producer mit tätowiertem Oberkörper und Augenbrauenpiercing, der aus Überzeugung Punkrock hörte und auch ansonsten nicht gerade zimperlich mit Sprüchen war, war ein richtiges Seelchen! Erst hatte er sich rührend um mich, dann um Imka gekümmert, und nun sorgte er sich um seine angebetete Mimi. Natürlich alles immer auf eine abgeklärte Art, aber gleichzeitig liebevoll.

»Keine Ahnung, Felix. Tim und ich haben uns auch schon gefragt, weshalb sie so neben der Spur ist, aber Mimi kann ja sehr verschlossen sein.«

Felix nickte zustimmend.

»Allerdings. Tu mir ’nen Gefallen, Lotte, wirf ein Auge auf sie und lenk sie ein wenig ab, ja?«

»Mach ich doch eh.«

Allerdings fiel es mir schwer, Mimi abzulenken, da ich selbst dringend Ablenkung gebraucht hätte, denn von Justus kam erst mal kein Lebenszeichen. Und ich würde mich garantiert nicht melden, schließlich war er dran, und mein Stolz verbat mir, eine SMS zu schicken. Natürlich wusste ich, wie hektisch es auf einer Promotour sein konnte. Immer war man von Managern, Presseleuten, Eventmanagern etc. umgeben, die Termine waren mehr als eng geplant, die Überlappungen kamen zwangsläufig, und damit rannte man von Interview zu Fototermin, um den Zeitplan noch einigermaßen einzuhalten. Da war oft für gar nichts Zeit, nicht einmal für essen. Man musste sich das vor Augen führen, wie anstrengend ein Leben auf Tour, sei es Promotour oder Konzerttour, sein konnte. *Jetlagged*, fern der Heimat, fern von irgendeinem vertrauten Gesicht, in Ländern, die ungewöhnliche Toiletten hatten und wo die Wasserhähne nach einer anderen Technik funktionierten, und dann reden, lachen, flirten ohne Unterlass. Natürlich gab es dafür viel Geld, aber das vergaß man auf so einer Tour, wenn man einfach nur mal seine Ruhe haben wollte – es war einem in dem Moment auch ziemlich gleichgültig. Okay, das rechtfertigte nicht Forderungen nach acht Wochen alten Hundewelpen als Hintergrundkulisse für ein Interview oder dass der gesamte Flur menschenleer sein musste, wenn der Star von seiner Umkleide ins Studio ging. Auf solche Aktionen konnte man gern verzichten. Aber das Showbiz wäre ohne die Spleens und Extrawünsche der Promis nicht annähernd so spannend, bunt und schillernd!

Nein, auch wenn bei *TV-plus* solche Geschichten gern kopfschüttelnd weitergereicht wurden, war es doch genau das, was alle erleben wollten, oder wollte mir einer ernsthaft versichern, ihn habe schon immer interessiert, wie so ein Satellitenlink technisch eigentlich funktionierte, und das sei der Grund, weshalb er beim Fernsehen sei?

Nein, wir alle wollten, wie kürzlich geschehen, als komplettes

Team von der generösen, manisch-depressiven Diva nach einem Dreh spontan nach Paris eingeladen, im Privatjet und mit eigener Limousine herumkutschiert werden und auf eine exzessive Party gehen, die Robbies *Come-Undone-Videoversion* wie Kinderfasching wirken ließ.

»Lotte, dein Handy klingelt!«

Als ginge es um mein Leben, rannte ich zu meinem Platz, nur um Zeuge zu werden, wie das Klingeln verstummte! Ich schaute auf das Display: ein Anruf in Abwesenheit. Mist! Keine Nummer!

Was, wenn Justus gerade versucht hatte, mich von irgendeinem Telefon aus zu erreichen?

Wie sollte ich dieses Martyrium bis Mittwochabend durchstehen?

fünfzehn

»Lena, was ziehe ich nur an?« Ich riss ein Kleidungsstück nach dem anderen aus dem Schrank. »Was ist, wenn er überhaupt nicht kommt? Was ist, wenn es aus ist und ich nie mehr über ihn hinwegkomme?«

Es war offensichtlich: In meinem Kopf lief mal wieder eines meiner Kleist'schen Katastrophenplanspiele ab. Kein Wunder! Es war bereits Mittwochabend, ich hatte seit Sonntag nichts mehr von Justus gehört! Einmal war ich schwach geworden und hatte ihn angerufen. Aber seine Mailbox war angesprungen! Natürlich hatte ich nicht draufgesprochen. So weit kam es noch!

Völlig verunsichert, stand ich nun vor dem Spiegel, fand mich hässlich und nicht besonders liebenswert, aber vor allem hatte ich nichts anzuziehen!

»Jetzt krieg dich mal wieder ein, Lotte. Du hast ihm am Sonntag doch die Adresse und Uhrzeit gegeben. Und wenn er zugesagt hat, wird er auch kommen. Jetzt reiß dich zusammen und zieh dich endlich an!«

Gerade als ich mich ein wenig beruhigt hatte, dachte ich an Katharina. Juhu, ich konnte meine Horrorvisionen noch etwas ausweiten! Katharina, die Vorzeigetochter der Busenfreundin meiner Mutter! Ihr selbstgefälliges Grinsen, wenn Justus nicht auftauchte, das geheuchelte Bedauern, wenn sie Marlene mitteilen musste, dass ich jetzt endgültig durchgedreht sei, oder weshalb kam man auf die Idee, eine Geschichte zu erfinden, man hätte mit Justus Staufen angebändelt?

Ich hörte bereits das Gejammer meiner Mutter, die sich nicht entscheiden konnte, was schlimmer war: die erhoffte Traumhochzeit mit Justus Staufen ins Wasser fallen zu sehen oder den eigenen spät gehegten Karrieretraum, Schauspielerin zu werden, aufgeben zu müssen! Dass Justus ein bekannter Schauspieler war, hatte in mehrerlei Hinsicht Eindruck auf sie gemacht.

»Lena, ich dreh durch! Meine Nerven halten das nicht aus!«

»Meine auch nicht. Ich hol dir gleich 'ne Plastiktüte, wenn du noch länger hyperventilierst! Er wird schon kommen, Lotte! Und jetzt beruhige dich endlich. Schließlich sind auch andere Menschen außer dir aufgeregt, okay?«

Ich Trampel! Die ganze Zeit dachte ich an Justus und vergaß dabei, dass Lena nicht weniger Grund zur Panik hatte als ich. Casper und sie trafen sich zum dritten Mal. Lena hatte es nämlich ebenfalls total erwischt, und sie zappelte genauso hektisch vor dem Spiegel herum wie ich und hatte sich vor Aufregung mit einem ihrer natürlichen Aromadüfte beinahe narkotisiert. Sie roch wie nach einem Räucherstäbchenbad. Wahrscheinlich war es ihre Duftspur, die mich derart durchdrehen ließ!

Nur allmählich wurde ich ruhiger. Schließlich zog ich ein schwarzes Kleid im 40er-Jahre-Stil von Paul Smith hervor. »Geht das, oder ist das zu aufgetakelt?«

Zum Glück hatte Lena trotz der Hysterie, die im Raum schwelte, nicht ihr Urteilsvermögen verloren.

»Das ist genau richtig, sexy und schräg, aber gleichzeitig elegant. Wenn er dir das nicht vom Leib reißen will!«

»Falls er kommt«, wagte ich einzuwerfen. Doch Lenas Blick ließ mich sofort verstummen.

»Und was hältst du hiervon?«

Lena hatte in ihre Ethnokiste gegriffen und einen roten Sari gefunden, der zu ihrem schwarzen glatten Kleopatraschnitt passte. Eine ungewöhnliche Erscheinung, aber genau das war sie ja auch. Seltsam kam mir allerdings vor, dass sie mich nach meiner Meinung fragte, normalerweise war sie stolz darauf, sich in Kleiderfragen von nichts und niemandem beeinflussen zu lassen. Übersteigert auf Individualität zu pochen war ein Überbleibsel aus Lenas Waldorfschulzeiten.

Nur zu gern zog ich sie damit auf, vor allem, nachdem sie mir in der achten Klasse ihre Eurhythmiefotos gezeigt hatte.

Lena war damals auf das Gymnasium gewechselt, das ich besuchte. Ihre Eltern, beide Lehrer, fürchteten um die Akademikertradition der Familie, weil der Umgang mit dem Druck einer Leistungsgesellschaft auf der Waldorfschule so überhaupt nicht geübt wurde. Trotz allen Idealismus und aller Gesellschaftskritik wollten Lenas Eltern dann doch nicht riskieren, dass die einzige Tochter durchs Abitur rasselte.

»Tanz mir die Blume!«, war ein geflügelter Satz geworden.

Irgendwo im Kleiderwust klingelte plötzlich das Handy. Mein Herz pochte!

»Charlotte, ich bin es. Ich kann heute Abend leider nicht kommen!« Mimi hörte sich geknickt an.

»Warum denn nicht? Ist alles in Ordnung? Sollen wir bei dir vorbeikommen?«

»Nee, ich warte nur auf einen wichtigen Anruf, das ist alles. Sei bitte nicht böse, okay?«

Meine Versuche, sie zu überreden, doch noch mitzukommen, schlugen fehl.

»Na gut, aber du versprichst anzurufen, falls du es dir anders überlegst. Ich hole dich auch ab!«

Aufgeregt wie vor der ersten Engtanzparty, machten Lena und ich uns nach mehreren Spiegelchecks auf den Weg.

Im Auto legten wir eine unserer Mitsing-CDs ein. Was immer gegen Nervosität half: Placebos *Every you*, voll aufgedreht und auf Dauerrepeat eingestellt. Wir sangen lauthals mit.

Als wir vor Katharinas Wohnung parkten, hielt ich zuerst nach Justus' Auto Ausschau – er fuhr einen Sportwagen, einen alten MG –, konnte den Wagen aber nirgends entdecken.

Enttäuscht drückte ich auf die Klingel.

»Kommt rein, ihr Lieben!« Katharina öffnete strahlend und mit ausgebreiteten Armen die Tür.

»Yannick, so hilf ihnen doch beim Ablegen«, zischte sie im nächsten Moment ihren Verlobten wie einen abgerichteten Rottweiler an.

Er wirkte nicht besonders glücklich. Und wieder stellte ich mir die Frage, was ein so attraktiver, charmanter Kerl mit Katharina anfing, zumal die beiden nicht wirklich innig miteinander umgingen.

Wir folgten Katharina in ihre stylische Neubauwohnung, die sich über zwei Etagen erstreckte. Eigentlich hatte ich gedacht, derart protzige Yuppiewohnungen mit Stilblüten der 80er gäbe es gar nicht mehr. Die Wohnung war sozusagen mit moderner Kunst – oder was Katharina dafür hielt – geschmückt. Die meisten Bilder und Objekte waren zweifelsohne teuer gewesen, genau wie der Rest der Einrichtung. Lena stupste mich an und zeigte unauffällig auf einen gläsernen Beistelltisch. Auf ihm stand eine rote Lampe, aber nicht irgendeine. Es war eine dieser Gummibärchenlampen, die Ende der 90er den Markt erobert hatten. Damals dachten alle, zur Jahrtausendwende ginge die Welt unter – nur so war das Design zu entschuldigen, der Kauf einer solchen Lampe hingegen nicht.

»Was trinkt ihr als Aperitif?«, rief Katharina aus der Küche.

Sie fuhr ja wirklich die Nummer »Lass uns wie die Großen feiern!«.

»Sagt, wer fehlt denn jetzt noch?«, rief Katharina nun scheinheilig.

»Casper, Justus und Tim«, erbarmte Lena sich, das durchschaubare Spiel mitzuspielen.

»Stimmt. Wann kommt denn Justus? Er ist ja sicher sehr beschäftigt?« Mit einem Tablett kam Katharina ins Zimmer gewirbelt, die langen blonden, gerade geschnittenen Haare wehten im Takt. Irgendetwas war heute anders an ihr. Wenn ich nur gewusst hätte, was. Vielleicht lag es an dem Ausschnitt ihres Oberteils – sonst war sie immer züchtig mit Ralph-Lauren-Blüschen unterwegs. Oder war es das Make-up? Nein. Ich sah sie mir genauer an! Die Lippen! Die leuchteten aber auch rot heute! Seit wann trug Katharina denn so dick Lippenstift auf ... Nein, die Frage musste lauten: Seit wann hatte Katharina doppelt so große Lippen? Sie mussten aufgespritzt sein ... Aber derart gut gemacht, dass man es nicht auf den ersten Blick sah. Soweit ich wusste, war das eine ganz neue Methode, nicht mehr einfach aufspritzen, sondern an den Lippenrändern etwas Silikon einfügen.

Gehörte das zur Hochzeitsvorbereitung, oder war das nur ein kleines Goody, um Justus zu beeindrucken?

Katharina war wie ihre Mutter Schönheits-OPs nicht abgeneigt. Gern vertrat sie so schlaue Sätze wie »das muss jeder für sich selbst entscheiden, aber wenn mein Partner in dreißig Jahren noch neben mir aufwacht und sich kein jüngeres Model suchen muss, sehen wir ja, wessen Investition die richtige war«. So hatte Katharina schon vor Jahren ihren Busen machen lassen, übrigens eine der wenigen Aktionen, die meine Mutter als nicht nachahmenswert empfand. Ihre Freundin Marlene war gerade von ihrem Mann verlassen worden und hatte zur Wiedererlangung des Selbstwertgefühls generös eine Runde OPs geschmissen: für Katharina den Busen und für sich selbst eine Gesichtsstraffung.

Es klingelte an der Tür.

Katharina sprang auf.

»Ich geh schon!«

Lena und ich schauten ihr beide nervös hinterher.

»'n Abend zusammen!«

Tim!

Yannick begrüßte ihn, nachdem Katharina enttäuscht zurückkam.

»Dein Kollege, Charlotte.«

Das Gespräch kam nicht richtig in Gang, was vor allem an Lena und mir lag. Wir saßen wie auf heißen Kohlen. Katharina hatte den Versuch, ein wenig Smalltalk zu betreiben, schnell wieder eingestellt. Lediglich Tim und Yannick unterhielten sich angeregt, sodass wenigstens zwei ihren Spaß hatten. Sie verschwanden nach einer Weile kurz auf den Balkon und kamen noch fröhlicher und komplett zugedröhnt wieder rein. Katharina schaute entsetzt von einem zum anderen.

»Yannick! Ihr habt doch nicht etwa gekifft?«

Das fanden die beiden offensichtlich zum Schreien komisch.

»Spinnt ihr? Bei mir werden keine Drogen genommen! Yannick, was ist denn los mit dir? So kenne ich dich ja gar nicht!«

Mir schien, Katharina kannte Yannick tatsächlich nicht besonders gut.

Er guckte Katharina mit tellergroßen Augen an und antwortete: »Ich mich auch nicht«, dann kugelte er sich vor Lachen.

Tim stimmte mit ein, und die beiden konnten gar nicht mehr aufhören.

Es klingelte erneut! Mein Herz pumpte alles, was ich an Blut im Körper hatte, in meinen Kopf. Vielleicht sollte ich auch mal an dem Joint ziehen.

Katharina sprang elektrisiert auf und eilte zur Tür, nicht ohne ein »Jetzt reißt euch wenigstens zusammen! Was soll Justus Staufen nur denken?« hinterherzuschicken.

Ob jetzt der passende Augenblick gekommen war, ihr von Justus' diversen Drogenexperimenten zu berichten?

Ich hörte auf die Stimmen im Flur, konnte aber nicht erkennen, ob eine davon Justus' war.

Katharina bog mit hängenden Schultern um die Ecke, und ich wusste sofort, dass Casper gekommen sein musste. Bei Justus hätte sie sich bestimmt mehr ins Zeug gelegt.

Casper ging strahlend auf Lena zu und umarmte und küsste sie zur Begrüßung.

Wo blieb nur Justus?

»Habt ihr gekifft?« Casper atmete tief ein.

Katharina war am Rande eines Nervenzusammenbruchs!

Wenn Casper seinen Eltern erzählte, dass bei ihr gekifft wurde, und sich das im Freundeskreis ihrer Mutter herumsprach, bedeutete das eine irreparable Rufschädigung.

»Tut mir Leid, Casper! Das war Tim. Ich dulde so etwas natürlich nicht!«

»Und ich, ich war's auch!«, rief Yannick fröhlich in die Runde.

Katharina wurde leichenblass. Sie tat mir fast Leid.

»Habt ihr noch was?«, fragte Casper interessiert.

Die beiden Jungs verschwanden mit ihm auf dem Balkon, und wenig später zogen süßliche Rauchschwaden in Katharinas Sagrotanwohnung.

Lena musste lachen, Katharina schüttelte nur noch den Kopf und sah auf die Uhr.

»Sag, Charlotte, wann kommt denn Justus endlich? Es ist gleich neun, und ich wollte mit der Vorspeise beginnen.«

Wenn ich das nur wüsste … »Du, er konnte noch nicht genau sagen, wann er loskommt, aber es ist sicher okay, wenn wir schon mal anfangen.« Katharina war dankbar für alles, was half, die illegalen Aktivitäten auf ihrem Balkon zu beenden.

»Willst du ihn nicht anrufen, Lotte?«, flüsterte Lena mir zu.

Ich schüttelte den Kopf. Sollte ich etwa anrufen, um mir telefonisch einen Korb bestätigen zu lassen? Nein, ich würde den Abend, so gut es ging, überstehen und mir später die Augen ausheulen.

»Kommt ihr bitte, wir beginnen dann ohne Justus mit dem Essen!« Das musste Katharina nicht zweimal sagen, denn Hunger hatten die Jungs allemal, die Frage war eher, ob die kleinen, kunstvoll angerichteten Häppchen für kiffbedingte Fressattacken ausreichen würden.

Katharina hatte sich das Essen etwas kosten lassen. Es war von Böhm, dem besten Caterer der Stadt. Als wir uns an den aufwändig gedeckten Tisch setzten und der Platz neben mir leer blieb, schluckte ich den Knoten im Hals runter und konzentrierte mich auf die Vorspeise. Im Hintergrund lief der *Titanic*-Soundtrack! Das konnte nicht ihr Ernst sein! Ohne Justus, allein bei Katharina, das Gesicht wahren zu müssen, war schlimm genug, dazu noch von Celine Dion beschallt zu werden, war ein Fall für Amnesty!

Zum Glück ertrugen die anderen das Geplärr ebenso wenig. Tim stöberte in Katharinas CD-Sammlung und verzog das Gesicht, bei einigen Exemplaren rutschte ihm sogar ein »Autsch« raus. Das einzig Erträgliche schien eine alte Madonna-CD zu sein.

Zum Hauptgang gab es Hummer, was nett gedacht war, aber leider hatte Tim eine Eiweißallergie, konnte nicht so viel Protein auf einmal essen, ohne rote Punkte im Gesicht zu bekommen, und nutzte die Gelegenheit, um noch mal kiffen zu gehen.

Ich verschwand auf die Toilette. Fernab vom Lärm der anderen stand ich vor dem Spiegel und sah mich an, als ob ich mich selbst um einen Ratschlag bitten würde. Ich war wirklich nett zurechtgemacht und schön anzusehen, aber in mir herrschte totale Leere.

Ich zwang mich, nicht in Selbstmitleid zu ertrinken. »Du hast es so gewollt! Du hättest wissen müssen, dass er nicht der Typ für eine feste Beziehung ist. Warnzeichen gab es genug! Wie konntest du nur so geblendet sein, zu denken, bei dir wäre alles anders? Selbst Schuld!« Ich ging hart mit meinem Spiegelbild ins Gericht.

Mir war elend zu Mute. Das war also der Preis, den man zahlte, wenn man sich mal so richtig verliebte und total fallen ließ.

Mir lief eine Träne über die Wange. In dieser Verfassung stand ich den Abend nicht durch. Vielleicht konnte ich mich mit einer Ausrede abseilen. Lena hatte bestimmt nichts dagegen. Sie schien sich mit Casper bestens zu verstehen und würde mich nicht vermissen. Ob eine Migräne als Entschuldigung ausreichte?

Ich atmete tief durch, öffnete die Tür und ging wieder zu den anderen zurück.

Katharina war plötzlich gut gelaunt und kicherte albern. Ob sie auch mal gezogen hatte?

Gerade als ich meine Ausrede anbringen wollte, sah ich ihn! Justus lehnte an der Küchentür mit einem Drink in der Hand und blickte mich einfach nur an. Er trug ein weißes, an den Ärmel umgekrempeltes Hemd, dazu eine graue Hose mit Hosenträgern. Die Klamotten mussten vom Dreh stammen, und mit seinen Haarsträhnen, die ihm ins Gesicht fielen, sah er aus wie ein englischer Dandy.

Ohne mich aus den Augen zu lassen, stellte er seinen Drink ab, kam auf mich zu, nahm mein Gesicht in die Hände und flüsterte mir ins Ohr: »Ich hab dich so vermisst! Wenn du wüsstest, wie gut es tut, dich zu sehen!«

Er zog mich in den Flur und küsste mich, als ob er mich jahrelang nicht gesehen hätte; er hatte mich wohl wirklich vermisst. Aber weshalb hatte er sich dann nicht gemeldet?

Als hätte er meine Frage erraten, sagte er: »Oh Mann, ich bin so durch. Das war vielleicht 'ne Tour! Den ganzen Tag Stimmung machen, immer wieder die gleichen Fragen beantworten! Ich bin abends nur noch tot ins Bett gefallen und war froh, kein Wort verlieren zu müssen. Und nächste Woche geht's mit den letzten Dreharbeiten weiter.«

Wie schaffte er es nur trotz Stress und wenig Schlaf, so frisch und gut auszusehen? Bei mir rächte sich schon eine durchfeierte Nacht.

Justus zog mich näher an sich heran. »Komm, wir hauen einfach ab und fahren zu mir, oder sollen wir wieder rein?«

Der Gedanke, einfach abzuhauen, war verführerisch, doch das konnte ich Lena nicht antun. »Lass uns noch eine Weile zu den anderen gehen. Wir müssen ja nicht ewig bleiben.«

Jetzt, wo er da war, entspannte ich mich auf einen Schlag. Lena lächelte ebenfalls erleichtert, als wir uns zu den anderen setzten. Die Stimmung war, wer hätte das von einer Einladung bei Katharina gedacht, bombastisch!

Die Jungs waren eh schon jenseits von Gut und Böse, Lena saß selig neben Casper und sprach mit ihm über die anstehende Wahl, Katharina hatte aufgegeben, einen perfekten Abend inszenieren zu wollen, und war für ihre Verhältnisse locker drauf, was bedeutete, dass sie keinen Schreikrampf bekam, als Yannick anstatt der Fischmesser normales Besteck auflegte.

Nur eines ließ sie sich nicht nehmen, nämlich die traute Runde zu fotografieren, wobei ich vermutete, dass sie den Bildausschnitt auf Justus ausgerichtet hatte, denn sie zoomte so lange, dass wir anderen längst nicht mehr im Bild sein konnten. Wenn es sie glücklich machte …

Justus, Tim und Lena, die sich ja bereits kannten, verstanden sich prächtig.

Katharina lauschte andächtig Justus' Worten und nickte zustimmend zu allem, was er sagte.

Er war aber auch ein glänzender Unterhalter. Er war gebildet und belesen, ließ aber nie den Bildungsheinz raushängen. Er ging auf jeden ein, fragte nach und ging nicht davon aus, dass sich alle für ihn interessieren mussten, weil er ein bekannter Schauspieler war.

Als wir den Tisch für das Dessert deckten, flüsterte Lena: »Mann, bin ich froh, dass er aufgetaucht ist. Du warst vorher nur noch ein Häufchen Elend. Und jetzt ist es doch noch ein richtig gelungener Abend geworden, und alle verstehen sich bestens.«

Lena hatte Recht. Selbst Katharina war zu ertragen und sprach nicht ständig von den Hochzeitsvorbereitungen. Auch Yannick schien sich nicht mehr fehl am Platz zu fühlen. Tim kümmerte sich aber auch wirklich nett um ihn.

Nach dem Dessert und einigen unterhaltsamen Anekdoten brachen Justus und ich endlich auf, wenn auch nicht, ohne vorher von Katharina lebenslanges Wohnrecht eingeräumt zu bekommen, zumindest kam das ihrem »Ihr seid jederzeit und immer willkommen, auch ohne Voranmeldung« sehr nahe.

»Deine Freunde sind echt nett. Vor allem Lena finde ich klasse. Obwohl sie ganz anders zu sein scheint als du. Auf den ersten Blick fragt man sich, wie ihr beiden dazu kommt, befreundet zu sein, aber wenn man euch 'ne Weile beobachtet, merkt man schon, dass ihr euch sehr gut ergänzt.«

»Allerdings! Lena ist mein wandelnder Betablocker und ich ihr Aufputschmittel oder Durchschnittsbürger, an dem sie ihre Weltverbesserungsversuche durchführen kann.«

Ich ließ meinen Wagen stehen und stieg zu Justus in den MG. Er legte eine Kassette mit englischen Liedern aus den 20ern ein, der Sound passte gut zu seinem Styling. Justus hatte definitiv etwas von einem der alten Filmstars, und ich fühlte mich in eine andere Zeit versetzt.

Das Gefühl blieb, als wir durch das alte Treppenhaus des Altbaus stiegen, in dem Justus wohnte. Seine Wohnung war zum Glück keines dieser totrenovierten Exemplare, bei denen man sich fragte, warum der Besitzer nicht gleich in einen Neubau eingezogen war. Justus' Wohnung hatte schöne alte Dielen, eine gemütliche große Küche, die irgendwann erneuert und mintgrün gestrichen worden war. Ein alter Kühlschrank und eine selbst gebaute Metallvorrichtung über dem Herd gaben der Küche das gewisse Etwas. Ein einfacher robuster Tisch mit zwei Stühlen stand darin.

Die Schlafzimmertür stand offen, und ich sah auf ein mitten im Raum stehendes flaches Doppelbett, das mit weißer Bettwäsche bezogen war, an der Wand lehnte ein alter Spiegel, davor lag ein aufgeschlagenes Kunstbuch mit Skulpturen. Auf dem Boden standen einige dicke Kerzen verteilt, und wenn mich nicht alles täuschte, führte eine Tür direkt ins Bad und eine andere auf den Balkon.

»Geh schon mal durch. Magst du Aperol?« Justus' Kopf verschwand hinter der Kühlschranktür.

»Ja, gern.«

Ich ging ins Wohnzimmer, das mit der Büste einer schwarzen Frau im 30er-Jahre-Stil und Gemälden bestückt war. Auf dem Boden lagen große Kissen, die nicht weniger einladend aussahen als die Ledercouch, die genauso gut in einen englischen Club mit großen Ohrensesseln gepasst hätte.

Ich fühlte mich auf Anhieb wohl, zumal Justus viele Bücher besaß und eine gute Auswahl, wie ich mich auf den ersten Blick versichern konnte. Zumindest schien nichts dabei zu sein, was einen gleich stutzig machte, kein Titel also wie *Serienmörder – eine Profilanalyse* oder Ähnliches.

Außerdem hatte er mehrere Fotos von Freunden aufgestellt, die sehr sympathisch aussahen.

Mit zwei Aperolflaschen in der Hand gesellte sich Justus zu mir.

»Und – fühlst du dich wohl?«

Ich nickte.

»Sag mal, Justus, haben deine Kollegen noch etwas wegen unseres Abgangs letzte Woche gesagt?« Ich erinnerte mich nur ungern an den Abend.

Er lachte. »Und ob! Am nächsten Tag taten alle zuerst so, als ob nichts passiert wäre, dann nahm Ulli mich zur Seite und entschuldigte sich für ihr Verhalten und das der anderen. Sie meinte, man hätte ja auch nicht ahnen können, dass du ihre Sticheleien ernst nehmen würdest, und ob du nicht etwas empfindlich bist.«

Na, das sah Justus' Agentin mal wieder ähnlich.

»Ich habe sie dann so sauer angeschaut, dass sie sofort ruhig war. Nach einiger Zeit fragte sie noch mal nach, ob man dich jetzt öfter sehen würde und wie ernst es sei, das müsse sie schließlich wissen, da sie für meine PR zuständig sei.«

Falls es ausgleichende Gerechtigkeit gab, würde Ulli-Schrulli in ihrem nächsten Leben als Schmeißfliege wiedergeboren werden, so viel stand fest. Sie ließ anscheinend nichts unversucht, um einen Keil zwischen uns zu treiben. Sicher, eine Pressemitteilung, dass Justus eine Freundin hatte, war momentan wohl nicht gerade günstig.

»So ist sie eben, immer Profi, immer im Dienst!«, meinte Justus.

»Ja, ja.« Fragte sich nur, für wen im Dienst? Ihr einziges Interesse war, das Werk ihres Mannes und ihrer Schützlinge meistbietend an den Mann zu bringen. Ich jedoch brachte ihr nichts außer Ärger. Ob Justus ihr Spielchen langsam durchschaute?

»Jetzt lass uns aber mal das Thema wechseln«, unterbrach er meine Gedanken.

Recht hatte er, es gab nichts Abtörnenderes, als über Ulli Becker zu reden!

Justus hatte das Bedürfnis, mit jemandem zu reden, der nicht nur wissen wollte, wie er seinen Körper derart fit halte, ob er noch solo sei und wie es denn sei, als Sexsymbol zu gelten, sondern mit jemandem, der ihm zuhörte, ihn einfach sein ließ, wie er war.

Er vertraute mir, das spürte ich, und ich merkte auch, dass es nicht selbstverständlich für Justus war, sich einem anderen Menschen zu öffnen.

Wir schafften es, eine Weile lang einigermaßen zivilisiert nebeneinander zu sitzen und zu reden, wenn ich auch die ganze Zeit ein Ziehen und Kribbeln verspürte.

Dann fuhr Justus mir zärtlich durchs Haar. »Du tust mir so gut«, raunte er in mein Ohr.

Dabei machte ich gar nichts Besonderes, ich konnte mit Justus zusammen einfach ich sein, und irgendwie schien das genau das zu sein, was er brauchte.

Und wenn Justus nicht geübt darin war, sich anderen anzuvertrauen, so war es für mich neu, jemanden so sehr zu wollen, dass sich alles bei seinem Anblick nur so zusammenkrampfte.

»Komm mit!« Justus zog mich ins Schlafzimmer und zeigte mir Dinge, die keine Frauenzeitschrift der Welt in Worte fassen könnte!

Es war offiziell: Ich war verloren. Welche Chance hatte man auch schon gegen solch eine Hormonausschüttung, ausgelöst durch einen begnadeten Liebhaber? Wie lange hielt diese Ausschüttung wohl an? Ich meinte, vor längerer Zeit mal in einer Zeitschrift etwas von sechs Monaten gelesen zu haben und dass dieser Zustand einer Psychose gleichkam, was bedeutete, dass ein klarer Gedanke meinerseits erst wieder in einem halben Jahr erwartet werden durfte. Vielleicht sollte ich mich so lange für beschränkt geschäftsfähig erklären und Lena die Vormundschaft für mich überlassen. Wenn ich wieder zu Sinnen kommen würde, wäre ich sicher eingetragenes Mitglied bei den Globalisierungsgegnern und würde nur noch Weleda-Produkte benutzen.

Justus lag mit geschlossenen Augen neben mir, und bei bloßem Hinschauen stockte mir der Atem. Sechs Monate? Dass ich nicht lachte ... Die von der Zeitschrift hatten Justus Staufen bei ihren Endorphinausschüttungstests nicht gekannt!

Ich rückte näher, er legte den Arm um mich, und ich fragte, was ich die ganze Zeit schon dachte: »Kann man von dir je wieder loskommen?«

Amüsiert sah er mich an. »Moment mal, sag nicht, dass du im Ernst über ›loskommen‹ nachdenkst? Die Frau, die gerade eben mit mir diese unaussprechlichen Dinge gemacht hat, warst schon du, oder? Das hat sich mein krankes Hirn hoffentlich nicht zusammengesponnen.«

Ich spielte beleidigt und zog eine Schnute. »Mann, du nimmst mich überhaupt nicht ernst!«

Anstatt zu antworten, kitzelte er mich durch, bis ich rot anlief und um Gnade winselte.

Erschöpft kuschelte ich mich an ihn und schlief ein.

Wir konnten noch nicht lange geschlafen haben, da klingelte es Sturm an der Tür. Ich schreckte hoch. Es musste etwas Schlimmes passiert sein. Ich versuchte Justus zu wecken, der aber nicht wach zu kriegen war.

Nachdem ich mir schnell ein T-Shirt von Justus übergezogen hatte, rannte ich zur Tür und drückte auf den Öffner, doch schon hörte ich ein stürmisches Klopfen an der Wohnungstür und eine dumpfe Stimme, die wütend »Justus, mach auf!« rief.

Erschrocken öffnete ich, nur um Zeuge zu werden, wie eine junge Frau, kaum älter als ich, mich verächtlich musterte und, da sie offensichtlich den Weg kannte, geradewegs ins Schlafzimmer lief, sich vor dem schlaftrunkenen Justus aufbaute und ihn ankeifte: »Deshalb rufst du mich nicht mehr zurück! So sieht also ›beschäftigt sein‹ bei dir aus! Hast du dir mal wieder 'ne kleine Schlampe abgeschleppt! Du bist so ein feiges Arschloch!«

Ich wusste nicht, was mich mehr schockte, die Tatsache, dass diese Verrückte hier einfach auftauchte oder dass mir ihre Stimme bekannt vorkam?

Mit einer Kurzsichtigkeit von minus sechs Dioptrien kam ich ohne Kontaktlinsen nicht weiter und setzte mir schnell die linke Linse ein, gerade noch rechtzeitig, um Justus' Sprung aus dem Bett mitzuerleben.

»Sag mal, tickst du noch richtig? Mich kannst du nennen, wie du willst, aber hör sofort auf, Charlotte zu beleidigen!«

Die Art, wie er sich für mich einsetzte, gefiel mir, da war es mir völlig egal, wer diese Sumpfkuh sein mochte. Schnell griff ich nach der rechten Linse und hatte endlich ein klares Bild.

Ich traute meinen Augen nicht: Die Wahnsinnige entpuppte sich als Eve, ein bekannter Soapstar der Serie *Was für Zeiten*!

Bevor ich mich weiter wundern konnte, ging das Gefecht von neuem los.

»Oh, Charlotte, sieh an! Seit wann haben deine Weiber denn einen Namen?«

»Seit es mir ernst ist!«

»Ha! Dass ich nicht lache! Dir kann überhaupt nichts ernst sein!«

Mein Kopf drehte sich auf wimbledoneske Weise von einem zum anderen.

»Du glaubst doch nicht an so etwas Lächerliches wie Liebe, Justus! Liebe ist doch nur für Menschen, die zu schwach für die Wahrheit sind! Das sind doch deine Worte! Du glaubst doch nur an unverbindliches Herumvögeln! Die Nummer hier nimmt dir keiner ab, am wenigsten du selber! Mach dir doch nichts vor!«

Nun verlor Justus die Beherrschung! »Raus hier, hau ab! Du bist krank!«, schrie er.

So hatte ich ihn noch nie erlebt, aber ich kannte ihn ja auch noch nicht lange. Ich stand wie gelähmt da!

»Vielleicht konnte es mir deshalb nie ernst sein, weil ich nur mit so kaputten Frauen wie mit dir zu tun hatte!«, brüllte er Eve an.

»Krank hast du mich erst gemacht, Justus Staufen. Und jetzt soll die Kleine Sinn in dein leeres Leben bringen? Dich vor dem Verfall retten und deinem rastlosen Rumgesuche einen Sinn geben? Ist das nicht ein bisschen viel verlangt? Das geht nie gut, du weißt doch selber, wie du tickst! Von einem Extrem ins andere: Heute ist sie dein Ein und Alles, morgen langweilt sie dich. Und ich sage dir auch, weshalb! Weil du kaputt bist und sie nicht! Sie mag dir Halt oder sonst was geben, aber verstehen wird sie dich nie!«

Bevor Justus etwas entgegnen konnte, drehte sie auf dem Absatz um und verschwand so abrupt, wie sie aufgetaucht war. Zurück ließ sie einen entgeisterten Justus und mich.

»Darf ich vorstellen, das war Eve!«, fasste Justus sich wieder, ganz im Gegensatz zu mir.

So eine Szene unvorbereitet am helllichten Tag geliefert zu bekommen, war sicher schon anstrengend genug, aber mitten in der Nacht aus dem Schlaf gerissen und damit überrascht zu werden, überforderte mich, gelinde gesagt.

»Äh, ja!«, war das Einzige, was ich herausbrachte, während mein Gehirn den Auftritt einzuordnen versuchte.

Dass ein gut aussehendes Soapsternchen mit aus der Hose herausschauendem G-String unangemeldet nachts bei Justus auftauchte … schlechtes Zeichen.

Dass er offensichtlich nicht an ihr oder nicht mehr an ihr interessiert war … gutes Zeichen!

Dass sie meinte, ihn zu kennen und dieses Kennen nicht besonders schmeichelhaft zu sein schien … schlechtes Zeichen!

Dass Justus zu mir stand und nichts auf mich kommen ließ … gutes Zeichen.

Dass er sie gepoppt haben musste … schlechtes Zeichen – nicht unbedingt, weil er mit ihr Sex gehabt hatte, seine umtriebige Vergangenheit hatte er bereits angedeutet, sondern weil sie mit ihm Sex gehabt hatte und danach so durchdrehte! Und weil sie gesagt hatte, er habe sie erst so krank gemacht. Von Selbstwertgefühl und Würde war da nicht mehr viel zu spüren!

»Charlotte, bitte glaub nichts von dem, was sie gesagt hat! Sie ist irgendwie besessen von mir. Ich hatte was mit ihr, bevor ich dich getroffen habe. Seither lässt sie mich nicht mehr in Ruhe! Können wir das bitte einfach schnell vergessen?«

Er stand vor mir und sah so verzweifelt aus, dass ich gar nicht anders konnte. Schließlich schien er, warum auch immer, durch mich eine Wandlung vom Saulus zum Paulus durchzumachen.

Es dauerte eine Weile, bis wir uns wieder beruhigt hatten, aber irgendwann schliefen wir eng aneinander geschmiegt ein, und ihre Worte »Heute ist sie dein Ein und Alles, morgen langweilt sie dich« verschwanden im Nichts, wo sie hoffentlich auch blieben.

sechzehn

»Was machst *du* denn so früh hier? Ich dachte, du gehst von Justus aus direkt zu *TV-plus*.« Lena kam mit zerknautschtem Gesicht aus ihrem Zimmer.

»Doch nicht in diesem Kleid! Da halten die mich ja für komplett durchgeknallt, oder sie glauben, dass ich jetzt *vor* die Kamera will!«

Während Lena Wasser aufsetzte, sprang ich unter die Dusche und zog mir frische Klamotten an.

»Hast du noch Zeit für 'nen Kaffee?«

»Klar. Wie war's mit Casper?«

Lena verdrehte genüsslich die Augen. Bevor sie jedoch dazu kam, mir eine detaillierte Beschreibung von Caspers Geschlechtsmerkmal und Vorlieben zu liefern, fuhr ich schnell fort: »Das ist ja auch voll die Ironie des Schicksals, dass ausgerechnet du dich in einen Anwalt verliebst, der mal das elterliche Imperium übernehmen wird. Ich finde, du übst einen schlechten Einfluss auf den Herrn Anwalt aus, oder hat er schon vor dir illegal Drogen konsumiert?«

»Mann, Lotte, wann glaubst du mir endlich, dass Hanf nur von der amerikanischen Holzlobby verteufelt wurde, weil die Angst hatten, dass alle auf Hanf umsteigen, weil man damit viel billiger Papier produzieren kann. Es ist medizinisch erwiesen, dass …«

»… dass Kiffen weniger gesundheitliche Risiken als Alkohol birgt«, beendete ich ihre Ausführung, die ich nicht zum ersten Mal hörte. »Lena, streng dich nicht an, für mich ist es einfach nichts!«

»Klar, wenn man so ein Kontrollfreak ist wie du. Dir muss ich wohl mal ein paar Cookies backen, damit du auf den Geschmack kommst«, foppte sie mich. »Und nun Themenwechsel: Wie war's noch mit Justus Superstar? Mann, ist der verliebt in dich, und dich hat's auch noch nie so erwischt, zumindest hast du noch nie so geleuchtet! War richtig niedlich.«

Allerdings! Ich erzählte Lena vom überraschenden nächtlichen Gastauftritt von Eve. Anfangs tat Lena so, als ob sie nicht wüsste, wer Eve sei, schließlich wollte sie nicht zugeben, dass sie die Serie so gut kannte. Als es ihr dann angeblich »dämmerte«, war sie gar nicht mehr zu halten.

»So was gibt's wirklich? Wie kann man sich derart zum Deppen machen? Wie peinlich!«

Bis vor kurzem hätte ich Lena vollkommen Recht gegeben, aber das war, bevor ich Justus kannte. Seither fand ich es im Bereich des Möglichen, dass man nicht mehr Herr seiner Gefühle sein konnte. Innerlich betete ich, dass es bei mir nie so weit kommen möge. Aber Justus hatte etwas Soghaftes an sich, dem man sich nur schwer entziehen konnte. Und Eves Worte waren nicht spurlos an mir vorübergezogen. Einige Sätze spukten mir noch im Kopf herum.

Nachdenklich rührte ich in meiner Milchschale, aus der ich meinen Kaffee trank. »Glaubst du, er hat sich wirklich geändert? Und wenn ja, warum? Was sieht er denn in mir, was ihn anders sein lässt? Und ist das gut und vor allem von Dauer?«

Lena überlegte kurz, bevor sie antwortete: »Du weißt, ich halte nichts davon, anderen Honig um den Mund zu schmieren. Ich kann mir schon gut vorstellen, dass Justus mal das war, was man einen schlimmen Finger nennt. Aber wahrscheinlich hat es ihm schon länger nichts mehr gegeben, und er hat sich nach einer Beziehung mit Gefühl gesehnt. Es ist immer eine Frage des Timings, du bist einfach zur passenden Zeit aufgetaucht, und er ist jetzt eben offen für mehr. Außerdem hast du nichts Promigeiles an dir, stattdessen umweht dich eine lichte Aura. Man fühlt sich auf Anhieb mit dir wohl, mal abgesehen davon, dass du umwerfend aussiehst.

Ob diese Entwicklung bei Justus anhält oder es nur eine Phase ist, kann ich nicht sagen. Aber das weiß man ja nie! Aber für den Augenblick musst du dir alles andere als Sorgen machen, und auf den Augenblick kommt es ja an!«

So philosophische Gespräche auf nüchternen Magen waren dann doch etwas viel.

siebzehn

Als ich im Sender ankam, ging es dort bereits hoch her. Der 10-jährige *TV-plus-Award* stand bevor, was ein Aufgebot an allem, was das internationale und nationale Showgeschäft zu bieten hatte, bedeutete. Natürlich erforderte das eine enorme Koordination und Vorbereitung, die Show wurde schließlich live gesendet, und alles musste zum Sendetermin von vorn bis hinten stehen: Talentbuchung, Redaktion, Produktion, Presse und Marketing arbeiteten Hand in Hand, um die Show zu stemmen. Mein Auftrag war, bei den Proben und sämtlichen Meetings Protokoll zu führen. Kein besonders schwieriger Job, aber spannend, weil man in alles mit einbezogen wurde. So bekam ich mit, wie sich die Jury zusammensetzte, wie das Wahlverfahren funktionierte, wie viele Kameras und verschiedene Kulissen benötigt wurden, wo und wie die Gäste und ihre Entourage verköstigt wurden, welche Sicherheitsvorkehrungen nötig waren, wo die Journalisten und Fotografen Zutritt hatten, wer eine Einladung bekam und wer nicht. Die Nominierungen wurden immer schon einige Monate vorher bekannt gegeben, damit die Zuschauer die Möglichkeit hatten, in den verschiedenen Kategorien, die sich von *bester Schauspieler/Sänger* bis hin zu *Newcomer* und *Lebensaward* erstreckten, abzustimmen.

Wenn ich bisher gedacht hatte, es ginge beim Fernsehen lebhaft und schwer betriebsam zu, dann konnte ich noch mal dazulernen, was in der Branche unter Stoßzeiten zu verstehen war, nämlich ein unglaubliches Arbeitspensum, das sich für viele sogar über die Wochenenden hinzog. Das Erstaunliche aber war, dass die Arbeit dennoch mehr Spaß denn je machte, auch wenn es keine wirklichen Pausen mehr gab, man nur schnell zwischendurch etwas aß und nebenher noch einige Anrufe erledigte. Die Stimmung war elektrisierend, und auch wenn zwischendurch geschrien wurde, Sätze fielen wie »Ich bin durch! Ich will und kann diesen Wahnsinn nicht mehr mitmachen«, mit Kündigungen gedroht wurde und immer wieder jemand weinend in der Ecke saß, weil etwas nicht klappte, so waren die Momente, in denen gelacht und konzentriert gearbeitet wurde, vorherrschend, zumal man tägliche Fortschritte sehen konnte. Es war noch ein langer Weg bis zur endgültigen Fassung, und einige Personen würden noch viel Wasser lassen, bis endlich klar war, welche Künstler wirklich *»confirmed«* waren, wer *»performen«* würde und wen man bekommen hatte, um einen Preis zu verleihen.

Von Felix, dem Programmleiter, hatte ich erfahren, dass der Sender versuchte, Will Taite als Überraschungsgast an den Start zu bekommen.

»Wäre doch der Hammer, oder? Den bekommst du aber nur schwer für so was!«

Will Taite war bereits seit einigen Tagen in Deutschland und beherrschte die Medien. Er gehörte zu den wenigen Ausnahmen, die von Mädels sexy gefunden, von Jungs respektiert und von Älteren geduldet wurden.

Als sich im Sender herumsprach, dass er vorbeikommen würde, um ein Interview aufzuzeichnen, war die Hysterie nicht zu bremsen. Die komplette weibliche Belegschaft, die an Promis eigentlich gewöhnt war und Stars, die im Haus ein und aus gingen, normalerweise mit einem gesunden professionellen Desinteresse begegnete, tickte aus. Jeder rief Freunde an, um zu berichten, und überlegte ernsthaft, eine Kamera mitzubringen, um ein gemeinsames Foto mit dem Star machen zu können, was natürlich strikt verboten war, genauso wie nach Autogrammen zu fragen.

Selbst Mimi musste mal wieder lachen, als sie gebeten wurde, als Leiterin des spontan und spaßeshalber gegründeten internen »Will-Taite-Fanclubs« zu fungieren, da sie immerhin schon einmal mit dem Guru auf Tour gewesen und somit Insider war, was sich dank Tim in Windeseile herumgesprochen hatte.

»Ich weiß nicht, was die da von mir erwarten. Vielleicht dass ich aus dem Nähkästchen plaudere, ob er sich beim Pinkeln hinsetzt oder eine Erdnussallergie hat?«, scherzte sie, und für einen kurzen Moment war ihr ernster Gesichtsausdruck der letzten Tage verschwunden.

Während ich meine Sorgen um Mimi, weil sie nicht besonders froh wirkte, allmählich wieder abschüttelte, wunderte ich mich immer mehr über Tim, der plötzlich die ganze Zeit verträumt vor sich hinlächelte. Doch aus ihm war ebenso wenig herauszubekommen wie aus Mimi.

Unglaublich, wenn man bedachte, dass beide in einer der kommunikativsten Branchen arbeiteten und sonst nur allzu gern den Flurfunk bedienten. In privaten Angelegenheiten hielten sie dicht. Na gut! Ich würde niemanden zwingen, sich zu offenbaren, außerdem war ich mit Justus und mir genug beschäftigt. Er hatte heute Morgen schon um sechs Uhr zum Dreh gemusst, mich kurz geküsst, »ich ruf dich an« geflüstert und mich weiterschlafen lassen. Wann wir uns wiedersehen würden, hatte er nicht gesagt.

Mich machte das kirre. Natürlich war ich gern spontan und für jeden Spaß zu haben, aber noch lieber war mir, im Voraus zu wissen, was mich erwartete. Diesen Zustand, in der Luft zu hängen, fand ich unerträglich. Trotzdem wäre ich nie auf die Idee gekommen, ihn selbst zu fragen, wann wir uns wiedersehen würden, denn erstens wollte ich nicht als Klette gelten, und zweitens hatten die jahrelangen Schulungen meiner Mutter wohl doch ihre Spuren hinterlassen, sprich, ich war einfach zu stolz – was fürchterlich dumm war, denn nun musste ich das ungewisse Warten aushalten. Das Beste war wohl, sich abzulenken, einfach schon mal einen Plan fürs

Wochenende machen, ohne auf Justus zu bauen. Da ich an diesem Wochenende auf jeden Fall frei haben würde, könnte ich mal wieder aufs Land fahren, Golf spielen, auf dem Flügel klimpern oder einfach mit Freunden um die Häuser ziehen! Meine Wochenenden ohne Justus waren vorher auch schön gewesen, ich brauchte ihn dafür nicht, ich nicht!

achtzehn

»Wie lange dauert es denn noch, Lotte?«, rief Lena ungeduldig durch die Badezimmertür.

Es war Freitagabend, von Justus keine Spur, kein Anruf, keine SMS, und Lena und ich hatten beschlossen, mal wieder allein auszugehen. Nur wir beide. Wir wollten ins *Plüsch*, ein Kino, das Filme im Original mit Untertiteln zeigte. Und wir würden Spaß haben! Unbeschreiblich viel Spaß, ohne Justus und Casper geradezu beängstigenden Spaß, denn *sisters are doing it for themselves*! Der kürzeste Rock war gut genug, meine schwarzen Stiefel gerade hoch und eng genug, und was Lena als »Pretty Woman's Schrei nach Aufmerksamkeit« betitelte, war meine Art zu sagen: Ich bin jung, hinreißend, nicht auf Justus Staufen fixiert und werde heute keinen Gedanken daran verschwenden, wo und mit wem er sich wohl amüsiert.

Natürlich könnte ich ihn anrufen, aber wer hatte gesagt: »Ich ruf dich an!« – Eben! Eher lief ich in Versace herum, als ihn anzurufen!

Sollte er sich doch von Annabelle anhimmeln lassen und auf Ulli Beckers Ratschläge hören! Das war mir so was von egal! Oder zumindest würde es mir nach dem dritten Mojito egal sein!

Ich würde nicht wie dieses Soapsternchen zum obsessiven Freak mutieren! Nein, ich würde heute mit meiner besten Freundin Lena meine Unabhängigkeit zelebrieren! Und zwar mit einem gehörigen Spritzer Anna-Sui-Parfum! Sollten alle ruhig riechen, was die Stunde geschlagen hatte.

»Lotte, willst du im Bad übernachten?«

Natürlich nicht! Ich wollte der Welt zeigen, wie super ich drauf war.

Schwungvoll öffnete ich die Tür und sah in Lenas erstauntes Gesicht.

»Mann, Mann, Mann! Das erinnert mich stark ans Matheabi!«

»Wie meinst du das?«

»Na, weißt du nicht mehr, als diese Katrin Hust im Jahr vor uns auf der Kippe stand und mit transparenter Bluse zur mündlichen Matheprüfung erschienen ist? Und die Lehrer zu uns im Jahr darauf gesagt haben, wir sollten bitte nicht so gekleidet kommen, dass man gleich sieht, wie viele Punkte wir brauchen?«

Natürlich erinnerte ich mich daran!

»Ich weiß, worauf du hinauswillst, Lena, aber Katrin Hust hat mit ihrer durchsichtigen Bluse immerhin das Abi geschafft und Geschichte geschrieben, und Letzteres werde ich heute Abend auch.«

Lena sah noch mal an mir hoch und runter. »Daran hege ich keinen Zweifel! Sag mal, trägst du künstliche Wimpern?«

»Klar, sonst kommt der Vamp Look nur halb so gut rüber!«

neunzehn

Mein Handy hatte ich vorsorglich zu Hause gelassen. Ich war für niemanden, vor allem für Justus nicht erreichbar! Im Kino entschieden wir uns für eine Komödie, sogar ohne dass Lena den Aufstand probte. Danach ging es dann erst richtig los. Wir zogen von Club zu Club, tranken, flirteten und kicherten um die Wette.

Als ich auf der Tanzfläche eine der künstlichen Wimpern verlor, die ein freundlicher Typ leicht verstört vom Boden auflas und mir reichte, hinderte mich das nicht daran, weiterzutanzen. Es gab keine Nummer, auf die wir uns nicht bewegen konnten, selbst als wir dicht waren, im Notfall stützten Lena und ich uns gegenseitig.

Die Jungs umschwirrten uns den ganzen Abend wie die Motten, was mich nicht wunderte, mit meinem Outfit hatte ich es schließlich darauf angelegt, und Lenas exotischer Style fiel sowieso auf. Dass wir eine ganz schlechte Figur abgaben, war mir sogar noch in betrunkenem Zustand klar, selbst bei meiner Examensfeier war ich nicht so drauf gewesen und das, obwohl ich Bromazepan, einen Angstlöser, für die mündliche Prüfung geschluckt hatte und der in Verbindung mit Alkohol laut Beipackzettel eine ganz verheerende Wirkung haben konnte: »hemmungslos«, »sexuell erhöhte Aktivität«.

Wir wechselten ins *Jaguar*, und dort ging ich erst einmal schnell auf die Toilette. Ich warf einen Blick in den Spiegel und erschrak, das

Make-up war zwar nur leicht verwischt, aber die Haare standen völlig zerzaust in alle Richtungen. Ich versuchte zu retten, was zu retten war, und schwang mich wieder auf die Tanzfläche, wo Lena bereits ihre Bahnen zog und viel Platz geschaffen hatte.

Nach kurzer Zeit tanzte mich ein Typ an, der ganz sympathisch aussah – ob gekonnt oder nicht, vermochte ich nicht mehr zu beurteilen.

»Magst du was trinken?«

Ich nickte und folgte ihm zur Bar. Er bestellte, ohne mich zu fragen, zwei braune Tequila und versuchte, mich zu überreden, den Rohrzucker jeweils vom Handrücken des anderen abzulecken!

Wir alberten herum, und er bestellte heiter weiter.

Als er zutraulich wurde, schlug ich vor, wieder auf die Tanzfläche zu gehen, wo Lena ihren Kopf auf die Schulter eines bulligen Kerls gelegt hatte und in Stehbluestempo zu schnellem R'n'B tanzte. Mein Stil litt auch schon beachtlich, sodass ich anfangs nicht bemerkte, dass der Tequila-Mann, dessen Namen ich noch gar nicht kannte, mich unsittlich von hinten antanzte. Gerade wollte ich mich, wenn auch nicht sehr geschickt und temporeich, seiner entledigen, als ein Raunen durch die Menge ging und vor mir ein junges Mädel auftauchte, das bestimmt noch gar nicht in diesen Club durfte.

Auf den zweiten Blick sah ich, dass sie doch schon reindurfte, sie war nämlich nicht fünfzehn, sondern Annabelle Leiniger, Justus' Filmpartnerin, die sich sichtlich freute, mich in diesem Zustand anzutreffen.

»Charlotte, was machst du denn hier? Wo ist denn Justus? Oder hast du eine neue Begleitung?«

Hallo? Das waren gleich drei Fragen auf einmal! Nicht so schnell, junge Dame.

Ich riss mich zusammen, so gut es ging.

»Ich bin mit Lena hier. Wir machen einen Mädelsabend, deshalb auch kein Justus und, nein, ich habe keine neue Begleitung, aber wenn dir der junge Herr gefällt, mach ich euch gern bekannt. Ich muss nur noch fragen, wie er heißt.«

Warum kam mir Lena nicht zu Hilfe? Mit einem Seitenblick sah ich, dass sie immer noch an der Schulter des Typen lag, inzwischen sah es so aus, als ob sie schlief und er sie langsam über die Tanzfläche schob.

»Und was machst du hier, Annabelle?«, stellte ich die Gegenfrage.

»Ich bin noch mit ein paar Jungs von der Crew hier. Wir hatten ja schon früh Drehschluss heute!«

Dass sie mit Jungs da war, hätte sie wahrlich nicht betonen müssen, und dass früh Drehschluss gewesen war, noch weniger!

»Na dann noch viel Spaß, wir gehen jetzt weiter!«, beendete ich die schmachvolle Situation und schob Lena, die auf der geliehenen Schulter schon fast Spuckefäden zog, zum Ausgang.

Als wir im Taxi saßen und Lena wieder einigermaßen munter war, erzählte ich ihr von Annabelles Auftritt.

»Was macht dieses schlechte Vorbild für jedes junge Mädel eigentlich im *Jaguar*, wenn wir feiern wollen? Kann die ihre lechzenden Verehrer nicht woanders um sich scharen?«, regte sich Lena auf. Sie war einfach die Beste und wusste immer genau das Richtige zu sagen.

»Finde ich auch. Aber weißt du, was noch schlimmer ist, Lenchen? Sie sagte, sie hätten heute früh Drehschluss gehabt, das heißt, Justus hat frei und sich trotzdem nicht gemeldet! Warum ist er so unberechenbar? Was hat er wohl gemacht? Vielleicht bei *Was für Zeiten*! vorbeigeschaut?«

Lena legte ihren Kopf auf meine Schulter.

»Lotte, warum fragst du ihn nicht einfach? Das sind doch total veraltete Spielchen, die du da veranstaltest. Prinzessin Lotte wartet, bis der Prinz anruft, und macht ihr gesamtes Glück davon abhängig, ob er sich meldet oder nicht. Vielleicht ist er verunsichert, weil du dich nie meldest.«

Das Taxi hielt an einer Ampel. »Außerdem haben wir abgemacht, heute Abend nicht über Männer zu sprechen, und das gilt auch, wenn Annabelle Schleimiger versucht hat, uns 'nen Strich durch die Rechnung zu machen.«

Lena hatte wie so oft Recht. Zu Hause fiel ich todmüde ins Bett, machte nicht einmal mehr mein Handy an, um meine Mailbox zu checken, und war sehr stolz auf mich.

zwanzig

Am nächsten Morgen wachte ich, bedingt durch meinen Wochenrhythmus, leider viel zu früh und zudem viel zu verkatert auf. Ich drehte mich dem Gestank von kaltem Rauch folgend auf die andere Seite und schielte nach den Klamotten vom Vorabend, die verstreut vor dem Bett auf dem Boden lagen. Bei hellem Tageslicht erschien mir das Outfit doch etwas gewagt, vor allem wenn ich mir noch mein Vamp-Make-up dazu vorstellte. Gewöhnlich schminkte ich mich dezenter! Ich drehte mich zurück zur Wand, und plötzlich sah ich wieder Annabelle vor mir. Sicher hatte sie Justus schon brühwarm von meinem Auftritt berichtet …

Alles Hin-und-her-Gewälze nutzte nichts – ich konnte nicht mehr schlafen. Also stand ich auf, ging zum Bäcker, besorgte frische Brötchen, fuhr noch schnell zum Markt und machte Frühstück. Lena mochte Rührei mit Schnittlauch nach einer durchtanzten Nacht am liebsten und wurde bereits vom Geruch wach.

»Juhu! Was Deftiges kann ich wirklich vertragen. Presst du auch noch frischen O-Saft?«

»Klar, lass mich mal machen. Setz dich einfach!«

Schließlich fehlte nur noch Musik. Ich ging in mein Zimmer und holte meine selbst gebrannte chillige Frühstücks-CD. Mein Handy lag immer noch ausgeschaltet auf der Frisierkommode im begehbaren Kleiderschrank, wo ich es gestern, nachdem ich mein gewagtes Outfit gewählt hatte, liegen gelassen hatte.

Kurzerhand schaltete ich es ein und nahm es mit in die Küche. – Weder eine SMS noch eine Nachricht von Justus.

»Hast du die Zeitung mitgebracht?«, unterbrach Lena meine Gedanken. Ich reichte ihr die *taz* und nahm mir selbst die *Süddeutsche* vor. Wir machten es uns richtig gemütlich. Draußen war ein verregneter Spätsommertag, und es war wunderbar, im Trockenen zu sitzen, meinen Kater schnurrend auf dem Sessel, und in Ruhe Zeitung zu lesen. Dazu kam ich sonst nur mal am Wochenende. Natürlich las ich wochentags viel, allein berufsbedingt, aber das war ein schnelles Info abklappern und nicht zu vergleichen mit einer ausgedehnten Frühstückslektüre.

»Was sind denn deine Pläne für das restliche Wochenende?«

Lena sah auf und überlegte kurz. »Bei Caspers Eltern ist irgendein Empfang«, sagte sie schließlich, »aber ich denke nicht, dass ich mir das schon wieder antue. Lieber mache ich mir 'nen gemütlichen Videoabend. Und du?«

»Videoabend klingt super! Wenn wir uns auf den Film einigen können …«

Nach dem Frühstück stand ich auf und begann das Geschirr in die Maschine zu räumen. Es war Samstag, ich hatte alle Zeit der Welt, und die nahm ich mir auch – bis mein Handy klingelte.

Hektisch rief ich: »Lena, es ist Justus! Soll ich rangehen? Oder ist es cooler, nicht ranzugehen und später zurückzurufen?«

»Spinnst du? Natürlich gehst du ran, sonst muss ich wieder deine endlose Fragerei ertragen, weshalb er dich wohl sprechen wollte.«

Das waren deutliche Worte. Ich nahm ab – zu spät.

Lena sah mich drohend an. »Ruf ihn sofort zurück! Und wenn ich sage sofort, heißt das jetzt und nicht erst in einer Stunde!«

Ohne Widerrede wählte ich seine Nummer.

»Charlotte! Zum Glück, ich dachte schon, ich erreiche dich nicht rechtzeitig!«

Justus klang richtig erleichtert.

»Rechtzeitig wofür?«

»Wie lange brauchst du, um für zwei Tage zu packen?«

»Das kommt drauf an. Mit Abend- oder Sportprogramm 'ne Stunde, alles andere 'ne halbe. Wieso?«

»Weil ich dir jetzt 'nen Fahrer vorbeischicke, der dich abholt und zum Flughafen bringt. Ich bin schon da und warte. Wir fliegen nämlich ans Meer.«

»Wir machen was?«

»Wir fliegen ans Meer. Okay?«

»O-kay«, stammelte ich.

Kaum hatte ich aufgelegt, wurde ich hysterisch.

»Lena, er will mit mir ans Meer. Was nehme ich bloß mit? Bikini, Strandtuch, Sonnenhut, leichte Klamotten für tagsüber, wärmere für abends? Eher schicker oder lässig?«

In Windeseile packte ich einen Koffer und zwei Segeltaschen, um für alle Eventualitäten vorbereitet zu sein.

Lena fand zwar, dass ich komplett spinnen würde, sie sei damals mit Ole mit nur einem Rucksack und drei Unterhosen durch Südamerika gereist, aber Ole war auch einer von der Sorte gewesen, die alles ganz natürlich finden und sich nicht gleich schreiend die Ohren zuhalten, wenn das Wort Periode fällt. Dem konnte man sicher sagen: Du Ole, ich muss mal wieder meine Schlüpfer waschen!

Mein Kosmetikkoffer war gerade fertig gepackt, da klingelte es schon, und der Fahrer stand unten vor der Tür.

Lena half mir, die Taschen rauszutragen.

»Du bist nicht böse, dass ich dich allein Video gucken lasse?«

»Quatsch! Die Wohnung mal nur für sich zu haben ist gar nicht so schlecht, und außerdem hättest du eh wieder einen dieser geschmacklosen Amifilme vorgeschlagen!«

Der Fahrer, der zur Produktionsfirma gehörte, verstaute mein Gepäck. Ich umarmte Lena und stieg lachend in den Wagen ein. »Wir holen das nach, okay?«

Lena streckte beide Daumen in die Höhe und winkte mir nach.

Am Flughafen wartete Justus mit Sonnenbrille und Mütze. Als ob ihn so niemand erkennen würde! Bei solch einer Aufmachung schaute man doch erst recht hin, außerdem war man durch die Paparazzifotos geschult und wusste, dass Stars immer Sonnenbrille, Mütze, Jogginghose, Flip Flops und eine kurze Jeansjacke trugen und einen Becher Kaffee in der Hand hielten.

Als er mich sah, nahm er die Brille allerdings sofort ab und strahlte mich an.

»Da bist du ja! Na, hast du überhaupt Lust, wegzufliegen?«

Und ob! Mit ihm würde ich sogar freudestrahlend in einen verregneten Zelturlaub aufbrechen, was viel hieß!

Justus umarmte mich lange, aber Küsse in der Öffentlichkeit vermied er anscheinend lieber. Wir gingen zur Lufthansa-Lounge, Justus war natürlich *Senator*.

»Wo geht's denn hin?«, wollte ich wissen, während ich einige Häppchen zu mir nahm.

»Überraschung! Aber ich bin sicher, es wird dir gefallen.« Justus freute sich wie ein kleines Kind.

Ob es einen Grund gab, dass er mich so kurzfristig eingeladen hatte? Vielleicht sein schlechtes Gewissen.

»Und was hast du gestern unternommen?« Endlich war die Frage raus.

»Mein Vater war in der Stadt, und da haben wir mal wieder einen Vater-Sohn-Abend gemacht. Ich seh ihn ziemlich selten.«

Erleichtert atmete ich aus. Das waren doch mal gute Nachrichten! Sollte er sich ruhig um seinen alten Vater kümmern! Wie löblich!

»Und deine Mutter ist zu Hause geblieben?«

»Meine Eltern sind geschieden«, sagte Justus, ohne mich dabei anzublicken.

Ein Scheidungskind! Sollte ich nachfragen oder ihn erzählen lassen?

Er wechselte von allein das Thema, also wollte er wohl nicht drüber sprechen.

Kurz darauf wurde unser Flug aufgerufen.

Auf dem Weg zum Flieger wurde Justus zum Glück nur von einer Dame erkannt, die dezent um ein Autogramm bat, und so machten wir es uns bereits wenig später in den Sitzen der Maschine bequem und tranken Tomatensaft mit Worcestersoße. – Warum bekam ich in Fliegern eigentlich immer Lust auf Tomatensaft? Sonst passierte mir das nie, aber in der Luft war ich ganz wild darauf und, wie mir schien, alle um mich herum ebenfalls.

Nach der Landung stand ein Mietwagen für uns bereit. Die Sonne schien, und der Verkehr hielt sich in Grenzen.

Nach einer Stunde Fahrt parkte Justus am Hafen und zeigte auf ein kleines Fährschiff. »Da fahren wir mit. Das Auto bleibt hier.«

Unser Liebesurlaub schien uns an die Nordsee zu führen. Doch Justus machte es weiterhin spannend.

Auf der Fähre erklärte er schließlich, dass wir zu einer autofreien Insel unterwegs seien, auf der nur Pferdewagen als Transportmittel zugelassen waren. Das versprach romantisch zu werden.

Ich konnte es kaum glauben, dass ich morgens noch zu Hause durch das Küchenfenster dem Sommerregen zugeschaut hatte und jetzt im Sonnenschein die frische Seeluft einatmete und den Flug der schreienden Möwen beobachtete. Irgendwie surreal, vor allem, weil nicht irgendwer an der Reling hinter mir stand und mich umarmte, sondern Justus. Wenn er da war, schien jeder Ort der richtige zu sein. Einerseits war ich in seiner Nähe immer aufgeregt und spürte dieses Kribbeln, andererseits vertraute ich ihm, zumindest wenn er da war und ich keine Zeit hatte zu grübeln. Wenn er mich anschaute, als ob es niemanden außer mir gäbe, und mich genauso küsste, fragte ich mich, wieso ich eigentlich immer misstrauisch sein musste, wenn er sich mal nicht meldete!

Die Insel war ein Traum! Nicht besonders groß, es lebten gerade mal vierhundert Menschen auf ihr, einfach malerisch. Reetgedeckte Häuser, rote Backsteine, saftiges langes Gras, weißer Sandstrand und eine Stille, die nur durch das Schlagen der Wellen und den Wind unterbrochen wurde. Es gab einen kleinen Dorfkern, der aus einer Kneipe, einem Restaurant, einem Postamt, einem Tante-Emma-Laden und einem Friseur-Kosmetik-Nagelstudio bestand. Unser Haus befand sich auf einer Klippe, und beinahe jedes Zimmer hatte Meerblick.

Es gab ein Wohnzimmer mit Kamin und eine kleine Küche mit altem Herd und Holzregalen, alles in Blau-Weiß gehalten. Auch die breiten Holzdielen waren weiß gestrichen. Im Schlafzimmer stand ein großes weißes Holzbett, die blauen Vorhänge und eine Holzkommode vervollständigten den Meeresstil. In jedem Zimmer standen frische Wiesensträuße, sogar im Bad! Dass Justus eine unprätentiöse dänische Insel anstatt eines »angesagten« Urlaubsziels ausgesucht hatte, machte ihn nur noch sympathischer.

»Gefällt's dir?« Er hatte mich amüsiert beobachtet, wie ich alle Türen und Schubladen aufgerissen und Freudenschreie ausgerufen hatte.

»Gefallen? Ich bleibe hier!«

Da fiel mir ein, dass ich mich noch gar nicht bei ihm bedankt hatte.

»Das ist 'ne super Überraschung! Vielen Dank! Wie hast du das bei deinem Stress um alles in der Welt bloß so perfekt organisiert bekommen?«

»Danke, aber ich habe das nicht organisiert. Der Dank gebührt Ulli. Sie meinte, ich müsste nach den letzten Tagen mal wieder richtig ausspannen. Da hat sie diesen Trip für uns organisiert und sogar bezahlt. Sie erzählte von dieser Insel und meinte, es sei genau das Richtige für uns.«

Sieh an! Ulli Becker war doch nicht so übel! Vielleicht hatte sie sich an den Gedanken gewöhnt, dass ich in Justus' Leben eine Rolle spielte.

Trotzdem musste ich mir das Lachen verkneifen. Bei der Vorstellung, wie Ulli Becker mit zusammengebissenen Zähnen die Tickets und das Haus buchen ließ und als zweite Person nicht Annabelle Leiniger eintragen konnte, sondern mich, wurde mir warm ums Herz.

Ich wollte nicht wissen, wie unwillig sie den Erholungsurlaub für Justus in einen Liebesurlaub für zwei umgebucht hatte. Aber warum eigentlich ausgerechnet auf einer ausgestorbenen dänischen Insel, wo es keine Menschen gab, die Justus hätten erkennen können? Die Inselbewohner wussten bestimmt nicht, wer er war – und selbst wenn, war es ihnen sicher gleichgültig. Auf jeden Fall waren wir hier besser untergebracht, als zu Hause am Wochenende durch einschlägige Clubs zu tingeln oder auf Partys zu erscheinen, wo jede Menge Medienvertreter anzutreffen waren. Doch seit wann zeigte sich Ulli-Giftspritze so großzügig? Mir schwante, dass wir hier einfach nur versteckt wurden.

Sei's drum! Ich wollte Zeit mit Justus verbringen, und wenn Ulli Beckers und meine Interessen sich ausnahmsweise mal deckten und dabei ein Wochenende in dieser traumhaften Gegend heraussprang, sollte mir das recht sein.

»Komm, lass uns die Insel ansehen!«, rief ich Justus zu und begann mich umzuziehen.

»Och, ich seh dich auch ganz gerne an!«, meinte er und grinste zweideutig.

»Nix da, es ist so schönes Wetter, da möchte ich unbedingt an den Strand.«

Bereitwillig kam er mit.

Wir gingen am Wasser entlang spazieren und ließen kein Klischee aus, das man als Verliebtenpflichtprogramm an einem romantischen Ort zu absolvieren hat. Natürlich spritzten wir uns gegenseitig beim Baden nass und wälzten uns verliebt am Strand durch den Sand, der schließlich noch mit einem Herz, in dem »Justus & Charlotte« stand, geschmückt wurde. Wir ließen nichts aus. Die Muscheln, die wir fanden, waren natürlich die schönsten, die wir je gesehen hatten, und wenn Justus mir die Muschel ans Ohr hielt, vergaß ich auch, dass es kein Meeresrauschen, sondern mein eigener Puls war, den ich hörte.

Justus und ich filmten uns abwechselnd mit seiner alten Super-8-Kamera und fanden uns furchtbar originell.

»Ich weiß, was wir noch nicht gemacht haben!« Justus sah mich gespannt an.

»Du meinst, wir haben eine Peinlichkeit ausgelassen? Das gibt's doch gar nicht!«

»Doch! Lass uns Pferde mieten und am Strand entlangreiten. Du auf einem schwarzen Hengst und ich auf 'ner Schimmelstute.«

»Genial!« Justus stapfte los, ich hinterher, um auf einem der Bauernhöfe Pferde auszuleihen.

Zwar war ich schon lange nicht mehr geritten, aber was man einmal intensiv erlernt hat, vergisst man so leicht nicht. Zu meinem Erstaunen machte auch Justus eine sehr gute Figur auf dem Pferd.

»Hast du das bei deiner Schauspielausbildung gelernt?«

»Auch, aber eigentlich konnte ich es schon vorher. Mein Vater hat es mir beigebracht. Er sagte immer, Reiten bringt einem viel fürs Leben. Von wegen oben sein, runterfallen und wieder aufsatteln. Außerdem fand er, dass man an Pferden lernen konnte, auf andere einzugehen. Wir hatten früher sogar mal eigene Pferde.«

Justus hatte definitiv schöne Erinnerungen daran.

»Dein Vater scheint ein kluger Mann zu sein. Den würde ich gerne mal treffen.«

Justus wich aus.

»Soso. Reicht dir der Sohn etwa nicht mehr aus? Willst du meinem Vater auch noch den Kopf verdrehen?«

Anstatt zu antworten, trabte ich los und hängte Justus ab. Er holte mich erst am Reitstall wieder ein, wo ich bereits absattelte.

»Komm du mir nach Hause!«, versuchte er eine Drohgeste, die aber komplett missriet, weil er lachen musste.

Es dämmerte bereits, als wir an unserem Häuschen ankamen. Justus brachte den Kamin in Gang, und während ich Tee aufsetzte, verzog er sich unter die Dusche.

Sein Handy klingelte. Ich wusste nicht, ob ich rangehen sollte.

Es klingelte penetrant lange. Irgendwann musste doch seine Mailbox anspringen.

»Justus, dein Handy klingelt!«, rief ich ins dampfende Bad.

»Gehst du bitte ran und sagst, dass ich zurückrufe?«

Ich kramte in seiner Jackentasche. Auf dem Display konnte ich sehen, wer ihn zu erreichen versuchte. Natürlich Annabelle! Hätte ich mir auch denken können. War sie noch nicht zum Zuge gekommen, meinen peinlichen Ausflug haarklein zu erzählen?

Nur zu gern ging ich ran.

»Hallo, Charlotte hier.«

»Hä?«, fiepste ihr Stimmchen erstaunt.

»Hier ist Charlotte an Justus' Handy.«

Sie war immer noch erstaunt.

»Äh, ach du bist es. Ich wollte Justus sprechen!«

Nein, welch ein Geniestreich! Auf die Idee wäre ich so nicht gekommen.

»Er duscht gerade.«

»Aha.« Jetzt klang sie doch verstört.

»Soll er dich zurückrufen?«

Pause. Vielleicht war in Annabelles sphärische Welt noch nicht durchgedrungen, dass die technischen Möglichkeiten dafür durchaus vorhanden waren.

»Ja, soll er!« Jetzt klang sie trotzig.

»Gut, ich richte es aus.«

»Na hoffentlich!«

Justus kam aus der Dusche, nur mit einem Handtuch bekleidet, und fuhr sich durch die nassen Haare. Dieser Anblick musste eigentlich jedes Kurzzeitgedächtnis sofort außer Kraft setzen.

»Annabelle, du sollst sie bitte zurückrufen.«

Zum Glück sah er nicht sonderlich erfreut aus.

»Mann, ich hab auch mal Wochenende! Ich finde es ja toll, wie sehr sie sich in ihre Rolle reinhängt und mich um Rat fragt, aber das reicht doch noch Montag. Na ja, vielleicht ist's ja wichtig.«

Interessante Frage, was bei Annabelle wichtig hieß. »Uups, mir ist ein Teller runtergefallen, und jetzt weiß ich nicht, wohin mit den Scherben« oder »Hilfe, meine Augen sind rot vom vielen erstaunten, ungläubigen Aufreißen« oder »Mein Schmollmund hatte beim vielen Schnuteziehen einen Krampf«?

Ich setzte mich an den Tisch und blätterte in einem der Kochbücher, während Justus Annabelle zurückrief.

»Hi Annabelle, du wolltest mich sprechen?«

Stille.

»Nein, ich bin mit Charlotte spontan weggefahren.«

Stille.

»Wie meinst du das, ob sie dazu in der Lage sei?«

Stille und verdutzter Blick seitens Justus in meine Richtung.

»Aha. Wo? Im *Jaguar*? Wer, sagst du?«

Es war nicht schwer zu erraten, was Annabelle gerade petzte, erstaunlich fand ich nur, dass es sie überhaupt nicht störte, mich im Hintergrund zu wissen.

Justus schaute genervt drein.

»Nein, wusste ich nicht, ist jetzt aber auch egal. Weshalb hast du denn angerufen?«

Stille.

»Das hat auch noch bis Montag Zeit. Deshalb musst du mich doch nicht Samstagabend anrufen.«

Stille.

»Nein, ich bin dir nicht böse, aber das können wir wirklich schnell am Montag durchgehen. Weißt du, du solltest die freie Zeit auch mal nutzen, um abzuschalten.«

Stille.

»Annabelle, ich bin nicht sauer! Ich möchte jetzt nur nicht an die Arbeit denken. Verstehst du das?«

Stille.

»Annabelle, beruhige dich! Ich habe nicht gesagt, dass du nervst, ich denke, es ist wichtig, in seiner freien Zeit mal an etwas anderes zu denken. Geh raus und amüsier dich.«

Stille.

»Ja natürlich kannst du anrufen, wenn du was auf dem Herzen hast. Hast du denn etwas auf dem Herzen?«

Stille.

Ich war kurz davor, einen Küchenunfall zu simulieren, um Justus vom Handy wegzueisen.

»Natürlich spiele ich gern mit dir zusammen, Annabelle. Nein, ich finde dich begabt – aber du … ich muss jetzt. Charlotte und ich wollen essen gehen. Wir sehen uns Montag. Ja, das wird alles klappen, keine Sorge.«

Justus legte auf und sah mich an. »Du warst gestern mit einem anderen im *Jaguar*, der dir an deinem viel zu kurzen Mini hing und mit dem du beinahe Brüderschaft an der Bar getrunken hast?«

War er eifersüchtig?

»Äh, also, Lena und ich hatten einen unserer Mädelabende, und da haben wir leicht über den Durst getrunken, und dieser Typ hatte sich an mich rangehängt. War aber natürlich nichts.«

Justus zog die Augenbrauen hoch. »Aha, wenn das so unverfänglich war, hättest du mir doch erzählen können, dass du Annabelle getroffen hast? Sie meinte übrigens, dass sie dich erst gar nicht erkannt habe, so stark geschminkt wärst du gewesen. Gehst du öfter so weg, oder ist das eine deiner gespaltenen Persönlichkeiten?«

Unglaublich, aber wahr! Annabelle hatte sich gerade in meinem persönlichen Antiranking an Ulli Becker vorbei auf Platz eins geschoben. Wie erklärte ich Justus, dass alles harmlos und nur eine Trotzreaktion darauf gewesen war, dass er sich nicht gemeldet hatte …?

»Justus, ich war gestern nicht gut drauf, und da sind Lena und ich dann noch losgezogen. Da war nichts dabei, und wenn ich mal Lust habe, mich schrill anzuziehen, mach ich das eben. Wenn du Annabelle glaubst, dass ich mir sofort 'nen Typen anlache, wenn du dich umdrehst, kann ich es auch nicht ändern.«

Justus zeigte den Ansatz eines Schmunzelns!

»Ich frage mich vielmehr, warum ich den Mini-Stiefel-Look vorenthalten bekomme? Dass du ein braves Mädchen bist, musst du mir nicht erklären, das glaube ich dir auch so. Warum aber hast du denn so viel getrunken?«

»Weil ich nicht gut drauf war!«

»Und warum?«

»Wenn du es genau wissen willst, weil ich mich nach dir gesehnt habe!«

Er kam näher und gab mir einen Kuss.

»Das ist süß und ein sehr guter Grund.«

Noch süßer wäre, wenn er sagen würde, ich habe mich auch nach dir gesehnt, aber man will ja nicht gleich schleckig werden, wenn Justus Staufen einen, nur mit Handtuch bekleidet, küsst!

»Ich hab Hunger! Komm, lass uns in dieses Dorfrestaurant gehen.« Justus war zwar ein Feingeist, weltlichen Genüssen aber alles andere als abgeneigt. Er verstand etwas von gutem Essen und Trinken, vor allem aber vom Feiern.

In dem kleinen Dorfrestaurant konnte man herrlich draußen sitzen und frisch gefangenen Fisch und Garnelen essen. Es war ein einfaches Lokal mit guter Küche, und was brauchte man mehr als ein Essen, das schmeckte, Sonne, frische Luft und einen braun gebrannten, gut gelaunten Justus, der einen fortwährend ausquetschte.

»Hast du Geschwister, wie sind deine Eltern, wie viel Männer hattest du?«

Gern beantwortete ich seine Fragen, zumal er förmlich an meinen Lippen hing.

Er hingegen ließ sich jede Kleinigkeit, sein Privatleben betreffend, aus der Nase ziehen.

Keine Ahnung, was er damit bezweckte! Ob Männer auch solch

hilfreiche Ratschläge in ihren Zeitschriften geboten bekamen wie wir Frauen in unseren – »Bleiben Sie so lange wie möglich mysteriös und geheimnisvoll für Ihren Partner« oder »Nur Langweiler packen aus!«.

Auf alle Fälle schien er eine glückliche Kindheit erlebt zu haben, denn er erzählte aus dieser Zeit sogar von allein den ein oder anderen Schwank. Seine Pubertät hingegen, überschattet von der Scheidung seiner Eltern, musste ihn traumatisiert haben.

»Charlotte, lass gut sein. Ich möchte nicht an diese Zeit erinnert werden. Das Jetzt zählt. Ich lebe nicht in der Vergangenheit!« Sprach's und wechselte das Thema. Ich hatte schon viele Scheidungskinder erlebt, aber bei Justus' Eltern musste sie besonders übel abgelaufen sein, anders war sein Verhalten nicht zu erklären.

Mir wurde immer klarer, dass man für eine Beziehung mit Justus vor allem eines mitbringen musste: Geduld!

Er reagierte auf Druck und Zwang eher störrisch, man ließ ihn besser von allein kommen.

Nach dem Essen gingen wir in den dorfeigenen Tante-Emma-Laden und kauften eine Flasche Wein.

Gemütlich schlenderten wir an den Strand und sahen den Möven bei ihren Wasserlandungen und der Sonne beim Untergehen zu.

Trotz der offensichtlichen Postkartenidylle fühlte ich mich wohl. Mit der Romantik war es nämlich so eine Sache bei mir! Schon oft hatte ich bei Verabredungen Reißaus genommen, wenn der Typ das kleine ABC der romantischen Verführung auswendig gelernt zu haben schien und alle Kriterien, auf die Frauen abzufahren schienen, befolgt hatte: leise Musik im Hintergrund, ein aufwändig gedeckter Tisch, die obligatorischen langweiligen roten Rosen, kalt gestellter Champagner, Kerzen, originelle Komplimente wie »Dein Vater muss ein Dieb gewesen sein, er hat die Sterne gestohlen und in deine Augen gezaubert« – also alles, was schrie: Ich hab mich an alles gehalten, ein Heidengeld ausgegeben, also freu dich gefälligst, sei romantisch und zieh dich schon mal aus, ich habe dich ja quasi gekauft!

In solchen Momenten dachte ich, ob ich vielleicht anders tickte, doch nach Rücksprache mit meinen Freundinnen, Lena ausgeschlossen, schließlich kann man jemanden, der es romantisch findet, eine gemeinsame Internetunterschriftenaktion gegen Bush zu starten, nicht repräsentativ nennen, stellte ich fest, dass viele von ihnen Würgereiz bei der Pauschalromantiktour bekamen.

Mit Justus war es aber ganz anders. Er verhielt sich einfach natürlich und hielt sich nicht krampfhaft an leblose Etikette, und genau deshalb war alles überraschend, spontan und unglaublich romantisch mit ihm.

»Charlotte!«

Justus nahm meine Hand und sah mich lange an. Jetzt würde er es bestimmt sagen, ich konnte es spüren! Er hatte auf den richtigen Moment, die passende Umgebung gewartet, um es endlich zu sagen: Ich liebe dich!

Aufgeregt lächelte ich und sah ihn erwartungsvoll an.

»Charlotte!«, wiederholte er.

Wieso musste er es so spannend machen?

»Wenn ich daran denke, dass wir uns in nächster Zeit kaum sehen werden, könnte ich echt kotzen!«

Moment mal! Was hatte er gerade gesagt? Nach »Charlotte, ich liebe dich! Lass uns jeden Moment gemeinsam verbringen!« hatte es nicht geklungen. Wieso würden wir uns kaum sehen? Hatte er etwas verbrochen und musste untertauchen? Oder nahm er als Kronzeuge an einem Zeugenschutzprogramm teil? Und überhaupt … Wie konnte er in einem Augenblick, in dem er meine Hand hielt und mir tief in die Augen schaute, das Wort »kotzen« in den Mund nehmen?

Endlich fand ich die Worte wieder und fragte: »Äh, was soll das heißen?« Ich hoffte, dass mein Gesicht nicht das blanke Entsetzen widerspiegelte. Wollte er mich loswerden? Was war geschehen?

»Ulli hat mir meinen Dreh- und Promoplan für die nächsten Wochen gegeben. Ich werde nur unterwegs sein und auch am Wochenende drehen oder mich auf Veranstaltungen blicken lassen müssen. Eigentlich wollte ich es dir erst morgen sagen, um das Wochenende nicht zu verderben, aber ich kann dir nichts vormachen.«

»Von wie vielen Wochen sprechen wir denn?«

»Mindestens drei, vielleicht aber auch vier.«

Vier Wochen! Vier Wochen waren an sich eine lange Zeit. Für mich als frisch Verliebte, die eh in einer anderen Zeitrechnung lebte, klang es nach lebenslang.

Bis dahin war ich eine alte Frau, und Justus mit Annabelle Leiniger verlobt!

»Charlotte, glaube mir, wenn ich könnte, würde ich die Termine absagen. Aber das gehört leider zur Schauspielerei. Ich arbeite eben phasenweise sehr viel und dann wieder gar nicht.«

Das war mir alles bewusst. Trotzdem machte es mich unsicher. Ich wusste noch nicht, wie Justus zu mir stand. Gut, er betonte immer wieder, wie ernst es ihm mit mir sei, und ließ mich wissen, dass ich Dinge in ihm weckte, die er zuvor nicht gespürt hatte, aber er vermied es, von uns als Paar oder mir als Freundin zu sprechen. Auch wenn es komplett lächerlich war, würde ich mich wohler fühlen, wenn er mir sagte, dass er mich liebte. Zumindest einige Tage lang. Doch ich wäre lieber gestorben, als meine Gedanken zu äußern, so viel stand fest.

Justus gab mir einen Kuss und kitzelte mich.

»So, Charlotte, Trübsal kannst du blasen, wenn du alleine zu Hause wartest, während der Mann hinaus ins feindliche Leben muss. Jetzt lassen wir es krachen!«

Unter Krachenlassen verstand Justus, Strippoker zu spielen und zu jeder Runde einen Drink zu kippen. Ich erkannte mich selbst nicht wieder!

einundzwanzig

»Lotte, los, komm schnell, Justus gibt ein Interview auf Kanal 8!« Lena winkte mich hektisch ins Wohnzimmer.

Als ob ich das nicht wüsste!

Justus war bereits zwei Wochen unterwegs, ich kannte die Termine der Interviews und ihre Ausstrahlungszeiten auswendig, hatte jede Sendeminute mit Justus festgehalten und nebenbei ein privates Videoarchiv aufgebaut.

Justus in Talkshows, Justus auf sämtlichen Partys und Premieren der Republik, wie er zum Film und zu Partyskandalen befragt wurde, immer lachend, immer gut drauf, immer unglaublich sexy und vor allem immer weit weg von mir. Das alles hätte ich noch verkraftet, schließlich verkauft man mit hängenden Mundwinkeln und einsilbigen Antworten weder ein Image noch einen Film, aber warum gab es ihn auf der Mattscheibe nur im Doppelpack mit Annabelle-beschütze-mich-Schleimiger, die sich entweder kichernd bei ihm untergehakt hatte oder ihn bewundernd ansah, während er auf so lebenswichtige Fragen wie »Wie gefällt Ihnen die Musik heute Abend?« oder »Haben Sie Dorothea Kindels Kleid gesehen?« antwortete.

Ich war tapfer! Sehr tapfer! Ich zählte die Tage herunter und versuchte, nicht daran zu denken, dass er mit Annabelle Liebesszenen drehte!

Ein Versuch, der ganz und gar misslang, oder wie sonst ließen sich die wiederkehrenden Albträume erklären, in denen ich Justus und Annabelle beim Dreh in verschiedenen Posen vor mir sah? Nicht mehr lange und ich hatte das komplette *Kamasutra* durchgeträumt. Es war nicht so, als ob Justus mich vergessen hätte. Nein, er rief an, wann immer er konnte, nur leider konnte er nur selten frei sprechen – irgendjemand war immer im Hintergrund und rief: »Justus, wir müssen!« Und nachts im Hotelzimmer war er total erledigt. Vorgestern war er sogar kurz am Handy eingeschlafen!

Das Schlimmste aber war, dass es noch zwei lange Wochen so weitergehen würde!

»Schon erstaunlich, wie die Schleimiger sich erniedrigt, wenn man bedenkt, dass sie weiß, dass Justus vergeben und mit dir zusammen ist.«

Lena mochte Annabelle so wenig wie ich, wenn auch aus anderen Gründen. Sie hielt es für unverantwortlich, ein Frauenbild, wie Annabelle es darstellte, zu propagieren. Neurotische, selbstverliebte Hungerhaken gab es zur Genüge, es mussten sich wahrlich nicht mehr Mädels den Finger in den Hals stecken, und Annabelle gehörte zudem zu der Sorte, die die Botschaft lebte: Wozu intelligent sein oder eine eigene Meinung haben? Reicht doch, als kichernder, dekorativer, allzeit anhimmelnder Kleiderständer aufzufallen. Wozu widersprechen, wenn einem etwas nicht passt? Schmollmund und Tränen in den Augen funktionieren viel besser!

»Ach Lena, bin ich denn wirklich mit ihm zusammen? Gesagt hat er es noch nie. Weder ›Das ist Charlotte, meine Freundin‹ noch, dass er mich liebt.«

»Papperlapapp! Bei euch ist alles klar. Natürlich wäre dir am liebsten, er unterzeichnete eine eidesstattliche, notariell beglaubigte Urkunde: ›Ich, Justus Staufen, verpflichte mich, Charlotte Rosenzweig auf mindestens vierzig Jahre zu lieben, mit Option auf zwanzig weitere Jahre!‹ Lotte, du musst einfach begreifen, dass Justus Künstler ist und er sich vielleicht nicht an gewohnte Riten hält, zumal er, was den ernsthaften Bereich anbelangt, nicht so viel Erfahrung mitbringt im Vergleich zu seinen sündigen Abenteuern.«

Lena stand auf und zündete den Kamin an. Es wurde Herbst und abends schon deutlich kühler. Cara sprang sofort auf ihren Lieblingsplatz vor dem Kamin.

»Gehst du noch weg?«, fragte ich, denn Lena traf sich jetzt immer öfter mit Casper, sehr zum Missfallen seiner Eltern, wie meine Mutter mir freudig gesteckt hatte. Natürlich würde sie es nie zugeben, aber in ihrer Stimme schwang ein »Ha, so ist das eben, wenn man meine Tochter verschmäht und einer PETA-Anhängerin den Vorzug gibt!«. Caspers Mutter war auch im »Wir-haben-es-geschafft«-Platinclub und traf meine Mutter dort zum Bridge, wo sie hinter vorgehaltener Hand über Lena lästerte, wobei der Platinclub offiziell natürlich nicht lästerte – wie profan –, nein, man sorgte sich höchstens, ob Lena mit so viel Etikette nicht einfach überfordert sei. »Das arme Mädchen.«

Leider konnte meine Mutter sich nicht zu sehr ins Zeug legen, war ihre Tochter doch mit Lena befreundet und wohnte mit ihr sogar zusammen und hatte sie außerdem in den langen Jahren, die sie Lena kannte, lieb gewonnen.

Lena setzte sich wieder zu mir und antwortete zögerlich: »Nee, ich bleibe hier. Casper muss noch einen Fall vorbereiten.«

»So, so! Welchem Vorstandsvorsitzenden hilft er denn heute, seinen Kopf aus der Schlinge zu bekommen?«, foppte ich Lena.

Sie sprang sofort darauf an.

»Von wegen! Stell dir vor, Casper hat neben seinem Job ein ehrenamtliches Mandat für den Kinderschutzbund übernommen. Ist das nicht genial?«

Genial waren in der Tat Lenas unermüdliche Versuche, die Welt zu einem besseren Ort zu machen, und bei Casper schien die Arbeit schon Früchte zu tragen.

»Na, dann machen wir es uns gemütlich! Ich habe noch Edamame zu futtern. Und zu den Sojabohnen trinken wir dann Calpico. Falls wir 'nen Eiweißschock bekommen, unterdrücken wir unsere Rufnummer und machen lustige Spaßanrufe.«

Mein Vorschlag wurde angenommen. Ich ging in die Küche, Lena zappte durch, was sehr schnell ging, denn es kamen ja nur ARD, ARTE und 3sat in Frage. Plötzlich rief Lena: »Ich weiß auch schon, was wir heute schauen! Hast du gerade das Promo gehört? Frau Schleimiger ist heute Abend im Ersten und beehrt Drechsler.«

»Alleine? Dachte, sie sei an Justus angewachsen, damit sie sich nicht verläuft!«

Immerhin war für Unterhaltung gesorgt.

Lena packte ihr Strickzeug aus, denn angeblich war Stricken wieder *en vogue*, zumindest in Naturwissenschaftlerkreisen. Sie strickte an einem dicken, dunklen Fischerpulli für Casper. Da würde seine Mutter sich aber freuen, wenn der Stammhalter nicht mehr in Armani-Cashmere, sondern kratziger Wolle mit unregelmäßigen Maschen zum Essen auftauchte! Wenigstens verwendete Lena keine Wolle in Regenbogenfarben.

»Guck nicht so pikiert, Lotte. Gerade dir Nervenbündel würde stricken gut tun! Komm, strick mal 'ne Reihe!«

Sie streckte mir den halb fertigen Pulli hin, und ich tat ihr den Gefallen. War wirklich gar nicht so schlecht. Hatte was! Man war beschäftigt und abgelenkt. Vielleicht sollte ich es mit einem Schal für Justus versuchen.

Lena ließ mich weiterstricken, erinnerte mich aber unaufhörlich daran, die Maschen locker fallen zu lassen und »zwei rechts, zwei links« einzuhalten.

»Da, es geht los!«

Die Titelmelodie von *Menschen bei Drechsler* lief ... das Close-up auf den Talkmaster folgte, und mit der Nahaufnahme ging es auch schon los.

»Mein erster Gast wird als eine der erotischsten Frauen Deutschlands gehandelt. Man kennt sie aus verschiedenen TV-Produktionen und Filmen. Momentan dreht sie einen neuen Film zusammen mit Justus Staufen. Meine Damen und Herren, begrüßen Sie mit mir Annabelle Leiniger!«

Tusch! Annabelle stöckelte mit einem Outfit, das einer Schuluniform nachempfunden war und ihr Kindfrauimage richtig zur Geltung brachte, ins Studio. Dieser Aufzug war in einigen Ländern bestimmt verboten!

»Schau mal, Lena! Die hat eindeutig zu viele Mangas gelesen! Die Nummer hat sie hundert pro aus Japan! Darauf kommt sie doch nicht von alleine!«

Lena schüttelte angewidert den Kopf. »Das ist echt eklig! Gegen Frau Schleimiger war Lolita eine Heilige!«

Annabelle fuhr sich aufgesetzt schüchtern durch die Haare, und Drechsler begann das Interview.

»Annabelle, Sie wurden gerade zu einer der erotischsten Frauen Deutschlands gewählt. Freut einen das, oder hindert es eher, weil man dadurch auf bestimmte Rollen festgelegt wird?«

Wow, die Frage war ja die Krönung des investigativen Journalismus, zumal ich nichts von einer Wahl mitbekommen hatte! Diese gefakten Umfrageergebnisse wurden gern in Fragen als pseudofundierte Erkenntnisse eingeflochten, um die Frage nicht ganz so blöd daherkommen zu lassen, wie sie offensichtlich war.

Annabelle biss kokett auf ihrem Zeigefinger herum, was wohl ausdrücken sollte, dass sie nachdachte.

»Nein, also für mich ist das eher ein Kompliment. Welche Frau hört das nicht gerne?« Gekicher und verschmitzter Blick, und Drechsler, der auf sie abfährt, wird rot!

Super! Und mit dieser Frau ist Justus Tag und Nacht zusammen! Warum konnte er nicht in einer Schwulenserie mitspielen?

Drechsler sammelte sich, sicher ist ihm seine Frau eingefallen, die ihn erst mal töten wird, wenn er heimkommt.

»Und jetzt spielen Sie in einem neuen Film von Uli Becker mit Justus Staufen zusammen ein Liebespaar. Da trifft also Ihr Pendant, nämlich der momentan bei den Frauen angesagteste Schauspieler Justus Staufen, auf eine der erotischsten Schauspielerinnen! Bahnt sich da ein neues Traumpaar an?«

Annabelle blickte verlegen zu Boden, kicherte abwehrend und sagte dann: »Vielleicht! Schauen wir mal!«

Drechsler, der seine Hoffnungen dahinschwinden sah, hakte knallhart nach. »Also ist an den Gerüchten, dass Sie sich nicht nur auf dem Set verstehen, etwas dran?«

Stille! Annabelle zierte sich – ich hörte auf zu atmen.

Dann: »Ich würde es auf alle Fälle nicht verneinen, wenn sie wissen, was ich meine. Justus ist jung und ungebunden, ich bin jung und ungebunden. Mehr möchte ich dazu nicht verraten!«

Lena, Drechsler und ich saßen alle drei mit offenem Mund da!

Drechsler fing sich als Erster. »Das ist ja äußerst interessant!«

Meine Starre löste sich ebenfalls und schlug augenblicklich in Aggression um. »Sag mal, spinnt die komplett? Diese Lolita für Fußgänger lügt öffentlich, und keiner hindert sie! Wo ist denn bitte Justus, der es richtig stellt?«

Lena war nicht minder empört! »Das ist echt dreist! Promotion in allen Ehren, aber das ging eindeutig zu weit!«

Allerdings! Das wollte ich auch meinen!

Wusste Justus von Annabelles Alleingang?

Sofort wählte ich seine Nummer. Es war nur die Mailbox zu erreichen!

Nachdem ich immer wieder seine Nummer gewählt hatte und stets ein fröhliches »Justus, hinterlasst 'ne Nachricht« zu hören bekam, schoss mir ein Gedanke durch den Kopf.

Was, wenn Annabelle gar nicht gelogen hatte und Justus sich tatsächlich als Single und ungebunden sah? Dass wir ein Paar waren, hatte er noch nicht offiziell gemacht. Gut, dass ich kein One-Night-Stand für ihn war, hatte ich begriffen, aber wer weiß, was diese Künstler so unter Treue verstanden …

Konnte jemand, der im Kinderladen aufgewachsen war, überhaupt verstehen, was monogame, spießige, einengende Zweierbeziehung hieß, oder hatte er »freie Liebe« und »Wer zweimal mit der gleichen pennt, gehört schon zum Establishment« mit der Muttermilch eingesogen?

Vielleicht empfand er für mich Gefühle und für Annabelle Triebe.

Wieso hatte er überhaupt sein Handy ausgeschaltet? Merkwürdig, um diese Uhrzeit war er immer schon im Hotel, es sei denn, eine Party stünde an, aber davon wüsste ich. Ha, bestimmt genoss er gerade sein und Annabelles ungebundenes Singleleben!

Aber nicht mit mir! Eine Charlotte Rosenzweig ließ sich nicht verarschen! Ich war kein Soapsternchen, das er ins Verderben treiben konnte! Ich würde ihm sagen, was ich von ihm hielt, und dann nie wieder mit ihm sprechen!

»Lena, zieh dir was über. Wir fahren zu Justus!«

Lenas Blick nach zu urteilen, hielt sie mein Vorhaben für keine gute Idee.

»Lotte, jetzt raste bitte nicht gleich aus. Es ist nach elf. Wir brauchen fast zwei Stunden bis Hamburg!«

»Nicht, wenn ich in diesem Zustand fahre, glaube mir!«

»Lotte, hör auf, dich da reinzusteigern! Sprich erst mal mit Justus in Ruhe. Wahrscheinlich löst sich alles in Wohlgefallen auf.«

»Ha, guter Rat. Wenn er sich bequemen würde, ans Telefon zu gehen, würde ich genau das machen! Was meinst du, weshalb ich da hinfahre? Natürlich um mit Justus zu sprechen!«

»Lotte, so kenne ich dich überhaupt nicht. Wo bleibt dein Stolz? Du wirst doch nicht mitten in der Nacht einem Kerl hinterherfahren? Du machst dich lächerlich!«

»Sei's drum! Ich hab genug davon, die ganze Zeit so zu tun, als ob es völlig normal und okay wäre, nur um einen Film zu hypen, Lügen, Affären und Funken zu verkaufen, und zwar auf meine Kosten! Wenn er es ernst meint, soll er sich zu mir bekennen und eine Ulli Becker und eine Annabelle Schleimiger nicht ungehindert agieren lassen. So naiv ist Justus auch wieder nicht! Er weiß, was gespielt wird, und die Nummer *Hey, das ist mein Beruf, das gehört dazu* … habe ich auch satt. Ich fahre da jetzt hin und werde ein klärendes Gespräch mit Justus führen. Lächerlicher als eine in der Öffentlichkeit fast Daumen lutschende Annabelle Leiniger kann man nicht sein. Wenn du nicht mitkommst, okay. Ich fahre auch alleine!«

Lena zog sich ihre Schuhe an und rief: »Du spinnst, aber du glaubst nicht im Ernst, dass ich dich in diesem Zustand alleine fahren lasse!«

Mein Handy klingelte. Ob der gnädige Herr sich bequemte anzurufen?

Keine Rufnummer.

»Hi Lotte! Hast du zufällig gerade *Drechsler* gesehen? Die Leiniger dreht durch!« – Tim.

»Tim, ich weiß, ich bin schon auf dem Weg zu Justus. Ich will eine Erklärung!«

»Und was ist mit der Arbeit morgen? Ich denke, Justus ist in Hamburg.«

»Morgen Früh bin ich längst wieder zurück.«

»Fährst du alleine?« Tim klang besorgt.

»Nein, Lena kommt mit.«

Tim räusperte sich.

»Äh, habe ich das richtig in Erinnerung, dass Lena keinen Führerschein hat? Fährst du etwa die Strecke, hin und zurück?«

Lena hatte tatsächlich keinen Führerschein, natürlich aus umweltschützerischen Gründen, zumindest war das der offizielle Grund. Inoffiziell waren ihr Autos und Flugzeuge wegen ihrer Schnelligkeit unheimlich. Sie war auch eine der Beifahrerinnen, die, obwohl sie noch nie selbst gefahren waren, mitbremsten und immer Achtung schrien, wenn man in der 30er-Zone wagte, 40 zu fahren.

Am schlimmsten war es auf der Autobahn, wenn Lena verkrampft auf dem Nebensitz starr nach vorn schaute, sich mit einer Hand am Türgriff festhielt und mit der anderen am Handschuhfach abstützte, während sie vor sich hinmurmelte: »Typisch deutsch! Freie Fahrt für freie Bürger. Kein anderes Land hat so hohe Geschwindigkeitsbeschränkungen und so viele Unfalltote!« – Dann folgte ein kurzer Vortrag über deutsche Autobahnen, der nur für ein »Lieber fünf Minuten später, als im Arm der Sanitäter« unterbrochen wurde, wenn ich es wagte, auf der linken Spur einen bulgarischen Menschenschlepperlaster zu überholen, der schon Zivilbullen in mir vermutet hatte, weil ich so langsam und dicht hinter ihm her fuhr.

Nein, es war wirklich kein Spaß, mit Lena Auto zu fahren, aber irgendjemand musste meinen Gedankensprüngen zuhören.

»Ich komme mit! Du fährst hin, und ich löse dich ab! Wer weiß, vielleicht springt ja Material für die Nachrichten dabei raus!« Tim war spontan und konnte wahnwitzigen Ideen etwas abgewinnen!

Kurze Zeit später sammelten wir Tim ein, der alle möglichen guaranahaltigen Getränke mitbrachte.

Als ich nach einer Dose greifen wollte, nahm Lena sie mir aus der Hand.

»Lass mal, deine Drehzahl ist so schon viel zu hoch!«

Die Fahrt war, mal abgesehen von meiner unglaublichen Wut im Bauch, sehr witzig. Tim hatte mein Auto das »Rächermobil« getauft. Zwischendurch wählte Lena Justus' Nummer für mich, aber auch nur, um mit seiner Mailbox verbunden zu werden. Das war definitiv ein schlechtes Zeichen. Warum gab er ausgerechnet nach dem epochalen Annabelle-Auftritt kein Lebenszeichen von sich, wo er sonst immer anrief?

Ich hatte kein gutes Gefühl.

Tim legte eine selbst gebrannte CD ein.

Das erste Lied war *Freedom*, die Robbie-Version.

Er wippte und sang lautstark mit. »Lotte, das brauchst du jetzt! Du musst dich stark und unabhängig fühlen. Komm, sing mit, du auch, Lena! *Freeeedom, Freeeedom* …«

»Tim, welche Lieder sind noch auf der CD?« Lena bekam es mit der Angst zu tun. Klar, jemanden, der Norah Jones gerade noch gut, aber schon schwer kommerziell fand, konnte man mit einem Cover von George Michael das Fürchten lehren.

»Chaka Kahn *I'm every woman*, dann Aretha Franklin *Respect* – und falls das Treffen schlimm endet, noch *I will survive*.«

Ich musste lachen.

»Ist das die rosa Kompilation, oder wie kommst du auf diese Auswahl?«

Beleidigt drehte Tim die Musik aus.

»Dann eben nicht! Wenn die Damen sich zu fein sind …! Ihr wisst genau, dass ich auch andere Musik höre. Aber diese CD hat mir schon treue Dienste geleistet.«

Das klang spannend.

»Erzähl mal!«

Tim, immer noch eingeschnappt, ließ sich anfangs alles aus der Nase ziehen. Warm gelaufen, war er nicht mehr zu bremsen.

Wir erfuhren, dass er als Teenie unsterblich und unglücklich in einen verheirateten Englischreferendar verknallt gewesen war, der sich nur an Tims plötzlichen guten Leistungen erfreute. An der Uni hatte er wechselnde Affären gehabt und sich dann in einen fünfzehn Jahre älteren Designer verliebt, mit dem er zwei Jahre zusammengelebt hatte. Danach gab es einige Affären, One-Night-Stands und mal mehr, mal weniger glückliche Liebeleien.

»Du wirst dich wieder verlieben, wenn erst der Richtige kommt!«, sprach Lena ihm Mut zu.

»Sehr witzig! Ich bin doch verliebt!«

Aha! Führten eigentlich alle um einen herum ein heimliches Liebesleben? Wie konnte mir das entgehen?

»In wen?«, entfuhr es Lena und mir beinahe gleichzeitig.

»Kann und will ich nicht sagen! Das ist zu kompliziert!«

War er etwa auch in Mimis geheimnisvollen Freund verknallt, der ganz zufällig auch noch bisexuell war und beide gegeneinander ausspielte, oder was war das für eine seltsame Nummer?

»Jetzt lass bitte die Mimi-Masche und pack aus. Ich demütige mich auch vor euch, und sowohl Lena als auch ich können schweigen!«

Tim blieb hart.

»Lotte, wenn ich könnte, würde ich es sagen, aber da es eh aussichtslos ist, möchte ich es nicht noch aufbauschen!«

Lena ließ aber nicht locker – offene Neugierde, ein ganz neuer Zug an ihr. »Auf was für einen Typ stehst du denn?«

»Also ich mag keine Queen. Eher so 'nen normalen, unaufgeregten Typ, also gut aussehend, charmant, mit Manieren, sprich: mein Ebenbild. Er soll souverän sein und darf nicht eins dieser isolierten Inselschwulen-Leben führen, also nicht nur schwuler Freund, schwules Fitnessstudio, schwule Bar und so weiter. Und er muss mich und vor allem meinen exquisiten Musikgeschmack zu schätzen wissen.«

Touché!

Lena sprang über ihren Schatten. »Ach Tim, leg schon ein. Die Lieder sind nur so abgenudelt, Beethovens Fünfte würde ich auch nicht mehr aushalten, wenn sie für jede Schokoladenwerbung genommen würde.«

Zögerlich legte er die CD wieder ein.

Lena, die für ihre Verhältnisse auf der Autobahn recht entspannt war, drehte lauter und sang schließlich sogar mit.

Sieh mal an, wer hätte gedacht, dass sie alle Texte kannte!

Laut singen war eine gute Ablenkung und machte zugegebenermaßen Spaß, und bevor wir uns versahen, waren wir da.

Tim hatte in Hamburg seinen Zivi gemacht und kannte sich gut aus. Er wusste auch den Weg zum Hotel.

Wir fuhren übermütig laut singend *»All I am asking for is just a little respect …«* und mit geöffneten Fenstern auf den Parkplatz des Hotels ein. Vor dem Hotel stand eine kleine Menschentraube. Um diese Uhrzeit? Es war schon 1 Uhr!

Mir wurde wieder mulmig. Annabelles Auftritt kam mir in den

Sinn und die Frage, was Justus dazu sagen würde. Jetzt, wo wir da waren, war ich nicht mehr sicher, ob die Idee so brillant war.

Unschlüssig standen wir herum, Tim und Lena sahen mich erwartungsvoll an.

»Na, dann werde ich mal reingehen! Wartet ihr hier?«

Sie nickten, und ich wollte gerade losgehen, als jemand rief: »Justus, ist das nicht diese Charlotte?«

Annabelle! Sie stand in der Menschentraube, die sich als Filmcrew entpuppte.

Inzwischen war ich überzeugt, dass meine Idee komplett verrückt war, und fühlte mich Eves Auftritt in Justus' Wohnung, was den Irrengrad anbelangte, sehr nahe.

Nur dass es kein Zurück mehr gab, denn Justus kam mir entgeistert entgegen.

»Charlotte? Was machst du denn hier? Ist was passiert?«

Die gesamte Crew hatte sich umgedreht und starrte mich an, Ulli Becker eingeschlossen. Ich konnte hören, wie sie zu Annabelle »Was macht die denn hier? Langsam wird sie lästig« sagte.

Mit einem Schlag wurde mir die Peinlichkeit der Situation klar. Ich kreuzte mitten in der Nacht unangemeldet in Hamburg auf, wurde von zwei Freunden begleitet, die am Auto auf mich warteten, und Justus hatte keinen blassen Schimmer.

Hoffentlich hatten sie uns nicht laut singend einfahren gehört!

»Charlotte! Wir dachten, in dem Auto säßen irgendwelche Provinzproleten, die Ausgang haben, so laut, wie die Musik war.«

Aaah! Hilfe! Warum holte mich niemand hier raus?

Ob Schlafwandeln eine gute Ausrede war?

»Sag, sind das etwa Lena und Tim, die da am Auto stehen?«

Okay. Die Schlafwandlerausrede fiel flach. Wie wäre es mit »Lena ist verletzt, hat Blutgruppe 0 negativ, und in Berlin gibt es keine passenden Spender, hilf uns!« oder »Wir waren zufällig in der Gegend …«?

»Charlotte, sag was, du machst mir Angst! Warum bist du hier?«

Warum war ich hier? Um meine Würde zu verlieren und für ewig auf der gleichen emotionalen Stufe wie Soapsternchen Eve zu stehen und eine gute Anekdote abzugeben à la »Wisst ihr noch damals diese Bekloppte, die plötzlich nachts am Hotel stand?«.

Ich hörte Annabelle hämisch kichern, und mit einem Schlag wusste ich wieder, weshalb ich da war, nämlich um sie umzubringen!

»Hast du heute zufällig Annabelle bei *Drechsler* gesehen?«, fragte ich beherrscht.

»Nein, wieso? Ich meine, ich weiß natürlich, dass es heute ausgestrahlt wurde, aber wie du siehst, komme ich gerade erst vom Dreh. Wir hatten nämlich einen Nachtdreh, deshalb konnte ich mich auch noch nicht bei dir melden. Aber wieso bist du hier, und was ist mit Annabelle?«

»Das wollte ich eigentlich dich fragen!«

»Hä?«

Entweder war Justus wirklich erstaunt oder eben einfach gut! Warum musste ich mich auch mit einem Schauspieler einlassen? Ein Popstar hätte es doch auch getan, und der wäre bestimmt nicht so gut darin, andere zu täuschen!

»Auf die Frage von Drechsler, ob du und Annabelle das neue Traumpaar auch außerhalb des Filmsets werdet, kam ein ›Schauen-wir-mal‹, und auf die Frage, ob also an den Gerüchten, dass zwischen euch was liefe, was dran sei, sagt Annabelle, ich zitiere: ›Ich würde es auf alle Fälle nicht verneinen … Justus ist jung und ungebunden, ich bin jung und ungebunden …‹ So, und jetzt frage ich mich eben, wie ungebunden du eigentlich bist.«

Justus sah erschrocken aus.

»Und deshalb fährst du hierher? Komm, lass uns auf mein Zimmer gehen und dort sprechen. Das muss ja nicht jeder mitbekommen!«

Stimmt! Wer weiß, vielleicht war er immer so vorausschauend und deshalb noch nie erwischt worden.

Wir gingen an Annabelle, Ulli und Uli Becker und den anderen vorbei ins Hotel und in seine Suite.

Die Produktion musste Geld haben, die Zimmer waren bestimmt nicht billig.

Justus setzte sich auf das Bett, ich blieb stehen, was mir sehr schwer fiel, denn wie er so vertraut dasaß und mich mit diesem Hammerblick ansah, hätte ich am liebsten alle Vorsätze über Bord geworfen.

»Also Charlotte, noch mal von vorne. Du bist sauer über Annabelles Kommentare bei *Drechsler*?«

»Ja, oder wie fändest du es, wenn umgekehrt diese Bemerkungen republikweit über mich über den Äther gegangen wären?«

»Amüsant!«

Bitte? Hatte ich mich gerade verhört?

»Amüsant, weil ich dem Ganzen keine Bedeutung beimessen würde, schließlich wüsste ich es besser, und das solltest du auch tun. Wen interessiert schon, was die Öffentlichkeit denkt oder weiß? Ich bin froh, dass wir nach wie vor so privat sein können und niemanden haben, der uns hinterherschnüffelt. Sieh es doch mal so: Annabelle erweist uns letztlich einen Gefallen, indem sie ablenkt, und dem Film schadet es sicher auch nicht – und dass der ein Erfolg werden soll, willst du doch sicher auch, oder?«

Ja schon, aber seit wann hatte Justus Gehirnwäsche drauf? Was hatte ich noch mal wissen wollen?

Ja genau, ob er sich eigentlich als gebunden oder ungebunden ansah.

»Sag, Justus, würdest du über dich sagen, dass du gebunden bist?«

Er streckte seine Hand nach mir aus. So gern ich sie auch gegriffen hätte, ich blieb stehen. Justus stand auf und sah mich nachdenklich an.

»Charlotte, wieso drängst du plötzlich darauf, dass wir uns auf Worte festlegen, anstatt den Dingen ihren natürlichen Lauf zu lassen? Gefühle kann man doch nicht einengen oder in eine Form zwängen. Du weißt, was du mir bedeutest, aber findest du es nicht spießig, auf solche Standardsätze zu bauen? Soll ich sagen, ja, wir sind zusammen, gehen miteinander, sind Freund und Freundin, ein Liebespaar? Ich kann es sagen, doch was bedeutet es? Wenn du nicht spürst, was zwischen uns ist, und eine öffentliche Bekundung brauchst, frage ich mich, wofür und vor allem für wen? Für dich oder deine Freunde und Familie?«

Langsam wurde ich sauer.

»Justus, du weißt genau, dass ich kein promigeiles Groupie bin. Ich habe mich in dich verliebt, und dass du prominent bist, ist eben oder leider Zufall. Ich möchte nicht einen Zipfel deines Rampenlichts haben oder mich mit dir darin sonnen. Von mir aus bleibe ich gerne im Hintergrund, und du wirst von mir garantiert nie einen Satz gegenüber der Presse hören. Mir tut es einfach nur weh, dass ich keine Bedeutung in deinem Leben zu spielen scheine oder nicht wichtig genug bin. Ich verlange nicht, dass du sagst, ich habe eine Freundin, die heißt Charlotte Rosenzweig, ist sechsundzwanzig Jahre, Praktikantin und kommt aus Berlin. Ich möchte aber, dass du wenigstens sagst, dass es jemanden in deinem Leben gibt und dagegen vorgehst, wenn du als Single verkauft wirst. Alles andere finde ich feige, denn mal Hand aufs Herz, was verlierst du? Deinen Ruf als Herzensbrecher? Glaubst du nicht, du kannst genug, um dir leisten zu können, zuzugeben, jemanden an deiner Seite zu haben?«

Justus nahm meine Hand.

»Ich wusste nicht, dass es dir so geht. Charlotte, ich habe einfach ein großes Problem, mein Privatleben in die Öffentlichkeit zu tragen. Das ist bei mir besonders ausgeprägt aus einem ganz bestimmten Grund, den ich dir ein anderes Mal sagen werde, aber der Grund, dass ich nicht zu dir stehen würde, ist es bestimmt nicht. Wie könnte ich auch nicht zu dir stehen? Lass mir einfach Zeit, und ich versuche mein Problem mit der Presse und meinem Leben in den Griff zu bekommen, okay?«

Er umarmte mich und begann mich zu küssen. Widerstand zwecklos. Ich war verloren!

»Auf alle Fälle scheint es dir nicht gut zu tun, wenn wir uns so lange nicht sehen. Ich werde mal schauen, ob ich nicht einen Tag nach Berlin kommen kann. Und was Annabelle anbelangt, musst du dir keine Sorgen machen. Es mag sein, dass sie für mich schwärmt, aber auf Gegenliebe stößt sie bei mir wahrlich nicht. Sag lieber, wie lange du bleibst?«

Mit einem Mal schossen mir Lena und Tim in den Kopf, die bereits geraume Zeit auf mich warteten.

»Ich muss leider gleich wieder los, Lena und Tim warten schon, und ich muss morgen arbeiten!«

»Was für 'ne Aktion! Du bist echt daneben, aber sehr niedlich dabei!«

Daneben war ich im wahrsten Sinne des Wortes, ich stand nämlich neben mir wie noch nie zuvor im Leben. Wenn mich jetzt meine Mutter sehen könnte! Sie würde alle Hoffnung aufgeben, mich jemals standesgemäß an den Mann zu bringen. Ein Mädchen, das kilometerweit fuhr, um einem Mann eine Szene zu machen!

Justus begleitete mich zum Auto. Lena und Tim schauten mich fragend an, sie hatten immer noch Tims CD laufen, wahrscheinlich um nicht einzuschlafen.

Justus lachte.

»Danke, dass ihr sie nicht habt alleine fahren lassen. Aber ich beneide euch nicht um die Heimfahrt, denn die Musik ist echt Horror!«

Erleichtert oder sagen wir erleichterter verabschiedete ich mich. Justus hielt mich noch einmal fest und flüsterte mir ins Ohr: »Und jetzt keine Spinnereien mehr, ja? Annabelle ist egal, sie existiert für uns nicht! Und wir sehen uns, sobald es geht!«

Kaum war Justus außer Sichtweite, musste ich Lena und Tim alles haarklein erzählen.

»Siehste, hat sich alles in Wohlgefallen aufgelöst! Wie ich gesagt habe!« Lena freute sich, mal wieder Recht behalten zu haben.

Tim war enttäuscht, dass er keine Schlagzeile daraus machen durfte. Er hatte sich bereits die Nachrichten ausgemalt – »Justus

Staufen kündigt Zusammenarbeit mit Annabelle Leiniger wegen Verleumdungen bei *Drechsler* und stellt seine große Liebe Charlotte vor«.

»Ach Tim! Weißt du, Justus und ich ticken einfach unterschiedlich. Er ist dieser unkonventionell-freie Künstler und Lebemann, der alles ausprobiert, keine Grenzen kennt und vor nichts Angst hat, abgesehen davon, sein Privatleben publik zu machen. Und ich die brave, kontrollierte Tochter, die am liebsten jetzt schon weiß, wo sie nächstes Jahr Silvester verbringt, und mit Schwebezuständen überfordert ist, während er förmlich in diesen lebt. Wie soll das gut gehen?«

Lena, die neben Tim saß, drehte sich um.

»Indem du schwarz malst und eine Horrorvision an der anderen hast, bestimmt nicht! Das haben wir ja schon zur Genüge gemerkt. Es ist alles wieder im Lot, und da lassen wir es jetzt auch mal schön!« Sprach's und drehte sich wieder um, um ja keinen Blick von der Autobahn zu lösen.

Tim fuhr aber sehr gesittet und raste nicht so schlimm wie ich, sodass von Lena keine größeren Klagen kamen.

Erschöpft döste ich vor mich hin, Tim hatte mit Lena eine gute Unterhalterin, die vor lauter Panik auch bestimmt nicht einschlafen würde.

Als wir im Morgengrauen wieder in Berlin ankamen, waren wir alle drei völlig geschafft.

Bevor wir Tim absetzten, dankte ich den beiden. »Ihr seid wahre Freunde! So 'ne Aktion mitzumachen!«

»Jederzeit wieder! Hat irgendwie Spaß gemacht«, meinte Tim, und Lena grinste zustimmend.

zweiundzwanzig

»Mimi, hast du unsere Karten?«

Aufgeregt und dicht gedrängt standen wir mit den anderen Mädels von *TV-plus* vor dem Spiegel und brezelten uns auf – zu einem Konzert mit Will Taite wollte keine ungestylt gehen. Es wurde gekichert, geschminkt, parfümiert, ausgezogen, angezogen und wieder umgezogen, bauchfreier, kürzer, sexyer, die Hose bis zum Schambein, den String bis zum Knochen, hier und da wurden Will-Taite-Hits angestimmt.

»Klar hab ich die Karten. Komm, lass uns gehen, bevor alle hier rausstürzen. Unser Taxi müsste gleich da sein.«

Selbst Mimi war seit langem wieder gut gelaunt und ausgeglichen, was man ihr sofort ansah, denn es umgab sie wieder ihr Leuchten, und man konnte vor ihrer aufwandlosen Naturschönheit geradezu niederknien.

Auf dem Gang trafen wir Tim, der nicht minder aufgeregt war, kein Wunder, ganz Deutschland war im Will-Taite-Fieber, und wir Auserwählten durften auf dieses limitierte, exklusive Konzert!

Die Konzertlocation war ein kleiner gemütlicher Club. Stühle und Tische waren ausgeräumt worden, stattdessen lagen große Sitzkissen auf dem Boden verstreut, und in der Mitte war eine nur leicht erhöhte quadratische Bühne aufgebaut. Das Licht gedämpft und Kerzen verteilt, es sah fast aus wie bei einem richtigen MTV-*unplugged*-Konzert.

Wir mussten alle in einer Reihe warten, denn bevor wir in den

Saal durften, gingen Helfer der Produktionsfirma durch die Reihen und verteilten Stickers für die Bimbo Row, also die leicht bekleideten und womöglich tanzfreudigen Mädels, die extra ausgesucht und in die erste Reihe gebracht wurden, ganz nach dem Motto *Die Guten ins Töpfchen, die Schlechten ins Kröpfchen*. Wobei die guten je nach Gusto viel Oberweite oder bestimmte Haarfarben mitbringen mussten, es gab nämlich tatsächlich Fixierungen auf einen bestimmten Typ Mädel. Die das wussten, hatten irgendwann raus, wie sie auftauchen mussten, um direkt vorn vor die Bühne zu gelangen, ohne sich anstrengen oder ein teureres Ticket kaufen zu müssen.

Die *Bimbo Row* war vor allem bei Rockmusikern beliebt.

Beim Konzert von Will Taite diente die Vorsortierung dazu, zu garantieren, dass genug telegene verzückte Mädels in der ersten Reihe saßen. Ab der dritten Reihe war sowieso keiner mehr im Bild.

»Könnt ihr beiden bitte schon mal mitkommen?«, forderte uns ein Produktionstyp auf und klebte Mimi und mir einen Sticker auf die Bluse, übrigens haarscharf am Dekolleté vorbei.

Wir kamen mit und wurden direkt vor die Bühne platziert. Ein Kameramann samt Beleuchter testeten vorab einige Einstellungen mit uns und zwei, drei anderen Mädels, die auch auserwählt waren.

»Sagt mal, setzt ihr noch Jungs nach vorne?«, wagte Mimi zu fragen.

»Klar, aber die werden bei Balladen bestimmt nicht so euphorisch singen und entzückt kreischen, deshalb üben wir die Close-ups lieber mit Mädels.«

Aha! Mehr fiel uns dazu nicht ein.

Nach einigen Minuten wurden wir mit ein paar Jungs gemischt. Tim hatte es auch in den erlauchten Kreis geschafft und war immer noch extrem aufgeregt – von wegen nur Close-ups von Mädels, Tim würde bei *Hurt* bestimmt sein Madonnenverehrungsgesicht aufsetzen.

»Ziemlich fieses Verfahren, oder?«, flüsterte ich Mimi zu, die trotz Rauchverbot schon wieder eine Kippe in der Hand hatte.

»Lotte, wie kannst du eigentlich beim Fernsehen arbeiten und immer noch Illusionen haben? Ich find's auch Scheiße, aber du wirst diese Oberflächlichkeiten nicht ändern können, und in diesem speziellen Fall sei froh, dass du 'nen guten Platz hast.«

Langsam füllten sich der Saal und die Sitzkissen, und auch die Musiker nahmen ihre Plätze ein, Verkabelungen gab es nicht, schließlich handelte es sich um ein Akustikkonzert. Sie stimmten die Instrumente noch einmal, dann trat ein kaugummikauender Lockenkopf auf die Bühne, der zur Produktionsfirma gehörte und das Prozedere erklärte.

»Die Schienen für die Kamerafahrten und die Plätze um die Schienen herum dürfen auf keinen Fall blockiert werden. Wir drehen auf Film, das ist teuer. Es kann sein, dass wir einen Song zwei- oder dreimal machen müssen, je nachdem, wann die Regie und Will den Song freigeben. Bitte versucht die Stimmung trotz Wiederholung und auftretenden Unterbrechungen zu halten und beim dritten Mal immer noch wie beim ersten Mal zu klatschen!«

Der Typ ging von der Bühne, und einer vom Label trat ans Mikro und gab eine erstklassige ungewollte Parodie auf jeden Boxansager.

»Ladys und Gentlemen, meine Damen und Herren. Und hier ist er, der Mann, auf den alle schon mit Spannung warten, der einzige, großartige, *one and only* Will Taite!«

Trotz der an Peinlichkeit nicht zu überbietenden Ansage tobte der Club. Erstaunlich, wie viel Lärm knapp hundert Menschen machen können.

Will Taite kam auf die Bühne. Wow! Das nannte man wohl Bühnenpräsenz!

Er sah in Wirklichkeit genauso interessant aus und verströmte das Charisma eines Musikers, der wusste, dass er mit einer Geste einen Saal lahm legen konnte!

Auch wenn ich in Justus verknallt war und Will Taite nicht mein Typ, so konnte selbst ich mich nicht seiner Ausstrahlung entziehen und musste leider eingestehen, dass die Close-ups von verzückten Mädels nicht so unrealistisch gewesen waren …

Will Taite begrüßte das Publikum, ließ hin und wieder einen witzigen Spruch ab und grinste selbstsicher direkt in unsere Reihe, was Tim veranlasste, mich wie wild in die Seite zu kneifen.

Er begann mit *Cold*, einem aktuellen, sehr erfolgreichen Hit.

Seine Stimme und vor allem der Ausdruck, mit dem er sang, raubten einem den Atem. Alle Augen klebten an seinen Lippen, die dieses unglaublich melancholische Lied sangen, das einen berührte, ob man wollte oder nicht.

Magie war seit *Schlaflos in Seattle* ein so strapaziertes und verkitschtes Wort geworden, aber anders als magisch ließ sich die Atmosphäre nicht beschreiben.

Zumal Will unentwegt in unsere Reihe schaute, und das war nicht eine der teeniehaften Einbildungen à la »Er hat nur mich angeschaut und nur für mich gesungen«.

Nein, entweder waren wir genau nach seinem Geschmack gecastet worden oder er vom Regisseur angehalten, mit den Mädels der ersten Reihe zu flirten, weil sich das gut machte. Wobei, wenn ich ihn genau ansah, so schaute er eigentlich nur in Mimis und meine Richtung.

Beim Refrain hatte ich keinen Augenkontakt mehr, denn Will Taite sang offensichtlich nur noch für eine im Raum, und das war Mimi!

Mit offenem Mund wurde ich Zeuge, wie er Mimi anstrahlte, zuzwinkerte und seine Augen gar nicht mehr von ihr wenden konnte. Sie lächelte zurück, und mit einem Mal fiel der Groschen!

Die vertraute Art und Weise, wie er sie ansah und sie dabei glücklich war, ließ keinen Zweifel mehr offen: Ihr mysteriöser Mr Big war niemand anderer als Will Taite!

Tim schien auch zu blicken, was vor sich ging, und schüttelte ungläubig den Kopf.

Alles passte zusammen. Er war älter als sie, sie waren gemeinsam auf Tour gewesen, er hatte drei Kinder und eine depressive Frau, die er schlecht verlassen konnte. Er war berühmt und wollte keinen Skandal, deshalb die Geheimhalterei, und dann noch Mimis Verhalten in letzter Zeit ... Will war in Deutschland, und sie hatte ihn sicher getroffen, deshalb auch die spontanen Absagen zu gemeinsamen Verabredungen und ihre Warnung, was mich und Justus anging. Mimi hatte ihre eigenen Erfahrungen gemacht, und das im großen Stil, denn verglichen mit Justus' nationaler Prominenz war Will Taite als Weltstar eine ganz andere Liga! Die Leichtigkeit, wie sie an die Karten gekommen war und auch an ein Interview! Da arbeiteten wir in der Unterhaltungsbranche und bekamen die aufregendste Geschichte vor unserer Nase überhaupt nicht mit!

»Das ist er! Hundert pro«, flüsterte Tim mir ins Ohr. Ich nickte und konnte es immer noch nicht glauben. Mimi bemerkte von all dem nichts, sie war abgetaucht.

Das Spiel ging drei, vier Lieder so weiter. Ich getraute mich nicht, Mimi anzusprechen, sie sah viel zu glücklich aus!

Will Taite machte Pausen und scherzte mit den Musikern und dem Publikum, verlor dabei Mimi aber nie aus den Augen.

Schließlich stimmte er *Hope* an, ein Lied, das er für seine Frau geschrieben hatte, als sie eine schlechte Phase gehabt und keinen Ausweg gesehen hatte. *Hope* war zur Hymne von Millionen geworden und rührte einen bis ins Mark.

Mimi wurde ganz starr, und Will schaute zum ersten Mal an diesem Abend nicht Mimi an, sondern hielt die Augen geschlossen. Eine Weile hörte sie, ohne eine Miene zu verziehen, zu, dann stand sie auf und bahnte sich einen Weg nach draußen. Ich wollte hinterher, doch der Typ von der Produktion hielt mich ab und zeigte mir 'nen Vogel.

»Bleib gefälligst sitzen, sonst stimmt die Continuity nicht mehr!« Schnell dirigierte er ein anderes Mädchen auf Mimis leeren Platz.

Ich musste warten, bis *Hope* zu Ende war, stürmte dann hinaus, direkt in den Waschraum, wo ich Mimi weinend vorfand.

Als ich sie in den Arm nahm, konnte sie sich gar nicht mehr beherrschen und schluchzte laut.

»Du musst nichts sagen, Mimi. Ich glaub, ich versteh es auch so. Er ist die komplizierte Liebe, richtig?«

Sie nickte und schniefte. »Warum muss er ausgerechnet heute dieses Lied spielen? Er weiß doch genau, wie das für mich ist!«

»Vielleicht muss er ja?«, wagte ich eine Erklärung.

Mimi schüttelte den Kopf.

»Nee, glaub mir, der ist an 'nem Punkt, wo es nach seiner Nase geht – und wenn er den Song nicht spielen wollte, würde keiner was sagen.«

»Auf der anderen Seite ist es einer seiner größten Erfolge, glaubst du, es wäre nicht komisch, wenn es fehlte?«

Es war komplett absurd, mit Mimi über Will Taite wie über einen gemeinsamen Freund zu sprechen. Absurd deshalb, weil ich, obwohl ich ihn nicht kannte, doch so vieles wusste und Mimi nichts erklären musste.

Für sie war mein Boulevardwissen Realität.

»Willst du lieber gehen?«

Mimi nickte.

»Ich glaub, ist besser. Außerdem seh ich total verheult aus!«

»Glaub mir, du siehst selbst verheult so aus, dass jedes Model sofort ihren Job an den Nagel hängen würde!«

Wir gingen Richtung Ausgang. Tim würde unseren Part Verzückung bestens übernehmen, da machte ich mir keine Sorgen. Ich schickte ihm eine SMS, damit er, wenn er aus dem Konzert kam, nicht beunruhigt war.

Lena war erstaunt, uns zu sehen.

»Ist das Konzert ins Wasser gefallen, oder warum seid ihr schon hier?«

»Das ist eine längere Geschichte. Ich mach uns 'nen Tee.«

Mimi und Lena gingen ins Wohnzimmer und machten es sich auf der Couch vor dem prasselnden Kamin bequem.

Mit halbem Ohr hörte ich, wie Mimi Lena einweihte.

Lenas Reaktion war nicht zu überhören.

Mit den dampfenden Tassen setzte ich mich dazu, Mimi hatte immer noch verheulte Augen und eine rote Nase, machte insgesamt aber einen viel gefassteren Eindruck, sie konnte sogar über Lenas und meine aufheiternden Kommentare lachen.

»Sag mal, was mich wundert, ist, dass niemand etwas mitbekommen hat. Kein Foto, nicht mal von einem Paparazzo, kein Gerücht. Als treue Yellow-Press-Leserin habe ich das für unmöglich gehalten.« Denn wenn schon Justus überall erkannt und aufgelauert wurde, wie musste das erst bei Will Taite sein!

Mimi nickte.

»Das ist auch nicht einfach, aber ich kann dir sagen, wenn man diskret sein will, geht das, zumal ich ja für ihn gearbeitet habe und es somit nicht groß auffiel, wenn ich mit auf Tour war. Sein engstes Umfeld, also Manager, Bodyguard, das Label wissen Bescheid, werden sich aber hüten, auch nur ein Wort oder einen blöden Kommentar abzulassen, Will ist ja ihr Geldgeber. Die organisieren sogar die Treffen und achten darauf, dass seine Frau nichts mitbekommt. Wenn ihr wüsstet, wie viele Stars, die Betroffenheitsmusik machen und als super verliebte Familienmänner gelten, Techtelmechtel mit ihren Promoterinnen haben oder Mädels auf Tour abschleppen, wobei junge Frauen aus dem Business bevorzugt werden, die wissen, was gespielt wird. Die Gefahr ist geringer, dass sich mal eine an die Presse verirrt.«

»Apropos Frau. Ist es dir egal, dass er verheiratet ist?« Lena sprach aus, was ich dachte. Mimi war garantiert nicht der Typ Geliebte, aber wer war das schon?

»Machst du Witze? Natürlich nicht! Das ist doch das Schlimmste daran! Wenn du wüsstest, wie ich mich am Anfang dagegen gewehrt habe. Aber mich hatte es total erwischt, ihn angeblich auch, zumindest ging alles von ihm aus. Eines Abends auf Tour hatte sich die Spannung zwischen uns so aufgeladen, dass ich nicht mehr anders konnte.«

»Und seither seid ihr zusammen?« Lena hatte die Inquisition übernommen.

Mimi schüttelte den Kopf.

»Nein. Ich versuchte mir einzureden, diese Nacht sei nötig gewesen, um die Spannung rauszunehmen, und hoffte, damit sei seine Neugierde befriedigt und wir könnten wieder *back to normal*. Leider machte es aber alles schlimmer, denn ich bekam ihn nicht aus dem Kopf, und er mich schon gar nicht. Er fing regelrecht an, mich zu belagern. Natürlich stellte ich alle unbequemen Fragen – ›Was ist mit deiner Frau und mit den Kindern, was ist mit dem Altersunterschied?‹ Aber geholfen hat es nicht.«

»Aber was hat er dazu gesagt?« Lena war in ihrem Element.

»Alles, was ich hören wollte. Er würde seine Familie verlassen, der Altersunterschied spiele keine Rolle, mit seinem Lebenswandel fühle er sich eher auf einem Level mit der Jugend denn mit Gleichaltrigen.«

Spätestens bei diesem Bonmot wären bei mir sämtliche Alarmglocken angegangen. Hatte was von antiautoritären »Ich-bin-euer-Kumpel«-Lehrern, die, wenn's ans Eingemachte ging, spießiger und härter waren als jeder Hardliner.

»Und warum ist er dann heute noch mit seiner Frau zusammen?«, wagte ich einzuwerfen.

Mimi seufzte.

»Weil ich gar nicht wollte, dass er sich trennt. Ich hab sie einmal kennen gelernt. Eine sympathische, zierliche, aber auch starke Frau, die allerdings unter wiederkehrenden Depressionen leidet und schon alles versucht hat, um ihrer Herr zu werden. Mann, hab ich mich beschissen gefühlt, als ich sie sah und merkte, wie sehr sie auf Will fixiert ist und ihn braucht.«

»Glaubst du, sie weiß, was zwischen euch läuft?«

»Ach, ich bin mir nicht sicher, Lotte. Will meinte zwar nein, aber sie hat mich damals auffällig gemustert und einen längeren Kommentar fallen lassen, der in die Richtung ging, das Showgeschäft sei eine sehr spezielle Branche und in einer langen Ehe gälten andere Prioritäten und sie glaube nicht, dass etwas sie und Will auseinander bringen könnte. Danach habe ich die Affäre beendet. Aber Will ließ nicht locker, und dann hat er *Cold* für mich geschrieben. Ich weiß noch, wie er mich anrief und sagte, am Montag kommt meine neue Single auf den Markt. Achte auf den Text, er ist für dich. So billig die Masche sein mag, bei mir hat sie leider gezogen. Seither sind wir wieder zusammen.«

»Aber so richtig glücklich bist du nicht, oder?«, bemerkte Lena.

Mimi stellte ihre Tasse ab.

»Wie denn auch? Ich spiele ein Versteckspiel, habe ein schlechtes Gewissen und möchte eigentlich aus der Nummer raus, schaffe es aber nicht. Mein Verstand schreit permanent: Nichts wie weg, du verschwendest dein Leben! Mein Gefühl sagt: Und wenn schon, diese Liebe ist es wert, auch wenn sie nie legal sein wird.«

»Wieso? Ich dachte, er würde seine Familie für dich verlassen, wenn du willst.«

Mimi lachte frustriert auf.

»Im Leben nicht! In der Bibel heißt es schon, an ihren Taten sollt ihr sie erkennen, nicht an ihren Worten. Vor kurzem war ich an dem Punkt, wo ich ihn einfach nur für mich haben wollte, und forcierte die Entscheidung. Da wurde mir klar, er würde sich nie von ihr trennen, zumindest nicht für mich. Wäre ja auch schlechte Presse! Der Gutmensch verlässt seine kranke Frau und Kinder ausgerechnet für so ein junges hübsches Ding ... Würde er zu mir stehen, wäre alles anders gelaufen, das ist mir inzwischen klar. Diese Geschichte nagt so sehr an mir und meinem Selbstwertgefühl! Und als er gerade eben *Hope* gesungen hat, kam alles wieder hoch.«

»Er hat *Hope* gesungen?«, fragte Lena freudig.

Ich stieß sie in die Seite! Wenn Mimi jetzt etwas nicht brauchen konnte, dann Lena, die sich als Will-Taite-Fan outete.

Schnell machte Lena wieder ein betroffenes Gesicht, aber ich wusste, wie es ihr ging. Es war schwer, zwischen Bewunderung für den Künstler, den Star und sein wahres Leben zu unterscheiden. Während wir über seine Frau und sein Verhalten als Mann gesprochen hatten, konnte ich vergessen, wer er war, und das als normale Dreiecksgeschichte sehen; aber sobald mir wieder einfiel, wer er war, bekam es einen crazy Touch.

Mir tat Mimi Leid. Da saß sie vor mir, wunderschön, intelligent, lebensfroh, und liebte einen Mann, der ihr alles andere als gut tat und von dem sie nicht wegkam.

Kein Wunder, er war ihr in so ziemlich allem überlegen. Er hatte weitaus mehr Lebenserfahrung, natürlich konnte er souveräner sein, Geld spielte keine Rolle, und mit Geld ließen sich viele Probleme aus der Welt schaffen. Seine Popularität, sein Aussehen und Können gaben ihm ein Selbstbewusstsein und eine Macht, da konnte Mimi nicht viel dagegensetzen, zumindest sah sie das so, und das tat ihr nicht gut.

Ich ging in die Küche und holte Whiskey. Die Gesprächstherapie war vorbei, jetzt wurde mit anderen Mitteln weitertherapiert.

Wir stießen an und wurden albern und zynisch.

Ein Handy klingelte. Es war Mimis. Ihr Gesicht fiel zusammen, und da sie Englisch sprach, war es nicht wirklich schwer zu erraten, wer angerufen hatte.

»Nein, ich möchte dich nicht mehr treffen, ich bin bei einer Freundin. Wie ich das Konzert fand?«

Sie ging in die Küche. Nach einigen Minuten kam sie zurück und goss sich mehr Whiskey ein.

»Selbstverliebtes, egomanisches Künstlerarschloch! Da fragt er mich doch tatsächlich, wie ich ihn gefunden habe? Und warum ich bei *Hope* eigentlich gegangen sei! Scheiß Popstar!«

Sie fing wieder an, verzweifelt zu weinen.

»Warum kann er mich nicht richtig lieben und zu mir stehen? Weshalb muss alles so verdammt kompliziert sein?«

Lena nahm sie in den Arm.

»Okay Mimi. Jetzt pass mal auf. Jetzt hörst du auf zu weinen und nimmst dein Schicksal endlich selber in die Hand. Warum willst du denn auch einen Mann, der nie für dich frei sein wird und dich deshalb immer demütigen wird? Du musst konsequent sein und Schluss machen! Solange du immer nur reagierst und nicht einmal eine Entscheidung selber durchziehst, wirst du immer das Gefühl haben, schwach zu sein. Bei euch stimmt das Gleichgewicht nicht, und das musst du wiederherstellen, indem du aktiv wirst, anstatt nur auf diesen Popstar zu warten, verstanden? Du wirst sehen, das fühlt sich super an!«

In diesem Moment klingelte mein Handy. Justus? Ich hatte vor lauter Aufregung gar nicht an ihn gedacht.

»Hey Lotte,« – es war Tim – »seid ihr bei dir? Wie geht's Mimi? Ich sag's nicht gern, aber ihr habt das Konzert des Jahres verpasst! Als ihr weg wart, war ich super oft im Bild. Ich komm noch schnell vorbei. Im Trösten bin ich großartig!«

Hoffentlich brachte er eine seiner Survival-CDs mit!

Brachte er nicht, dafür einen ausführlichen Konzertbericht. Er konnte sein Leuchten und seine Begeisterung kaum bremsen, fügte aber stets geflissentlich ein: »Was ihn als Mensch aber nicht besser macht, diesen Heuchler!«

Mimi war inzwischen so blau, dass sie fast einschlief und zum Glück fast gar nichts mehr mitbekam. Ich holte eine Decke für sie. Cara gesellte sich zu Mimi, und Tim, Lena und ich gingen leise in die Küche.

»Das muss ich erst mal verdauen! Die Mimi! Jetzt versteh ich auch, warum sie nie was sagen konnte!«

Tim nickte.

»Ja, und jetzt versteh ich auch, warum sie Abende lang daheim war. Sie hat sicher auf seine Anrufe gewartet und deshalb auch Verabredungen spontan abgesagt!«

Die Vorstellung, wie Mimi auf Anrufe von Will Taite wartete, war zwar noch absurd, aber so langsam gewöhnten wir uns an den Gedanken, zwischen Mann und Künstler zu trennen.

»Mir reicht's für heute. Ich geh ins Bett!« Lena stand auf, Tim verabschiedete sich, und ich rief Justus an.

»Na, wie geht's meiner Paranoia-Charme-Lotte?«, zog Justus mich auf. Sehr witzig! Aber immerhin konnten wir über meinen nächtlichen Aufschlag am Hotel schon lachen. Ich vermisste ihn stärker denn je, verbot es mir aber, herumzujammern. Immerhin war er nicht verheiratet, lebte im Winter nicht an einem anderen Ort, und dass er sich auch öffentlich zu mir bekannte, würden wir schon noch hinbekommen.

dreiundzwanzig

»Diadem oder Blumen im Haar? Was meinst du, *Scharlott?*«

Hilfe! Es war ein schöner Herbstsonntagnachmittag, ich saß gefangen zwischen meiner Mutter, Marlene und Katharina im Wintergarten meiner Eltern und musste die Hochzeitsvorbereitungen bis ins Detail durchhecheln, und zwar für eine Hochzeit, die erst in einem knappen Jahr stattfand und deren Ziel es einzig und allein war, alle bisher vorausgegangenen in den Schatten zu stellen!

Es galt vor allem, Vivienne Homburgs Hochzeit, die vor kurzem einen älteren Industriellen geheiratet und den Rekord in *bigger, better, faster* aufgestellt hatte, zu toppen.

Wann immer ich einen Vorschlag machte, wurde er mit Kopfschütteln abgelehnt, denn entweder hatte Vivienne das schon gemacht oder es war nicht teuer und prunkig genug. Schon nach den ersten Minuten war mir klar, eine stilvolle Hochzeit war nicht drin.

»Wie wäre es, wenn ihr auf der Hochzeitskutsche eure Namen und ein Herz mit Swarovsky-Steinen anbringen lasst?«, gab ich meine komplett hirnrissige Idee zu Protokoll.

Ein gleichzeitiger entzückter Aufschrei – und drei glückliche Gesichter blickten mich an.

»Genial! Einfach genial! Darauf ist noch niemand gekommen!«, stieß Marlene euphorisch aus.

Natürlich nicht, welcher normale Mensch kam auf solche Spinnereien? Wenigstens wusste ich jetzt, in welche Richtung ich denken musste. Es war ja zum Glück nicht meine Hochzeit.

»Ihr könntet die Champagnerflaschen mit eigens gedruckten Etiketten, auf denen eure Namen und der Tag der Hochzeit mit echtem Blattgold geprägt sind, bestücken lassen!«

Ehrfürchtiges Nicken. Dankbares Lächeln von Katharina und Marlene. Eine stolze Mutter.

»Ja, wenn *Scharlott* will, hat sie famose Ideen und Esprit!«

Allerdings! Der Einzige, der mir Leid tat, war Yannick. Aber es war ja nicht meine Idee gewesen, Katharina zu heiraten. Das musste er schon selbst wissen.

»Wie hoch ist eigentlich der Budgetrahmen?«, wagte ich nachzufragen.

Marlene winkte ab.

»Zweitrangig. Katharinas Erzeuger und ich sind ausnahmsweise mal derselben Meinung. Wenn meine Kleine heiratet, dann soll es unvergesslich für sie werden.«

Sie meinte wohl eher unvergesslich für sie selbst und die Ich-habe-Handicap-5-Gesellschaft.

Sollte mir recht sein. Je schneller wir mit der Planung durch waren, desto eher konnte ich noch hinaus und einen Herbstspaziergang machen.

Langsam kam ich in Fahrt.

»Ich finde, ihr solltet die Gäste mit Helikopter-Shuttles zum Schloss einfliegen und auf dem großen Rasen ›Katharina und Yannick‹ mit roten Blumen einpflanzen lassen, sodass man die Namen schon im Landeanflug lesen kann.«

Sie hingen an meinen Lippen, Katharina schrieb eiligst alles auf und rief immer nur: »Genial, genial!«

Da saß ich eingekeilt zwischen Brautkleidkatalogen und verschiedenen Tischkartenmustern und hatte gar nicht gehört, dass es geläutet hatte.

Bertha eilte herein.

»Lotte, Besuch für dich. Ein junger Herr!«

Und schon kam hinter ihr niemand anderer als Justus zum Vorschein.

Mein Herz blieb stehen, teils vor Freude, teils vor Scham, denn Katharina hatte gerade einen Schleier aufgesetzt und verschiedene Marzipanhochzeitspaare zur Ansicht für die Hochzeitstorte auf den Tisch gestellt!

Wie peinlich! Er musste denken, dass ich meine Nachmittage damit verbrachte, in Hochzeitsvorbereitungen mit meiner Mutter und Freundinnen zu schwelgen. Kein Wunder, dass bei ihm alle Alarmglocken angingen, wenn ich von fester Beziehung sprach. Wer konnte es ihm verdenken!

Da ich, wie vom Donner gerührt, immer noch bewegungslos dasaß und keine Reaktion zeigte, übernahm meine Mutter, was es nicht wirklich besser machte.

Übertrieben sprang sie auf und breitete ihre Arme aus, als ob der verlorene Sohn heimgekehrt sei.

»Wie schön, dass wir uns endlich einmal kennen lernen, Herr Staufen! *Quel plaisir! Scharlott* hatte gar nicht gesagt, dass Sie kommen würden. Na ja, wahrscheinlich war sie gerade zu vertieft in die Hochzeitsvorbereitungen für Katharinas Fest. Sie glauben ja nicht, welch unglaubliche Ideen *Scharlott* hat. Da müssen wir uns um Ihrer beider Hochzeit keine Sorgen machen, wenn Sie wissen, was ich meine!« Sie zwinkerte ihm verschwörerisch zu.

Justus wäre nicht Justus, wenn er selbst diese Situation nicht souverän gemeistert hätte.

»Charlotte konnte nichts sagen, denn das ist ein Überraschungsbesuch. Ich hoffe, ich komme nicht ungelegen?«

»Ungelegen? Aber nicht doch! Sie sind jederzeit willkommen. Wollen wir uns übrigens nicht duzen? Ich heiße *Süsann*!«

»Gerne, ich bin Justus!«

Aufgeregt rief meine Mutter nach Bertha.

»Bertha, wir müssen anstoßen. Bring uns bitte einen besonders guten Champagner!«

Ich konnte nicht glauben, dass sich dieses Szenario gerade vor meinen Augen abspielte. Falls ich jemals Chancen bei Justus gehabt hatte, waren sie just in diesem Moment sicher für immer vertan.

Justus begrüßte Katharina, die sichtlich stolz war, ihn schon zu kennen, und Marlene, die ihr breitestes Lächeln aufsetzte. Die Begleitung der Trauzeugin ihrer Tochter war prominent. Das gab bestimmt gute Presse!

Justus setzte sich neben mich, gab mir, die ich immer noch regungslos dasaß, einen Kuss und flüsterte mir zu: »Kannst du dich aus der Karnickelstarre lösen und wenigstens so tun, als ob du dich freust, mich zu sehen?«

Wie konnte ich ihm nur klarmachen, dass ich mich immer freute, ihn zu sehen, nur nicht in dieser Konstellation!

»Ich bin nur überrascht, das ist alles«, zog ich mich aus der Affäre.

»Ich wusste gar nicht, dass deine Mutter auch Französin ist!«, raunte Justus.

»Wieso auch?«

»Na, Annabelles Mutter stammt auch aus Paris. Sie ist sogar zweisprachig aufgewachsen. Du auch?«

Was war peinlicher? Zuzugeben, dass die eigene Mutter, milde ausgedrückt, einen leichten Hang zur Exzentrik hatte, oder so zu tun, als ob sie Französin war, und lieber die Schmach auf sich zu nehmen, nicht perfekt Französisch zu sprechen?

»Sie ist keine Französin. Sie ist nur frankophil!«, entschied ich mich für die Wahrheit.

»Das macht sie aber überzeugend. Sie scheint Schauspieltalent zu haben!«

»Versprich mir, dass du das nie zu ihr sagen wirst, ja?«

Justus sah mich erstaunt an. Ich hatte das Gefühl, dass er meine Mutter amüsant fand und mein entnervtes Verhalten nicht nachvollziehen konnte.

»So, ihr Lieben. Lasst uns anstoßen, auf meinen Schwiegersohn in spe!« Meine Mutter kicherte albern.

Ich warf ihr tadelnde Blicke zu, die sie nicht verstand oder nicht verstehen wollte.

Justus nahm das Ganze mit Humor, zumindest tat er so, und meine Versuche, Mutters lustig gemeinte Kommentare zu mildern, interessierten niemanden.

Stattdessen sprachen Marlene, Mutter und Katharina abwechselnd auf Justus ein, erzählten von der anstehenden Hochzeit und quetschten ihn zu seinem neuen Film aus.

»Was passiert denn, wenn die Kameras aus sind? Wir wollen alle Skandale wissen!«

Marlene war ganz aus dem Häuschen und vergaß ihre gute Kinderstube.

Im Gegensatz zu den anderen Damen wollte ich nicht hören, was passierte, wenn die Kameras aus waren. Ich war froh, dieses Thema vermeiden zu können.

Justus merkte, dass ich in meine Karnickelstarre zurückfiel, und wehrte ab.

»Meine Damen. Ein paar Geheimnisse müssen bleiben, sonst entmystifizieren sie ja den Film, und der soll doch helfen zu träumen und sich Dinge auszumalen. Und Fantasie haben Sie allemal, oder?«

Drei wieder zu Backfischen mutierte Damen kicherten bejahend. Justus konnte sie alle um den Finger wickeln. Ob ich ihn, objektiv betrachtet, auch so offensichtlich anhimmelte?

»Sag, stimmt es, dass Annabelle Leiniger hinter dir her ist? Ich habe sie bei *Drechsler* gesehen, und da machte sie so Andeutungen.«

Danke, Katharina! Falls die Situation bis eben schon nicht gerade gemütlich war, wurde sie jetzt richtig ätzend.

Meine Mutter horchte sofort auf und zog die Augenbrauen in die Höhe. »Wer ist denn Annabelle Leiniger?«

Bei diesem Thema verstand meine Mutter keinen Spaß, Marlene schon gar nicht, denn Justus würde auf der Hochzeit ihrer Tochter als Stargast erscheinen, und das würde niemand durchkreuzen!

Justus versuchte abzuwehren.

»Annabelle ist meine Filmpartnerin bei *Erspare dir die Liebe*. Natürlich wird uns eine Affäre nachgesagt, schließlich spielen wir ein Liebespaar. Das darf man aber nicht ernst nehmen.«

Ha! Da kannte er meine Mutter schlecht! Zumal Katharina auch noch den genauen Wortlaut von Annabelle wiedergab, der zu meiner peinlichen Nacht- und Nebelaktion geführt hatte. Von wegen jung und ungebunden …

»Justus, da musst du aufpassen. Solche Mädchen sind gefährlich, glaube mir. Halt dich besser fern«, gab Mutter ihm einen Ratschlag. »Weiß diese Annabelle denn, dass es Charlotte gibt?«, hakte sie gleich noch mal nach.

»Aber natürlich. Charlotte hat Annabelle auch schon einige Male getroffen!«

»Na, dann ist ja alles gut!« Mutter war beruhigt. Wenn sie wüsste, dass man bei einer Annabelle-ich-bekomme-jeden-Mann-Leiniger nicht normale Anstandsmaßstäbe anlegen konnte! Nur weil jemand liiert war, hieß das für Annabelle noch lange nicht, ihre Finger von dem Mann zu lassen. Im Gegenteil, manche Frauen fanden das sogar antörnend, als ob man die Latte noch höher gehängt hätte.

»Justus, wollen wir ein wenig raus, spazieren gehen?«

Ich würde ihn hier rausbekommen, egal wie.

Erstaunlicherweise erhielt ich ausgerechnet von Marlene Unterstützung.

»Ach, die beiden Turteltäubchen wollen alleine sein. Geht ruhig. Wir werden ohne dich weitermachen, oder sollen wir gleich eine Doppelhochzeit planen?« Ihre letzte Bemerkung fand sie derart lustig, dass sie sich gar nicht mehr einkriegte und immer noch prustete, während Justus und ich aufstanden, um in den Park zu gehen.

Kaum waren wir außer Hörweite, sprudelte es nur so aus mir heraus.

»Oh Mann! Tut mir echt Leid, dass du dir das antun musstest. Ich hoffe, du weißt, dass ich keine Hochzeitsfantasien hege und auch ansonsten komplett anders ticke!«

Justus legte seinen Arm um mich und lachte.

»Mann, Lotte! Ich beneide dich fast. Das ist großes Kino. Hab mich selten so gut unterhalten. Gut, sie sind komplett durchgeknallt und leben in einer anderen Wirklichkeit, aber an Unterhaltung ist das nicht zu schlagen. An deiner Mutter ist eine Filmdiva verloren gegangen. Diese Theatralik!«

Sollte ich ihm das glauben, oder versuchte er, mich nur zu beruhigen?

»Aber nach deiner Mutter bist du, was die Art anbelangt, so überhaupt nicht geschlagen! Wobei, wenn ich daran denke, wie du kürzlich nachts im Hotel eingefahren bist, musst du, was Inszenierungen angeht, doch etwas in deinen Genen haben.«

Ich boxte ihn in die Seite. Wenn er meine Mutter mit Humor ertragen konnte, war alles andere ein Kinderspiel. Schlimmer konnte es nicht mehr werden.

»Aber ich muss schon sagen, Charlotte. Dafür, dass du hier so prinzessinnenhaft aufgewachsen bist, bist du richtig gut geraten. Überhaupt nicht verzogen!«

Wenigstens etwas!

»Ich konnte mich vor lauter Schreck noch gar nicht richtig freuen! Wie lange kannst du bleiben?«, fragte ich.

»Bis morgen! Dann geht's weiter. Eigentlich hätte ich heute auch Termine gehabt, habe aber gestreikt, denn ich musste dich einfach sehen. Lena hat mir verraten, wo ich dich finden kann. Sollen wir zu mir, und ich koche was?«

Mir war alles recht. Wie ein Junkie ging ich überall hin, wo das Dope, in diesem Fall Justus, war.

Eigentlich hatte ich gedacht, ich würde mich an Justus' Gegenwart gewöhnen und wäre nicht mehr aufgeregt. Weit gefehlt. Es reichte immer noch eine zufällige Berührung, ein zweideutiges Grinsen, und mein Magen drehte sich.

Gleichzeitig fühlte ich mich bei ihm geborgen, und als wir in seiner Wohnung waren, hatte ich sogar das Gefühl von Vertrautheit.

Justus war bereits einkaufen gewesen und wollte aufwändig kochen. Trüffelpastete an Tomaten-Pinien-Sugo.

»Lass uns schon mal den Wein öffnen. Ohne Wein kann ich nicht kochen!«

Löbliche Einstellung! Ich schenkte ein, und Justus begann die Vorspeise vorzubereiten. Ich durfte nicht helfen, sondern nur dastehen und ihn als Muse inspirieren.

Er schnippelte, ich trank. Das Küchenradio dudelte, einige Kerzen brannten, draußen war es bereits dunkel geworden, und der Regen hatte eingesetzt. Es war unglaublich schön, hier auf einem Küchenhocker dem aufregendsten *man alive* beim Zubereiten einer Gemüsetarte zuzusehen …!

»Und wie war deine Woche?«, fragte ich, nachdem mich der Wein erwärmt und gelockert hatte.

»Lange, zu lange. Ich kann keine Models oder Studentinnen mehr sehen, die auf Partys Give-aways oder in irgendwelchen gestörten Aufmachungen eines Sponsors unnütze Werbegeschenke verteilen. Und wenn ich in nächster Zeit einen Flughafen sehe, drehe ich durch. Ich sag dir, inzwischen könnte ich die Maschinen selber fliegen. Und falls ich in meinem nächsten Leben als Journalist wiedergeboren werden sollte, würde ich als Erstes drei Fragen verbieten: Wie ist es, ein Sexsymbol zu sein?, Was hat die Filmfigur mit Ihnen gemein? und: Wie haben Sie sich auf die Rolle vorbereitet?«

Das würde ich mir merken. Für Annabelles Interview, das mir

kommende Woche ins Haus stand, könnte ich mir lauter solcher Quälfragen ausdenken. Wie wär's mit: Womit wäschst du dir die Haare? Wo kaufst du ein? Was ist dein Lieblingskochrezept?

»Was würdest du denn gerne gefragt werden, Justus? Vielleicht: Was macht dein Liebesleben? Aber das wäre dir sicher zu privat.«

Er schmeckte die Salatsoße ab. »Von dir, liebe Charlotte, würde ich mich alles fragen lassen. Von einem wildfremden Menschen hingegen nicht. Ich versteh diese Neugierde, was mein Privatleben angeht, einfach nicht. Haben die denn kein eigenes?«

»Du bist aber auch ein besonders schwieriger Fall.«

Justus drehte sich zu mir um und überlegte einen Augenblick. Dann sagte er: »Irgendwann wirst du das verstehen, Charlotte. Glaub mir!«

Was sollten diese Andeutungen? Wenn ich etwas hasste, dann Andeutungen. Aber natürlich wollte ich nicht mit aufdringlichen Journalisten in einen Topf geworfen werden, und so biss ich mir auf die Lippe, ließ die Bemerkung so stehen und fand mich ganz schön diskret.

Das Essen war unglaublich. Justus hatte sich solche Mühe gegeben, und ich konnte förmlich sehen, wie Stress und Anstrengung von ihm abfielen. Es war so spannend, mit ihm zu reden, denn was er schon alles erlebt hatte, gab mir das Gefühl, wirklich im goldenen, beschützten Käfig aufgewachsen zu sein.

Ein Thema hatte sich allerdings als Tabuthema herauskristallisiert: seine Familie. Als ich eine Kiste sah, die mit »Fotos Familie« beschriftet war, und fragte, ob ich sie öffnen dürfte, wehrte er ab. Und zwar vehement. Die einzige Info, die ich hatte, war, dass er Einzelkind war, seine Eltern getrennt lebten, sein Vater an einer renommierten Schauspielschule unterrichtete und seine Mutter als Journalistin fast immer unterwegs war. Mehr bekam ich einfach nicht aus ihm heraus. Mir fiel auch auf, dass er zwar Fotos von Freunden aufgestellt hatte, aber seine Eltern nirgendwo zu sehen waren. Da es keinen Zweck hatte, weiter zu bohren, akzeptierte ich die Tatsache einfach und hoffte, er würde schon bald von allein darüber sprechen.

Justus war Meister im Themawechseln. Er imitierte Stars, worüber ich sehr lachen musste, nahm seine Gitarre und veranstaltete *Sie wünschen – wir spielen* und konnte fast jedes meiner Wunschlieder aus dem Kopf improvisieren. Eine gute Stimme hatte er zu allem Überfluss auch noch! Dann jagte er mich durch die Wohnung, kitzelte mich durch, wenn er mich zu fassen bekam, und beschloss spontan, dass der Küchentisch super geeignet sei, um mich zu verführen. Und ich war ihm wieder ein Stückchen mehr verfallen. Man kam in seiner Gegenwart kaum zum Atmen, bei dem Tempo, das er vorlegte.

Wir machten die Nacht kein Auge zu, was sich am nächsten Morgen bitter rächte. Nicht nur, dass man mich bei einer Polizeikontrolle wahrscheinlich sofort in Arrest genommen hätte wegen überdimensionaler Augenringe, nein, wir hatten zu allem Übel auch noch verschlafen.

»Wann bist du denn wieder mal richtig da?«, fragte ich Justus, der sich eilig ein T-Shirt über den Kopf zog.

»In einer Woche ist das Schlimmste vorbei. Wir drehen morgen noch eine Szene nach, aber das Filmmaterial liegt schon beim Abtasten und Sichten, und Uli hat bereits mit dem Schnitt angefangen.«

Flüchtiger Kuss, und schon rannten wir beide die Treppen hinunter.

»Übrigens, ich bin Freitag bei *Drechsler*!«, rief Justus mir zu, während er ins Taxi stieg.

»Na dann viel Glück! Wir telefonieren! Danke noch mal für die Überraschung!«, rief ich hinterher.

vierundzwanzig

So chaotisch, wie der Tag begonnen hatte, ging er im Sender weiter.

Kaum war ich im Büro, sah ich schon Mimi und Tim zusammen tuscheln. Es ging bestimmt um Will Taite.

»Was Neues vom Popstar?«

Mimi und Tim sahen mich erschrocken an, legten gleichzeitig den Finger auf den Mund und machten: »Pssst!«

»Werden wir neuerdings abgehört?« Man wusste ja nie. Ein Sender hatte in den 90ern die Telefonate seiner Mitarbeiter mitgeschnitten – ich hielt alles für möglich.

»Quatsch! Aber muss ja nicht jeder mitbekommen. Wenn das über den Flurfunk geht, kannst du dir ja vorstellen, was los ist! Im besten Fall wird Mimi die ganze Zeit aufgezogen, im schlimmsten Fall melden sie es in den News!«, belehrte mich Tim.

»Aber was ist denn jetzt mit dem Popstar? Habt ihr eigentlich keinen Decknamen für ihn?« Decknamen waren doch der halbe Spaß, wenn man heimlich verliebt war und niemand etwas wissen durfte … Am besten gab man einem Typen immer einen Mädchennamen und sprach von »ihr«. Wie oft hatten wir zu Uni-Zeiten gekonnt mit diesen Tarnnamen hantiert!

»Pussy fände ich passend«, schlug Tim vor.

»Na, wir wollen doch nicht gleich obszön werden. Was hat er denn heute verbockt?«

Mimi flüsterte: »Gar nichts! Das ist ja das Komische! Er ist aufmerksamer denn je, will mich dauernd treffen und versichert mir, wie wichtig ich für sein Leben bin und dass ich ihn so inspiriere. Er sprach sogar davon, sich von seiner Frau zu trennen, da er glaubt, sie wäre vielleicht ohne das anstrengende Leben an seiner Seite besser dran. Und dass die Ehe sowieso ein Desaster sei, was ihn in seiner künstlerischen Schaffensphase total beeinträchtige. Er fragte mich sogar, ob ich mir vorstellen könnte, mit ihm in London zu leben. Es hörte sich sehr ernst an. Und jetzt bin ich total verwirrt und weiß gar nichts mehr!«

Aber ich wusste eines sicher: Letztlich war Will Taite auch nur ein Mann, der einfach seine langjährige Ehefrau betrog und seiner jungen Geliebten wenigstens eine Perspektive vorgaukeln musste, um sie zu halten. Und mit Künstlerseele hatte das wenig zu tun. Immerhin hatte er eine der schönsten Liebeserklärungen vor nicht allzu langer Zeit in Liedform seiner Frau gewidmet. So schlecht konnte es um die angeblich tote, einengende Ehe nicht stehen!

»Mimi. Ich trau ihm nur, so weit ich sehen kann. So wie du das alles geschildert hast, geht es bei ihm vor allem um eines – sein Wohlbefinden! Und das versteckt er dann gerne mal hinter dem »Ich-bin-anders-ich-bin-Künstler«-Gesülze und holt sich damit 'nen Freischein, um alles ausleben zu können, wonach ihm gerade ist.«

Meine offene Meinung war nicht gefragt. Mimi schien das nicht hören zu wollen, was ich nur zu gut verstehen konnte.

Tim, immer noch hin und weg von Will Taites Konzert, war zu keiner objektiven Einschätzung in der Lage. Er meinte bloß: »Lasst mich da raus, Mädels. Mir ist es ganz egal, und wenn er kleine Kinder fressen sollte, dieser Mann ist ein Genie, ein Gott. Da darf man nicht so kleinlich sein. Picasso war man ja auch nicht böse, wenn seine Exfrau ihm immer noch die Nägel schneiden durfte, während er schon zig andere Frauen in den Wahnsinn getrieben hatte. Mimi, du bist privilegiert, ihn überhaupt lieben zu dürfen und ihn sogar inspiriert zu haben. Mit dem Song, den er für dich geschrieben hat, wirst du unsterblich durch ihn sein!«

»Ja, wenn es denn jemand wüsste!«, wagte ich einzuwerfen. Arme Mimi, wir waren ihr keine große Hilfe.

»Mimi, mach einfach das, wovon du denkst, dass es dir gut tut, okay?« Ich unternahm einen schwachen Versuch zu retten, was zu retten war.

»Und wenn das beinhaltet, dass du mich mit ihm bekannt machst, hätte ich nichts dagegen einzuwenden!«

»Tim! Komm endlich von diesem Trip runter und denk mal an Mimi!«

Tim zog eine Schnute. »Wieso? Ich hab doch sonst nichts in meinem armseligen Leben!«

»Ich dachte, du bist verliebt?«

Das war der falsche Einwurf.

»Danke, Lotte, dass du mich daran erinnerst! Meine völlig aussichtslose Liebelei! Wir drei können uns die Hände reichen, so souverän, wie wir auf Liebespfaden unterwegs sind. Mit unseren Macken bekommen wir sicher Gruppentherapierabatt!«

Zum Glück mussten wir ins nächste Meeting. Es ging wie so oft in letzter Zeit um den *TV-plus-Award.*

Die Vorbereitungen wurden immer präziser. Immerhin waren Einladungen an Journalisten, Ehrengäste, Sportler, Wirtschaftsbosse, Moderatoren, Models und die Film-Musik-Branche verschickt worden. Die Zusagen ergaben das neueste *Who is Who.* Die Verleihung war renommiert, und jeder, der etwas auf sich hielt, war erpicht, sich auf der Veranstaltung zeigen zu dürfen.

Die Sonderwünsche lasen sich wie die kleine Neurosenfibel für Stars. Fünfzig schwarze Handtücher anstatt weißer, das war noch der harmloseste Wunsch. Von Zimmer in anderer Farbe streichen und Möbel austauschen hatte ich zuvor in den Klatschspalten gelesen, dass es zutraf, durfte ich nun erfahren. Besondere Essenswünsche fand ich noch plausibel: Ich würde auf Tour oder im Ausland auch mal mein Lieblingsessen haben wollen. Kerzen und Blumen fand ich auch okay, um ein Hotelzimmer etwas persönlicher zu gestalten. Vollkommen durchgeknallt waren Wünsche, die erst eine karmische Reinigung des Zimmers erforderten oder eine exakte Liste, wer zuvor in diesem Zimmer geschlafen hatte, plus Bestimmung der Aura des Gastes. Ja, man konnte schon auf seltsame Gedanken kommen, wenn man zu lange auf Tour war.

Nie hätte ich für möglich gehalten, wie viel politisches Geschick hinter einer solchen Veranstaltung stand. Wie man Stars überzeugen musste, trotzdem zu kommen, auch wenn der Ex oder die Rivalin auftauchte. Was die Platzierung der Gäste aussagen konnte und wie viel Entourage mitgebracht werden durfte, die dann wie weit entfernt vor die Bühne gesetzt wurden.

Absprachen, wer in welchem Kleid in welcher Farbe und vor allem in welcher Reihenfolge auf die Bühne gehen würde.

Wer hätte gedacht, dass von diesen Fragen ein gesamtes Department lebte. Noch unglaublicher aber fand ich den Job der Scouts, die das gesamte Jahr über durch Clubs tingelten, um nach rhythmisch und optisch vorzeigbarem Publikum zu suchen, das in der *Award*-Nacht zum Tanzen und Kreischen in den Graben vor die Bühne gepackt wurde.

Und laut Felix war das alles noch gar nichts. Ausnahmezustand würde erst am Abend selbst herrschen. Wer das überlebte, war durch nichts mehr zu schocken und empfand einen Bungeesprung, was den Adrenalinschub betraf, als wohlige Entspannung.

Ich war aufgeregt, auch wenn ich nur kleine Handlangerarbeiten verrichten würde … Dabei sein ist alles!

Was den olympischen Gedanken betraf, so konnte ich gern auf ihn verzichten, wenn ich an das anstehende Interview mit Annabelle Leiniger dachte.

Morgen würde ich das Vergnügen haben! In einer Suite im *Vivaldi* fand die Aufzeichnung statt, was schon mal nicht optimal war, weil es kein Heimspiel war. Die Fragen musste ich stellen, was zur Qualität des Interviews sicher nicht beitragen würde, denn entweder würde Annabelle nicht über ihren Schatten springen und schnippisch sein oder angestrengt sich nicht anmerken lassen, dass sie mich hasste, was auch nicht gut rüberkäme. Ich war mir sicher, dass das Interview schief gehen würde, und ich müsste dafür die Verantwortung übernehmen. Vielleicht würde Annabelle sich sogar einen Spaß daraus machen, mich ins Messer laufen zu lassen und zum Beispiel nur mit ja oder nein antworten! Ich musste unbedingt darauf achten, nur Fragen zu stellen, die man ausführlich beantworten konnte.

Wenn ich daran dachte, dass Ulli Becker womöglich die ganze Zeit hinter mir stand und die Augen verdrehte, wurde mir ganz anders.

Wäre Imka doch nur da! Sie würde Annabelle schon zu nehmen wissen. Ob ich mit Felix sprechen sollte?

Es war zwar peinlich, ihm von Justus zu erzählen, auf der anderen Seite war es noch schlimmer, im Sender und vor Felix wie ein Depp dazustehen, weil man nicht einmal ein so einfaches Interview mit der Leiniger hinbekam.

Ich beschloss, mit offenen Karten zu spielen.

»Felix, hast du mal 'ne Minute?«

Felix sah erstaunt auf.

»Klar. Irgendwas nicht okay bei dir?«

Ich zog die Tür zu und setzte mich auf den Besucherstuhl.

»Es gibt ein Problem mit dem Annabelle-Leiniger-Interview.«

»Wieso? Hat sie abgesagt?«

»Nein, es steht alles und ist auch vorbereitet. Es handelt sich mehr um ein privates Problem.«

Felix sah mich verständnislos an.

»Wie? Versteh ich nicht!«

»Versprichst du mir, dass das, was ich dir jetzt sage, unter uns bleibt?«

»Ich unterliege zwar keiner Schweigepflicht, aber ich kann schon die Klappe halten, wenn du Wert darauf legst. Jetzt bin ich aber neugierig! Was hast du denn für ein Problem mit der Leiniger?«

Ich atmete durch und fasste mir ein Herz.

»Eigentlich hat sie ein Problem mit mir, weil ich mit Justus Staufen zusammen bin oder zumindest gerade auf dem Weg dahin.«

Schweigen.

»Nee! Sag das noch mal! Du hast was mit Justus Staufen?«

Da ich A gesagt hatte, musste ich auch B sagen und erzählte Felix von Justus und den Problemen mit Annabelle.

Er schüttelte ungläubig den Kopf.

»Lotte, Lotte! Ich fass es nicht! Die Becker kann wirklich eklig sein, wenn sie will. Und wenn sie was vermarkten will, kennt sie auch keine Grenzen. Hab da auch schon meine eigenen Erfahrungen machen dürfen. Aber Justus Staufen ist ein guter Typ, wieso blickt der da denn nicht durch. Warum lässt er sich von den Weibern so tyrannisieren?«

»Gute Frage! Wüsste ich auch gern.«

Felix rieb sich nachdenklich über das Kinn, dann sagte er: »Lotte, es ist gut, dass du zu mir gekommen bist. Das mit dem Interview würde so wirklich keinen Sinn machen. Ich sehe nur eine Möglichkeit. Wir fragen Imka, ob sie die Fragen übernimmt.«

»Aber Imka kommt doch erst in einer Woche zurück!«, warf ich ein.

»Ja, aber es geht ihr sehr gut, ich habe erst gestern mit ihr gesprochen. Und glaub mir, wenn sie uns helfen kann, macht sie das. Ich müsste sie nur einweihen. Ist das okay?«

Warum eigentlich nicht? Zu verbergen in dem Sinne hatte ich nichts, und Imka würde es bestimmt nicht rumtratschen. Wir hatten ihren Ausfall ja auch nicht weitererzählt.

»Gut. Lass uns Imka fragen. Ist für alle wahrscheinlich das Beste!«

»Denk ich auch. Und du, Lotte, lässt dich von diesen Weibern nicht einschüchtern, klar? Wir sehen uns morgen im *Vivaldi*. Lass uns eine halbe Stunde früher mit Imka an der Bar treffen und die Fragen mit ihr durchsprechen.«

Erleichtert atmete ich auf! Das Interview war zwar immer noch nicht mein Traumtermin, aber immerhin müsste ich nur dabei sein und Imka würde die Fragen stellen.

Beruhigt fuhr ich nach Hause.

Heute würde ich mir einen ruhigen Abend machen und früh ins Bett gehen, komme, was wolle.

Lena stand gerade am Herd, als ich hereinkam.

»Hallo, Süße! Magst du mitessen?«

»Was gibt's denn?«

»Wokgemüse und Reis.«

Das klang gut.

»Gerne. Aber bist du nicht mit Casper eingeladen?«

Lena verdrehte die Augen.

»Ja, schon. Seine Eltern geben wieder irgendeinen Empfang, aber da gibt's immer nur Sachen mit Fleisch, und ich will nicht den letzten Rest Sympathie seiner Eltern für mich mit dem Satz ›Ich bin Vegetarierin‹ zunichte machen. Da esse ich lieber jetzt und sage nachher, ich hätte 'ne Magenverstimmung und dürfe nichts essen.«

Sieh an! War das etwa meine Lena, die immer und überall ihren Standpunkt vertrat und lauthals predigte, die Leute müssten einen so akzeptieren, wie man sei?

»Das passt gar nicht zu dir, so eine Notlüge. Normalerweise macht dir Anecken doch geradezu Spaß.«

Ertappt schaute Lena mich an.

»Ja. Stimmt. Aber ich habe keine Lust, mich mit Casper den ganzen Abend zu streiten, nur weil ich die in Honig gebratenen Hühnchenschenkel nicht esse und seine Eltern beleidigt sind.«

Es musste ihr wirklich Ernst mit Casper sein, denn Kompromiss war ein Wort, das Lena nicht einmal buchstabieren konnte.

»Und wie war's gestern mit Justus? Ich fand seinen Überraschungsbesuch zum Niederknien.«

»Das fand ich auch …« Nachdem er selbst meine Mutter überstanden hatte, standen die Zeichen auf Grün, und ich war zum ersten Mal beruhigt und glaubte an eine Zukunft!

Nach dem Essen räumte ich die Spülmaschine ein, und Lena machte sich auf den Weg.

Endlich mal wieder allein und sich in Ruhe ein Bad einlassen! In der mit Kerzen geschmückten Wanne mit Ingweröl entspannen und Aimee Man dazu hören. Gab es eine bessere Art, einen dunklen Herbstabend zu verbringen?

Später den Kamin anmachen, sich in eine Decke hüllen, mit einer Tasse grünem Tee und einer schnurrenden Cara zu meinen Füßen. Die Tante in ihrem seltsamen beigefarbenen Kostüm aus der Sheba-Werbung konnte gegen Caras und meine heile Welt einpacken! Dazu ein spannendes Buch und den prasselnden Kamin.

Justus schickte ich eine SMS; es würde bei ihm spät werden, und ich wollte früh zu Bett. Auf mein morgiges Treffen mit Annabelle wies ich absichtlich nicht mehr hin.

Gegen elf wollte ich gerade schlafen gehen, als die Tür aufging und Lena völlig sauer und weinend hereinstapfte.

»Lenchen! Was ist denn los?«, rief ich erschrocken.

»Nichts. Was soll schon sein? Casper ist ein gewissenloses, skrupelloses, angepasstes Schwein.«

Okay. Früh schlafen gehen fiel auch heute flach. Das würde eine längere Nacht werden.

»Jetzt komm erst mal rein und erzähl!«

Ich schob Lena zu mir ins Zimmer. Wir setzten uns aufs Bett.

»Da gibt's nicht viel zu erzählen. Wir waren beim Empfang seiner Eltern. Diese Veranstaltung stellte sich als Modenschau heraus.«

»Und jetzt weinst du, weil sie die letzte Saisonware präsentiert haben oder wie?«, versuchte ich die Stimmung aufzuheitern.

»Sehr witzig! Die Modenschau war keine gewöhnliche Modenschau. Die neue Winterkollektion für Pelzmäntel wurde vorgeführt!«

Autsch! Ausgerechnet Pelzmäntel! Ein rotes Tuch für Lena, gleich nach kosmetischen Tierversuchen.

Was hatte sie mit meiner Mutter schon für Diskussionen deshalb geführt! Geschlachtete Robbenbabyfotos mitgebracht, auf die Haltung hingewiesen. Alles vergebens, denn meine Mutter konnte stur sein, wenn man versuchte sie zu bekehren. Ich hatte das Problem auf andere Weise gelöst. Ein zufällig dahingeworfener Satz, ich fände, Pelz würde irgendwie auftragen und sie auch leicht älter erscheinen lassen, und meine Mutter ward nie wieder im Tierfell gesehen.

»Dass du das von Caspers Eltern nicht prickelnd fandest, kann ich mir schon vorstellen, aber was hat es mit Casper zu tun?«

»Na, er hat überhaupt nichts dagegen unternommen! Sondern gemeint, ich solle mich zusammenreißen. Da macht er einen auf bewusst leben und tut so, als ob ihm auch andere Dinge als Geld und Luxus am Herzen liegen … und dann so was! Dieser Wolf im Schafspelz!«

»Wohl eher Wolf im Nerzpelz!«

Lena stimmte gegen ihren Willen in mein Lachen ein.

»Stell dir mal vor, du hättest erst die Häppchen abgelehnt – ›Danke nein, ich bin Vegetarierin‹ und dann noch die Pelzmäntel mit Farbe besprüht! Was für ein Auftritt! Caspers Eltern hätten ihn sofort zur Adoption freigegeben!«

»Ach, Lotte! Auf alle Fälle bin ich unter Protest aufgestanden und habe noch vor Ort Schluss gemacht. Casper rief mir hinterher, dass ich unreif und intolerant sei und dass er nichts dafür könne, wenn seine Mutter Pelze mag. Er könne sie eben nicht ändern, und das müsse er auch nicht. Es sei nicht seine Aufgabe, und ich solle mal aufwachen und begreifen, was machbar sei und was nicht!

Das haben ziemlich viele Gäste mitbekommen, seine Eltern natürlich auch. Ein Getuschel war das, kann ich dir sagen! Na ja, jetzt sind sie mich endlich los. Hab da eh nie hingepasst. Ich dachte nur, Casper sei anders!«

Sie fing wieder an zu schluchzen. Wenn ich mir vorstellte, wie Lena in der Marmorhalle der Krögers eine Szene hinlegte, musste ich grinsen. Das hatte das Haus noch nie gesehen! Es konnte nicht lange dauern, bis sich das in diesen Kreisen herumsprach. Bestimmt rief meine Mutter morgen an, um alles noch mal aus erster Hand zu erfahren und es weitertratschen zu können.

»Ich hätte ja nicht gedacht, dass ich dir einmal diese Frage stellen würde, weil es normal ja immer umgekehrt läuft, aber kann es nicht sein, dass du, was Casper angeht, vorschnell agiert hast?«

Lena schaute jämmerlich drein und zuckte mit den Achseln.

»Zuerst war ich felsenfest davon überzeugt, aber in der U-Bahn kamen mir erste Zweifel, und jetzt vermisse ich ihn sogar. Aber ich kann doch meine Überzeugungen nicht über Bord werfen!«

Theoretisch hatte sie Recht – und wie! Leider hatte mich die Praxis, was meine Prinzipien betraf, in Form von Justus eingeholt, und so wusste ich nur zu gut, dass Theorie und Praxis gern mal auseinander klafften, besonders wenn es einen richtig erwischt hatte.

»Ich finde sogar, Casper hat Recht, wenn er sagt, dass er seine Eltern nicht ändern kann. So langsam sind wir in dem Alter, in dem wir sie eben so nehmen müssen, wie sie sind, und wie du weißt, ist das in meinem Fall auch nicht immer leicht, aber die Hauptsache ist, dass du mit Casper klarkommst, und den kann ich mir nun wirklich nicht im Chinchilla vorstellen! Bestimmt bist du nur ausgefreakt, weil du sowieso nicht hinwolltest, dich dort nicht willkommen fühlst und dir wieder einmal klar wurde, dass ihr eine unterschiedliche Herkunft habt. Das hat dir Angst gemacht, weil du Casper magst und fürchtest, er könnte doch wie seine Eltern denken oder ihr würdet nicht zusammenpassen. Aber wo ich dir Recht gebe, ist, dass er dafür sorgen könnte, dass seine Eltern dich akzeptieren und ihr euch besser versteht.«

Da saßen wir in vertauschten Rollen, und ich gab vernünftige, kluge Ratschläge. Fühlte sich gar nicht schlecht an.

»Meinst du, ich soll ihn anrufen, Lotti?«

»Ja, aber erst morgen Früh, wenn sich die Gemüter beruhigt haben und ihr beide 'ne Nacht drüber geschlafen habt und seht, wie lächerlich es war, wegen seiner Eltern Schluss zu machen.«

»Na gut! Kann ich heute bei dir schlafen?« Lena fühlte sich klein und wollte nicht allein sein.

»Klar. Versprich mir nur, dich nicht zu oft zu drehen, ich muss morgen zur Abwechslung ausgeschlafen sein, die Schleimiger soll mich in Bestform erleben!«

fünfundzwanzig

»Lotte! Mensch, wie schön, dich zu sehen! Du siehst ja fantastisch aus!« Eine gut gelaunte Imka stürmte mir im *Vivaldi* entgegen.

»Danke! Hab heute Morgen auch alles gegeben! Aber gegen dich wirke ich wohl eher blass … Du musst megaerholt sein!«

Imka sah tatsächlich wie das blühende Leben aus und strahlte wie nie zuvor. Was eine Auszeit doch bewirken konnte!

Sie nahm mich beiseite und flüsterte: »Du, mir geht's auch super. Zuerst war ich auf Korsika auf 'ner Wellnessfarm und hab mich nur verwöhnen lassen, meditiert, Yoga gemacht und viel nachgedacht – und dann habe ich mich verliebt!«

»Nein! In wen?«

»In einen Orthopäden, der neben mir im Flugzeug saß. Hat nichts mit der Branche am Hut und tut mir so gut! Aber dich hat's ja auch erwischt, hat Felix läuten lassen. Mensch, Lotte! Justus Staufen! Du Glückspilz!«

»Ja, das stimmt, wenn man von den Nebenerscheinungen wie einer Annabelle Leiniger und Ulli Becker mal absieht!«

»Ach, die dummen Kühe! Mit denen kannst du es doch locker aufnehmen.«

Ich war froh, dass es Imka so gut ging. »Danke, Imka, dass du gekommen bist!«

Sie machte eine abwehrende Handbewegung.

»Dafür nicht! Außerdem, falls du es nicht wusstest, mit Annabelle Leiniger habe ich selbst noch eine Rechnung offen, und die Becker konnte ich noch nie leiden, arrogante Zicke!«

Felix kam auf uns zu.

»So, die Damen. Haben wir uns auf den neuesten Stand gebracht? Dann wollen wir mal.«

Wir fuhren nach oben und traten in die Suite ein. Ausgeleuchtet und mit aufgestellten Kameras war alles bereit, nur weder von Annabelle noch Ulli Becker eine Spur.

»Alles Show!«, raunte Imka und sah genervt auf ihre Uhr. Wir warteten und warteten, erst zehn Minuten, dann zwanzig Minuten. Felix hatte genug.

»Okay Leute, wenn Frau Leiniger in spätestens fünf Minuten ihren Hintern nicht hierher schwingt, gehen wir. Auf unprofessionelle Möchtegern-Starletts hat die Welt gewartet!«

Sollte mir recht sein, ich war sowieso nicht scharf auf eine weitere Begegnung.

Genau in diesem Moment liefen die Grazien ein. War klar, warum sollten sie sich einmal so verhalten, wie ich es gern hätte!

»So, jetzt aber mal zackig, die Damen, wenn ich bitten darf. Wir warten schon geraume Zeit!« Felix hasste es, Opfer irgendwelcher Spielchen zu sein.

»Verzeihung. Annabelle geht es nicht besonders. Wir mussten zur Apotheke, damit sie das Interview machen kann!«

Was hatten sie denn in der Apotheke besorgt? Eine Portion Anstand? Hätten sie mir nicht wenigstens eine Runde Valium mitbringen können? Annabelle lächelte deutlich gesund in die Runde. Typisch Becker. Eine Ausrede, gegen die keiner von uns was sagen kann, bei der man sogar noch dankbar sein muss, dass sie sich herquält.

Sowohl Annabelle als auch die Becker ignorierten mich und taten so, als ob wir uns noch nie gesehen hätten, was sehr angenehm war.

Imka setzte sich Annabelle gegenüber, die ihre Beine im Sessel unters Kinn gezogen hatte, ihren Kopf schräg auf die Knie gelegt, und von unten herzallerliebst hochschielte. Hilfe! Die Leiniger-Show war in vollem Gange!

Imka ließ sich davon nicht beirren, setzte ein breites Lächeln auf und fragte gleich: »Ist dir kalt, oder machst du Yoga?«

Offensichtlich brachte ihr Kommentar Annabelle aus dem Konzept, und sie setzte sich normal hin.

Eins zu null für Imka.

Es ging weiter mit stinknormalen *Warm-up*-Fragen wie: »Wann kommt der Film raus?«, »Wen spielst du in dem Film?«, »Wie würdest du die Rolle beschreiben?«.

Imka fragte Standard, Annabelle antwortete Standard. So weit nichts Ungewöhnliches.

»Annabelle, du hast gerade deine erste Hauptrolle bekommen und spielst mit renommierten Schauspielern das erste Mal zusammen. Fällt es schwer, da mitzuhalten?«

Na also! Imka war in ihrem Element.

Super Frage! Ja konnte sie nicht sagen, sonst würde sie sich selbst bloßstellen, und Nein könnte man ihr als überheblich auslegen. Imka verstand schon etwas von ihrem Job.

Annabelle leider inzwischen auch.

»Im Prinzip war es anfangs nicht leicht, aber ich hatte so liebenswürdige Kollegen, von denen ich so viel lernen durfte, dass ich es als Bereicherung sehe. Vor allem Justus Staufen hat sich rührend um mich gekümmert. Gerade bei den schwierigeren Liebesszenen.«

»Wie können denn Liebesszenen mit Justus Staufen schwierig sein?«

Dafür brauchte man wirklich kein Schauspieltalent!

Annabelle kicherte kokett. »Na ja. Ich hatte zuvor nie Liebesszenen gedreht und war tierisch nervös. Vor allem, weil alle sagen, das sei so schwierig, unnatürlich und klinisch. Aber mit Justus war es der Hammer. Mir soll niemand sagen, dass Liebesszenen drehen keinen Spaß macht. Das müssen die meisten doch nur sagen, weil es sonst Ärger zu Hause gibt. Bei uns war nur ein ganz kleines Team dabei, und Justus hat mir die Angst komplett genommen. Irgendwann mischt sich Film und Wirklichkeit, und man vergisst sogar den Cut. Es hat eindeutig geprickelt zwischen uns! Kein Wunder, dass sich beim Dreh so oft neue Liebespaare finden.«

Zum ersten Mal blickte sie mir direkt in die Augen und konnte ein zufriedenes Lächeln nicht unterdrücken.

Felix, der sah, dass ich ihr gleich an die Gurgel wollte, flüsterte: »Reg dich nicht auf, kann man rausschneiden.«

Mich nicht aufzuregen war leichter gesagt als getan. Allein die Vorstellung, dass Justus sie, wenn auch nur filmisch, geküsst, sich mit ihr in den Laken gewälzt und sie es genossen hatte, ließ mich würgen.

Imka vermied beim Rest des Interviews absichtlich das Thema Justus und fragte langweilige Allerweltsfragen, die Annabelle-ich-hab's-eh-nicht-mehr-nötig-Leiniger genauso gelangweilt beantwortete.

Endlich war die Zeit um, wir packten ein, und Annabelle und Ulli Becker machten sich daran, aufzubrechen. Keine Minute zu früh, denn auch wenn ich äußerlich sehr gelassen wirkte, überlegte ich innerlich, wie schwer es eigentlich war, Fahrstuhlseile zu durchtrennen.

Ulli Becker tat so, als ob sie mich erst jetzt erkannt hätte.

»Ach, Charlotte, du bist ja auch dabei. Wie geht's? In dieser Umgebung wahrscheinlich gut, nicht? Hotels scheinen es dir ja angetan zu haben!« Dazu grinste sie zuckersüß und verschwand, bevor ich etwas antworten oder nach ihr schmeißen konnte.

Wie konnte eine erwachsene, berufstätige, als professionell geltende Frau einen solchen Hals auf mich haben?

Aber einen Gefallen hatten sich beide mit dieser Aktion nicht getan, im Gegenteil: Endlich würde Justus verstehen, dass sowohl Annabelle als auch Ulli Becker nicht nur ein Problem mit mir hatten, sondern mich gezielt provozierten und vor allem gern Gerüchte schürten, er und Annabelle hätten ein Verhältnis. Er würde gar nicht mehr anders können, als die beiden so zu sehen, wie sie waren: intrigante Zicken!

»Lotte! Ich bewundere deine Haltung! An deiner Stelle würde ich ausflippen! Das glaubt man ja nicht, wenn man nicht selber dabei war!«

Imka schüttelte ungläubig den Kopf.

»Sag mal, Felix. Können wir das mit den Liebesszenen wirklich rausschneiden?« Erwartungsvoll schaute ich ihn an.

Er legte eine Hand auf meine Schulter. »So Leid es mir tut, Lotte, aber das war der einzige spannende, brauchbare Ausschnitt. Ich denk nicht, dass wir das weglassen können. Außerdem wird sie es dann dem nächsten Sender noch detaillierter erzählen, wenn wir es nicht bringen.«

Diese Antwort hatte ich befürchtet. Wieso nur musste ich ausgerechnet dabei sein, wenn sie diese schlagzeilenträchtigen Bemerkungen fallen ließ? Und welch Hohn, ausgerechnet unsere Sendung würde die Vorlage liefern! Ich konnte mir jetzt schon vorstellen, welche Zeitungen und Magazine sie nur zu gern zitieren würden. Annabelle auf der Titelseite im durchsichtigen Blüschen mit Schriftzug »Liebesszenen nicht gespielt!«. Sie wusste genau, dass wir es nicht unter den Tisch fallen lassen konnten, denn wenn die Redaktionsleitung erfahren würde – und dafür würden Annabelle und Ulli-zwei-l-Becker schon sorgen –, dass wir dieses quotenträchtige Zitat absichtlich ausgespart hatten, würde es richtig Ärger geben. Schach und Schach matt!

Ich atmete tief durch! Jetzt erst mal abschalten, was leider nicht ganz einfach war, denn wir mussten mit dem Material später in den Schnitt, um die Sendung vorzubereiten. So hatte ich das Vergnügen, ihre Aussagen immer und immer wieder zu hören.

»Und wie lief's?« Mimi und Tim warteten bereits gespannt im Sender. Annabelles Liebesdrehbeichte fanden beide genauso geschmacklos wie ich.

Elegant versuchte ich das Thema zu wechseln, ich wollte mich nicht noch mehr aufregen.

»Und was macht der Popstar? Wie lange ist er eigentlich in Deutschland?«

Mimi strahlte. Aha, sie hatte sich wieder einlullen lassen.

»Noch ganze drei Wochen. Und jetzt kommt's! Danach möchte er eine Woche Urlaub mit mir machen!«

Ja, so ein kleiner verbotener Liebesurlaub war genau das Richtige nach einer anstrengenden Promotour.

Ob seine Frau mitdurfte, um Strandkörbe für das traute Pärchen zu reservieren?

Ich hätte mich so gern für Mimi gefreut, denn sie schien glücklich und ausgeglichen, leider traute ich dem Frieden nicht und fragte mich, wie lange das noch gut ging.

Wenn ich in letzter Zeit einen Song von Will im Radio oder auf MTV gehört hatte, musste ich immer nur eines denken: »Heuchler!«

Aber mich ging es nichts an, und solange Mimi damit leben konnte, konnte ich es allemal.

Felix nahm mich beiseite. »So, Lotte. Und jetzt nehmen wir das von der humorvollen Seite. Anstatt uns über ihre Antworten zu ärgern, zählen wir ihre Augenaufschläge und wie oft sie sich auf ihren Fingern rumbeißt, okay?«

Das versprach lustig zu werden.

»Okay. Ich tippe auf fünfunddreißig Augenaufschläge und fünfzehnmal Fingerknabbern!«

Felix hielt dagegen.

»Wer gewinnt, bekommt ein Essen in der Kantine, und wer verliert, muss sich Annabelles letzten Film anschauen!«

Mit diesem abschreckenden Gedanken verlor das eigentliche Interview an Grauen. Nur Jan, unser Cutter, schüttelte den Kopf.

»Was habt ihr denn gegen die, ich finde die niedlich«, aber um ein Essen in der Kantine spielte er natürlich auch mit.

Wir waren mitten im Zählen, Augenaufschlag bei zehn- und kesses Fingerbeißen bei sechsmal, als mein Handy klingelte. Es war Justus, seit heute als der einfühlsame Lehrer für Liebesszenen beim Film bekannt!

»Na, wie war dein Tag, Charlotte?«

Hm, was sollte ich darauf antworten? Vielleicht: Super, seit ich weiß, dass Frau Leiniger bei eurem Film nichts vortäuschen muss? Noch besser, weil deine Managerin bissige Bemerkungen fallen ließ? Ich entschied mich für: »Seltsam.«

»Wieso seltsam?«

»Ach, weißt du, ich hatte das Vergnügen, das Interview mit Annabelle zu drehen, und das war mal wieder ein Garant für spannende Unterhaltung.«

Justus stutzte.

»Wie meinst du das? Ich weiß, dass ihr euch getroffen habt, aber Annabelle und Ulli meinten, es sei alles super gelaufen.«

Natürlich! Würde ich an ihrer Stelle auch sagen. »Das ist Auslegungssache. Wenn man es mag, damit zu protzen, dass man gerne Liebesszenen mit dir dreht und dabei die Wirklichkeit vergisst, weil man es so genial findet und du ein so einfühlsamer und erotischer Partner bist, dann kann man sicher behaupten, alles sei super gelaufen!«

Stille.

»Das versteh ich nicht!«

»Überzeug dich selbst.« Ich machte Jan ein Zeichen, zur besagten Stelle zu spulen, und hielt mein Handy an den Lautsprecher.

»Und wie fandest du es?«

»Komisch! Wusste gar nicht, dass sie das so empfindet. Du denkst doch nicht, dass mir bei den Liebesszenen auch einer abgeht, oder?«

Doch genau das fragte ich mich. Annabelle mochte geschickt und raffiniert sein, aber wenn etwas nicht gelogen war, das spürte ich, dann dass sie Justus wirklich wollte – und wer weiß, vielleicht war da doch heimlich was zwischen den beiden? Siegessicher schien sie allemal.

»Ehrlich gesagt, weiß ich gar nichts mehr. Vielleicht hat sie ja Recht, dass man lieber sagt, Liebesszenen seien total unspektakulär, wenn man in einer Beziehung steckt, wenn man von Beziehung bei uns überhaupt sprechen kann.« Justus atmete deutlich lauter. »Charlotte! Wieso bist du eigentlich so unsicher? Ich dachte, du vertraust mir! Und wegen Ulli versteh ich dich auch nicht. Die ist wirklich nicht so.«

»Und warum ignoriert die mich dann den gesamten Dreh über? Als ob sie mich nicht kennen würde! Erst beim Rausgehen meinte sie: ›Hotels scheinen es dir ja angetan zu haben‹, und ging kichernd mit Annabelle davon.«

»Charlotte! Das war sicher als Witz gemeint. Ulli ist gerne mal ironisch. Dabei darfst du dir nichts denken, ehrlich! Sie hat dich vor lauter Stress sicher nicht gesehen, und erst, als alles gut verlaufen war, hat sie die Umgebung wahrgenommen. Und auch Annabelle, glaube mir, hegt keine schlechten Gefühle gegen dich. Sie fragt mich sogar super oft nach dir und möchte alles über dich wissen.«

Aaaah! Ich wusste nicht, was ich schlimmer finden sollte, dass Justus immer noch Ulli wie Annabelle als die Unschuld vom Lande sah oder dass Annabelle ihn über mich ausfragte! – Gut, die beiden bildeten momentan sein engstes Umfeld und waren bestimmt ganz bezaubernd zu ihm. Wie sollte er auch glauben, dass sie sich stutenbissig zu mir verhielten.

»Justus, es ist wirklich nicht meine Art, aber mich verunsichert Annabelle mit ihren Kommentaren. Kannst du nicht mal öffentlich fallen lassen, dass es jemanden gibt in deinem Leben und es nicht Annabelle ist, einfach, damit sie nicht weiterhin so 'nen Müll erzählen kann?«

Schweigen. War das zu viel verlangt?

»Weißt du, Charlotte, wenn ich das mache, öffne ich Tür und

Tor für alle Schnüffler und Boulevardjournalisten. Die werden dann mit dem Kopf darauf hingestoßen, und das möchte ich nicht.«

Super! Wir waren wieder an dem Punkt »geheiligtes Privatleben« angelangt. Er verstand nicht, weshalb ein Statement mir mehr Sicherheit bringen würde, und ich verstand nicht, warum er so panische Angst hatte, dass man etwas über sein Privatleben schreiben würde. Wenn er es wirklich nicht wollte, warum blieb er dann nicht Theaterschauspieler und machte Improvisationstheater in Bitterfeld? Musste ich ihm jetzt im Ernst erklären, dass, wenn man sich in die Öffentlichkeit wagte, ein Interesse an der Person nicht ausblieb? Das war wie jemand, der Bäcker geworden war und sich nun beschwerte, dass man morgens früh aufstehen musste.

Es war sinnlos, weiterzudiskutieren. Justus konnte oder wollte mich nicht verstehen, sah oder wollte nicht sehen, dass Annabelle und Ulli Becker alles taten, um uns auseinander zu bringen.

»Justus, ich muss weiterarbeiten. Annabelles frohe Botschaft, dass du ein Knaller bei Liebesszenen bist, muss morgen auf Sendung. Liebe Grüße an Frau Becker, sie kann beruhigt schlafen. Die Promotion des Films läuft super, die ganze Welt glaubt, Annabelle und du seid ein Paar!«

Ohne eine Antwort abzuwarten, legte ich auf. Ich war so sauer und gleichzeitig enttäuscht. Da hatte alles so traumhaft begonnen, und jetzt ließ Justus zu, dass andere es zerstörten. Warum war er so zögerlich? Wenn ich daran dachte, wie er mich in Schutz genommen hatte, als ich ihn beim Dreh besucht hatte und alle auf mich losgegangen waren. Hatten ihn die Becker und Leiniger so eingelullt, dass er es nicht mehr merkte? Hatte er Angst, ohne die Promo würde der Film floppen? War gut möglich, wenn Annabelle mitspielte, denn eine Offenbarung an Talent war sie wirklich nicht. Und die Sache mit seinem Privatleben? Es gab einen deutlichen Unterschied zwischen Promis, die jede Woche eine Homestory machten und die Journaille auch noch über den letzten Zahnarztbesuch auf dem Laufenden hielten, und Promis, die einmal ihre Freundin oder Frau zeigten, damit die Neugierde befriedigt war, und sich dann nicht mehr äußerten. Ich meine, wie stellte er sich denn unser künftiges soziales Leben vor? Würden wir uns nur bei ihm zu Hause treffen? Konnten wir nicht mehr gemeinsam weggehen, weil er auffallen würde, immer mit derselben Begleitung, anstatt wie sonst mit wechselnden namenlosen Sternchen?

Wovor, verdammt noch mal, hatte er eine solche Angst?

Mein Handy klingelte ohne Unterlass, Justus versuchte, mich zu erreichen. Mir war klar, dass es unfair war, sich einer Diskussion zu entziehen, aber in meiner Gemütslage hätte ich mehr zerstört als gerettet, vor allem mit einer grinsenden Annabelle-du-wirst-den-Kürzeren-ziehen-Baby-Leiniger auf allen Monitoren.

Felix, der das Gespräch mitbekommen hatte, stellte mir ein Bier hin, und obwohl ich Bier nicht mochte, trank ich es, wegen des angeblich beruhigenden Hopfens.

War das mein vorgezeichneter Weg? Ich sah mich mit Lockenwicklern und rosa Bademantel an der Flasche hängen, während ich meine Nägel lackierte und auf Justus' seltene Anrufe wartete.

»Lotte, du kannst jetzt gehen. Wir sind eh gleich fertig. Du hast durchgehalten, das war sehr professionell von dir! Wir sehen uns morgen.«

Felix lächelte mir aufmunternd zu, und ich war dankbar, verschwinden zu können.

Im Auto hörte ich die Mailbox ab. Justus hatte keine Nachricht hinterlassen.

Na klasse!

Zu Hause zog ich meine Laufsachen an und ging mir meine angestaute Wut wegrennen. »Stress gehört in die Beine« – eine alte Weisheit. Obwohl ich keine Rekorde aufstellte und es auch sicher ansehnlichere Posen von mir gab, als keuchend und mit puterrotem Kopf an Hundehaltern und Exhibitionisten im Park vorbeizurennen, so fühlte ich mich hinterher immer im Reinen mit mir.

Auch heute ließ mich die Endorphinausschüttung nicht im Stich.

Nach einer langen Dusche lümmelte ich mich in Wohlfühlklamotten vor den Kamin und dachte über alles nach.

Meine Meinung wechselte sekündlich: Vielleicht bin ich nicht dazu gemacht, seinen Beruf zu ertragen – Spinn ich oder er? – Das hat so keinen Sinn, nimm die Beine in die Hand und lauf, so lange du noch kannst! – Natürlich hat er was mit Annabelle – Ich steigere mich nur in was hinein! …

»Lotte, bist du da?«

Lena! Allerdings nicht allein, sondern – man höre und staune – mit Casper, *better known as the* Mitläufer, im Schlepptau.

»Na, hängt der Haussegen nicht mehr schief?« Die Frage konnte ich mir nicht verkneifen.

Die beiden kicherten verlegen.

»Wir haben uns in der Mitte getroffen, schließlich hatten wir beide irgendwie Recht!«, erklärte Casper.

Hört, hört! Na ja, die Hauptsache war, dass beide wieder glücklich schienen und verliebter als zuvor. Was man von mir nicht gerade behaupten konnte und ich wohl auch nicht gut verbarg.

»Das Interview lief wohl nicht so toll, oder wieso liegst du wie Scarlett O'Hara drapiert vor dem Kamin?«, hatte Lena goldrichtig bemerkt.

Also ließ ich die beiden an meinem kleinen bescheidenen Leben teilhaben.

Eigentlich hatte ich gehofft, dass Lena wie immer meine Bedenken mit einem Ruck wegwischen würde, aber dieses Mal war sie merkwürdig still, Casper übrigens auch, was für einen Anwalt viel heißen mag.

»Hallo? Hat's euch die Sprache verschlagen, oder überlegt ihr, wie ihr mir am schonendsten beibringen könnt, dass ich in einen

Psychopathen verliebt bin?«, versuchte ich die Situation aufzulockern. Casper räusperte sich wie vor einer längeren Anklagerede.

»Na ja, also wenn du eine Meinung aus männlicher Sicht hören willst, dann würde ich sagen, dass ich sein Verhalten seltsam finde. Das ist irgendwie schizo. Auf der einen Seite macht er einen auf intensiv und dass du superspecial für ihn bist, auf der anderen Seite zieht er diese ›Ich-will-nicht-zu-dir-stehen‹-Nummer ab, weil ihm sein Privatleben so wichtig ist. Wenn er so weitermacht, hat er bald kein Privatleben mehr, denn ich hoffe, dass du ihn vor die Wahl stellst. Hü oder hott, aber so machst du das alleine nervlich nicht mehr lange weiter, wenn ich das mal so bemerken darf.«

Spiel und Satz, Herr Anwalt.

Wenn sogar Casper als Außenstehender das so sah, dann gute Nacht!

»Meint ihr, ich soll Schluss machen?« Allein beim Aussprechen des S-Wortes stiegen mir die Tränen in die Augen.

»Nein!« Beide schüttelten den Kopf.

Lena setzte sich zu mir.

»Übertreiben musst du nicht gleich, aber ich würde ihn langsam mal auffordern, Farbe zu bekennen.«

»Eigentlich tut er das ja. Zumindest wissen seine Kollegen, dass es mich gibt. Und meine Mutter hat er auch schon getroffen! Er verheimlicht mich also nicht wirklich«, versuchte ich Partei für ihn zu ergreifen.

»Ja, aber so richtig steht er auch nicht dazu. Er soll dir endlich sagen, warum er so ein Problem hat, damit du ihn verstehen kannst. Dann kannst du immer noch entscheiden, ob die Begründung plausibel ist oder einfach nur 'ne Schutzbehauptung. Aber so wie du tickst, Lotte, brauchst du vor allem eines: Klarheit! Zumal du dich nicht medienwirksam wie Annabelle wehren kannst oder Dinge korrigieren. Der Einzige, der die Wahrheit sagen und Annabelles Müll richtig stellen kann, ist Justus. Und der muss sich entscheiden, was ihm wichtiger ist. Skandale, um einen Film zu hypen, oder du.«

»Wollt ihr auch ’nen Gin Tonic?« Meine Alkoholikerkarriere nahm Gestalt an.

Das Telefon klingelte. Lena nahm ab.

»Deine Mutter!«

Das hatte gerade noch gefehlt!

Sie klang vorwurfsvoll.

»*Scharlott*, du meldest dich ja gar nicht mehr. Du hast doch nicht den Geburtstag deiner *Mamam* am Freitag vergessen, oder?«

Schande! Das hatte ich wahrhaftig! – »Natürlich nicht! Ich werde kommen, was denkst du denn!«

»Na, dann ist ja gut. Du kannst gerne Justus mitbringen, und deine Kollegen fand ich auch sehr nett. Ach, *Scharlott*! Kannst du frei sprechen?«

»Wieso?«

»Ich habe da eine äußerst delikate Geschichte über Lena gehört. Kann sie dich hören?«

Aha! Daher wehte der Wind! Wusste ich es doch, dass meine Mutter sich diesen Skandal nicht entgehen lassen wollte, wenn man schon Informationen aus erster Hand erfahren konnte.

Ich ging in mein Zimmer und schloss die Tür.

»Mama, Lena und Casper sind gerade hier. Ich kann jetzt nicht sprechen!«

Meine Mutter wurde ganz aufgeregt.

»Nein! Das heißt, sie sind noch zusammen? Hast du das mit der Pelzmodenschau bei Krögers mitbekommen? Einen Aufstand muss Lena da veranstaltet haben, so etwas hat man noch nicht gesehen! Die armen Krögers sind Gesprächsthema Nummer eins seither. Na ja, wer trägt auch heute noch Pelze. Die machen doch nur alt.«

Hörte ich schlecht, oder war meine Mutter gekränkt, dass durch Lenas Auftritt den Krögers die uneingeschränkte Aufmerksamkeit der besseren Gesellschaft zuteil wurde?

»Sag, *Scharlott*. Du bringst doch Lena auch mit zu meinem Geburtstag? Du weißt, auch wenn wir nicht immer *d'accord* sind, sie ist herzlich eingeladen.«

Tatsache! Lena hatte geschafft, was der Freundeskreis meiner Mutter sonst nur mit neuem Schmuck, Häusern oder Booten schaffte, nämlich Gesprächsthema Nummer eins zu sein.

»Ja, Mama. Lena kommt auch.«

»Na gut. Dann bis Freitag. Wenn Marlene hört, dass Lena und Casper noch zusammen sind …«

Meine Mutter war glücklich. Sie saß an der Quelle!

sechsundzwanzig

»Lotte, hier spielt die Musik. Woran denkst du nur?« Felix sah mich entgeistert an. Na, dreimal durfte er raten! Es war Donnerstag, seit Dienstag hatte ich nichts von Justus gehört, seit Mittwoch wusste die ganze Republik, dass Annabelle bei den Liebesszenen mit Justus so etwas von Spaß gehabt hatte und gar nicht mehr aufhören wollte, und seit heute Morgen überlegte ich, wie ich meiner Mutter schonend beibringen sollte, dass der zweite Stargast nach Lena, nämlich Justus, wahrscheinlich morgen nicht zu ihrem Geburtstag auftauchen würde.

Und das, obwohl ich nicht wusste, wo mir der Kopf stand vor lauter Arbeit und Vorbereitungen für die *TV-plus-Award-Show*. Als Mädchen für alles musste ich in der Presse bei den Akkreditierungen der Journalisten helfen, da eine der Praktikantinnen krank geworden war.

»Ach, Lotte, du bist übrigens als Eskorte eingeteilt worden.«

Fragend sah ich Felix an.

»Und das bedeutet?«

»Dass du dich während der Verleihung mit den anderen Eskorten um die *talents* kümmerst. Wenn die auf der Bühne waren, holst du sie ab und begleitest sie erst in den Fotoraum und gehst dann weiter mit ihnen in den Presseraum zu den Journalisten. Dann gehst du wieder zur Bühne und holst den Nächsten ab.«

Das war zu schaffen!

»Ach, und Lotte. Ich sag's nur schon mal vorweg. Ihr werdet alle mit Headsets ausgerüstet und per Funk miteinander verbunden sein. Der Funk funktioniert als Gegensprechanlage, also wenn du auf den Knopf drückst, kann kein anderer sprechen, und du kannst auch niemanden hören, der antwortet. Ich sag das nur, weil wir letztes Jahr eine ganz Schlaue dabeihatten, die den ganzen Abend ihren Knopf gedrückt hielt und wir ihr beim Atmen zuhören durften, während die Leitung blockiert war. Ab und zu hat sie jemanden was gefragt, aber natürlich konnte keiner antworten, weil sie den Knopf nicht wieder ausmachte. Also, wenn du das Ding aufhast und mich sprechen musst, drückst du kurz den Knopf, sagst ›Charlotte für Felix‹, stellst deine Frage, drückst wieder den Knopf, damit ich antworten kann, und dann machst du das Ding aus, verstanden?«

Yep! Hatte ich! Sonst aber auch gar nichts, oder konnte mir jemand erklären, warum die Erde sich drehte, es im Winter schneite, Klimt Linkshänder gewesen war und Justus mich immer noch nicht anrief?

»Lotte, Lotte, du machst mir keinen guten Eindruck. Nach der Verleihung nimmst du dir erst mal frei!«

Auweia, wenn das schon Felix merkte!

Mimi, immer noch vom Popstarleben erfüllt, kam strahlend um die Ecke gebogen. »Rate mal, wer da ist?«

Keine Ahnung? Elvis?

»Justus! Er ist heute für den *TV-plus-Award* nominiert worden und wird zudem Imanuel Klagenfurth seinen Lebens-Award überreichen. Wir drehen Aufsager mit ihm, und er bekommt seinen Text mit. Er sitzt in der Maske und hat nach dir gefragt.«

So fühlte man sich also vor einem Bungeesprung! Herzrasen, Schweißhände und sämtliche Geräusche, die der Magen zu bieten hatte.

»Los, komm!« Mimi zerrte mich mit.

Wie sah ich überhaupt aus? Ich blickte an mir hinunter: Was ich anhatte, war gebongt, keine Pickel, und ausgeschlafen war ich zur Abwechslung auch einmal.

Vor der Maske hörte ich Justus' warmes Lachen und war wie immer sofort verloren und bereit, alles zu vergeben und zu vergessen. Wie, du hast 'ne Bank überfallen? Schwamm drüber, wo ist das Geld?

»Charlotte!«

Ich sah in die glücklichen, blitzenden Augen von Justus.

Er stand auf, kam geradewegs auf mich zu, Nina, unsere Visagistin, verließ auf Mimis Zeichen hin diskret den Raum, und Justus umarmte mich.

»Freunde?«

»Freunde!« Hach, man konnte ihm nicht böse sein, und außerdem wollte ich das auch nicht länger.

Aber was hätte er denn gemacht, wenn er nicht zufällig bei *TV-plus* einen Termin gehabt hätte? Bis zum Jüngsten Gericht geschwiegen?

Auf meine Frage hin lachte Justus. »Charlotte! Ich weiß doch nicht erst seit gestern, dass ich diesen Termin habe. Natürlich fand ich es spannender, dich zu überraschen, und außerdem dachte ich, es tut dir gut, ein bisschen zu schmollen.«

Sehr witzig! So etwas machte man nicht mit einem hyperaktiven, paranoiden Mädchen wie mir!

»Justus, meine Mutter feiert morgen Abend ihren Geburtstag und hat dich eingeladen. Kannst du kommen?«

»Ich möchte super gerne kommen. Morgen Abend habe ich gegen halb acht Aufzeichnung bei *Drechsler*, danach noch ein Interview, das heißt, ich könnte nachkommen so gegen halb elf, wenn das nicht zu spät ist.«

»Du hast keine Ahnung, wie meine Mutter ihre Geburtstage feiert. Da darf vor drei Uhr morgens niemand auch nur wagen, das Haus zu verlassen. Also komm einfach nach, ja? Ich muss nämlich leider wieder zurück. Wir haben so viel zu tun wegen der Award-Show. Ach ja, herzlichen Glückwunsch zur Nominierung!«

Ein langer Kuss, weiche Knie, und meine Welt war wieder in Ordnung. So einfach war ich glücklich zu machen. Justus hatte Recht: Was zählte, war der Moment – und sonst gar nichts!

Federleicht und mit dem altbekannten dümmlichen Grinsen schwebte ich an meinen Platz zurück, jede Nachfrage erübrigte sich.

Die Arbeit erledigte sich von selbst, alle Menschen werden Brüder, Mimi und Tim lud ich zum Geburtstag meiner Mutter ein, und ansonsten war ich damit beschäftigt, glücklich zu sein.

siebenundzwanzig

»Das kaufe ich! Das ist perfekt für meine Mutter!« Ich hielt zwei neue Hermès-Tücher in Minze und Türkis in der Hand. Meine Mutter würde sie lieben. Frau Schwarz, Verkäuferin, die auch regelmäßig als Vertraute und Therapeutin meiner Mutter fungierte, stimmte zu.

»Das denke ich auch. Und die beiden hat sie noch nicht!«

Na dann! Der schwierigste Teil war geschafft. Meine Mutter wollte immer Geschenke, die ihr gefielen. Wehe, man traf ihren Geschmack nicht richtig, dann verzog sie leicht angewidert das Gesicht und mühte sich ein höfliches Dankeschön ab. Im Gegensatz zu allen anderen Müttern, zumindest zu denen, die ich kannte, legte meine Mutter keinen Wert auf so genannte persönliche Geschenke. Meine selbst gebastelten Gaben hatte sie immer mit Mutterstolz kommentiert, aber ich merkte deutlich, wie erleichtert sie war, als ich in das Alter kam, in dem ich in ein Geschäft gehen konnte, um Geschenke käuflich zu erwerben, und die Filzstifte verschont blieben. Ich glaube, sie war mehr gerührt als an dem Tag, an dem ich das erste Mal Chanel richtig aussprach, und nicht mehr dachte, es hieße *Tschännel*.

»Wie alt wird Ihre Mutter denn, wenn man fragen darf?«, wollte Frau Schwarz wissen.

»Frau Schwarz, wie Sie sich denken können, gehört meine Mutter zu den Frauen, die ein Mysterium um ihr Alter machen. Sie feiert zwar nicht seit zehn Jahren ihren Dreißigsten, aber eine konkrete Zahl werden Sie von ihr nicht hören und von mir auch nicht, denn bei diesem Thema versteht sie keinen Spaß.«

Mit meinem Geschenk bepackt, ging ich weiter, um noch bei Julian Mac Donald und Agent Provocateur vorbeizuschauen. Neue Unterwäsche für heute Abend musste ich unbedingt haben!

Danach checkte ich schnell ins *Strese*, dem schönsten Spa der Stadt, ein und ließ mir ein Rosenblätterpeeling mit anschließender Grüner-Tee-Massage verpassen. Gut riechend und in einen flauschigen Bademantel eingehüllt, bekam ich Maniküre und einen frischen Haarschnitt verpasst. Ach, das Leben konnte herrlich sein, vor allem, wenn ich daran dachte, dass Justus' Promotour vorerst zu Ende war. Noch ein Auftritt heute Abend bei *Drechsler* und wir konnten uns regelmäßig sehen! Der Rest würde sich von allein geben.

Entspannt und froh gestimmt fuhr ich nach Hause, zog meine neuen Kleider an, schminkte und parfümierte mich, suchte Accessoires aus, hakte Lena unter und fuhr mit ihr zu meinen Eltern.

Das Fest war bereits in vollem Gange. Meine Mutter hatte mal wieder an nichts gespart. Im Feiern, vor allem im Sich-selbst-Feiern, war sie groß.

Als sie Lena und mich erblickte, kam sie sofort auf uns zugeeilt.

»Alles Liebe zum Geburtstag, Mama. Hier, für dich!«

»Danke, Charlotte!«

Hatte ich richtig gehört? Hatte sie Charlotte anstatt *Scharlott* gesagt?

Lena schickte sich ebenfalls an zu gratulieren und überreichte meiner Mutter ihr Geschenk. Ein selbst gemachtes Rosenparfum. Eine klasse Idee, meine Mutter liebte Rosen, und zu meinem Erstaunen freute sie sich sogar darüber, und zwar ehrlich, denn im Enttäuschung verbergen war sie keine Künstlerin.

»Was wollt ihr trinken? Wir müssen unbedingt anstoßen!«

Lena boxte mich in die Seite.

»Seit wann spricht deine Mutter wieder normal?«

»Keine Ahnung. Das wüsste ich auch zu gern. Vor allem weshalb?«

Meine Mutter winkte ein junges Mädchen mit Tablett herbei und besorgte jedem ein Glas Champagner.

»Schön, dass ihr gekommen seid. Justus kommt später, sagtest du? Ach, und liebe Grüße von Caroline. Sie hat eben angerufen. An Weihnachten ist sie wieder da.«

Ich zog meine Mutter unauffällig beiseite.

»Sag, Mama. Ist was passiert? Du hast gar keinen Akzent mehr?«

»Na, was dachtest du denn? Das geht unter diesen Umständen auf keinen Fall mehr! Dachtest du, ich schaue nicht fern?«

Doch, das dachte ich schon, allerdings sprach sie zu mir in Rätseln.

»Ich versteh dich nicht!«

»Na, Kind. Diese unmögliche Person, die Justus belästigt und dauernd diese Lügen in die Welt setzt, ist doch Französin, zumindest ihre Mutter. Gestern sah ich einen Ausschnitt, in dem sie über Liebesszenen mit Justus sprach, und später ein Interview zusammen mit ihrer Mutter, die nur gebrochen Deutsch sprach. Mit diesen Leuten möchte ich auf keinen Fall in einen Topf geworfen werden! Meine Frankreichaffinität hat sich gelegt, würde ich sagen. Außerdem hat es mich, wenn ich es mir recht überlege, immer schon mehr nach Italien gezogen. Marlene meint auch, dass *Süsann* nicht hundert Prozent zu mir gepasst habe. *Susanna* vielleicht schon eher. Außerdem sagt dein Vater von jeher, ich habe italienisches Temperament!« Sprach's und ging neue Gäste begrüßen, wenn mich nicht alles täuschte mit rollendem R. Hilfe! Meine Mutter brauchte unbedingt eine neue Aufgabe.

Ich gesellte mich zu Mimi und Tim, die ebenfalls kurz zuvor angekommen waren. Lena lief verliebt mit Casper an uns vorbei. Sie bemerkte nicht mal das Getuschel um sie herum, so versunken war sie in die Unterhaltung.

Plötzlich kam Katharina mit Yannick in stürmischer Begrüßung auf mich zu. »Charlotte! Da bist du ja! Also, deine Ideen für die Hochzeit – genial! Wie es aussieht, sind wir die Ersten, die das machen! Wir werden in die Annalen eingehen!«

»Das sage ich auch immer, wenn ich einen neuen Typen kennen lerne«, frotzelte Tim hinter vorgehaltener Hand.

Yannick sah nicht ganz so euphorisch wie Katharina aus. Er wurde eher wie ein junger Hund mitgezerrt.

»Gibt's hier noch was anderes außer Champagner?«, fragte er Hilfe suchend. Auweia, wenn er jetzt schon Katharina nur noch betrunken ertragen konnte, wie sollte das junge Glück bis zur Jahrhunderthochzeit halten?

Tim ging mit Yannick, um ihm zu zeigen, wo es die harten Sachen gab.

Katharina traf zum Glück eine andere Bekannte, und Mimi und ich ließen uns etwas zu essen bringen.

Sie war die Alte. Lachte unentwegt, rauchte viel zu viel, verdrehte allen Männern auf der Party den Kopf und war so ausgelassen, dass man gar nicht anders konnte als mitlachen. Jetzt musste nur noch Justus kommen, und alles war so, wie es sein sollte.

Ich schaute auf die Uhr. Es war bereits 21.30 Uhr. In einer halben Stunde wurde *Drechsler* ausgestrahlt. Das heißt, Justus hatte gerade noch sein Interview und war dann praktisch auf dem Weg hierher.

Drechsler wollte ich auf alle Fälle sehen. Er würde Justus bestimmt auf Annabelles Andeutungen ansprechen, und dann konnte oder würde er sie bestimmt richtig stellen, denn lügen gehörte nicht zu Justus' Repertoire.

»Kommst du gleich mit? Justus ist gleich bei *Drechsler*!«

Mimi nickte. »Ich hol mal Tim. Der möchte das sicher auch gerne sehen.«

Zu dritt gingen wir schließlich ins Kaminzimmer, in dem nur wenige Gäste, die es ruhiger bevorzugten, saßen.

Ich schaltete den Fernseher ein. Wir setzten uns und warteten.

In der Zwischenzeit sprach sich dank meiner Mutter herum, dass gleich mein Freund bei *Drechsler* sei, und so füllte sich das Zimmer mit immer mehr Menschen, als mir lieb war.

Ich hätte mir die Sendung lieber allein oder nur mit meinen besten Freunden angeschaut, und die Golfpartner meiner Eltern zählte ich nicht dazu. Außerdem war ich nicht wirklich scharf auf ihre Kommentare.

Na ja, jetzt war es sowieso zu spät, denn hinausschicken konnte man niemanden mehr.

»Er wird zu Recht als eine der größten Schauspielhoffnungen des Landes gehandelt. Sein Debütfilm wurde nicht nur mit Preisen überhäuft, sondern sprengte auch sämtliche Zuschauerrekorde für einen deutschen Film. Jetzt stand er gerade wieder vor der Kamera für einen Liebesfilm mit dem Titel *Erspare dir die Liebe*. Meine Damen und Herren, begrüßen Sie mit mir Deutschlands begehrtesten Junggesellen: Justus Staufen!«

Tosender Beifall im Studio, aufgeregtes Gegacker vor dem Fernseher. Justus kam herein, lachte verschmitzt in die Runde und hatte sofort gewonnen. Doch das Beste war, gleich würde er hier sein, die Sendung war voraufgezeichnet, und er musste jede Minute vor der Tür stehen!

Drechsler begrüßte ihn herzlich. Sie tauschten Höflichkeiten aus und hatten eine Menge Spaß. Fast wie alte Kumpels. Und genauso kumpelhaft fragte Drechsler schließlich: »Sag mal, Justus. Kürzlich war deine Kollegin oder muss ich sagen – Freundin? – Annabelle Leiniger hier. Und die machte sehr interessante Andeutungen, dass ihr nicht nur ein Paar auf der Leinwand wärt. Was ist denn da dran?«

Ich hielt den Atem an.

»Jetzt kann er es endlich richtig stellen! Da wird sich Annabelle aber wundern!«, rief Mimi.

Justus fuhr sich nervös durch die Haare und antwortete kurz: »Dazu möchte ich mich nicht äußern.«

Wie bitte?

Drechsler hakte nach.

»Weil es stimmt?«

»Da soll sich jeder sein eigenes Bild machen und glauben, was stimmt oder nicht!«

»Das klingt aber kryptisch! Findest du jetzt was an ihr oder nicht?«

»Sie hat auf alle Fälle Ausstrahlung. Das sieht man ja auch im Film.«

»Und warum hältst du dich so bedeckt? Gibt es da etwa schon jemanden in deinem Leben?«

Jetzt war es mucksmäuschenstill.

Justus sah Drechsler fest in die Augen.

»Nein, da gibt es niemanden!«

Ich wollte auf der Stelle tot sein!

»Das ist bei einem so gut aussehenden Kerl wie dir ja kaum zu glauben. Dir müssen die Mädels doch die Tür einrennen!«

»Mag schon sein, aber dazu gehören immer zwei, und ich fühle mich zu jung für eine feste Beziehung. Es gibt so viele hübsche Mädchen! Ich möchte noch viel zu viel erleben, um mich schon festzulegen!«

Wie erniedrigend! Das aus dem Fernsehen vor versammelter Mannschaft erfahren zu dürfen!

Ohne mich umzudrehen, stürmte ich ins Badezimmer und verriegelte die Tür. Im Hintergrund hörte ich meine Mutter, die versuchte zu retten, was zu retten war. »Das muss er sagen. Anweisung vom Management. Charlotte kann das nur schwer ertragen, bitte feiert doch weiter.«

Dann ein hektisches Klopfen an der Tür.

»Charlotte, mach auf.«

Ich öffnete die Tür, und meine Mutter kam herein, mit Lena und Mimi im Schlepptau.

»Kind, wie siehst du nur aus? Dieser Kretin wird es nicht schaffen, dass meine Tochter weint! Du darfst dir das nicht so zu Herzen nehmen, das muss er sicher sagen im Fernsehen. Davon geht doch die Welt nicht unter.«

Lena und Mimi stimmten zu.

»Lotte, glaubst du im Ernst, er würde das sagen, wenn er es wirklich so meinte, obwohl er weiß, dass er gleich auf dem Geburtstag deiner Mutter eingeladen ist?«, heiterte Mimi mich auf.

Ich wusste eigentlich gar nichts mehr, nur: Egal, was wahr oder nur PR war, ich wollte nicht mehr Teil dieses Karussells sein und zur manisch-depressiven *On-and-off*-Freundin von Justus mutieren.

Ich wollte mein einfaches Leben zurück, das ich im Griff hatte und in dem ich keinen Launen und Stimmungen von Justus ausgesetzt war.

Auf einmal war mir klar, was ich zu tun hatte. Ich wurde ruhig und reinigte mein Gesicht von der verschmierten Wimperntusche.

Tim klopfte an.

»Lotte, Justus ist gerade gekommen und fragt nach dir. Was soll ich ihm sagen?«

»Ich komme schon.«

Mit sicheren Schritten ging ich ihm entgegen.

Justus stand im Eingangsbereich und wollte gerade seine Jacke ablegen.

»Hallo, Justus!«

»Hallo, Charlotte! Da bist du ja!« Er wollte mich umarmen, doch ich wich zurück.

»Justus, ich glaube, es ist am besten, wenn du die Jacke wieder anziehst und gehst.«

»Was?« Justus verstand nicht, was ich gesagt hatte.

»Justus, ich habe dich gerade bei *Drechsler* gesehen. Jetzt weiß ich endgültig, wie du zu mir stehst. Bitte geh jetzt, ich möchte dich vorerst nicht wiedersehen.«

»Charlotte, das ist nicht dein Ernst! Ich habe dir doch erklärt, dass meine öffentliche Person nichts mit mir zu tun hat.«

Ich versuchte beherrscht zu klingen.

»Ich weiß, aber leider bin ich nur eine private Person, und mir wird dieses Doppelspiel zu viel. Es reicht mir mit deinen fadenscheinigen Erklärungen. Du hattest oft genug die Gelegenheit, mit offenen Karten zu spielen. Ich will und kann so nicht mehr weitermachen, und deine Andeutungen bringen mich an den Rand des Wahnsinns. Ich brauch erst mal 'ne Verschnaufpause.«

Justus sah mich versteinert an.

»Das ist nicht dein Ernst!«

»Doch, bitte geh jetzt.«

»Charlotte! Das kannst du nicht machen. Du weißt doch, was du mir bedeutest!«

»Nein, das weiß ich eben nicht! Wie denn auch?«

»Ja, fühlst du das denn nicht?«

»Ich weiß gar nicht mehr, was ich fühle! Und jetzt geh endlich!«

»Nein, das werde ich nicht!«

»Doch, das wirst du!« Casper und Lena standen hinter mir.

Casper ging zu Justus, legte ihm die Hand auf die Schulter und begleitete ihn zur Tür.

Ich hörte, wie er zu Justus sagte: »Weißt du, Lotte hat gerade vor allen Leuten erfahren, dass es niemand Besonderen in deinem Leben gibt und hübsche Mädchen deinen Weg zieren. Ich glaube, du verstehst, dass sie dich nicht sehen will, egal aus welchen Gründen auch immer du das sagen musst.«

»Casper, ich kann das alles erklären. Es gibt einen Grund dafür.«

»Das mag schon sein, aber heute wird Lotte sich das garantiert nicht mehr anhören wollen. Ich glaube, du hattest deine Chance.«

Justus ging, drehte sich um und sah mich so verletzt an, dass es mir das Herz brach.

»Es ist erst mal besser so, Lotte!« Lena legte den Arm um mich.

»Ich will nach Hause, Lena, und nicht von allen angestarrt werden.«

Lena holte meine Jacke, sagte Bescheid, und wir gingen.

Zu Hause legte ich mich angezogen ins Bett.

Immer wenn ich daran dachte, wie Justus mich angeschaut hatte, ging ein Reißen durch meinen Körper – als ob ich ihn geschlagen hätte …

»Lena, meinst du, es war ein Fehler, ihn wegzuschicken? Ich will ihn doch noch immer! Glaubst du, er ist ein Arsch?«

Lena streichelte mir beruhigend über den Kopf.

»Nein, das glaube ich nicht, aber ich glaube, er hat diesen Schuss vor den Bug gebraucht, um zu kapieren, was er dir mit der Masche antut. Ich bin sicher, er wird jetzt noch mal richtig nachdenken, und vielleicht bringt euch genau dieser Abend weiter, auch wenn es gerade nicht so aussieht.«

»Weißt du, ich spüre genau, dass er mir die ganze Zeit was sagen will, aber nicht kann. Wenn ich nur wüsste, was!«

Lena hielt inne.

»Hm, hoffentlich fasst er sich bald ein Herz und sagt dir, was es ist.«

»Aber ich habe ihm erklärt, dass ich ihn nicht mehr sehen will. Was, wenn ich ihn tatsächlich nie wieder sehe?«

»Lotte, wenn ihr zusammen sein sollt, werdet ihr das auch sein. Wenn seine Gefühle stark genug sind, kann ihn das nicht abschrecken.«

Das wollte und konnte ich nur hoffen, denn inzwischen war ich nicht mehr überzeugt, dass Schluss zu machen die richtige Lösung gewesen war. Vielleicht hatte ich einfach zu impulsiv gehandelt.

Ich wollte bei ihm sein und sagen, dass wir über alles reden sollten.

»Was meinst du, was er gerade macht?«

»Er denkt bestimmt nach, um einen Weg zurück zu dir zu finden.«

»Soll ich ihn anrufen?«

»Nein, dein Handy bleibt aus. Morgen ist auch ein Tag. Er muss um dich kämpfen! Ich schlafe heute Nacht bei dir, damit du nicht auf dumme Gedanken kommst.«

Von Schlaf war keine Rede. Stundenlang wälzte ich mich hin und her, wachte wieder auf, dachte an Justus, las ein wenig und versuchte, noch ein wenig zu schlafen.

Gegen sieben stand ich völlig gerädert auf und machte mir erst mal einen frisch gepressten Apfel-Ingwer-Karottensaft, Garant, um einen Funken Energie zu tanken. Lena schlief noch. Bestimmt hatte sie auch nicht besonders geschlafen, die Arme, so unruhig, wie ich gewesen war.

Ob ich mein Handy anmachen sollte?

Nur mal so? Ich hörte die Mailbox ab.

»Sie haben neun neue Nachrichten!« Und alle waren von Justus.

»Charlotte, wir müssen sprechen, ich kann alles erklären.«

Die weiteren Nachrichten waren immer später draufgesprochen worden, die letzte um 2 Uhr. Bei den letzten drei Nachrichten verstand ich Justus überhaupt nicht mehr, weil er schon so betrunken oder drauf war.

Ich war ihm nicht gleichgültig! Sonst hätte er sich nicht sinnlos betrunken und meine Mailbox zugetextet! Es war nicht alles verloren, und er hatte eine Erklärung! Jetzt würde vielleicht doch noch alles gut werden. Mir war gleich viel besser zu Mute.

Ich beschloss, frische Luft zu tanken, und zog meine Laufschuhe an. Nach dem Jogging könnte ich Brötchen holen, sozusagen als Dankeschön für Lenas Unterstützung am Abend zuvor.

Der Tag ließ sich nach dem desaströsen Abend nicht so schlecht an. Hatte ich übertrieben? Schlug ich etwa meiner Mutter und ihrem Sinn für dramatische Auftritte nach? Fast musste ich schon kichern. Jetzt hatte meine Mutter die Krögers dank mir und Justus mit einem Skandal übertroffen, und das an ihrem Geburtstag. Darüber würde sie noch lange sprechen können.

Die frische Luft und der federnde Waldboden brachten mich

langsam ins Gleichgewicht zurück. Mein Kreislauf begann zu funktionieren, und meine Atmung pumpte allen Ballast hinaus. Völlig verschwitzt, aber zufrieden bog ich beim Bäcker ein, roch den Duft frischer Brötchen und bekam Hunger.

»Ein Baguette, zwei Croissants und zwei Kürbiskernbrötchen und die Zeitung, bitte.«

»Macht dreihundert Euro, bitte.«

Der allseits zu Scherzen aufgelegte Bäcker gab mir die Tüte.

»Zeitung darfst du dir selber nehmen!«

Automatisch wollte ich in den Kasten greifen, als mir die Schlagzeile ins Gesicht sprang.

»Justus Staufen und Annabelle Leiniger doch ein Paar!«

Ich musste zweimal lesen, nahm wie hypnotisiert die Zeitung heraus und durfte Paparazzifotos von Justus und Annabelle knutschend im *Schichtwechsel*, einem Club, der bis morgens geöffnet hatte, sehen. Untertitel: »Justus und Annabelle auf frischer Tat ertappt.« Dann ein Foto, wie sie in ein Taxi steigen. Justus sieht total benebelt aus, Annabelle muss ihn stützen, und als Bildunterschrift: »Zu dir oder zu mir? Jetzt üben wir noch mal für unseren Film.« Und zu guter Letzt ein Schnappschuss, wie Justus von Annabelle morgens an der Tür verabschiedet wird, im knappen Trägerhemdchen, mit zerzausten Haaren und der passenden Zeile: »Am Set üben wir gleich weiter!«

Vollkommen sediert, nicht in der Lage, eine Regung zuzulassen, lief ich nach Hause, schloss automatisch die Tür auf, ging robotergleich in die Küche und stellte Wasser auf.

»Lotte, da bist du ja. Justus war schon hier. Er sucht dich!«

»Kann ich mir vorstellen!«

Kommentarlos legte ich Lena die Zeitung hin.

»Nee! Dieses Schwein! Das hätte ich ihm nicht zugetraut! Und dann wagt er sich hier noch her? Lotte, vergiss ihn! Ausgerechnet mit Annabelle Leiniger!«

Lena zeigte alle Regungen, die eigentlich von mir hätten kommen müssen, nur fühlte ich mich wie ein unbeteiligter Zuschauer.

»Lotte, du sagst ja gar nichts! Alles in Ordnung mit dir? Hast du was genommen? Du wirkst so apathisch! Scheiße, du hast 'nen Schock!«

Sofort sprang sie auf und kam mit Tabletten wieder.

»Hier, Baldrian-Hopfen. Davon nimmst du gleich zwei. Und jetzt atme so, wie ich es dir sage.«

Mit großen Augen sah ich Lena an. Zwar hörte ich, was sie erklärte, verstand allerdings kein Wort.

»Lotte?«

Ehe ich mich versah, hatte Lena mir eine saftige Ohrfeige gegeben.

Erschrocken fuhr ich hoch. »Spinnst du?«

»Entschuldige, aber du hast 'nen Schock. So, jetzt trink und nimm die Baldriantabletten.«

Langsam kam ich zu mir und tat, was Lena befohlen hatte.

»Du sagst, Justus war hier?«

»Trink weiter, Lotte! Gleich legst du dich hin.«

»Ich bin aber nicht müde. Ich muss duschen.«

Trotz Lenas Gegenwehr ging ich unter die Dusche. Das heiße Wasser tat gut, langsam sah ich wieder klarer und damit auch die Zeitungsbilder vor meinem inneren Auge.

»Lena!«, rief ich.

Sofort kam sie angerannt.

»Lena, ich möchte hier weg! Können wir übers Wochenende irgendwohin?«

Sie zögerte keinen Augenblick.

»Ich packe uns ein paar Sachen und kümmere mich um alles. Zieh du dich einfach an.«

Nur wenig später saßen wir im Taxi, das uns zum Bahnhof brachte.

»Mit Felix habe ich gesprochen. Du hast bis Mittwoch frei, eigentlich braucht er dich dringend für die Vorbereitung des

TV-plus-Award, aber unter den Umständen macht er eine Ausnahme. Ich soll dich ganz lieb von ihm grüßen.«

Was würde ich nur ohne Felix und sein Verständnis machen!

»Wo fahren wir denn hin?«

»Lass dich überraschen.«

Mir sollte alles recht sein, solange ich nur wegkam und keinen Justus sehen musste.

Lena besorgte die Tickets.

Als der Zug sich in Bewegung setzte, verriet sie: »Wir fahren nach Paris zu Caroline.«

Entgeistert sah ich sie an. Zu Caroline nach Paris war eine geniale Idee, genau, was ich jetzt brauchte, aber wieso um Himmels willen saß ich im Zug? Das dauerte Stunden! Natürlich wollte ich nicht undankbar erscheinen, trotzdem fragte ich nach.

»Das ist 'ne super Idee, aber weshalb fliegen wir nicht? Wir brauchen doch mindestens zehn Stunden!«

»Genau! Das ist die Therapie dabei. Mit jedem Kilometer merkst du, wie du alles hinter dir lässt. Fliegen ist doch so surreal, da steigt man ein und aus und merkt gar nicht, wie weit das eigentlich ist. Außerdem nehmen wir ab Stuttgart den Nachtzug. Das wollte ich schon immer mal ausprobieren.«

Ich aber nicht! Das mit der Therapie klang an sich einleuchtend, wäre da nicht Lenas Flugangst gewesen.

Ich sank in den Sessel. Wenigstens gab es ein Bordrestaurant, das wir gleich in Beschlag nahmen und unter den Augen der verwunderten Gäste in eine Trinkhalle verwandelten.

Mein Handy klingelte. Es war Justus. Mist, ich hatte total vergessen, es auszuschalten!

»Drück ihn weg, Lotte!«

Nichts lieber als das!

Am besten löschte ich gleich alle seine Nummern aus meinem Handy, so konnte ich erst gar nicht in Versuchung geraten, anzurufen und mein letztes Quäntchen Würde zu verlieren.

In meinem Kopf war nichts sortiert. Es war, als ob die Bilder von Justus und Annabelle alle gemeinsamen Erlebnisse und Erinnerungen mit Justus und mir gelöscht hätten. Wieso schienen die Fotos aus der Zeitung realistischer und wahrer als meine tatsächliche Beziehung mit Justus? Weil sie schwarz auf weiß gedruckt waren und deshalb bestätigt wirkten? Was war schon mein Wort gegen die Sprache der Bilder in Millionenauflage?

Und warum wollte Justus mich immer noch sprechen? Hatte er mich nicht schon genug gedemütigt? Und ich Idiot war bereit gewesen, alles zu vergessen und noch mal von vorn anzufangen. Tja, so ist das, wenn man mit dem Feuer spielt. Aber natürlich hatte ich keine Warnung wahrgenommen, weder seine Vergangenheit noch Eves Auftritt in seiner Wohnung oder Ulli Beckers Andeutungen.

Ulli Becker! Das würde ihr persönlicher Feiertag werden. Endlich hatte sie die Publicity, die sie und ihr bescheuerter Uli-Mann brauchten. Bestimmt war der Film grottenschlecht und jetzt endlich gerettet.

Ob Annabelle eine Prämie oder Beteiligung zur Belohnung bekam? Am Ende hatte Ulli Becker selbst auf der Lauer gelegen und die Fotos geschossen! Bei der Vorstellung von Ulli Becker im Tarnanzug mit Nachtsichtgerät und Objektiv musste ich unwillkürlich lachen.

Lena sah mich besorgt an. Wer konnte es ihr verdenken? Mein labiler Zustand, gepaart mit spontanem Gekicher, kam eher wie die Vorstufe zum Wahnsinn rüber anstatt einem Ich-musste-gerade-an-etwas-Erheiterndes-denken-Lachen.

Sie schenkte mir nach. Auch eine Art, mich ruhig zu stellen.

Tatsächlich merkte ich erst, wie müde ich war, als Lena mich aus dem Bordrestaurant schob, nachdem ich mit dem Kopf auf die Tischplatte geknallt war und der schwäbelnde Kellner seine Geduld verloren hatte.

»Des geht aber ned! Was solled denn die Leud denge? Des kennet se bei uns ned mache!«, hatte er geschimpft.

Leider war ich zu langsam, um zu antworten, dass ein Bundesland, dessen Landeshauptstadt regelmäßige *Letz-putz!*-Wochenenden veranstaltete, wahrscheinlich nicht einmal dulden würde, dass ein Tropfen Wasser auf die Tischdecke fiele, aber Lena schob mich weiter.

Dabei mochte ich die Schwaben sonst sehr. Nicht nur die Küche mit Maultaschen und Spätzle war ein Hit, auch die Autos, die aus Stuggi-Boogie-Benztown kamen, und vor allem die selbstironische Werbung für ihr Ländle – »Wir können alles – nur kein Hochdeutsch« – hatte mir immer gefallen.

Am Platz angelangt, fiel ich in einen komatösen Schlaf und wachte erst wieder auf, als wir in unseren Nachtzug umsteigen mussten.

Das war noch lustiger, als ich es mir vorgestellt hatte. Zu sechst auf Pappkartongröße, jeweils in Dreierbetten übereinander gestapelt! Wir hatten die beiden unteren Betten, was logistisch eigentlich super war, nur hatte Lena nicht bedacht, dass das auch bedeutete, dass alle Mitreisenden in miefigen Socken an einem hoch- und runterkletterten, um aufs Klo zu gehen. Wenn dies das Programm war, um mir zu zeigen, es könnte auch schlimmer sein, war es gelungen! Mit Romantik hatte Schlafwagenfahren ungefähr so viel gemein wie Mülltrennung! Unterhalten konnte man sich auch nicht, da die Familie über uns, die aus Rentnerehepaar und erwachsenem Sohn bestand, sofort das Licht ausgemacht hatte, nicht ohne zuvor die erfreulichen Details mitzuteilen, dass Hansemann, der mit Anfang fünfzig noch zu Hause wohnte, zwar Junggeselle sei, die Suche nach der Richtigen jedoch nicht aufgegeben hatte. Hinzu kam, dass Hansemann eine Spitzenpartie sei, Beamter auf Lebenszeit. Erben würde er selbstverständlich auch mal 'ne Menge. Hansemann fuhr wie jedes Jahr mit seinen Eltern nach Paris, dort hatten Hansemanns Eltern ihre Flitterwochen verbracht.

»Schläft er dann auch in der Mitte?«, fragte der Schweizer Student, der über Lena lag und aus Geldgründen den Nachtzug nahm, sarkastisch.

Helle Empörung bei Hansemanns Eltern ob der unverschämten Bemerkung und Lenas und meines Gekichers. Darauf folgte frostige Stille und die Aufforderung, das Licht auszumachen, ab 21 Uhr sei Nachtruhe. Von wegen Nachtruhe! Hansemanns Schlafgeräusche hatten etwas von einer sabbernden Töle, und Hansemanns Vater kratzte sich die ganze Zeit im Schlaf am Kopf, was sich nicht nur eklig anhörte, sondern selbst Frau Holle arbeitslos machte …

Trotz Restalkohols war ich noch in der Lage, das Grauen der Situation glasklar zu erkennen, es mir schön zu trinken, hatte leider nicht funktioniert.

»Lena, lass uns rausgehen«, flüsterte ich leise.

»Silentium!«, rief Familie Hansemann unisono. Hatten sie bestimmt beim sonntäglichen Kreuzworträtsel gelernt: lateinisches Wort für Ruhe.

In unserem campingtauglichen Aufzug gelangten wir durch stinkende Abteile in ein Bistro, wo es zum Glück noch Wein gab.

Lena sah genauso fertig aus wie ich.

»Ist das deine Vorstellung von Romantik? Da hab ich ja Glück gehabt, dass es nur ein Schlafwagen und kein Fischkutter war!«, konnte ich mir nicht verkneifen.

Lena knurrte.

»Undankbares Stück! Da organisiere ich deine Flucht, und das ist der Dank!«

»Jetzt sag nicht, dass du das hier toll findest!«

»Nee, aber immer noch besser als fliegen!«

Na also, wusste ich es doch! Lena und ihre Flugangst. Aber sie hatte Recht. Ich war ungerecht und undankbar zugleich. Welche Freundin packt schon, ohne eine Sekunde zu zögern, die Koffer, um spontan nach Paris durchzubrennen?

»Entschuldige, Lenchen. Ich bin unausstehlich!«

Sie drückte mich und lachte. »Heute lass ich dir alles durchgehen, du stehst noch unter Schock. Aber ich finde es genauso eklig hier.«

»Allerdings kann nichts ekliger sein als Justus Staufen. Darauf trinken wir!«, rief ich einen Tick zu laut und zog damit drei pubertierende, angetrunkene Proleten auf den Plan, die dachten, mein unfreiwillig affektiertes Gehabe habe ihnen gegolten. Super!

»Na, Ladys, ganz alleine hier?«

»Nein, Hansemann ist mit!« Ich kicherte wieder unkontrolliert trotz Lenas strengen Blicks.

»Ist das dein Stecher?«

Ich wusste nicht, was ich unerfreulicher fand, den Ausdruck an sich oder die Vorstellung, Hansemann zum Stecher zu haben.

»Nein, mein Anwalt!«, erfand ich.

Die drei sahen mich verunsichert an und wussten nicht recht, was sie von mir halten sollten.

»Ey, ich glaube, die tickt nicht ganz richtig. Kommt, lasst uns gehen!«, sagte der Größte von ihnen, einer mit gegelten Haaren und Oberlippenflaum.

Wenn schon die simpel Strukturierten Reißaus nahmen, wer konnte es dann Justus verdenken, vor mir in Annabelle Leinigers Arme zu flüchten. Irgendwas stimmte nicht mit mir.

»Sollen wir wieder in unsere Dampfkuhle? Hansemann hat sicher schon gut vorgeheizt; wenn mich nicht alles täuscht, hat er schon, als wir gingen, an Blähungen gelitten.«

»Lena, das ist widerlich! Ich schlafe auf dem Gang!«

Wieso hatte ich mir eine Flucht immer viel glamouröser vorgestellt? In Gedanken sah ich mich mit riesiger Sonnenbrille im Taxi, leichtem Reisegepäck, First-Class-Ticket und einem Steward, der beim Tränenvergießen handbestickte Servietten reichte, einem ermutigend die Hand tätschelte oder, besser noch, mich mit dem unglaublich souveränen unverheirateten Piloten bekannt machte.

Wo genau war dieser Plan aus der Bahn gelaufen?

Und wieso hatte ich kein Sagrotan dabei!

Widerwillig legten wir uns wieder auf unsere Pritschen, sprechen durften wir ja nicht, und so überlegte ich krampfhaft, woher nur die

Sage vom romantischen Schlafwagen herrührte, bis mir einfiel, dass Josephine Baker es angeblich in einem getan hatte ... Na, so beweglich, wie die war, hätte sie auch einem Tête-à-Tête im Kampfjet was abgewinnen können. Und wieder eine urbane Legende entmystifiziert. Ich wartete, bis Lena eingeschlafen war – ja, Lena gehörte zur beneidenswerten Gattung Mensch, die selbst beim Schlangestehen im Schlussverkauf ein kurzes Nickerchen einschieben konnte –, um endlich mein Handy anzumachen.

Nur so, vielleicht war ja etwas Wichtiges, log ich mir selbst vor.

Caroline hatte eine SMS geschickt. »Wie geht's dir? Freue mich auf euch! Wie ist es im Schlafwagen?«

Ich antwortete ausführlich. »Es ist genauso lustig, wie ich es mir vorgestellt habe – nur wärmer! Und ein besoffener Triebtäter will dauernd in unser Abteil. Fahre ab jetzt nur noch Nachtzug. Mir geht's bescheiden, kann den Abstand gebrauchen. Freue mich auch auf dich!«

Meine Mailbox konnte ich nicht abhören, weil ich mich natürlich nie um die PIN fürs Ausland gekümmert hatte.

Also schaltete ich das Handy wieder aus und verbrachte die restlichen Stunden damit, nachzudenken, zu verzweifeln, mir furchtbar Leid zu tun, Justus zu vermissen, ihn zu hassen, ihn dann wieder zu vermissen, Annabelle unentwegt zu hassen, etwas zu weinen, danach wütend zu werden und ewige Rache zu schwören und dann einfach nur noch dem Rattern zuzuhören und schließlich in einen halbwachen Dämmerzustand zu fallen.

So zeitig Hansemanns Familie in den Federn gewesen war, so zeitig ließen sie die nackten, mit Hornhaut übersäten Füße und zu langen gelben Zehennägel von oben herunterbaumeln und tauschten sich aus, wer zuerst den Darm entleeren würde.

Ein würdiger Abschluss unserer kleinen Gruppenreise!

Als der Schaffner endlich durchsagte, dass wir Paris erreicht hatten, war ich sicher, »Paradies« verstanden zu haben. Der Zug hielt, wir konnten aussteigen, und die Zivilisation hatte mich wieder.

»Lotte, Lena, hier bin ich!«

Caroline stand strahlend am Bahnsteig, ihre blonden Locken stachen wie üblich aus der Menge heraus, ihre ansteckende fröhliche Art auch. Es tat so gut, sie zu sehen!

»Wie schaut ihr denn aus? War wohl nicht so der *burner*, eure Fahrt?«

»Sag bloß nichts, und bring uns hier weg. Ich möchte in ein frisch bezogenes Bett sinken und endlich ein paar Stunden schlafen.«

Lena sagte nichts, aber man sah ihr deutlich an, dass das Wort Schlafwagen auch für sie jede Assoziation mit romantisch verloren hatte.

»Wie wollt ihr das denn mit der Rückfahrt machen?«

Ich sah Caroline entgeistert an. »Welche Rückfahrt? Es gibt keine Rückfahrt! Ich habe heute Morgen per Handy unseren Rückflug gebucht.«

»Was hast du?« Lena war sofort wieder wach.

»Jetzt reg dich nicht auf. Wir fliegen zurück. Du nimmst diese Baldriantabletten und betrinkst dich, dann klappt das schon. Auf alle Fälle dauert das Martyrium deutlich kürzer, oder willst du dir noch mal mit Hansemann und seinen Eltern ein Abteil teilen?«

Das saß. Lena verneinte. Caroline schaute interessiert.

»Und wer ist Hansemann?«

»Erzähl ich dir später.«

achtundzwanzig

Carolines Wohnung war ein Traum. Super Lage, sanierter Altbau, viele Zimmer und vor allem ein großes Bett im Gästezimmer.

Lena und ich fielen sofort in die Decken und schliefen bis zum frühen Nachmittag durch.

Wir wurden geweckt, als es Sturm klingelte. Der Sturmklingler stellte sich als Carolines neueste Errungenschaft heraus, Lasse, ein schwedischer Erasmusstudent, der es gar nicht abwarten konnte, Caroline – umschreiben wir es mal höflich – wiederzusehen.

Die beiden kicherten verliebt.

»Genau das Richtige bei Liebeskummer!«

Lena sah mich strafend an.

»Lotte, du wirst sarkastisch! Das ist die Vorstufe zu frustriert und verbittert!«

»Lass mir wenigstens meinen schwarzen Humor. Ist doch besser, als ständig in Tränen auszubrechen. Wenn ich in einer Woche immer noch so drauf bin, darfst du was sagen!«

Nach einem Kaffee fühlte ich mich deutlich besser.

Lasse war supernett und sein Akzent, wenn er Deutsch sprach, wirklich niedlich. Vor allem seine Zwischenrufe, als ich noch mal gebündelt von Justus erzählte, waren preisverdächtig.

»Blödee Bock, den trrimm ich!«, was übersetzt heißen sollte: »Falls das Arschloch mir je über den Weg läuft, verprügel ich ihn!«

Auf alle Fälle brachte er mich zum Lachen, was mir gut tat. Aber auch Caroline war in ihrem Element. Erst wimmelte sie unsere Mutter am Telefon ab: »Ja, es geht ihr gut, sie schläft noch!« Dann befahl sie mir, mich zu stylen, weil wir weggehen würden.

»Ihr seid in Paris, und wir werden uns amüsieren!« So wie Caroline und Lasse das sagten, klang es mehr nach einer Drohung.

Ich weiß nicht, wie sie es geschafft hatten, aber innerhalb kürzester Zeit waren wir in einem Club, umringt von Lasses gut aussehenden Freunden, hatten, bevor der eine Drink leer war, bereits den nächsten in der Hand und tanzten uns die Seele aus dem Leib.

Nach der Trübsal der letzten Tage war es erholsam, mal wieder ausgelassen zu sein. Selbst Lena hatte Spaß trotz des kommerziellen Mainstreams, der hier lief.

Es dämmerte schon, als wir aus dem Club kamen. Arthur, gesprochen Artüüüür, zeigte uns, bei welchem Bäcker man um diese Uhrzeit bereits warme Croissants bekam. Ich fühlte mich besser. Immerhin ganze sechs Stunden nicht an Justus gedacht! Und überhaupt, wie frei hier alle waren! Lag bestimmt am Karma der französischen Revolution.

Caroline biss herzhaft in ihr *pain au chocolat.*

»Na, Lotti, was habe ich dir gesagt? Ablenkung und eine andere Umgebung ist das beste Mittel. So, jetzt gehen wir ins Bett, schlafen 'ne Runde und später zeige ich euch Paris.«

Ausgeruht machten wir uns mittags auf, die Stadt zu erkunden. Zuerst die Tourirunde mit Eiffelturm und Louvre für Lena, die noch nie in Paris gewesen war. Dann das Einkaufszentrum Forum des Halles und das Kaufhaus Lafayette für mich. Aber so sehr ich mich auch bemühte, es machte mir keinen Spaß, Klamotten oder Schuhe anzuprobieren. Es kam mir so sinnentleert und hohl vor.

Wozu noch mehr neue Klamotten, wenn sonst alles im Argen lag? Mein Selbstwertgefühl ließ sich damit momentan nicht steigern.

Caroline kannte meinen Gesichtsausdruck und schaltete sofort. »Was haltet ihr davon, wenn wir einfach gemütlich an der Seine spazieren gehen und uns in ein kleines Café setzen?«

Sehr viel! Stress gehört in die Beine. Wie wohltuend, sich einfach treiben zu lassen, Menschen zu beobachten und sich im Großstadtgetümmel selbst nicht mehr so wichtig zu nehmen. Wir schlenderten eine Weile wortlos an der Seine entlang, entdeckten ein ansprechendes Café, setzten uns und bestellten heiße Schokolade mit Sahne! Jawohl, mit Sahne und dazu eine *tarte de pomme de terre*!

»Ich wüsste zu gern, was Justus gerade macht.«

Lena schnaubte.

»Untertauchen würde ich ihm raten und sich nie wieder blicken lassen!«

Leider hatte ich trotz allem, was vorgefallen war, eine solche Sehnsucht nach ihm, dass es mich fast zerriss. Wie hatte er sich nur mit Annabelle einlassen können, ausgerechnet Annabelle! Mein Instinkt hatte mich von Anfang an vor ihr gewarnt, Frauen haben diesen Sinn, wenn es darum geht, welche andere Frau ihnen gefährlich werden könnte. Aber Justus hatte immer abgewiegelt, mir versichert, sie uninteressant zu finden.

»Glaubt ihr, ich habe Justus in Annabelles Arme getrieben, weil ich ihn an Mamas Geburtstag weggeschickt habe? Er wirkte so verzweifelt, als er ging.«

Caroline nahm meine Hand.

»Lotti, du weißt, dass ich nicht gerade Expertin bin, was Beziehungen angeht. Meine halten ja meistens nicht so lange, als dass man auf Probleme stoßen würde, aber eines kapiere sogar ich. Nur weil ihr eine Krise oder einen Streit hattet, gibt das Justus kein Recht, sich mit Annabelle einzulassen. Gut, vielleicht war er dafür anfälliger, aber du hast ihn nicht in Annabelles Arme getrieben. Er ist erwachsen und selbst verantwortlich für seine Handlungen. Er hätte auch Nein sagen können.«

Da war was dran. In mir nagte allerdings noch etwas ganz anderes. »Glaubt ihr, er ist in sie verknallt?«

Beide schüttelten unisono den Kopf.

»Nein! Das war eine Kurzschlusshandlung«, sagte Lena. »Warum hätte er sich sonst noch die Mühe gemacht, dich zu suchen und anzurufen. Und glaub mir, er sah nicht so aus, als ob er dir sagen wollte, dass Annabelle die Liebe seines Lebens ist. So zerknirscht, wie er am Morgen danach war, wusste er genau, dass er Mist gebaut hat.«

Hoffentlich hatte Lena Recht. In mir rangen verschiedene Gefühle. Einerseits war ich sauer und verletzt und wollte Justus nie wieder sehen, andererseits sehnte ich mich mehr denn je nach ihm.

Wir saßen noch eine Weile wortlos da, hingen unseren Gedanken nach und schauten den vielen Händchen haltenden Paaren nach, die vorbeigingen. Wie war das? *Ganz Paris träumt von der Liebe* … In meinem Fall träumte ich einen Albtraum, aus dem ich bald zu erwachen hoffte.

Zurück in Carolines Wohnung, machten wir es uns gemütlich, kochten, unterhielten uns über alles Mögliche und gingen früh zu Bett. Zwar schlief ich unruhig, wachte immer wieder auf und träumte von Justus und Annabelle, aber ich beschloss, es als positives Zeichen zu sehen, schließlich bedeutete es, dass ich anfing, die Geschichte zu verarbeiten.

neunundzwanzig

»Lena, Lotte, Frühstück ist fertig. Kommt ihr?«

Es war Dienstagmorgen, viel zu früh, um schon wach zu sein, und der letzte Tag unseres Parisaufenthaltes. Ich wurde ganz sentimental bei dem Gedanken, Abschied von Caroline nehmen zu müssen.

»Ach, Lotti, ich bin doch schon bald wieder zurück, und du kannst mich jederzeit in Paris besuchen!«, tröstete sie mich.

Paris konnte mich gern haben! So schön die Stadt auch war, solange ich Liebeskummer hatte, würde ich mich hier bestimmt nicht mehr blicken lassen. Wer war auch so bekloppt, in die Stadt der Liebe zu fahren, während man an Herzschmerz litt? Ironie des Schicksals oder mal wieder typisch ich. Auf alle Fälle schwor ich mir, dass die verliebten Pärchen ruhig allein den Montmartre entlangflanieren, Porträts von sich anfertigen lassen und abends romantisch in die Oper gehen konnten. Bevor ich nicht wieder glücklich verliebt war, würde ich freiwillig keinen Schritt mehr in die Liebeshauptstadt machen.

»Ach, Caroline, warum kann ich nicht ein bisschen wie du sein?«, seufzte ich.

Sie warf ihren Kopf in den Nacken und lachte laut los.

»Weil wir grundverschieden sind. Zum Glück. Lotte, du hast schon immer an die große Liebe geglaubt! Während ich in meinen Nachhilfelehrer verknallt war und heimlich Jungs auf dem Schulhof geküsst habe, warst du immer auf der Suche nach dem großen Gefühl. Dir fehlt jede Art von Flatterhaftigkeit. Du kannst dich nicht wie ich wöchentlich aufs Neue verlieben, du bist einfach beständiger, was deine Gefühle angeht, und glaube mir, wenn ich mal groß bin, will ich das auch können.«

»Du bist doch meine große Schwester«, protestierte ich.

»Da ist wohl leider etwas schief gelaufen.«

Es klingelte an der Tür. Lasse kam, mit einem Päckchen in der Hand.

»Ich wollde dier auf widdersähen saagen.«

Lasse war wirklich niedlich.

»Willste den nicht mal behalten? An den Akzent könnte ich mich gewöhnen!«, sagte ich leise zu Caroline. Und ein Abschiedsgeschenk hatte er auch dabei. Die Schweden hatten gute Manieren, da konnte man wirklich nicht meckern.

Lasse reichte mir das Päckchen.

»Fürrr dich, Loddte!«

»Danke Lasse, das ist so lieb! Du hättest mir doch kein Geschenk besorgen müssen!«

Erstaunt sah er mich an.

»Daas ist niecht von mier. Daas lag auf die Dreppe!«

Wenn es nicht von Lasse war, von wem denn dann?

Sollte mein Charme so deutliche Spuren hinterlassen haben, dass bereits der erste französische Verehrer ein Päckchen hinterlegte?

Caroline schloss auf, wir gingen in die Küche, und ich wollte gerade das Päckchen öffnen, als es an der Tür klingelte.

Wir sahen uns fragend an.

»Um diese Uhrzeit?«

Caroline ging zur Gegensprechanlage und kam aufgeregt in die Küche gerannt.

»Lotte! Es ist Justus!«

»Was?«

»Ja! Was soll ich machen, er will dich sehen!«

Wildes Durcheinandergeschnatter.

»Keine Ahnung, woher weiß er überhaupt, dass ich hier bin, woher hat er die Adresse? Lena?«

Lena schüttelte den Kopf. »Du glaubst doch nicht, dass ich dem Arsch das gesteckt habe! Die Einzige, der ich was gesagt habe, ist eure Mutter.«

Meine Mutter! Sie würde nach allem, was passiert war, doch nicht mit Justus gesprochen und ihm verraten haben, wo ich mich aufhielt?

Wir gingen ins Wohnzimmer, von wo aus man unbemerkt auf die Straße schauen konnte.

Da stand er, nervös, aber umwerfend wie immer.

»Ist daas de blödde Bock? Den klopp ich mier!« Lasse, ganz Gentleman, hob die Faust.

»Lasse, bleib hier. Misch dich da nicht ein!«, hielt Caroline Lasse zurück, der mit gerötetem Gesicht und Zornesfalte zur Tür stürmen wollte. »Justus sieht ja hinreißend aus!«, rutschte es ihr dann noch heraus.

Kein Wunder, er war auch sicher geflogen!

Mein Magen zog sich zusammen, mein erster Impuls war, sofort hinunterzurennen, ihn zu umarmen und alles zu vergessen. Immerhin war es ihm wichtig genug gewesen, herauszufinden, wo ich war. Nicht jeder reiste einem hinterher, aber auch nicht jeder wird knutschend mit Annabelle Leiniger von Paparazzi geknipst, sagte eine andere Stimme in mir. Beim Gedanken daran, wie er Annabelle berührt und angefasst hatte, wurde mir schlecht. Ich konnte es nicht vergessen – zumindest noch nicht.

»Ich kann das nicht. Ich will nicht mit ihm sprechen, sonst schafft er es vielleicht noch, mich umzustimmen. Es wäre zu schnell. Sag ihm, dass er mich erst einmal in Ruhe lassen soll. Ich melde mich bei ihm, wenn ich so weit bin, mit ihm zu reden.«

Caroline ging hinunter und sprach kurz mit Justus, der daraufhin nach oben blickte. Auch wenn er uns nicht sehen konnte, so zuckte ich bei seinem geschlagenen Blick zusammen.

»Lena, er sieht so traurig und verletzt aus.«

»Ja, nur dass er es war, der dich verletzt hat. Vergiss das bitte nicht!«

Lasse nickte zustimmend. »Bai uns wüürdä er in Schnee geschdopft!«

Oder in ein Ikea-Regal namens Justus verarbeitet?

Caroline kam wieder hoch.

»Und, was hat er gesagt?«

»Dass er dir unbedingt alles erklären muss. Und es ihm unendlich Leid tut. Er versteht, dass du erst mal nichts von ihm hören willst. Ach, und dann meinte er, du hättest Recht gehabt, was Ulli Becker anbelangt.«

Was meinte er denn damit? Hatte sie sich die Maske vom Gesicht gerissen, und darunter war Gundel Gaukeley, die Disney-Hexe, zum Vorschein gekommen, oder wie kam er darauf?

»Ich fand ihn übrigens ziemlich sympathisch. Er mag ein guter Schauspieler sein, aber dem geht's echt dreckig!«

Das war nun wirklich keine große Hilfe.

»Mach endlich das Päckchen auf!«, drängte Lena.

Stimmt. Das hatte ich komplett vergessen.

Ich öffnete die Bänder, und zum Vorschein kam ein leeres Blatt Papier und eine selbst gebrannte DVD.

»Leg ein!«

Es waren Aufnahmen, die Justus mit seiner Super-8-Kamera auf der Insel von uns gemacht hatte. Die Aufnahmen waren passend auf ein Lied geschnitten, das ich und jeder, der schon mal richtig Liebeskummer gehabt hatte, nur zu gut kannte.

Weißes Papier von Element Of Crime. Der Text und die glücklichen Bilder von Justus und mir waren einfach zu viel. Sofort liefen mir die Tränen über die Wangen, und als ich neben mich blickte, sah ich, dass Lena und Caroline ebenfalls feuchte Augen hatten. Na, super, wenn das schon anderen nahe ging, die nicht direkt involviert waren. Super Inszenierung, Herr Staufen!

Jetzt wusste ich auch, was das weiße Papier bedeutete. Es bezog sich auf den Text.

Weißes Papier
Ich nehm deine Katze und schüttel sie aus
Bis alles herausfällt
Was sie jemals aus meiner Hand fraß
Später klopf ich noch den Teppich aus
Und find ich ein Haar von mir darin
Dann steck ich es einfach ein
Nichts soll dir böse Erinnerung sein
Verraten, was ich dir gewesen bin
Sag nicht, dass das gar nicht nötig wär
Denn schmerzhaft wird es hinterher
Wenn wieder hochkommt, was früher mal war
Dann lieber so rein und dumm sein wie weißes Papier

Auch werd ich in Zukunft ein anderer sein
Als der, den du in mir sahst
Die Hose, die du mir gehäkelt hast
Werf ich in den Container der Heilsarmee rein
Ich ess auf dem Fußboden aus der Hand
Seh mir jeden Trickfilm im Fernsehn an
Alles was du nicht magst, lob ich mir
Ich werd einfach so rein und dumm sein wie weißes Papier

Nicht mal das Meer darf ich wiedersehen
Wo der Wind deine Haare vermisst
Wo jede Welle ein Seufzer
Und jedes Sandkorn ein Blick von dir ist
Am liebsten wär ich ein Astronaut
Und flöge auf Sterne, wo gar nichts vertraut
Und versaut ist durch eine Berührung von dir
Ich werd nie mehr so rein und dumm sein wie weißes Papier

Der kleine Film war zu Ende, und es herrschte erst mal Stille.

»So rein optisch habt ihr ja gut zusammengepasst«, bemerkte Caroline, die nie ein Blatt vor den Mund nahm.

Lena tobte und war gar nicht mehr in ihrem Redefluss zu stoppen. »Super! Sehr hilfreich. Also ich finde die Idee auch sehr niedlich, aber letztlich ist das doch alles Kosmetik, was er da betreibt. Anstatt sich zu Lotte zu bekennen und nicht mit Klein-Annabelle zu poppen, macht er nichts außer geheimnisvollen Andeutungen und großen Gesten. Das könnte er sich alles sparen und stattdessen lieber mit offenen Karten spielen. Ich finde, er lebt seine Beziehung oder das, was er dafür hält, wie einen seiner Filme aus. Wenn man es nicht besser wüsste, könnte man meinen, er hat ein Drehbuch und testet es an Lotte aus. Ich meine, ihr habt die ganze Zeit nur so überdrehte Sachen unternommen. Auf eine einsame Insel fliegen, zu Premieren gehen, auf dem Filmset treffen, im Hotelzimmer … Da fehlt einfach die Normalität. Das mag alles unglaublich atemberaubend sein, gleichzeitig aber künstlich und aufgesetzt, oder was meinst du, Lotte?«

Tja, was meinte ich eigentlich? Leider spürte ich den Schmerz sehr real. Auch die Sehnsucht, alles ungeschehen zu machen, fühlte sich nicht künstlich an, aber an sich war an Lenas Beobachtungen was dran.

»Großes Kino« nannte man das wohl, was Justus veranstaltete. Auch jetzt wieder, nach Paris nachfliegen, einen Film machen. Da fragte man sich schon, litt er tatsächlich, oder gefiel er sich nur in der Rolle des jungen leidenden Werther?

Ha, überhaupt Werther! Welch Zufall, dessen Angebetete hieß doch auch Lotte!

Super, hieß das, dass er sich gerade in einer kleinen dunklen Seitenstraße illegal eine Knarre besorgte?

»Lena, komm, wir müssen langsam packen«, bog ich eine weitere Diskussion ab.

Meine Gefühle zu Justus würden sich durch Diskussionen auch

nicht klären. Das Einzige, was half, waren Abstand und vor allem Ablenkung.

Auf mein Drängen hin ließen wir uns viel früher als nötig zum Flughafen fahren. Wenn meine Flucht schon popelig begonnen hatte, dann sollte sie wenigstens einen glamourösen Ausgang haben. Es gab nichts, was einen besser zerstreute, als auf dem Flughafen in der Lounge abzuhängen, den Lautsprecheransagen in allen Sprachen zuzuhören und zu raten, wer wohl wohin flog.

Naturgemäß konnte Lena meiner Begeisterung wenig abgewinnen. Sie warf sich eine Baldriantablette nach der anderen ein und murmelte etwas wie »Und das ist der Dank, dass ich helfen wollte«.

So gut es ging, versuchte ich sie auf heitere Gedanken zu bringen und ihren Kommentar »Wir werden alle sterben« geflissentlich zu übergehen. »Juhu, gleich können wir dutyfreeshoppen gehen!«, rief ich, um die Stimmung zu heben.

Lenas verächtlicher Blick machte mir schnell wieder klar, dass ich diejenige war, die den Kaufrausch liebte.

Wir stellten uns an zum Check-in.

»Wo möchten Sie sitzen?«

Die gepflegte Dame in ihrer schicken Uniform lächelte zuvorkommend. So stellte ich mir Reisen vor!

»Wenn möglich, weit vorne«, bat ich. Vorn schaukelte es weniger, was für Lena auf alle Fälle besser war.

»Haben Sie Ihre Koffer selbst gepackt? Besteht die Möglichkeit, dass irgendjemand Ihr Gepäck manipuliert hat?«

»Nein!« Ich lächelte die nette Dame an.

»Lotte!« Lena zog mich zur Seite.

»Was ist denn?« Hinter uns fing die entnervt wartende Schlange an, sich lautstark zu beschweren.

»Vorher, als du auf dem Klo warst und ich mit dem Gepäck gewartet habe, bin ich kurz eingenickt.«

»Ja und? Meinst du, in der Zwischenzeit hat dir jemand eine Bombe ins Gepäck gemogelt oder was?«

Bei Bombe zuckte sie zusammen und nicht nur sie.

Die freundliche Dame am Schalter rief uns.

»Meine Damen! Gibt es Probleme, oder können wir weitermachen?«

»Nein, meine Freundin fliegt nur sehr selten und ist mit dem Prozedere nicht vertraut«, erklärte ich und lächelte so Vertrauen erweckend es nur ging. Das fehlte noch, mit einer zugedröhnten Lena am Pariser Flughafen festgehalten zu werden.

Wir gingen weiter zum Sicherheits-Check, das heißt, ich ging und schleifte Lena mit, die lauthals protestierte.

»Ich hab immer noch das Zugticket. Warum fliegst du nicht alleine, dann nehme ich den Zug!«

Sie hatte es getan: die heiligen Hallen des Terminals durch das Z-Wort entweiht!

Bei der Sorte Vielflieger, die um uns herumstand, gab es kein verpönteres Wort. In Wirklichkeit leiteten diese Anzugträger, die immer superwichtig in der ersten Reihe sitzen wollten und mit einer Klage drohten, wenn die *Financial Times* nicht druckfrisch bereitlag, weder Konzerne noch irgendwelche Wirtschaftsministerien. Tatsächlich waren sie Duschvorhangvertreter, die genau dreimal im Jahr flogen, große Welt spielten, aber ständig von »mein Flieger« sprachen und sich über Verspätungen aufregten, als ob ihnen damit der Deal des Jahrhunderts durch die Lappen ging, in Wahrheit aber nur das Abendessen daheim kalt wurde.

Kaum waren wir durch den Sicherheits-Check, wurde Lena wieder hysterisch. »Hast du gesehen, wie die kontrolliert haben? Da können sie auch gleich jedem ein Messer zum Handgepäck reichen! Der Typ, der den Monitor kontrollieren sollte, hat die ganze Zeit mit seiner Kollegin geflirtet, und abgetastet wird niemand! Ein Terroristenparadies ist das hier!«

Das konnte ja heiter werden. Plötzlich erschien mir die Zugfahrt in einem rosigeren Licht als je zuvor.

Ich beruhigte Lena und erfand irgendeinen Blödsinn, dass die Beamten am Check-in sowieso nur Attrappenfunktion und hinter verspiegelten Wänden Spezialeinheiten alles im Griff hätten.

Ich schleppte die beruhigte Lena zum nächsten Stehcafé, bestellte Rotwein und begann sie abzufüllen – der Besuch im Dutyfreeshop würde heute ausfallen.

Nach zwei Gläsern war Lena deutlich ruhiger. Ich versuchte ihr außerdem einzureden, dass man sich seiner Angst stellen müsse und sie sich stolz und gut fühlen würde, wenn sie es schaffte.

Endlich wurde unser Gate aufgerufen. Na endlich! Wer wusste schon, wie lange der Alkohol-Baldrian-Pegel stabil blieb. Artig tappte Lena mit mir mit und setzte sich auf einen der Plastikstühle.

Plötzlich wurde sie kreidebleich. Sie hatte durch die Glasfenster unsere Maschine entdeckt, ein zugegebenermaßen kleiner Cityliner.

Lena schüttelte den Kopf. »Da steig ich nicht ein! Das kannste vergessen!«

»Lena, das ist halb so wild. Die kleinen sind viel sicherer.«

»Gib mir mal dein Handy, bitte, ich will Casper anrufen!«

Auweia, wenn sie freiwillig, trotz der Strahlung ein Handy benutzte, musste es wirklich schlimm sein. Lena hatte nichts mehr zu verlieren!

»Warum willst du denn Casper anrufen?«

»Mich verabschieden!«

Wortlos nahm sie das Telefon, ging hinter einen Pfeiler und kam kurze Zeit später wieder.

»Und was sagt Casper?«

»Dass er uns vom Flughafen abholt. Er hat mich überhaupt nicht ernst genommen und stattdessen was von sicherstem Verkehrsmittel gleich nach der Rolltreppe gefaselt!«

Casper war Klasse! Er hatte es geschafft, Lena abzulenken. Jetzt konnte sie sich wenigstens über seine Reaktion aufregen – dachte ich zumindest. Aber hey, wer kann sich schon in die adrenalinverseuchte Psyche eines ansonsten durch und durch realistisch denkenden Menschen hineinversetzen? Ich nicht! Das stand fest! Sonst hätte mir auffallen müssen, wie beinahe schon unverschämt Lena einen dunkelhäutigen Passagier mit dunkel gewelltem Haar und schwarzem Bart musterte.

Sie stieß mich in die Seite.

»Lotte, sieh doch mal, der Typ da! Findest du nicht, dass der sich sehr merkwürdig verhält? Und wie seine Finger zittern! Wenn das mal kein Terrorist ist, der sich auf seinen Tod vorbereitet!«

»Terroristen haben keine Angst vorm Sterben. Auf die wartet das Paradies.«

Lena ließ sich nicht beirren.

»Von wegen! Sieh nur, er geht schon wieder aufs Klo! Zum zweiten Mal innerhalb weniger Minuten! Schaut bestimmt nach, ob der Sprengstoffgürtel noch richtig sitzt! Mir reicht's! Du kannst ja rumsitzen, aber ich seh mir noch mal das Plakat mit den Fahndungsfotos an, das da hinten hing. Würde mich nicht wundern, wenn unser Freund abgebildet ist.«

Okay. Es war offiziell: Lena war durchgedreht! Gleich würde sie sich nackt ausziehen, durch die Halle rennen und »Ich bin die Eidechsenkönigin« rufen.

Ausgerechnet sie, Ikone der Toleranz, aktives Mitglied bei *amnesty international* und Gegnerin jeder Vorverurteilung, drehte anhand eines dunkelhäutigen Mannes mit Bart durch! Wenn das ihre Mitdemonstranten wüssten! Pfui! Da würde eine Menschenkette zur Wiedergutmachung aber nicht für ausreichen! Wenn meine Eltern und ihre Haben-Sie-auch-ein-Nummernkonto-in-Luxemburg-Freunde so etwas äußerten, wen wunderte das schon? Aber Lena?

Agentin Lena kam wieder, um mir von ihrem Fahndungserfolg zu berichten. Hatte sie bereits Interpol verständigt?

»Und? War er auf dem Plakat?«

»Schwer zu sagen! Sehen alle gleich aus!«

Sie nahm einen Schluck Wasser und schluckte noch eine Baldriantablette.

»Lena, die wievielte ist das denn?«

»Die achte! Aber das Zeug kommt die ganze Zeit wieder raus. Ich muss ständig nachdosieren!«

Kein Wunder! Auf der Packung stand ausdrücklich drei Tabletten als Tagesdosis.

Mich überkamen Zweifel, ob es sich um persönlichkeitsverändernde Tabletten und nicht Beruhigungsmittel handelte.

»Meine Damen und Herren, wir beginnen mit dem Boarding!«

Unter sanftem Zureden schob ich Lena langsam zum Flieger. Wie ein Verurteilter zum Schafott stieg sie die Treppe hoch, ohne ihren Verdächtigen aus den Augen zu lassen.

Ich überließ Lena den Fensterplatz und plumpste erschöpft in den Ledersessel neben ihr.

»Der Typ sitzt direkt hinter uns! Da habe ich ihn wenigstens im Blick!«, flüsterte Lena und schielte überhaupt nicht auffällig durch die Sitzlücke nach hinten.

Immerhin hatte sie eine Aufgabe und merkte gar nicht, wie das Flugzeug auf die Landebahn rollte und beschleunigte.

Beim Abheben nahm ich ihre Hand und sprach beruhigend auf sie ein.

»Das ist total normal. Jetzt fährt er die Räder ein, daher das Geräusch, und gleich gongt es, dann kannst du dich abschnallen.«

Doch Lena interessierte mehr, was ihr Beschattungsobjekt machte. Jede Bewegung wurde mir akribisch mitgeteilt.

»Er faltet die Hände, sieht aus, als ob er betet! Jetzt steht er auf! Oh nein, Lotte, er geht nach vorne, tu doch was. Er geht zum Klo!«

Während Lena sich in ihre Paranoia steigerte und kurz davor war, »Bombe an Bord!« zu rufen, kam eine der Stewardessen zu uns.

Hatte sich Lenas Verdächtiger über uns beschwert?

»Entschuldigen Sie, aber der Herr hinter Ihnen leidet unter Flugangst. Leider sitzt keiner bei ihm, und wir können uns nicht die ganze Zeit um ihn kümmern. Wäre eine von Ihnen so freundlich, sich zu ihm zu setzen und ihn ein bisschen abzulenken?«

Ich wusste nicht, worüber ich mehr lachen musste, über Lenas Gesichtsausdruck oder die Vorstellung, wie beide abwechselnd auf die Toilette rannten, weil sie sich überdosiert hatten.

»Machen wir gerne!«

Lena nickte schuldbewusst.

»Mann, Lotte. Wie peinlich! Versprich mir, dass du keinem was davon erzählst, okay?«

»Wenn du niemandem von meinem Auftritt im Schlafwagen erzählst, sind wir quitt. Wer setzt sich denn zu dem armen Kerl?«

»Ich mach das. Schließlich kann ich besser nachvollziehen, wie es ihm geht.«

Lena, plötzlich ganz die Alte, schwang sich auf den Rücksitz und begann sofort ein Gespräch mit dem gerade zurückgekehrten, immer noch bleichen Leidensgenossen. Mit halbem Ohr hörte ich mit.

Er hieß Irman, war persischer Medizinstudent, hatte ein Auslandssemester in Paris hinter sich und flog wieder nach Berlin, wo er weiterstudieren würde.

Nach nur wenigen Minuten waren die beiden in ein Gespräch über *fair trade* vertieft und verbrüderten sich so schnell, dass ich es kaum glauben konnte, tauschten ihre Adressen aus und waren ein Herz und eine Seele.

Haha, wenn er wüsste, dass Lena noch vor wenigen Minuten einen Sprengstoffgürtel unter seinem Pullover vermutet hatte.

Im Landeanflug kauerten sich beide zusammen und krallten sich still und bleich aneinander fest.

Kaum war das Flugzeug auf dem Boden, jubelten sie lautstark und klatschten wie wild Beifall! Die anderen weltgewandten Kosmopoliten schauten verächtlich hinüber und rümpften die Nasen.

»Wir sind hier nicht im Ferienbomber nach Ibiza, also wirklich!«, ließ ein Nadelstreifen-Momo-Prototyp verlauten.

»Nein, leider nicht, denn da ist die Gesellschaft viel erträglicher als hier mit Pseudo-Globalplayern für Fußgänger!«, keifte ich zurück.

Bevor es zu einem Handgemenge kommen konnte, verdrückte ich mich schnell, nicht ohne ein charmantes »Frigide Zicke!« hinterhergerufen zu bekommen.

»Bei Ihnen gerne!«, konnte ich mir nicht verkneifen.

»Arrogantes Miststück!«

»Mehr fällt uns wohl nicht ein? Sind wir auf dem Erste-Klasse-Licht-aus-Stecker-raus-Weiber-ziehn-sich-nackig-aus-Niveau stehen geblieben?«

Schnell nahm ich meine Tasche und flitzte wie nichts die Gangway hinunter.

Nach der Passkontrolle wartete ich auf Lena, die sich gestenreich von ihrem neuen persischen Freund verabschiedete. Und wieder etwas für die Völkerverständigung getan!

Draußen wartete Casper auf uns.

Lena rannte ihm überglücklich entgegen.

»Und wie war der Flug?«

»Och, okay.« Dabei schaute sie mich beschwörend an, ja nichts anderes zu sagen, und ich hielt natürlich die Klappe.

Kaum hatte Casper uns zu Hause abgesetzt, als auch schon wieder mein Handy klingelte. Meine Mutter! Das traf sich gut!

»Kind, bist du gut gelandet? Wie geht es dir denn? Wie war Paris?«

»Alles in Ordnung. Sag, hast du Justus verraten, dass ich bei Caroline bin? Er kreuzte nämlich plötzlich heute Morgen in Paris auf!«

Meine Mutter schnaubte empört.

»*Carlotta!* Als ob ich nach dieser furchtbaren Demütigung mit ihm gesprochen hätte! Da müsstest du deine Mutter aber besser kennen! Wenn du fragen würdest, ob ich einen Killer für diese unsägliche Annabelle angeheuert habe, würde ich mich nicht so sehr ärgern wie über diese Frage! Ich lag die letzten Tage regungslos auf dem Canapé, so geschockt war ich. Marlene musste mich ständig ablenken. Sie war rührend! Einfach rührend. Hat alles für mich erledigt, ging sogar ans Telefon für mich und hat mich vor lästigen Nachfragen aus dem Bridgeclub bewahrt!«

Marlene! Natürlich! Sie musste Justus gesagt haben, wo ich bin!

»Mama, frag bitte Marlene, ob sie mit Justus gesprochen hat!«

Eigentlich war ich mir auch so schon sicher!

dreißig

»Lotte, hast du die Sitzordnung für die Preisverleihung gesehen?«

Der Alltag hatte mich wieder. Wenn man denn von Alltag sprechen konnte. Liebeskummer war so schon schlimm genug. Allerdings hatte ich unterschätzt, wie schlimm Liebeskummer sein kann, wenn das Objekt des Schmerzes prominent ist und einem, wann immer man den Fernseher anmachte, an einer Litfasssäule vorbeifuhr oder eine Zeitung aufschlug, entgegenblickte. Da half nur noch auswandern! So gut es ging, versuchte ich alle möglichen Gefahrenquellen zu umgehen, was zur Folge hatte, dass ich nur noch *Geo* las, nachdem ich selbst im *Spiegel* ein Porträt über Justus gefunden hatte.

Was Boulevardzeitschriften anging, hatte ich einen zugegebenermaßen nicht wirklich befriedigenden Ersatz gefunden. *Royals* hieß die Zeitschrift und beschäftigte sich ausschließlich, und dafür war ich ihnen unendlich dankbar, mit dem europäischen Hochadel. Da weder Justus noch Annabelle Leiniger adelig waren und bestimmt nicht in die Kreise einheiraten würden, war ich in der blaublütigen Ecke sicher vor ihnen. So kannte ich inzwischen jeden Stammbaum auswendig, wusste, wer sich im heiratsfähigen Alter befand, und war geradezu beängstigend gut über die Beziehungen der Königshäuser untereinander informiert. Kurzum: Ich hätte es locker mit Rolf Seelmann-Eggebrecht aufnehmen können und sah mich schon die künftigen Paraden von Queen Lizzy, wie wir Insider Queen Elizabeth nannten, mit dem Adelsexperten co-moderieren.

Gut, mein Ruf hatte gelitten! Zumindest bei unserem Kioskmann, der erst Lena auf meine neuen Lesegewohnheiten angesprochen und dann mich unverblümt beiseite gezogen hatte, um mir zu sagen, dass diese Zeitschriften eine Zielgruppe ab zweiundfünfzig bedienten.

Was tat man nicht alles, um Realitätsflucht zu begehen!

Mir war klar, dass ich nur schwer zu ertragen war. Anfangs dachte ich, das gibt sich wieder, aber inzwischen waren sechs Wochen vergangen. Mein Interesse an der Außenwelt hielt sich in Grenzen, meine zynischen Kommentare dagegen nicht. Ich verbreitete so viel Lebenslust und Optimismus wie Nick Cave an schlechten Tagen.

Justus' Nachrichten hatte ich ungehört von der Mailbox gelöscht, niemand durfte ihn in meiner Gegenwart erwähnen. So langsam bekam ich Distanz, was hieß, seit langem wieder durchgeschlafen zu haben und nicht bei jedem Anruf zusammenzuzucken.

Meine Tage sahen alle gleich aus. Morgens kam ich kaum aus dem Bett, im Sender war ich abgelenkt und arbeitete viel zu viel, sodass ich abends erst spät nach Hause kam. Dort begann mein abendliches Ich-lasse-mich-gehen-denn-seit-Justus-ist-alles-grau-Ritual, das darin bestand, mich in Joggingklamotten zu werfen, melancholische Musik zu hören und vor mich hin zu starren. Fernsehen gucken war wie gesagt schwierig, da man nie wusste, wo Justus unerwartet über die Mattscheibe flimmerte, sodass ich gern mal eine DVD einlegte.

Die gewonnene Distanz war harte Arbeit gewesen, vor allem nach dem Sachen-Rückgabe-Vorfall.

Natürlich hatte ich heimlich immer noch Hoffnung geschöpft, vor allem nach Justus' Auftritt in Paris und seiner dringenden Bitte, mich zu sprechen.

Dementsprechend hatte ich zugesagt, als Justus mich nach Paris zu sich nach Hause eingeladen hatte.

»Soll ich ihm gleich verzeihen oder ihn noch etwas zappeln lassen?«

Wie sicher war ich mir meiner Sache gewesen?

Gestylt und voller Vorfreude hatte ich bei ihm geklingelt. Es rührte sich zuerst nichts. Als ich gerade wieder gehen wollte, surrte der Türöffner doch noch.

Während ich die Treppen erklomm, überlegte ich, ob Justus extra noch aufgeräumt oder vielleicht sogar gekocht hatte.

Außer Atem rief ich durch die angelehnte Tür: »Da bin ich!«

»Das seh ich!«

Vor mir stand Annabelle!

In der Hand hielt sie eine Tüte – mit meinen Sachen darin!

»Wo ist Justus?«, fragte ich so beherrscht wie möglich.

»Er schafft es leider nicht, soll ich dir ausrichten. Da ich sowieso da war, habe ich mich angeboten, dir deine Sachen zurückzugeben. Wusste gar nicht, dass du Größe M brauchst. Du siehst eher nach S aus. Ach, den Gedichtband mit deiner Widmung habe ich auch dazugetan.«

Noch nie war ich so gedemütigt worden! Vor lauter Wut liefen mir Tränen über die Wagen.

Annabelle deutete das natürlich anders! Mit gespieltem Mitleid, aber triumphierendem Unterton gab sie vor, mich zu trösten.

»Ach Charlotte! Das geht auch wieder vorbei. Du wirst sehen, es ist besser so. Schauspieler sind schwer zu verstehen. Du wärst nie glücklich mit ihm geworden!«

Ohne eine Antwort zu geben, riss ich ihr die Tüte aus der Hand und rannte so schnell ich konnte die Treppen hinunter und aus dem Haus. Das würde ich Justus nie verzeihen! Seit diesem Vorfall hatte ich nichts mehr gehört und wollte, dass das für immer so bliebe!

»Lotte, kommst du mit zum Mittagessen?«

Tim fuchtelte vor meinem Gesicht herum. Mimi stand daneben und blickte mich aufmunternd an.

»Wenn ihr wirklich Wert auf meine lustige Gesellschaft legt, komme ich gerne mit.«

Tim kniff mich in die Seite.

»Ja bitte, dann kann ich mich an deinem Leid aufmuntern und froh sein, dass ich zwar auch unglücklich verliebt bin, aber immer noch besser dran als du.«

So weit waren wir schon. Es fehlte nicht viel, und ich würde als seltsame Tante bei Familienfesten an den Kindertisch gesetzt werden. Und selbst die Kinder wären von der irren Tante genervt, die nach dem Essen so kluge Kommentare von sich gab wie »Eis geht immer, nicht wahr, Kinder?«.

Mimi strahlte mich an, was nichts Neues war, seit der Popstar sich wieder um sie kümmerte. So gern sie über ihn sprach, so sehr versuchte ich das Thema zu vermeiden, denn in meiner momentanen Verfassung und Einstellung zum Thema Liebe war ich nicht dafür geeignet, gemeinsam durch die rosarote Brille zu schauen, um zu sehen, was Mimis Zukunft mit dem Popstar anging.

Beim Essen hörte ich Mimi und Tim zu, lachte an den passenden Stellen, nickte, wenn erforderlich, war aber in Gedanken mal wieder bei Justus.

Mich beschäftigten zwei Dinge. Wie konnte ich es vermeiden, ihn bei der Preisverleihung nächste Woche zu sehen? Als Eskorte musste ich ihn zur Bühne begleiten und in den Presseraum bringen. Pappnase und falscher Bart vielleicht?

Das andere, was mich beschäftigte, war Justus' Bemerkung, ich hätte, was Ulli Becker anging, Recht. Womit denn? Dass sie mich nicht ausstehen konnte? Dass sie intrigierte? Woher kam ihm plötzlich die Erleuchtung? Was war passiert?

»Lotte, was sagst du denn dazu?«

Mimi sah mich erwartungsvoll an.

»Äh, wozu?«

»Na, ob Will mir den Ring einfach so geschenkt hat, oder ob er vielleicht tiefere Bedeutung hat?«

Klasse! Wir waren immer noch bei meinem Lieblingsthema, dem Popstar. Wie sollte ich Mimi schonend beibringen, dass sie meiner

Meinung nach ihre Zeit mit ihm verschwendete, ohne dass es sich grausam anhörte?

»Hm, das kann viele Bedeutungen haben, was meinst du denn, Tim?« Der übernahm zum Glück und sagte das, was Mimi hören wollte.

In diesem Moment klingelte mein Handy. Ich zuckte zusammen. Meine Mutter!

»*Carlotta!* Wo steckst du denn? Ich erreiche dich nicht zu Hause, und vorbeigekommen bist du auch nicht seit Paris«

Bestimmt war der Gesprächsstoff in ihrem Das-Rolls-Royce-Kontingent-für-Deutschland-ist-viel-zu-klein-Freundeskreis ausgegangen, und sie brauchte neueste Informationen.

»Wie geht es denn Justus?«, wagte sie tatsächlich zu fragen.

»Keine Ahnung! Das letzte Mal habe ich ihn in Paris gesehen, als deine liebe Freundin Marlene ihn mir auf den Hals gehetzt hast.«

»*Carlotta!* Ich weiß, dass das nicht zu entschuldigen ist, aber Marlene konnte nicht anders, Justus hatte so traurig und verzweifelt geklungen.« Bei »traurig« rollte sie das R besonders lange. Sie zog das mit ihrem Italientick eisenhart durch! Wie hielt mein Vater das nur aus?

»Mama! Er ist Schauspieler! Er bekommt Preise dafür, auf Kommando traurig sein zu können!«

Jetzt war sie beleidigt.

»Als ob ich das nicht wüsste! Wäre ich am Telefon gewesen, hätte ich den Unterschied gehört! Du vergisst, dass dein Justus und ich fast Kollegen hätten sein können!«

»Er ist nicht mehr mein Justus und wird es auch nie mehr sein! Er ist Annabelles Justus!«

»Ach, Kindchen. Das war doch nur ein Ausrutscher. Diese durchtriebene Person wusste genau, wie sie den armen Justus in Versuchung bringen konnte, nachdem du ihm die kalte Schulter gezeigt hast.«

Wie bitte? Hatte ich mich verhört?

Wofür wurde ich eigentlich bestraft? Meine Mutter stand auf Justus Staufens Seite und machte mir unterschwellig Vorwürfe, nach allem, was er getan hatte?

Konnte ihr bitte jemand erklären, dass die Zeiten, in denen ein Mann alles durfte und die geknechtete Ehefrau die Augen verschloss, weil er doch so gut für einen sorgte, die Kinder nicht schlug und sich ja noch austoben musste, ein für alle Mal vorbei waren?

Ich atmete tief durch.

»Entschuldige, Mama, aber das ist nicht dein Ernst! Er hat mit mir Schluss gemacht, und das nicht mal persönlich! Er ließ Annabelle mir meine Sachen zurückgeben!«

Selbst dieser Einwand konnte der eigenen Realität meiner Mutter nichts anhaben!

»Ich sage doch nur, dass es ein Ausrutscher war und du ihm ruhig verzeihen könntest. Nachdem der erste Zorn verraucht ist, sehe ich das milder. Jeder hat eine zweite Chance verdient. Männer haben sich eben manchmal nicht im Griff. Das macht das Testosteron. Und Justus ist Künstler, der ständig Versuchungen ausgesetzt ist. Marlene sagt auch, dass gerade junge Künstler damit noch nicht umgehen können!«

Marlene! Natürlich! Wieso war ich da nicht gleich draufgekommen? Sie hatte Angst, Justus als Stargast für Katharinas Hochzeit zu verlieren. Wie ich unsere bescheidene Marlene kannte, wusste jeder, einschließlich der Presse, schon Bescheid, sodass das Nichtauftauchen von Justus einer gesellschaftlichen Blamage sondergleichen gleichkäme.

»Mama, richte Marlene bitte aus, wenn sie nur Angst hat, die Traumhochzeit ihrer kleinen Prinzessin würde durch Justus' Abwesenheit geschmälert, dass man mit Geld, und davon hat sie ja genug, so ziemlich jeden Prominenten für einen Abend buchen kann. Die Preislisten gibt's übers Management.«

Ohne eine Antwort abzuwarten, legte ich auf. Die konnten mich alle mal gern haben!

Zurück vom Essen im Sender, wartete Felix mit einer Aufgabe für mich.

»Lotte, kannst du bitte nachprüfen, ob wir für alle Talente, die auftreten, einen unterzeichneten Vertrag vorliegen haben? Hier sind die Verträge und die Liste.«

»Was steht denn in den Verträgen drin?«

»Dass jeder, der an der Verleihung teilnimmt, zwei Wochen vorher nirgends im deutschen Fernsehen live auftreten darf.«

»Echt? Und das machen die?«

Felix schaute mich entgeistert an.

»Klar machen die das. Bei den Einschaltquoten! Für *Wetten, dass …?* müssen die sogar für vier Wochen unterschreiben, glaube ich.«

Na dann wollte ich mal sehen, ob alle brav unterschrieben hatten. Als ich zu Justus' Vertrag kam, musste ich kurz schlucken. Dann fiel mir aber ein, dass dieser Vertrag bedeutete, mindestens zwei Wochen in Sicherheit fernsehen zu können! War auch etwas wert und der erste positive Gedanke seit langem! Ich würde doch nicht etwa die Kurve kriegen?

Wenn es nach Lena ging, war ich weit entfernt davon, die Kurve zu kriegen, denn als ich nach Hause kam, wartete sie bereits auf mich.

»Na, wie war dein Tag, Lotte?«

»Na ja. Okay.«

»Aha. Und was machst du heute Abend?«

Gute Frage! Das, was ich seit kurzem immer machte. Einen seichten Film schauen oder *Royals* lesen, und dann so früh wie möglich schlafen. »Nichts Besonderes!«

Lena schaute mich strafend an.

»Das heißt, du willst dich wieder depressiv in dein Zimmer verkriechen und richtig schön leiden? Nein, Lotte. Jetzt ist Schluss! Selbst Cara gehst du auf die Nerven mit deiner Es-gibt-kein-Leben-nach-Justus-Staufen-Tour. Wo bleibt eigentlich deine Würde und deine Selbstbeherrschung, auf die du immer so stolz warst? Du lässt zu, dass ein Typ das aus dir macht? Ich verstehe nur zu gut, du bist verletzt, und es ist sicher eine Spur härter als normaler Liebeskummer, wenn alles öffentlich abläuft, aber was willst du denn machen? Weglaufen?«

Ob jetzt wohl ein günstiger Zeitpunkt war, Lena von meinen Auswanderungsplänen zu berichten?

Lena sah mich eindringlich an.

»Lotte, anfangs war es vollkommen okay, sich zu verkriechen und zu leiden, aber inzwischen ist es zu einer Gewohnheit verkommen, und du fängst an, dich zu verändern, und das macht mir wirklich Angst, denn das bedeutet, dass Justus immer noch Macht über dich hat.«

Lena hatte mit allem, was sie sagte, Recht. Auch ich spürte, dass es so nicht weitergehen konnte. Was hatte ich nur für ein Glück, Lena zur Freundin zu haben, die es gut mit mir meinte und immer den Mut hatte, mir auch unbequeme Sachen zu sagen.

»Du hast Recht! Und was machen wir jetzt?«

»Wir gehen aus! Wie wär's mit Kino?«

Gerade noch rechtzeitig hielt ich die Klappe und verkniff mir meinen Kommentar, von Schauspielern gleich welcher Couleur die Schnauze voll zu haben.

»Kino ist super!«

Im Prinzip war alles besser, als wieder in meinen Homelook zu steigen, der aus Jogginghose, T-Shirt und Wollsocken bestand, und Zwiegespräche mit Cara zu führen.

Überhaupt, als ich mich anzog, fiel mir auf, dass ich bestimmt zwei Wochen nicht mehr shoppen gewesen war. Dabei war bestimmt schon die erste Winterkollektion eingetroffen. Die hätten mich aber auch mal anrufen können, doch anscheinend hatten sie es wohl nicht nötig, wenn sie eine Stammkundin nicht vermissten! Sollte mir noch mal einer was von antriebsschwacher Wirtschaft erzählen.

Am Kino war die Hölle los. Wir hatten vergessen, dass Kinotag war, und zudem waren wir spät dran. Man hätte meinen sollen, dass man für Filme, in die Lena will, immer Karten bekommt, aber wer hätte es gedacht, selbst der Kunstfilm war ausverkauft, was wohl an der Uninähe des Kinos lag.

»Wenn Se wollen, können Se noch in die Sneak Preview«, bot uns die Schalterdame an.

Lena rümpfte die Nase. »Ich weiß nicht. Da zeigen die meistens gehaltlose Blockbuster.«

Ich hatte mich nicht aus meiner sicheren Höhle des Vergessens herausgequält und aufgestylt, um dann sang- und klanglos wieder nach Hause zu fahren. Also sagte ich: »Komm, Lena, wenn wir schon mal da sind. Wenn's dir nicht gefällt, gehen wir wieder.«

Lena willigte ein, nicht zuletzt, um meinen guten Willen zu honorieren.

Immerhin durfte sie dafür eine neue Erfahrung mit dem Sneak-Preview-Publikum machen. In Filme, die Lena mochte, gingen Intellektuelle, die sich über Truffaut-Filme unterhielten und höchstens durch ein Schmunzeln oder ein leises, erheitertes Lachen auffielen, stets dezent, versteht sich – lauthals lachende Schenkelklopfer waren eher selten unter ihnen zu finden.

Für die Sneak Preview hatte sich das komplette Umland eingefunden, in der Annahme, etwas Großstädtisches zu erleben. Der Lärmpegel konnte locker mit einem Familiensamstagnachmittag im Städtischen Schwimmbad mithalten, bei Zigarettenwerbung wurde geklatscht, wenn eine Frau auf der Leinwand auftauchte, gepfiffen und kollektiv »Ausziehn!« gerufen, und auch sonst war man vor kompetenten Zwischenrufen wie »Ich will ein Kind von dir!« oder »Einer geht noch, einer geht noch rein!« nicht gefeit. Die Bierflaschen klirrten aneinander, und eine Gruppe spaßiger Zeitgenossen fing an, mit Popcorn um sich zu werfen.

»Endlich, es geht los!«, seufzte Lena, als der Vorhang sich zuzog und wieder für den Hauptfilm aufging.

Leise Musik, ein Kameraflug über eine Sommerlandschaft, nach Blockbuster sah es nicht aus. Die Spannung steigt, die ersten Namen werden eingeblendet, der Titel *Erspare dir die Liebe*, dann ein Close-up auf Justus!

Gellende Pfiffe der enttäuschten Prolls, die auf einen Specialeffect-Film gehofft hatten, Protest der anwesenden Mädchen, die den Film natürlich sehen wollten, und ein ungläubiger Blick zwischen Lena und mir.

»Das gibt's nicht! Kann man denn nicht mal mehr ins Kino gehen! Seit wann gibt's deutsche Filme als Sneak Preview!«

Lena flüsterte aufgeregt zurück: »Tut mir Leid, Lotte! War 'ne blöde Idee mit dem Kino! Komm, wir gehen.« Sie stand auf und wollte unter »Hey, setz dich gefälligst wieder, ich seh nichts«-Zurufen Richtung Ausgang, doch ich zog sie zurück.

»Lena, das ist genau, was du gesagt hast. Er wird mich immer verfolgen, und es wird Zeit, dass ich mich daran gewöhne und der Realität stelle. Wir bleiben! Ich härte mich ab!«

Bewundernd sah sie mich an. »So kenne ich dich, Lotte! Aber du weißt: Wir können jederzeit gehen!«

Daran dachte ich jeden Moment, den ich Justus ansehen musste. Versuche ihn als Schauspieler zu sehen, redete ich mir zu. Stell dir vor, er wär dir nie begegnet, sieh ihn einfach als die Rolle. Und da er wirklich ein guter Schauspieler war, gelang es mir sogar – bis Annabelle-wenn-ich-mal-groß-bin-will-ich-ernsthafte-Rollen-spielen-Leiniger erschien.

Die bewundernden Pfiffe aus den hinteren Reihen trugen nicht zu meiner Erheiterung bei.

»Was man mit 'ner guten Visagistin und passender Beleuchtung alles machen kann! Die sollten sie mal in echt sehen«, flüsterte Lena mir aufheiternd zu.

Ich sah auf die Uhr. Mindestens noch eine Stunde. Da musste ich durch.

Als die Liebesszenen kamen, unterdrückte ich meine Wut, freute mich, wenn sie sich stritten, und konnte mir ein »Das geschieht ihr recht« nicht verkneifen, als Annabelle tragisch zu Tode kam, während im kompletten Kinosaal die Taschentücher hervorgeholt wurden und meine Nebensitzerin ihrer Freundin zuflüsterte: »Die neben mir ist total abgebrüht!«

Beim Abspann klatschte die Meute, doch Lena und ich verdrückten uns schnell, und auf dem Weg nach draußen war ich so stolz wie Lena nach ihrem Flug zurück von Paris. Ich hatte mich dem Geist gestellt und gewann langsam, aber sicher meine Haltung wieder.

Zu Hause kramte ich meine Depriklamotten heraus, machte den Kamin an und verbrannte unter bestialischem Gestank die Symbole meiner Trauerphase.

Lenas In-der-dritten-Welt-hungern-die-Menschen-und-du-verbrennst-gute-Kleidung-Blick konterte ich mit: »Hatte ich runtergesetzt gekauft, und die Hose war auch schon etwas durchgescheuert.«

»Na ja, wenn es dir hilft, Lotte.«

»Und ob. Das ist meine Art, mit der Trauer abzuschließen.«

»Wie fandest du eigentlich den Film?«

Ich musste zugeben, dass der Film sehr gelungen war und sogar Annabelle gut gespielt hatte.

Lena nickte zustimmend.

»Aber weißt du, was ich umso komischer finde? Wenn der Film doch gut ist, hätte die Becker das Buhei gar nicht gebraucht. 'ne normale Promotion hätte komplett gereicht, warum also die ganzen Spielchen? Ich versteh das nicht.«

Lena erst recht nicht, und da ich gerade versuchte nach vorn zu schauen und nicht schon wieder über Justus zu sprechen, wechselte ich schnell das Thema.

Mein Handy klingelte. Wer rief denn so spät an?

»*Carlotta*, du bist nicht etwa noch beleidigt?«

Meine Mutter, natürlich!

»Nein, Mama!«

»Gut, denn ich habe eine Bitte an dich.«

Das war überhaupt nicht gut, denn wenn meine Mutter schon ausdrücklich eine Bitte hatte, kam das meistens einem »Hol mir 'nen Ring vom Meeresboden« gleich, denn normalerweise stellte sie ihre Forderungen einfach so, ohne es extra als Bitte zu formulieren.

»Ihr habt diese Preisverleihung nächste Woche. Katharina und Yannick würden so gerne dahin. Und da du praktisch an der Quelle sitzt, kannst du doch sicher Karten besorgen, nicht?«

Klar, und 'ne Privataudienz beim Papst gleich hinterher. Was kostete die Welt? Meiner Mutter, die zeit ihres Lebens nicht hatte arbeiten müssen, war die Hierarchie eines Unternehmens nicht ganz klar.

»Ich bin Praktikantin. Das ist die gehobenere Form von Blumen gießen, Kaffee kochen und kopieren. Ich glaube kaum, dass ich an Karten komme. Aber ich werde es versuchen.«

Mit »versuchen« war meine Mutter nicht zufrieden.

»*Carlotta*, ich verlasse mich auf dich.«

einunddreißig

»Alle mal herhören. Bevor es losgeht, noch einige Grundregeln. Erstens, überprüft bitte, ob eure Verkabelung funktioniert. Den Funk nur drücken, wenn ihr etwas sagen müsst, ansonsten Finger weg vom Knopf. Zweitens, wenn ich irgendjemanden erwische, wie er einen Star um Autogramme bittet oder ein Foto macht, fliegt er raus. Ihr wisst, dass das strikte Businesspolicy ist. Wir sind hier, um zu arbeiten und nicht, um Profilneurosen zu pflegen. Drittens, schaut eure Pässe genau an. Nur wer *Triple A* draufstehen hat, darf in alle Bereiche. Alle anderen will ich nicht bei den Umkleiden hinter der Bühne erwischen. Ansonsten, behaltet die Nerven. *Let the show begin!*«

Wie aufregend: Noch eine Stunde bis zur Liveübertragung der TV-Preisverleihung! Albert, Chef der Künstlerbetreuung, hatte uns gerade noch mal eingeschärft, was wir zu tun und zu lassen hatten. Als ob man auf dem Weg zur Bühne dem zu begleitenden Künstler schnell den Kuli hinhielt und um ein Autogramm bat. Das wär's: Du, Justus, ich hätte so gern ein Autogramm von dir, macht's dir was aus, schnell zu unterschreiben? Wie, du musst da hoch, und die haben deinen Namen schon aufgerufen? Die Minute wirste ja wohl noch haben, oder? Allein der alten Zeiten wegen.

»Warum kicherst du denn, Lotte?« Felix, der unbemerkt hinter mich getreten war, sah mich misstrauisch an.

»Och, nur so.«

»Jetzt mal nicht die Nerven verlieren, Mädel. Konzentrier dich bitte, ja. Ich bin eh nicht überzeugt, ob das so 'ne gute Idee war, dich als Eskorte einzusetzen, nach allem, was mit dem Staufen gelaufen ist. Aber der Chef hat ja drauf bestanden, weil du so ein hübsches Gesicht hast. Also, mach mir jetzt bitte keine Schande, okay?«

Felix sah mich tatsächlich als potenzielle Gefahr. Aber wovor hatte er Angst? Dass ich Justus im Klo einsperrte, Annabelle die Busentapes klaute oder irgendwelche Stecker zog?

»Felix. Habe ich dich je enttäuscht? Na also! Ist Justus überhaupt schon da?«

Felix sah auf einen Ablaufplan. »Nein, der kommt erst in einer halben Stunde, und dann ist er erst mal in der Maske.«

So lange hatte ich Schonfrist. Wenigstens war ich optisch vorbereitet. Vor lauter Kummer hatte ich einige Kilo abgenommen, was ich jetzt zum Anlass nahm, meine Beine sehr großzügig zu präsentieren. Mein Kleid war genau richtig. Es ließ an den strategisch wertvollen Stellen einiges erahnen, aber nichts richtig sehen. Die Hohe-Stiefel-zum-kurzen-Kleid-Nummer funktionierte immer. Wie ich mich allerdings verhalten sollte, wenn Justus mich ansprach, wusste ich auch nach den endlosen Diskussionen mit Lena, Mimi und Tim nicht.

Lena hatte mir gesagt, ich solle ihn ignorieren. Mimi riet, ihn professionell distanziert zu behandeln, und Tim fand, ich solle von meinem imaginären neuen Freund erzählen, der mich überhaupt nicht mehr schlafen ließ.

Dass ich nicht mehr schlafen konnte, stimmte sogar, denn seit Tagen wälzte ich mich ruhelos durch die Nacht. Allein der Gedanke, Justus seit dem Vorfall mit Annabelle in die Augen zu schauen und nicht zu wissen, was ich fühlen würde, war schlimm genug. Musste das Wiedersehen ausgerechnet vor Publikum stattfinden, während ich unter Druck arbeiten musste und zu allem Übel auch noch Annabelle anwesend sein würde?

Zwar hatte ich mein Abhärtungsprogramm, das aus Film-und-

Fotos-Anschauen bestand, erfolgreich bestanden, aber wer konnte schon wissen, ob das für den Notfall reichte? Ich fühlte mich wie beim Verhaltenstherapeuten, der einen gegen Spinnenangst therapierte, bisher immer nur über Spinnen gesprochen und Fotos gezeigt hatte und dann einem die Tarantel auf die Hand setzte. Ich konnte nur hoffen, im unausweichlichen Moment die Haltung zu bewahren, allein schon, um meinen Job zu behalten.

Mimi trug einen figurbetonten Hosenanzug und sah umwerfend aus.

»Mann, das ist so heiß hier. Die Lichter brennen wie blöd!«

Allerdings. Zum Glück musste ich nicht zerlaufen auf die Bühne und einen Preis mit Achselringen entgegennehmen. Langsam wurde mir auch klar, warum ich als Einzige in meinen Träumen den Oscar jubelnd entgegennahm und begeistert in die Höhe riss. Würde in Wirklichkeit keine machen.

»Ich schwitze ja nicht so leicht, aber die anderen, die später auf die Bühne müssen, tun mir jetzt schon Leid.« Mimi grinste.

»Keine Angst, von denen wird niemand schwitzen.«

»Und warum bitte nicht? Trainieren die in der Sauna?«

Mimi schüttelte lachend den Kopf.

»Nee, die lassen sich alle Botox in die Achseln spritzen.«

Wie war das: Von den Großen lernen heißt siegen lernen? Ich war mir nicht mehr so sicher.

Auf der Bühne wurde der letzte Soundcheck durchgeführt, Kamerafahrten wurden geübt und Beleuchtungen angebracht.

Tim, der nicht als Eskorte, sondern als persönlicher Betreuer eines amerikanischen Rappers eingeteilt war, kam wie schockgefroren angerannt.

»Und wie läuft's? Auf du und du mit den *celebrities*?«, frotzelte Mimi.

Tim sah alles andere als amüsiert aus. Er war keiner, der schnell aus der Ruhe zu bringen war, und unter Druck arbeitete er noch besser als sonst, aber der Rapper schien nicht pflegeleicht zu sein.

»Es ist die Hölle!«, legte Tim los. »Der Typ will jede Minute was anderes. Gerade verlangte er nach Tee. Ich wundere mich zwar, dass er nicht 'ne Cola will, aber denke, was soll's, vielleicht will er die Stimme ölen, und besorge ihm seinen Tee. Er schaut mich entgeistert an und fängt an zu schreien, ob ich komplett doof wäre, er will T, englisch ausgesprochen ›Ti‹. So heißt sein Friseur, der das Vergnügen hat, mit ihm zu reisen. Als ob das nicht genug wäre, renne ich auf dem Gang seinem Erzrivalen Flash D in die Arme, der wirklich so klein ist, wie man sagt. Der hat nichts Besseres zu tun, als Carmen, die wahrscheinlich seit langem der einzige ausgewachsene Mensch ist, der noch kleiner ist als er, zu belästigen! Was macht der Depp? Er bäumt sich vor ihr auf und ruft die ganze Zeit ›*Tell me how big I am!*‹«

Das hörte sich nach Unterhaltung an.

»Und was machst du hier, wo du doch eigentlich unabkömmlich bist bei Seiner Majestät?«

Tim schaute sich schnell um.

»Eigentlich braucht der mich gar nicht, bei dem Gefolge, das ihm dient. Der hat sogar einen, der nichts anderes macht, als ihm Fussel von den Klamotten zu fegen. Nein, ich habe mich nur rausgeschlichen, um euch zu sagen, dass Justus und Annabelle schon da sind und eine gemeinsame Kabine haben. Also geht erst mal nicht nach hinten.«

Mein Herz begann wie wild zu pochen. Allein die Tatsache, Justus in der Nähe zu wissen, machte mich so nervös, dass ich anfing zu zittern.

Mimi nahm meine Hand.

»Hey, du schaffst das. Denk einfach an den Job, den du machen musst.«

Das war leichter gesagt als getan. Sobald jemand hinter mir lief oder ich im Augenwinkel jemanden vorbeilaufen sah, setzte mein Herz aus. Einmal meinte ich, Annabelle kreischen gehört zu haben, was sich aber als Irrtum herausstellte.

Wenn ich daran dachte, dass die beiden eine Garderobe teilten, kam mir die Galle hoch. Hatte Justus sich endlich in sein vorbestimmtes Schicksal mit Annabelle gefügt?

Vielleicht gab sie gleich die Verlobung vor laufender Kamera bekannt?

Leider konnte ich mir keine weiteren Horrorszenarien ausmalen, denn ich musste eine Sängerin namens Tyra abholen, die für den Preis *Internationale beste Sängerin* nominiert war, und sie zur Maske begleiten. Der Gang zur Garderobe war ein echter Spießrutenlauf. An jedem Raum klebten Schilder der einzelnen Künstler oder Bands. Einige hatten sich gegenseitig Nachrichten auf die Schilder gekritzelt wie »Wir finden eure Musik toll und möchten euch treffen. Kommt doch vorbei«. Niedlich, Stars mal selbst als Fans zu erleben.

Wo Justus' Garderobe war, wusste ich nur zu gut, schließlich hatte ich den Belegungsplan auswendig gelernt. In weitem Bogen eilte ich an seiner und Annabelles Tür vorbei, um ja nicht zufällig auf sie zu treffen.

Als ich Tyra abholen wollte, machte sie noch Atemübungen mit ihrem Gesangscoach.

»Just a moment« – und so sah ich zu, wie sie wie ein Rennpferd vor dem Start nervös mit den Füßen scharrte und immer höhere Tonleitern schmetterte, während ihre Assistentin dampfenden Tee brachte.

Tyra hatte eine fette Erkältung, musste aber gleich *performen*. Plötzlich kam ein Arzt, gab ihr eine Vitaminspritze und die Anordnung, auf keinen Fall bis zum Auftritt zu sprechen. Mir sollte es recht sein. Dann musste ich wenigstens keinen Smalltalk veranstalten, während meine Gedanken woanders waren.

»Tim für Lotte. Du, ich habe gerade zufällig gehört, wie Annabelle Justus angezickt hat. Sie meinte, er wisse überhaupt nicht, was ihm entginge, und da draußen würden Männer dafür töten, um mit ihr zusammen zu sein. Er hat nichts darauf erwidert und ging einfach weiter. Da läuft definitiv nichts mehr, sag ich dir!«

Bevor ich antworten konnte, war Felix zu hören, der deutlich genervt war.

»Könnt ihr beiden eure kleinen Privatgespräche auf später verlegen? Wir fangen gleich mit der Show an, da kann ich diese Kinderkacke wirklich nicht gebrauchen!«

Wie peinlich! Nicht nur, dass alle über Funk Tim gehört hatten – nein, auch an Felix' Standpauke hatte ganz *TV-plus* teilgehabt.

Wenigstens waren es gute Nachrichten gewesen! Sehr gute sogar! Ich fühlte mich augenblicklich besser, es gab also doch noch ausgleichende Gerechtigkeit. Auch wenn Justus sich mit seiner letzten Aktion für immer diskreditiert hatte, so war es mir doch eine gewisse Genugtuung, dass Annabelle mit ihrer Tour nicht weit gekommen war.

»Let's go!«

Schweigend liefen wir zur Maske. Nina, die Visagistin, nahm Tyra in Empfang, sah ihre rote Nase und roten Augen und griff gleich zu *Yxin*, einem Mittel, das man eigentlich gegen Bindehautentzündungen nahm. Viele Stars benutzten es vor Fernsehauftritten, um besonders weißes reines Augeninneres zu haben und die roten Äderchen loszuwerden.

Tyra war nach Ninas Behandlung kaum wiederzuerkennen. Sie sah aus wie das blühende Leben. Bei ihrem Auftritt würde keiner bemerken, wie es ihr eigentlich ging. Tja, *there is no business like showbusiness.*

Kaum hatte ich Tyra zurückgebracht, bekam ich eine Nachricht über Funk. Es war Mimi, die schrecklich nervös klang.

»Mimi für Lotte. Kommst du bitte ganz schnell zur Passausgabe?« Mimi war für die Akkreditierungen und Ausgabe der verschieden gestaffelten Backstagepässe zuständig, wobei sie nur die Künstler plus Entourage versorgte, die Journalisten und Fotografen übernahmen die hauseigenen Pressereferenten.

Schnell lief ich zu Mimi in das eigens aufgebaute Akkreditierungsbüro.

»Ist was passiert? Du hast so panisch geklungen!«

»Allerdings! Setz dich, Lotte.«

Mimi war bleich und wühlte aufgeregt in irgendwelchen Unterlagen.

»Lotte, ich glaube, ich weiß, was mit Justus los ist. Ich bin gerade seine Anmeldung durchgegangen und wollte sie abheften. Alle, also auch die Künstler, müssen doch eine Kopie ihres Personalausweises mitschicken. Zufällig habe ich mir Justus' Ausweis genauer angeschaut.«

Worauf wollte sie hinaus? Dass er erst fünfzehn war und sich deshalb nicht mit mir einlassen durfte?

»Ich versteh nicht, was du meinst, Mimi!«

»Lass mich mal ausreden! Wusstest du, dass Justus Staufen nicht sein echter Name ist, sondern nur ein Künstlername?«

Nein, das war mir neu. Ich war immer davon ausgegangen, dass Justus Staufen sein Geburtsname war, warum auch nicht, war ja kein besonders ausgefallener Name, und Justus hatte nie etwas anderes gesagt.

»Okay, dann sag ich dir jetzt mal seinen richtigen Namen. Justus heißt eigentlich Rufus Dornbaum, geboren in New York.«

»Nee!«, entfuhr es mir.

Schlagartig fügte sich das Puzzle zusammen. »Du meinst, er ist der Sohn von ...?«

Mimi nickte.

»Klar, hast du nicht gesagt, dass sein Vater in Wien lebt und seine Mutter Reisejournalistin ist?«

Allerdings! Wenn er tatsächlich der Sohn von Heinz und Ruth Dornbaum war, machte sein ganzes Verhalten Sinn.

Heinz und Ruth Dornbaum brachte jeder in Zusammenhang mit einem der größten Skandale der letzten Jahre. Er war angesehener Schauspieler gewesen, einer der wenigen, die es bis Hollywood geschafft hatten, und der Vorzeigedeutsche schlechthin. Glücklich verheiratet mit der Journalistin Ruth, die er bei einem Interview kennen gelernt hatte. Sie hatten einen gemeinsamen Sohn, Rufus, und waren das, was man eine heile Familie nannte.

Bis eines Tages ein Mädchen an die Presse gegangen war, Dornbaum habe sie sexuell belästigt und ihr eine Rolle versprochen, wenn sie sich darauf einlasse. Gefundenes Fressen für die Journaille, zumal sich ein weiteres Mädchen fand, dem angeblich das Gleiche widerfahren war.

Dornbaum, der die Vorwürfe immer abstritt, wurde natürlich vorverurteilt, über Wochen waren er und seine Familie auf der ersten Seite. Seine Frau, wie sie mit Rufus alias Justus im Auto wegfährt, der Sohn immerhin mit schwarzem Balken retuschiert. Dornbaum, wie er in Handschellen abgeführt wird, und ellenlange Interviews mit der angeblich qualvollen Geschichte des armen Mädchens.

Seine Frau hielt den Trubel nervlich nicht mehr aus und floh mit dem gemeinsamen Sohn in die USA, nach New York, wo die Familie früher schon einige Jahre gelebt hatte und der Sohn auch zur Welt gekommen war.

Nachdem sich die Öffentlichkeit schon ein Urteil gebildet hatte, konnte Dornbaums Verteidigung die Wahrheit zu Tage bringen.

Das Mädchen, das die Vorwürfe erhoben hatte, war schon länger als fanatischer Fan im Freundeskreis bekannt gewesen. Eines Abends war sie Dornbaum in einer Hotelbar endlich näher gekommen, hatte eine Nacht mit ihm verbracht und war am nächsten Morgen durchgedreht, als dieser sich für seinen Fehltritt schämte und im Leben nicht daran dachte, seine Frau zu verlassen.

Das Mädchen hatte sich um ihren Lebenstraum betrogen gefühlt und schwor auf Rache. Glaubwürdig war sie durch die gemeinsame Nacht gewesen, da sie Details über Dornbaum zum Besten geben konnte, die man nur wissen konnte, wenn man intim gewesen war. Natürlich war auch das genüsslich ausgeschlachtet worden.

Das zweite Mädchen, das sich bei der Polizei gemeldet hatte, wurde relativ schnell als verwirrte Trittbrettfahrerin identifiziert, deren

Meldung nichts anderes als ein Schrei nach Aufmerksamkeit gewesen war und die nachweislich Dornbaum nie getroffen hatte.

Der Schaden war nicht mehr zu beheben. Die Ehe der Dornbaums zerbrach, er wurde nie richtig rehabilitiert, und sie hatte mit ihrem Sohn lange Zeit in den USA gelebt. Ich konnte mich nur zu gut an die Geschichte erinnern, meine Mutter als bekennender Dornbaum-Fan hatte uns wochenlang mit den neuesten Schlagzeilen genervt und uns über jedes Detail auf dem Laufenden gehalten. Natürlich war sie der Meinung gewesen, dass Dornbaum der Heilige unschuldig sei – womit sie letztendlich auch Recht behalten hatte.

»Mensch, Mimi! Das macht alles Sinn! Deshalb durfte ich nie Familienfotos sehen oder seinen Vater treffen. Ich hätte die doch gleich erkannt.«

»Klar! Und man kennt ihn hier nicht, weil er bei seiner Mutter in den Staaten aufgewachsen ist.«

»Und daher auch sein gestörtes Verhältnis zur Presse. Kein Wunder, dass er 'nen anderen Namen hat. Ich wollte auch nicht auf so eine Geschichte meiner Eltern angesprochen werden. Aber mal ganz ehrlich, findest du das Verhalten nicht etwas übertrieben, Trauma hin oder her? Ich meine, letztlich hat sich doch alles aufgeklärt.«

»Schon, aber was meinst du, was man für 'nen Hau abbekommt, wenn deine Familie so übel in den Schlagzeilen stand. Was mich eher wundert, ist, dass es bisher noch niemand rausgefunden hat. Da hat er echt Glück gehabt.«

Plötzlich tippte mir jemand auf die Schulter. Erschrocken zuckte ich zusammen.

»Lotte, wo bleibst du denn? Du musst in fünf Minuten Tyra abholen.«

Felix sah mich vorwurfsvoll an.

Total verwirrt ging ich zurück zu Tyras Garderobe.

Die Show begann in einigen Minuten, und Tyra war eine der Ersten, die auf die Bühne musste. Schweigend saßen wir da, nur ihr Management und ihre Assistentin wuselten herum. Immerhin gab die kurze Pause mir die Gelegenheit, mich zu ordnen. Endlich verstand ich Justus' Verhalten, wusste, was er versucht hatte mir zu sagen. Wieso hatte ich ihm nicht zugehört oder die Chance gegeben, sich zu erklären? Auf der anderen Seite entschuldigte es nicht seinen Fehltritt mit Annabelle und erst recht nicht die Art, wie er mich abserviert hatte.

Ich begleitete Tyra den vorgeschriebenen Weg zur Bühne. Dort wurde sie verkabelt, der Aufnahmeleiter zählte die verbleibende Zeit herunter, Ansage auf der Bühne, und schon war sie oben, lachte, sang wie ein Goldkehlchen, und keiner hätte je geahnt, dass das Kind eigentlich mit Wadenwickel ins Bett gehörte.

Allerdings hätte auch keiner geahnt, dass ich gerade über Justus' wahre Identität sinnierte.

»Felix für Lotte. Lotte, wir haben einen Engpass. Iris ist umgekippt und fällt erst mal aus. Du musst, wenn Tyra fertig ist, Justus und Annabelle abholen. Tut mir wirklich Leid, hab alles versucht, dir das zu ersparen, aber wir schaffen es organisatorisch nicht anders. Die beiden präsentieren die Kategorie *Bester deutscher Film*, gleich nach der Tanzeinlage.«

Das hatte noch gefehlt! Justus allein wäre noch gegangen, aber zusammen mit Annabelle! Was gaben wir für eine hübsche Triade ab. Wie passend! Da konnten Annabelle und ich auf dem Weg gleich mal Erfahrungen austauschen. »Und, wie war er so bei dir?«

Mit zusammengebissenen Zähnen klopfte ich an der Tür, trat ein und blickte in die erstaunten Gesichter von Justus, Annabelle, Ulli Becker und einem mir unbekannten Mann.

»Charlotte! Du?«, rief Justus erfreut. Da war es wieder, sein frohes Lachen und die blitzenden Augen. Am liebsten wäre ich ihm um den Hals gefallen, riss mich allerdings schnell zusammen. Wie dreist war er eigentlich, nach allem was passiert war, mich freudig anzulachen?

Ulli Becker dagegen zog ein Gesicht wie drei Liter saure Milch. »Ich hatte doch extra darum gebeten, sie nicht als Eskorte zu haben.«

Annabelle seufzte entnervt: »Die Klette verfolgt einen aber auch überallhin.«

Mir platzte der Kragen. »Tut mir Leid. Ich kann mir auch Schöneres vorstellen, aber wie es das Schicksal will, ist eure Eskorte in weiser Voraussicht umgekippt, wer kann es ihr verdenken, und da ich die Einzige zu sein scheine, die mit deiner charmanten Art umgehen kann, Ulli, werdet ihr mit mir vorlieb nehmen müssen, aber ob meine Toleranz ausreicht, euch tatsächlich bis zur Bühne zu bringen, weiß ich nicht.«

Justus lachte laut los, worauf Ulli Becker ihn heftig anfuhr: »Du wirst schon noch sehen, was du davon hast!«

Nun schaltete sich der Fremde ein. »Frau Becker, darf ich Sie daran erinnern, dass Sie Justus nicht mehr vertreten und wir diese letzten Promotouren nur noch gemeinsam machen, um den anstehenden Film gut zu bewerben. Und im Übrigen verbitte ich mir diesen Ton. Ich muss ehrlich gestehen, Schmeichelhafteres über Sie gehört zu haben!«

Wer war dieser Mann, und wieso war er so klug und schlagfertig?

Justus, der mich keinen Augenblick aus den Augen gelassen hatte, klärte mich auf: »Darf ich vorstellen, Kurt Saner, mein neuer Manager.«

Ach was! Was war denn da im Paradies geschehen, dass Justus sich von seiner Ziehmama getrennt hatte? Er hatte ja bereits in Paris ausrichten lassen, dass ich Recht gehabt hätte, was Ulli Becker anginge, aber dass er sich gleich von ihr trennte? Ich hätte zu gern gewusst, was da gelaufen war. Vielleicht hatte sie einen Rest Anstand und sich geweigert, mir meine Sachen zurückzugeben, was dann Annabelle bravourös übernommen hatte.

»Lotte, wo um Himmels willen bleibst du denn? Sag nicht, du hast die Nerven wegen Justus verloren und bist getürmt. Du musst endlich über ihn wegkommen. Wir haben hier 'ne verdammte Liveshow, weißt du, wie viele Leute da draußen zuschauen?«

Felix hatte geradezu panisch geschrien, und zwar in einer solchen Lautstärke, dass alle im Raum jedes Wort laut und klar verstanden hatten. Wusste er, dass ganz *TV-plus* über Funk mitgehört hatte und ich bis auf die Knochen blamiert war?

So beherrscht wie möglich antwortete ich.

»Felix, ich komme jetzt mit Justus und Annabelle zur Bühne.«

»Gut! Beeil dich!«

Justus und Annabelle im Schlepptau, setzte ich mich in Bewegung.

Annabelle blieb sichtlich beleidigt in einigem Abstand zurück. Wie ich so dicht neben Justus herlief, wurde mir klar, dass ich ihn immer noch liebte und ich nicht dagegen ankam. Er hat mich gedemütigt, ging es mir immer wieder durch den Kopf. Mein Puls hämmerte wie wild, und mir war genauso schlecht wie bei der ersten Begegnung.

Er fasste mich am Arm. »Lotte, wir müssen uns unbedingt aussprechen. Du spürst doch auch, dass unsere Gefühle sich nicht verändert haben. Ich sehe doch deinen Blick. Lass mich dir alles erklären, bitte!«

Wir bogen Richtung Halle ein.

»Ach, so wie beim letzten Mal, wo du mich zu dir nach Hause bestellt hast, um angeblich über alles zu reden und dann zu kneifen und stattdessen Annabelle mir meine Sachen aushändigen zu lassen? Danke, darauf verzichte ich!«

Justus blieb abrupt stehen.

»Spinnst du jetzt völlig? Du warst es doch, die wie eine Bekloppte durch meine Wohnung gerannt ist, ihre Sachen eingesammelt hat und Annabelle ausrichten ließt, du legtest keinen Wert mehr auf ein Gespräch. Ich solle dich nie wieder anrufen!«

Mir schwante es.

»Wie bitte? Hat Annabelle das behauptet?«

Justus blickte unverständig zu Annabelle zurück und dann wieder mich an.

Ich holte tief Luft.

»Justus, es war umgekehrt! Ich traf völlig unvorbereitet auf Annabelle, die mir meine Sachen an der Tür mit ziemlich üblen Kommentaren gespickt überreichte.«

Justus griff sich an die Stirn. »Ich Depp! Wieso habe ich ihr überhaupt geglaubt?«

»Wieso war sie überhaupt da?«

Felix meldete sich über Funk.

»Verdammt, Lotte. Hör endlich mit deinem Privatquatsch auf. Bring die beiden zur Bühne!«

Mist! Ich hatte vergessen, auf stumm zu schalten.

Schnell zog ich Justus weiter.

»Charlotte. Wir waren gerade von einer Promotour zurück, in Berlin gelandet. Mein Personalausweis war abgelaufen, und ich wurde aufgehalten. Dein Handy war ausgeschaltet und keine Mailbox dran. Da ich auf keinen Fall riskieren wollte, dass du wieder gehst, wenn ich nicht da bin, gab ich Annabelle meine Schlüssel, bat sie vorzufahren und dich schon mal hineinzulassen!«

Mir war auf einmal ganz leicht zu Mute. Unwillkürlich musste ich grinsen. Es gab doch noch Hoffnung!

Justus grinste liebevoll zurück.

»Ich muss dir aber noch was sagen ... Weshalb ich mich immer so komisch verhalten habe ...«

Ich unterbrach ihn.

»Ich weiß auch so, was du mir sagen wolltest, Rufus Dornbaum!«

Wie angewurzelt blieb er stehen.

»Woher weißt du?«

»Mimi hat deine Anmeldung genauer betrachtet, und zwei und zwei zusammenzuzählen war wirklich nicht so schwer.«

Annabelle hatte uns fast eingeholt. Schnell zog ich Justus weiter, der verdutzt dreinblickte.

»Und was sagst du dazu?«

»Na ja, ich kann dich viel besser verstehen. Es wäre aber schöner gewesen, wenn du mir das von Anfang an gesagt hättest. Hätte uns vieles erspart.«

»Glaub mir, Charlotte. Das wollte ich, aber ich wusste nicht, ob ich dir hundertprozentig vertrauen kann.«

Wie schmeichelhaft. Das mit den Grundregeln einer Beziehung üben wir noch mal!

Wir waren an der Bühne angelangt. Justus und Annabelle wurden verkabelt, und der Aufnahmeleiter begann die Zeit herunterzuzählen.

»Was machen wir jetzt, Charlotte?«

»Ich weiß es nicht!«

Und schon schob ein um Jahre gealterter Felix die beiden die Stufen hoch.

»Ich weiß schon, warum man Beruf und Privates trennen soll. Bin eben tausend Tode gestorben, als du nicht aufgetaucht bist, Lotte!«

»Und ich bin eben vor Scham in den Boden gesunken, als du über Funk alle über mich und Justus aufgeklärt hast.«

Felix' Ader auf der Stirn schwoll merklich an.

»Lotte, in dieser Situation nehme ich keine Rücksicht auf Eitelkeiten. Deine Romanze ist so was von sekundär im Moment. Wir haben eine verdammte Liveshow auf die Bühne zu bringen, also führe die beiden zurück, und dann mach mit Iris' Plan weiter. Ihr geht's immer noch nicht gut.« Felix hielt mir einen Zettel hin.

Ich nahm das Blatt und kurz darauf Justus und Annabelle erneut in Empfang.

Gerade noch waren sie zuckersüß zueinander auf der Bühne gewesen, jetzt stiegen sie getrennt die Treppen hinunter und würdigten sich keines Blickes. Irgendwie hatte ich ein Talent, mich in total gemütliche, spannungsfreie Situationen hineinzukatapultieren …

Justus nahm völlig unerwartet meine Hand, was bei mir ungewollt Gänsehaut auslöste. »Charlotte, hier können wir nicht sprechen. Es gibt so vieles, was wir klären müssen, und ich fliege nach der Show gleich weiter. Würdest du dich Samstag mit mir treffen? Kommst du bei mir vorbei?«

Die Vorstellung, ihn zu einem klärenden Gespräch in seiner Wohnung zu treffen, in der er sich mit Annabelle vergnügt hatte, war nicht gerade einladend.

»Können wir uns nicht auf neutralem Boden treffen?«

»Wie du willst. Schlag was vor.«

»Kennst du den Dorotheenstädtischen Friedhof? Da kann man gut spazieren, und da sind nur selten Leute.«

»Ja, kenne ich. Hoffentlich ist das kein Zeichen, dass du dich auf 'nem Friedhof treffen willst?«

Ich musste lachen. »Wer weiß? Also sagen wir Samstag um vier.«

Justus nickte, und mir war, als ob mein Herz gleich platzte! Ohne es zu bemerken, strahlte ich über das ganze Gesicht. Als ich die Garderobentür öffnete und Annabelle hineinging, sah sie mich an, nicht ohne »Pass auf, dass dir vor lauter Grinsen die Kronen nicht gleich rausfallen!« herauszupressen.

Zum ersten Mal sah ich Annabelle nicht mehr als die Filmstarversuchung schlechthin, sondern als das, was sie war, ein unzufriedenes, unsicheres Mädchen, das unbedingt Anerkennung wollte und nicht wusste, wer es eigentlich war.

Unglaublich – ich stand wahrhaftig über den Dingen und antwortete nicht einmal!

Schnell schaute ich auf meinen Plan. Es galt, einen Sportler sicher zur Bühne zu geleiten.

Gerade als ich auf dem Weg war, rief mich Felix über Funk.

»Felix an Lotte. Pass auf, Justus bekommt den *Nachwuchsschauspieler-Preis* verliehen. Das ist ja immer ein Überraschungspreis, wo es keine Nominierungen zu gibt. Er muss aber dazu im Publikum sitzen, denn die Kamera kreist den Schauspieler ein, während der Laudator immer mehr Details preisgibt. Sobald du den Sportsmann zur Bühne gebracht hast, holst du Justus samt Managerin und bringst sie zum Zuschauerraum. Im mittleren Block, fünfte Reihe sind zwei Plätze für ihn reserviert. Da sitzen zwei Platzhalter drauf. Den Sportler musst du nicht mehr abholen, das wird zu knapp. Das übernimmt Louis. Du übernimmst dann wieder ab Gustav von Sengeland.«

»Okay Felix. Du, Justus hat übrigens einen Manager seit neuestem. Ein sehr vernünftiger Mann, wie mir scheint.«

»Schön, dann bring eben den Manager mit. Von mir aus kann auch seine Oma dasitzen, Hauptsache, die beiden Plätze werden belegt. Um 55 gehen wir in die Werbung, dann gehst du mit den beiden los und bringst sie zu den Plätzen.«

Wie Felix trotz des ganzen Chaos den Überblick behielt, war mir ein Rätsel. Auf der anderen Seite machte er die Show bereits seit Jahren, da war man sicher routinierter.

Ich raste schnell wieder zu Justus' Garderobe.

»Justus. Ich muss dich und deinen Manager in den Zuschauerraum bringen. Jetzt gleich!«

Die beiden sahen sich überrascht, aber erfreut an. Jeder wusste, was das bedeutete.

»Deshalb sollten wir warten. Von wegen, sie brauchen ein Pressefoto!« Kurt Saner war hocherfreut.

Annabelle dagegen lief rot an.

»War ja wieder klar, dass er den Preis bekommt. Männer werden ja immer bevorzugt! Da kann man als Frau so gut sein, wie man will!«

Mein früheres Ich hätte gesagt: »Vielleicht solltest du mal damit anfangen, Frau zu sein und die Kleinmädchen-Masche sein zu lassen«, aber mein neues Ich lächelte nur, es war zwecklos zu erwidern, dass, auch wenn sie *Erspare dir die Liebe* gut gespielt hatte, sie leider Welten von Justus trennten.

Ulli Becker schaute versteinert zu, wie Kurt Saner Justus kumpelhaft auf die Schulter schlug.

»Gut gemacht, Junge! Dann werden wir mal das gute Stück abholen!«

Wir stellten uns an die Seite und schauten auf die digitale Anzeige, die auf 54 Minuten stand.

»Bei 55 geht's los. Einfach mir hinterher.«

Zügig ging ich los, die beiden im Schlepptau, brachte sie zu ihren Plätzen und nahm die beiden Platzhopper mit.

Leider musste ich sofort wieder hinter die Bühne, sodass ich die Preisverleihung an Justus nicht sehen konnte.

Mit Gustav von Sengeland betrat ich absichtlich zu früh den Bühnenbereich, ich wollte wenigstens Justus' Dankesrede hören.

Gerade noch rechtzeitig, denn er stand schon vorn und hatte den Preis in der Hand. Und nein, er riss die Arme nicht in die Luft. Er war eben Profi!

Wie er dastand, überglücklich und bewegt, war mir bewusst, wie viel dieser Preis ihm bedeutete. Er hatte es geschafft, ohne einen berühmten Namen oder die Unterstützung seines Vaters, ohne skandalträchtige Biografie, die seine Leistungen hintangestellt hätte, und mir wurde klar, dass gerade er den Ausrutscher mit Annabelle und den aufgetauchten Paparazzifotos bitter bereuen musste.

Justus begann, seinen Eltern, seinem Mentor und seinem Manager zu danken, zählte einige Namen auf, die ich nicht kannte, und dann sagte er laut und deutlich: »Besonderen Dank Charlotte, du weißt, wofür!«

Wusste ich nicht, aber hey, wen störte das schon? Justus hatte sich bei mir bedankt, öffentlich, was bei ihm schon fast einem Seelenstrip gleichkam.

Mein Funkgerät piepte. Felix.

»Na, habt euch wohl wieder versöhnt! Wir bekommen aber das Exklusivinterview, verstanden. Das bist du mir schuldig!«

Super, und wieder hatten alle mitgehört! Dafür hatte er Zeit, obwohl wir hier »eine verdammte Liveshow« auf die Bühne brachten.

Ich würde gleich einen Zusatzpreis in der Kategorie *Diskretion am Arbeitsplatz* verleihen.

Tim rauschte mit seinem Rapper an mir vorbei und reckte beide Daumen in die Höhe.

»Rufus Dornbaum! So ein Hammer! Jetzt wird alles gut, Lotte!« Und weg war er.

Dafür, dass wir eine verdammt wichtige Show am Laufen hatten, funktionierte der Flurfunk erstaunlich gut.

So war das wohl beim Fernsehen. Für *breaking news* war immer Zeit.

Louis nahm Justus in Empfang, zerrte ihn gleich zum Presseraum, wo alle Preisträger hinmussten, um sich fotografieren und befragen zu lassen. Ich wartete auf Gustav von Sengeland.

Noch zwei Kategorien, dann war es geschafft.

Endlich die Schlussworte, eingespielte Musik, tosender Beifall und alle noch mal zum Finale auf die Bühne. Abspann laufen lassen – und geschafft!

Jubel hinter den Kulissen, erschöpfte Gesichter! Die Show war ohne Pannen verlaufen!

Erleichtert nahm ich den Knopf aus dem Ohr, legte die Funkverkabelung ab und suchte Mimi und Tim.

Ich fand Tim völlig verschwitzt auf dem Weg zum Akkreditierungsbüro, wo Mimi schon wartete.

»Das nenne ich Fernsehen! Adrenalin pur! Kommt, lasst uns zur Afterparty gehen und feiern!«

Die Aftershowparty war im gleichen Gebäude, nur ein Stockwerk höher im Prinzensaal. Ob die Verwaltung wusste, was sie sich damit angetan hatte? Feiernde Showbranche in ehrwürdigen Mauern? Ob das gut ging?

Auf dem Weg zur Party wurde natürlich Justus' neue Identität und seine Dankesrede diskutiert.

»Mensch, Lotte! Seid ihr jetzt wieder zusammen?«

Tim war ein unverbesserlicher Romantiker.

»Nein. Langsam. Wir werden uns erst mal am Samstag treffen und uns aussprechen. Noch habe ich keine Ahnung, wie es weitergehen wird.«

»Was willst du denn, Lotte? Er hat sein Privacy-Problem erklärt, und ich finde es, ehrlich gesagt, nachvollziehbar, außerdem hat er sich bei dir öffentlich bedankt, und das mit Annabelle kannst du ja nicht ernst nehmen. Wie der auf den Fotos aussah, wusste er eh nicht mehr, mit wem er ins Taxi stieg.«

Ich wehrte ab.

»Ist ja gut. Ich möchte einfach nicht noch mal so euphorisch in etwas hineinschlittern und dann verletzt werden. Jetzt lasst uns feiern!«

Mit dem roten Bändchen kamen wir überall hinein und stürzten uns halb verhungert erst mal auf das Buffet.

Was war das alles herzallerliebst hergerichtet! Viel zu schade, um davon zu essen.

Die Drinks konnten sich aber auch sehen lassen. So mixte man Drinks! Nicht wie in Studentenbars, wo Masse statt Klasse zählte, Geschmack nebensächlich war und man dachte, einem etwas Gutes zu tun, wenn man drei Viertel Alk und einen Spritzer Coke oder Bitter Lemon dazugab. Nach dem Motto: Ein Schluck, und du merkst nicht, wenn du geschwängert wirst. Mir fielen bei diesem Gedanken die Halligallipartys von Rosa ein, bei der es nie Gläser, sondern nur Flaschen gab, die Wände Macken und Fußabdrücke der letzten Partys aufwiesen und das berüchtigte Matratzenzimmer zur freien Verfügung stand, wo man nur erahnen konnte, wie viele Körper umschlungen es sich gemütlich machten.

Zum Dank für ihre legendären Feste hatten ihr ein paar Jungs ein T-Shirt bedrucken lassen mit der Aufschrift »Große Möpse, super Feste – unsere Rosa ist die Beste!«, welches Rosa voller Stolz über erwähnter Pracht trug.

»Lotte, noch mal danke für die Bänder!«

Katharina und Yannick standen aufgebrezelt hinter mir und strahlten wie am Platz an der Sonne.

»Da müsst ihr euch bei Tim bedanken, er hat die Karten für euch besorgt!«

Tim stand peinlich berührt neben mir, als Katharina ihm theatralisch um den Hals fiel. Eindeutig Marlenes Gene!

Yannick, deutlich schüchterner, umarmte ihn.

»Danke, Mann! War bestimmt nicht einfach!«

Das war es tatsächlich nicht gewesen. Aber Tim hatte seine Mittel und Wege, was nicht bedeutete, dass wir den ganzen Abend mit Katharina zubringen mussten. Am Ende wollte sie noch ihre Hochzeitspläne durchsprechen!

Mimi war bereits auf der Tanzfläche. Ich ging zu ihr, und es dauerte nicht lange, da war auch Katharina neben uns und tanzte ausgelassen. Tim kümmerte sich um Yannick. Er war wirklich eine Seele von Mensch!

Mir war alles recht. Ich hatte wieder einen meiner Weltfriedentage und hätte mich mit jedem verbrüdern können.

Nach einigen Songs wurde eine ruhige Nummer gespielt, und plötzlich bildeten sich die unglaublichsten Paarungen zum Engtanzen.

Keine Ahnung, wo Felix plötzlich herkam, aber er witterte seine Chance und schnappte sich Mimi, die lachend mitmachte.

Philip, ein Spielfilmredakteur, ging mit der Digitalkamera herum und sprach alle, die zufällig nebeneinander standen, an: »Könnt ihr mal kurz für die Kamera knutschen, bitte! Mit Zunge!« Erstaunlich, wie viele mitmachten. Ja, feiern konnten sie bei *TV-plus*, und prüde war bestimmt auch niemand.

An der Bar stieß ich auf Imka, die mir gut gelaunt und sichtlich betrunken ihren Orthopädenfreund vorstellte.

Er machte einen bodenständigen und sympathischen Eindruck.

Gegen Morgengrauen kam ich völlig überdreht zu Hause an, weckte Lena und lüftete Justus' Geheimnis.

Sofort war sie wach!

»Sieh an! Na, das ist mal 'ne plausible Erklärung. Das lass ich gelten!«

Die Tatsache, dass Justus einen neuen Manager hatte, fand sie auch ein gutes Zeichen.

»Siehst du, er hat tatsächlich was dazugelernt. Und Samstag trefft ihr euch? Was willst du sagen?«

Gute Frage. Auf alle Fälle musste sich einiges ändern, falls es noch mal klappen sollte.

»Das überlege ich mir noch. Jetzt muss ich erst mal schlafen.«

zweiunddreißig

»Lotte, du sollst zum Chef.«

Felix sah mich ernst an, und ich fragte mich, was bloß mit mir los war. Ich hatte gerade mal drei Stunden geschlafen, war schon wieder im Büro und hatte trotzdem blendende Laune. Hatte ich gestern etwas falsch gemacht?

»Warum denn?«

»Darf ich nicht sagen. Geh besser gleich hin. Kannst du es dir nicht denken?«

Definitiv nicht.

Nervös ging ich zu Ralph Reigells Assistentin. Sie war ein Sonnenschein, stets gut gelaunt und hatte immer einen Scherz auf den Lippen.

»Ach Charlotte, da bist du ja. Kannst gleich reingehen.«

Zum ersten Mal betrat ich Ralphs Büro. Es war gar nicht so groß, wie es von außen aussah.

Ralph schrieb an seinem Laptop und bedeutete mir, mich zu setzen.

»Muss nur die Mail schicken. So! Fertig!«

Er setzte sich gerade hin und schaute mich aufmerksam an.

»Charlotte. Ich wollte dich sprechen, weil ich heute Morgen einen Anruf von Ulli Becker bekam, die sich über dich beschwert hat.«

Jetzt war ich definitiv wach.

»Sie meinte, du hättest insbesondere sie und Annabelle Leiniger geradezu unverschämt behandelt, erklärte dich zur Persona ingrata und dass sie nie wieder mit dir arbeitstechnisch zu tun haben möchte. Und jetzt würde ich gerne deine Sicht der Dinge hören.«

Natürlich! Ohne Nachtreten ging es nicht bei Ulli Becker.

»Ralph. Das ist eine längere Geschichte und peinlich dazu.«

Und so erzählte ich wahrheitsgetreu, wie ich immer wieder an Ulli Becker und Annabelle geraten war, sogar Imka mich beim Interview vertreten ließ, um nicht das Interview zu gefährden, und immer wieder von den beiden angegangen worden war. Ich ließ nicht aus, dass ich selbst nicht immer eine glanzvolle Figur dabei abgegeben hatte und mich vor allem gestern nicht beherrschen konnte unter dem Druck und der Doppelbelastung durch Iris' Ausfall.

»Was hast du denn genau gesagt, als Ulli Becker sagte, sie habe darum gebeten, dich nicht als Eskorte zu haben, und Annabelle sagte, du seist eine Klette, die einen verfolgt?«

Ich räusperte mich.

»Na ja, ich sagte so ungefähr: »Tut mir Leid, Ulli. Ich kann mir auch Schöneres vorstellen, aber wie es das Schicksal will, ist eure Eskorte in weiser Voraussicht umgekippt ...«

Ralph sah mich an, und plötzlich fing er schallend an zu lachen.

»Schlagfertig bist du ja. Das können wir hier gebrauchen. Na ja, also ich habe natürlich schon mit Felix und Imka gesprochen. Vor allem Imka meinte, die beiden seien beim letzten Interview dir gegenüber so dreist gewesen, dass sie sich schon überlegt hatte, was zu sagen, du es aber nicht wolltest. Löblich finde ich auch, dass du das Interview an Imka abgegeben und mit Felix als Producer das Problem offensiv angesprochen hast. Das war professionell und gut für den Sender, und darum geht es letztlich ja. Was natürlich nicht geht, ist, dass du deinen Privatkrieg mit Ulli Becker und Annabelle Leiniger im Rahmen deiner Arbeit austrägst. Ich verlange nicht, dass du dich von den beiden schikanieren lässt, aber bitte sprich in so einem Fall mit Felix und tausche notfalls.«

»Hätte ich Iris nicht vertreten müssen, wäre ich den beiden auch gar nicht begegnet.«

»Habe ich auch schon gehört. Hut ab übrigens! Fürs erste Mal gleich 'ne doppelte Schicht mit Beziehungsdrama am Rande ist sicher nicht leicht. Haste gut gemacht. Übrigens, Ulli Becker rief mich nicht zum ersten Mal an. Es ist bekannt, dass ihr öfter mal jemand, vor allem weibliche Mitarbeiterinnen, nicht passen. Also mach dir keine Sorgen. Ich muss dem natürlich nachgehen, aber jetzt weiß ich ja, was da gelaufen ist.«

Erleichtert seufzte ich auf. Das hätte noch gefehlt! Dass Ulli Becker mir meine Zukunft bei *TV-plus* gefährdete, wo es mir hier so gut gefiel.

»Ach übrigens, bei Felix wird ja bald ein Volontariat frei, er und Imka würden dich sehr gerne behalten. Er wollte dich eigentlich selbst fragen, aber nachdem ich dir so einen Schrecken einjagen musste, ist es, glaube ich, legitim, wenn ich dich frage. Hast du Lust, bei Felix ein Volontariat zu absolvieren?«

»Und wie!«, juchzte ich glücklich.

Ralph lachte.

»Da freut sich aber jemand. So soll es sein.«

Überglücklich rannte ich hinaus und flog direkt Felix um den Hals.

»Du bist der tollste Chef überhaupt. Und Imka die beste Moderatorin!«

Felix knurrte. »Super, Ralph hat dir das mit dem Volontariat schon gesagt, dabei wollte ich das machen.«

»Dann sag's mir noch mal! Ich höre es gerne ein zweites Mal.«

Die Welt war schön, das Leben gerecht. Das Universum tipptopp in Form und wusste genau, was zu tun war. Womit hatte ich so viel Glück verdient? Wohl alles richtig gemacht im letzten Leben, anders ließ sich dieser karmische Super-GAU nicht erklären.

In diesem Moment bog Tim, nicht minder gut gelaunt, pfeifend um die Ecke.

Was war denn in ihn gefahren?

»Hast du deinen Liebeskummer überwunden?«

»Tja Lotte, gestern war nicht nur ein guter Abend für dich. Auch mir scheint zur Abwechslung mal die Sonne aus dem Hintern!«

»Das klingt spannend! Was ist passiert?«

Tim machte eine abwehrende Bewegung.

»Wie hieß der Spruch noch? *Ein Gentleman genießt und schweigt*, oder so? Nur über meine Leiche! Das Ganze ist zu prekär.«

»Wieso, welcher Star hat dich beglückt?«

Aber aus Tim war nichts herauszubekommen.

Wir gingen an die Arbeit, denn auch am Tag danach war einiges zu tun. Nachberichterstattung, Making-ofs, die sämtliche Gewinner noch mal gesondert in einen Bericht packen etc.

Ich ging wie jeden Morgen diverse Zeitungen durch. Die *TV-plus*-Preisverleihung war großer Aufmacher, glanzvolle Fotos schmückten die Titelseiten. Durch und durch positive Kritiken waren zu lesen: »Unterhaltung pur«, »ein gelungener Event«, »großes Staraufgebot« – wir konnten wirklich zufrieden sein.

Zufrieden war auch meine Mutter. Sie hatte die Verleihung im Fernsehen gesehen und Justus' Dankesrede miterlebt. Noch in der gleichen Minute hatte sie meine Mailbox mit Nachrichten malträtiert. Zum Glück hatte ich es erst am Morgen wieder eingeschaltet.

»Kind, dieser Justus ist einfach ein toller junger Mann! Famos sieht er aus, ganz famos. Man muss Männern ihre kleinen Schwächen verzeihen können. Er ist eben Künstler, ein Freigeist, den darfst du nicht an Ketten legen. Aber so talentiert dabei und so charmant. Wie er sich bei dir bedankt hat! Marlene fand es auch überwältigend und hofft von ganzem Herzen, dass sich alles zum Guten wendet. Ach, und sie bedankt sich für die Karten für Katharina und Yannick. Ich wusste, ich kann auf dich zählen. Wann kommst du endlich wieder mal vorbei? Dein Vater und ich wissen schon gar nicht mehr, wie du aussiehst, und von Lena und Casper habe ich auch schon länger nichts mehr gehört. Sie sind doch noch zusammen, oder?«

Ich konnte nicht anders als lachen. Langweilig wurde es einem jedenfalls nie mit meiner Mutter!

Ich arbeitete weiter und öffnete eine E-Mail von Mimi, die mit Dringlichkeitsstufe *urgent* markiert war.

»Lotte, was hältst du von dieser Mail. Soll ich zusagen?«

Die Nachricht war, wer hätte es gedacht, vom Popstar, der sie spontan für eine Woche nach Südamerika einlud. Er wollte Konzerte in Buenos Aires und Lima geben und eine *Rettet-den-Regenwald*-Aktion unterstützen. Mimi sollte als Reisebegleitung mit.

Wie war das? Gib jemandem immer nur den Ratschlag, den er selbst hören möchte?

Ich schrieb zurück.

»Du bist ein großes Mädchen und brauchst von mir keine Absolution. Folge deinem Gefühl und dem, was dich auch langfristig glücklich machen wird. P.S.: Ich werde Volontärin, und Tim hat 'ne heiße Nacht mit Mr. X verbracht.«

Keine Sekunde später stand Mimi in der Tür. Natürlich hatte sie dem Popstar zugesagt und quiekte aufgeregt herum.

»Glückwunsch, Lotte, zum Volontariat! Das müssen wir feiern und isss fliggge nach Ssssüdamerikka, *amica*! Aber wer ist Tims Mr. X?«

»Will er nicht sagen!«

»Männer!«

dreiunddreißig

»Lena, wach auf. Die Geschäfte machen gleich auf. Ich hab schon Frühstück gemacht.«

Es war Samstagmorgen, heute Mittag traf ich Justus, doch zuvor würde ich mit Lena shoppen gehen.

So sollte man einen Samstagmorgen beginnen. Mit einem guten Frühstück im Magen, die Ladentür anwärmen, bis geöffnet wird, und dann in aller Ruhe, bevor der große Andrang kommt, anprobieren und kaufen.

»Lotte, du bist unerträglich, bevor du endlich in deine Konsumtempel darfst.«

Sie quälte sich aus dem Bett, angelockt vom Geruch ihres Matetees, den niemand, der alle Geschmacksnerven beisammen hatte, gerne trank. Angeblich hatte Matetee eine berauschende Wirkung, vielleicht war das die Erklärung.

»Pass auf, Lena. Ich habe mir eine Liste gemacht. Zuerst gehen wir ins KDW, dann schauen wir auf der Friedrichstraße vorbei, und anschließend sollten wir in die Hackeschen Höfe.«

»Lotte, du bist echt meschugge. Wenn man dich hört, könnte man meinen, wir gehen für dich einkaufen, dabei muss ich auf diese oberflächliche Kapitalistenversammlung.«

Gemeint war Caspers Kanzleifeier. Er war Partner geworden, was piekfein gefeiert wurde. »Abendkleid« stand auf der Einladung, und ich hatte mit Engelszungen Lena überredet, nicht in ihrem *Think-global-act-local*-Pulli dort aufzutauchen, sondern wenigstens gemeinsam mit mir ein passendes Kleid anprobieren zu gehen.

»Und du bist dir sicher, Lotti, dass das nicht nur eine Übersprungshandlung von dir ist, weil du Justus heute triffst und dir nichts Neues kaufst, aber nicht weißt, wie du die Zeit bis zu eurem Treffen totschlagen sollst?«

»Natürlich nicht. Ich bleibe dabei. Keine neuen Klamotten für das Date. Das ist der erste Schritt in Richtung normaler Beziehung. Ich kann doch nicht für jede Begegnung shoppen gehen, das heißt, ich könnte schon, aber ich will nicht mehr. Er soll mal meine normale Seite kennen lernen.«

»Löblich, löblich, Lotte!«

Tatsächlich kannte mich Lena ziemlich gut und wusste, dass man einen Shoppaholic nicht so einfach trocken bekam. Natürlich wusste ich nicht, wie ich die Zeit, ohne shoppen zu gehen, herumkriegen sollte, aber es war doch schon mal ein vernünftiger Zug, die Kaufsucht auf Lena zu projizieren.

Vergnügt schlenderten wir los, das heißt, vergnügt war nur ich, Lena hätte so viel Besseres zu tun gehabt, als dem schnöden Mammon zu frönen. Ihr spannendes Buch weiterlesen, Haare mit Henna färben, Glasketten basteln, einen Leserbrief an die *taz* schreiben …

Mir war klar, dass ich Lena etwas bieten musste, wenn ich sie ansatzweise interessieren wollte. Ich ging mit ihr in den Osten der Stadt, in die aufstrebenden kreativen Teile, wo die Szene sich gern selbst feierte.

Hier kannte ich einige Nachwuchsdesigner, die, sowohl was ausgefallene Kleider als auch die, was das Budget anging, zu Lena passten.

»Sieh mal, Lotte, das gepunktete Kleid gefällt mir super.«

Aha, der Funke war übergesprungen! Die Designerin war ebenfalls nach Lenas Geschmack. Nur Einzelstücke, die sie selbst anfertigte und von denen sie sich nur schwer trennen konnte.

»Da pochen se alle immer auf ihre Einzigartigkeit, und dann kaufen se sich alle det Gleiche vonner Stange, am besten noch von der gleichen Marke, wie die Schafe, mäh!«

Mit diesem Statement war das Kleid so gut wie gekauft. Damit hatte sie Lena in der Tasche. Wenn jetzt noch das Kleid passte …

Lena zog es über.

Es stand ihr ausgezeichnet. Sie sah weder verkleidet aus noch zu fein, aber für den Anlass absolut passend. Und das Beste war, sie musste sich überhaupt nicht verbiegen.

»Ick kann dir det anner Seite schnell noch 'n bisschen mehr auf Taille machen, wenn de willst«, bot Lenas neue Freundin an.

Das Angebot nahm Lena gerne an, und während die Designerin im Nebenzimmer mit der Nähmaschine ratterte, wurde Lena gar nicht müde zu betonen, dass man solche Läden, vor allem die Menschen mit ihrer Kunst, unbedingt unterstützen müsse.

»Weißt du, Lotte, da zahl ich auch gerne mal 'nen Euro mehr, wenn ich weiß, ich habe ein Unikat dafür und gleichzeitig eine junge Kreative unterstützt.«

Mein Handy klingelte. Es würde doch nicht Justus sein, der in letzter Minute absagte!

»Charlotte! Du musst sofort nach Hause kommen. Es ist etwas Schreckliches passiert!«

Es war meine Mutter, völlig außer Atem und ohne einen aufgesetzten Akzent.

Das machte mir Angst.

»Ist was mit dir, Papa oder Caroline?«

»Nein, uns geht's allen gut, aber du musst sofort kommen, verstehst du. Ich kann jetzt nicht reden!«

»Lena, wir müssen sofort zu meinen Eltern. Irgendwas ist passiert!«

Sie zahlte, packte das Kleid ein, und wir rannten zum Auto. Ich fuhr wie eine Bekloppte und war in Rekordzeit am Haus meiner Eltern angelangt.

Marlenes Wagen parkte in der Einfahrt. Natürlich war sie nie weit, wenn etwas Aufregendes passiert war.

Kaum hatte ich die Tür aufgeschlossen, da hörte ich auch schon ein Schluchzen aus dem Salon.

Uns blickte eine rot verheulte Katharina entgegen, eingehüllt in eine Decke und rechts und links von meiner Mutter und Marlene eingesäumt, die ihr beruhigend auf die Schulter klopften.

Als Katharina uns erblickte, schluchzte sie noch lauter. Marlene nahm ihre Hand.

»Prinzessin, alles wird gut, du wirst sehen!«

»Gar nichts wird gut«, fauchte Katharina unter Tränen zurück. »Yannick hat mich verlassen, und die Hochzeit ist abgeblasen. Diese Blamage! Diese Blamage!«

Zum Glück, wenn das alles war!

Lena und ich schauten uns erleichtert an.

»Jetzt weißt du wenigstens, wie du deine Zeit bis zum Treffen mit Justus herumbringst«, flüsterte sie mir zu.

Bertha kam mit einer dampfenden Hühnersuppe herein.

»Stell ruhig ab, Bertha, und bring bitte noch einen Sherry.« Meine Mutter war in ihrem Element. Aufregende Dinge gingen vor sich, und das in ihrem Haus. Der Gesprächsstoff war auf Wochen hinaus gesichert.

»Was ist denn genau passiert? Yannick hat Katharina verlassen?«

Alle drei nickten.

»Das ist wirklich schlimm«, sagte ich, aber nicht wirklich verwunderlich, dachte ich, denn wer die beiden zusammen erlebt hatte, musste sich eh fragen, was sie aneinander fanden, so wenig, wie sie gemeinsam hatten. Yannick hatte nie besonders glücklich gewirkt, was Katharina in ihrem Hochzeitswahn überhaupt nicht bemerken wollte.

»Das ist schlimm? Das ist eine K-a-t-a-s-t-r-o-p-h-e!«, schrie Katharina hysterisch, während Marlene ihr beruhigend über den Kopf fuhr.

Lena versuchte den Schub zu unterbrechen und das Geschrei wieder in normale Gesprächsbahnen zu lenken.

»Ist denn was vorgefallen?«

Das war wohl die falsche Frage.

»Tut doch nicht so scheinheilig! Als ob ihr das nicht wüsstet!« Katharina geriet außer sich.

Langsam wurde die Situation absurd.

»Wir wissen nicht, worauf du hinauswillst.«

Meine Mutter zog die Augenbrauen hoch.

»Ja, wisst ihr denn etwa nicht, für wen er Katharina verlassen hat?«

»Neihein, würden wir sonst so bedeppert dastehen?«

Im Prinzip war mir auch gleichgültig, für wen Katharina verlassen worden war, ich konnte Yannick nur zu gut verstehen.

»Na, für Tim. Euren Tim!«

Okay. Es war mir nicht gleichgültig.

Lena fing an zu kichern und verdrückte sich schnell auf die Toilette.

Katharina tobte. »Er hat mir nicht nur meine Hochzeit verdorben, sondern aus Yannick einen Schwulen gemacht.«

»Schwul zu sein ist nicht ansteckend, Katharina!«, rief Lena immer noch fröhlich von der Gästetoilette herüber. Ich konnte an ihrer Stimme hören, dass sie Tränen gelacht hatte.

»Diese Blamage! Nicht nur Katharina verlassen, auch noch schwul!« Marlene stand vor einer Ohnmacht.

Meine Mutter schenkte Sherry für alle ein und nahm als Erste einen Schluck aus ihrem Glas. Dann fragte sie: »Lotte, hast du davon was gewusst? Ist dir nie was aufgefallen?«

Machte sie Witze? Ich war genauso verdutzt wie sie. »Nee, wie denn? Wann hat er es denn gesagt?«

»Heute Morgen. Nachdem er die ganze Nacht nicht nach Hause gekommen war. Auf der *TV-plus*-Preisverleihung war er schon mit Tim die ganze Nacht weg gewesen. Ich war müde und bin früher nach Hause. Wer denkt denn auch an so was?« Katharina war erbost.

Deshalb war Tim so gut gelaunt gewesen! Und deshalb hatte er noch zwei Karten aufgetrieben!

»Heute Morgen hat Yannick es mir dann gesagt. Er sprach von Liebe auf den ersten Blick und dass er erst durch Tim glücklich sei, nach allem, was ich für ihn getan habe!« Marlene fasste sich an die Schläfen und begann sie in kreisenden Bewegungen zu massieren.

»Ich bekomme Migräne. Glaubst du denn, er war schon immer schwul, oder hat Tim ihn da in was reingetrieben?«

Lena sah mich fassungslos an.

»Tim kann sicher 'ne Menge, aber einen Hetero zum Schwulen bekehren ganz bestimmt nicht. Euch ist schon klar, dass man schwul geboren wird und nicht wie eine Konfession annimmt.«

»Aber er wirkte gar nicht so wie vom anderen Ufer!«, gab meine Mutter hilfreich zu Protokoll.

War es denn zu fassen? Solche Kommentare im 21. Jahrhundert, wo selbst in jeder Soap ein schwules Pärchen mitspielte!

»Mama, es gibt genug Schwule, die du nie erkennen würdest, weil sie nicht tuckig sind. Bei Tim zum Beispiel hättest du auch nie gedacht, dass er schwul ist. Und bloß weil Yannick nicht ›Hach!‹ schreit und eine hohe Stimme hat oder sonst irgendwelche Klischees erfüllt, kann er trotzdem schwul sein.«

Katharina griff zur Tissue-Box.

»Aber warum passiert das mir? Ausgerechnet mir?«

Ja, darauf hätte ich ihr aus dem Stand hundert Gründe nennen können.

Warum hatte ich nur das Gefühl, dass Katharina überhaupt nicht Yannick nachtrauerte, sondern ihrer verpatzten Hochzeit? Im ersten Moment hatte sie mir Leid getan, und unter anderen Umständen war eine solche Nachricht sicher ein Schock und konnte tiefe Wunden schlagen, doch Katharina war es von Anfang an nur um die Hochzeit gegangen, weniger um Yannick.

Lena schaltete sich ein.

»Sieh es doch mal positiv. Besser, er merkt es jetzt und nicht erst, wenn ihr verheiratet seid und Kinder habt. Du wirst jemanden finden, der besser zu dir passt, und dann kannst du deine Hochzeit immer noch so feiern, wie du es vorhattest.«

»Ich will aber jetzt heiraten!«, stampfte Katharina auf. Genauso reizend war sie schon als kleines Mädchen gewesen. Ich will, ich will, ich will!

Marlene gab ihr Sherry, meine Mutter saß ratlos daneben.

»Und schuld ist Tim! Wenn er nicht gewesen wäre, würde ich jetzt heiraten, und wenn Lotte nicht bei *TV-plus* angefangen hätte, wäre Tim nie auf Yannick getroffen!«

»Willst du damit sagen, Charlotte ist schuld?«, fragte meine Mutter spitz.

»Na, ich habe keinen Umgang mit Schwulen, bei mir konnte er keinen treffen!«

Katharina war in der Trotzphase angelangt.

»Das ist lächerlich! Marlene, sag doch du mal was!« Meine Mutter griff tatsächlich Katharina an.

»Na, in gewisser Weise ist das durchaus logisch, was sie sagt!«

Marlene und meine Mutter kamen sich in die Haare! Dass ich das erleben durfte!

Lena und ich hatten genug.

»Wir gehen jetzt wieder mit unseren schwulen Freunden spielen, mal sehen, welches Pärchen wir noch auseinander bringen können.«

Kopfschüttelnd machten wir uns auf den Weg. In der Tür wandte Lena sich noch einmal kurz um und rief: »Ach Katharina, wenn man dich so erlebt, kann ich nur sagen, dass Yannick eine gute Wahl getroffen hat, bei Tim hat er es bestimmt besser!«

Als Antwort stieß Katharina einen empörten Schrei aus, und meine Mutter eilte uns hinterher.

»Das war nicht nett, Lena. Aber ihr habt ja Recht. Es geht ihr nicht um Yannick, sondern um die Hochzeit und die Schmach. Sie hat ihn nicht wirklich geliebt, sondern sein Aussehen, seine Manieren und sein Zuhause als dekorativ empfunden. Yannick ist ein netter junger Mann und Tim auch. Außerdem habe ich viele Freunde vom anderen Ufer. Die sind immer so kreativ!«, versuchte sie zu retten, was zu retten war.

Unglaublich, dass meine Mutter sich nicht auf Marlenes Seite schlug, auch wenn sie Ausdrücke wie »vom anderen Ufer« verwendete.

»Mama, ich muss jetzt. Ich treffe mich gleich mit Justus!«

Sofort war sie wieder die Alte.

»Das ist schön, *Carlotta*! Lass ihn ja nicht entwischen, ja? Ich muss jetzt erst mal meinen Bridgedamen absagen. Die wollten ja gleich kommen. Na ja, bei der Geschichte werden sie sicher Verständnis haben.«

Nur zu gut konnte ich mir vorstellen, wie meine Mutter mit gedämpfter Stimme die schreckliche Nachricht weitergab, innerlich frohlockend, die Erste zu sein, die es erzählte, und zur Abwechslung nicht persönlich in den Klatsch involviert zu sein, sondern die stets tadellose Marlene ihr Fett abbekommen zu lassen.

vierunddreißig

Im Auto lachten Lena und ich lauthals los und konnten uns gar nicht mehr einkriegen.

»Ruf mal Tim an.«

Ich wählte seine Nummer.

»Ja?« Tim meldete sich nicht wie sonst mit seinem Namen. Wahrscheinlich hatte er Angst vor Katharinas und Marlenes Vergeltungsanschlägen.

»Hier spricht Katharinas Mutter Marlene. Was haben Sie mit meinem Schwiegersohn gemacht?«

»Haha, sehr witzig, Lotte! Hast du es also schon erfahren.«

»Erfahren ist gut. Ich durfte das Drama hautnah miterleben. Aber davon mal abgesehen: Herzlichen Glückwunsch! Yannick ist super.«

Tim war erleichtert, ich war mir nicht sicher, was er erwartet hatte. Eine Szene, Beendigung unserer Freundschaft?

»Ach Lotte. Ich bin froh, dass du nicht sauer bist. Ich kann dir versichern: So glücklich wie Yannick und ich jetzt sind, so unglücklich war er mit Katharina. Aber einfach war es nicht. Ich hatte mich ja sofort in ihn verknallt und er angeblich auch in mich. Hat aber 'ne Weile gedauert, bis wir uns getraut haben, uns das einzugestehen.«

Was für ein Tag! Ich setzte Lena zu Hause ab und fuhr direkt zum Friedhof. Ich hatte nicht mal mehr Zeit gehabt, mich umzuziehen.

Justus wartete bereits. Mich überkam ein warmes, sicheres Gefühl, wie ich ihn da stehen sah, zum ersten Mal war mir nicht schlecht, und mein Magen hielt still. Es war schon ziemlich kalt, typisches Herbstende, mit bunten Blättern an immer kahler werdenden Ästen.

»Schön hier. Um diese Zeit war ich noch nie da. Gehen wir ein Stück?«

Langsam schlenderten wir los.

Zuerst verwickelte er mich in belanglosen Smalltalk. Doch dann ging er in medias res.

»Meinst du, du könntest mir die Sache mit Annabelle verzeihen?«

»Kommt darauf an. Wie ist es denn überhaupt dazu gekommen?«

Justus blieb stehen.

»An dem besagten Abend, als du mich zu Recht weggeschickt hast und sagtest, du wolltest mich nie wieder sehen, bin ich durchgedreht. Ich bin in den Club, habe mir was geschmissen, dazu getrunken und habe in vollkommen verwirrtem Zustand Ulli Becker angerufen. Am Telefon habe ich ihr mein Leid geklagt. Sie war sehr verständnisvoll, aber auch besorgt und meinte, es sei nicht gut, wenn ich in diesem Zustand alleine sei. Sie würde gleich vorbeikommen. Doch anstatt selbst zu kommen, schickte sie Annabelle, die sich in ihrem Sinne um mich kümmerte. Lotte, ich weiß, dass es billig klingt, wenn ich sage, ich habe nichts mehr mitgekriegt, weil ich mich so abgeschossen hatte, aber so war es. Ich weiß, ausgerechnet mit Annabelle, die eh ein rotes Tuch für dich war. Aber weißt du, ein Gutes hatte die Sache. Sie hat mir die Augen geöffnet, wie Ulli Becker wirklich ist.«

»Wieso, weil sie nicht selber gekommen ist, sondern Annabelle geschickt hat?«

»Nein, weil sie Annabelle und den dazugehörenden Paparazzo geschickt hat.«

»Wie bitte?«

»Du hörst richtig. Die Sache war eingefädelt. Ulli hatte meinen

Zustand gleich erkannt, Annabelle geschickt und einen bekannten Fotografen. Die Fotos hat sie der Presse zugespielt. Habe ich durch meinen Anwalt erfahren, der das Blatt für mich verklagen sollte. Was mich am meisten verletzt hatte, war, dass Ulli Becker meine Familiengeschichte kennt und sich vorstellen konnte, wie gestört ich auf Paparazzifotos reagieren würde. Zum Glück hat sie eine Schweigeklausel in ihrem Vertrag und muss richtig viel Asche hinlegen, falls sie meine Identität lüftet.«

Sieh mal an. Ulli Becker, die Seriöse. Das waren ja zwielichtige Spielchen.

»Heißt das, Annabelle war beauftragt, mit dir rumzumachen?«

Justus grinste. »Nee, also so übel bin ich dann doch nicht, dass man Annabelle zwingen müsste. Aber lass uns nicht mehr über Annabelle sprechen. Auch wenn das Ganze eingefädelt war, so habe ich mich nicht mit Ruhm bekleckert. Es gehören immer zwei dazu, und ich möchte meine Verantwortung nicht auf Annabelle abwälzen. Das wäre unfair. Ulli Becker wusste auf alle Fälle, dass sich Annabelle die Chance, mich zu trösten, nicht entgehen lassen würde.«

Das musste ich erst mal alles setzen lassen.

»Weißt du, was ich nicht versteh, Justus? Ich habe mir den Kopf zerbrochen, warum Ulli Becker auf Teufel komm raus versucht hat, den Film und euch in die Schlagzeilen zu bringen, ich dachte erst, dass der Film vielleicht so schlecht ist, dass der die Promotion braucht. Doch dann habe ich ihn zufällig in 'ner Sneak Preview gesehen und muss sagen, dass der Film gut ist. Der bräuchte das Tamtam gar nicht.«

Wir gingen ein Stück weiter. Es war so still, so friedlich und kaum Menschen unterwegs.

»Da hast du gut aufgepasst, Charlotte. Aber was wäre, wenn Ulli und ihr lieber Mann Uli kurz vor einer Scheidung stehen würden und sie finanziell alles rausholen wollte, was möglich war? Was wäre, wenn die beiden eine Zugewinngemeinschaft wären und sie für alles 50 Prozent bekommt? Wäre es da nicht ein Anreiz, den Film in aller Munde sein zu lassen, vor allem, wenn man hehre Pläne hat, selbst als Produzentin einzusteigen, da man ja sozusagen die Schauspielerschäfchen eh schon betreut? Würde das nicht Sinn ergeben?«

Ich stand mit offenem Mund da.

»Sag nicht, dass das so ist!«

»Und ob!«

Ha! Ulli und Uli, das Dreamteam. Hatte ich doch gleich gesagt, dass das nicht passt. Du, Ulli, ich find dich doof. Ich dich auch, Uli. *Nomen est omen*. Die Scheidung stellte ich mir lustig vor. Ich vertrete Uli Becker. Und ich vertrete Ulli Becker. Wir entscheiden heute im Fall der Eheleute Ulli und Uli Becker. War bestimmt der Knaller in deutschen Gerichtssälen. Gekicher hinter vorgehaltener Hand am Richtertisch. Ich hab heute den U-und-U-Fall, du weißt schon, Ulli gegen Uli Becker!

Allein die Kennenlernphase der beiden musste ein echter Spaß gewesen sein.

Du, Ulli, da hat ein Uli für dich angerufen. Oder der erste Liebesbrief. Liebe Ulli, ich liebe dich. Dein Uli. Ach, ich hätte noch tausend Situationen kreieren können, zum Beispiel bei der Hochzeit. Nimmst du, Ulli, diesen Mann, und nimmst du, Uli, diese Frau, äh ja – was denn jetzt, wer denn jetzt? Hiermit erkläre ich euch zu Uli und Ulli.

»Worüber denkst du nach?«

»Och, nichts Besonderes.«

Justus sah mich lange an, und da war es wieder, dieses Kribbeln.

»Sag, Charlotte. Kannst du dir vorstellen, dass wir es noch einmal versuchen, diesmal mit offenen Karten?«

Ich zögerte kurz, nicht, weil ich nicht wollte – wenn es nach meinem Herzen gegangen wäre, hinge ich schon in diesem Moment an seinem Hals – nein, ich wollte die Bedingungen klarmachen.

»Also, falls wir es noch mal versuchen würden, müsste sich einiges ändern. Ich habe lange nachgedacht, und irgendwie war bisher alles unglaublich aufregend, aber auch so surreal. Ich meine, du hast mich noch nie erlebt, wenn ich schlecht drauf bin oder krank im Bett liege, beschissen aussehe und richtig garstig bin. Wir haben noch nicht einmal ansatzweise einen Alltag zusammen erlebt. Ich meine, diese Aktionen, auf 'ne einsame Insel abzuhauen, mir nach Paris nachzufliegen, auf glamourösen Events zu sein – das ist superromantisch und genau das, was ich auch will, aber eben im richtigen Maß. Das ist wieder das Schokoladensyndrom: Jeden Tag schmeckt sie auch nicht. Ich möchte einfach, dass wir ein normales Paar sind, das sicher Dinge erlebt, die andere nicht so erleben können, die aber auch kein Drehbuch spielen oder ihre Masken auflassen, anstatt mit einer gewissen Bodenhaftung ihr Leben zu teilen. Verstehst du das? Keine Show mehr!« Unsicher schaute ich Justus an. Verstand er, was ich wollte?

»Charlotte. Du sprichst mir aus der Seele. Weißt du, wie lange ich nach einem Menschen suche, bei dem ich mich endlich fallen lassen kann, ohne meine Vergangenheit erklären oder den tollen Justus Staufen markieren zu müssen. Bei dir habe ich gleich gespürt, dass du tatsächlich mich willst, und ich sage dir, mich haben zu wollen, bedeutet 'ne Menge. Ich habe vor vielen Sachen Angst, mich plagen Unsicherheiten, die andere nie sehen, wozu bin ich auch Schauspieler? Manchmal bin ich viel zu impulsiv und ruhe nicht in mir, um nur einige Punkte aufzuzählen.«

Zum ersten Mal hatte ich das Gefühl, dass wir uns echt anfühlten. Authentisch, ohne Angst. »Lass es uns einfach langsam angehen und schauen, Justus!«

fünfunddreißig

»Lena, bist du fertig? Wir müssen los!«

»Tadaaa, da bin ich. Und wie seh ich aus?«

Unkonventionell, aber interessant wie immer. Den 20er-Jahren entsprungen, mit ondulierten Haaren, langer Kette, einer Stirnfeder und einem schwarzen, mit Pailletten bestickten Kleid, dessen lange Fransen bei jeder Bewegung baumelten. In der Hand trug sie einen Zigarettenhalter, und die Augen waren großflächig dunkel geschminkt.

»Super! Man denkt, du fängst jeden Moment an, Charleston zu tanzen.«

»Ja, nicht? Habe ich alles auf dem Flohmarkt gefunden!«

Wir waren auf dem Weg zum dreißigsten Hochzeitstag meiner Eltern. Natürlich ließ sich meine Mutter nicht die Gelegenheit entgehen, ein Fest zu geben. Mein Vater, der es hasste, im Mittelpunkt zu stehen, musste gezwungenermaßen mitmachen. Auf der Einladung hatte im Übrigen gestanden, dass die Damen sich dem Anlass gerecht in weißer Abendgarderobe einfinden sollten, die Herren im Smoking.

Natürlich ließ Lena sich ihren Auftritt als schwarzes Schaf nicht entgehen und hatte fieberhaft nach einem durch und durch schwarzen Outfit gesucht. »Diese Gleichmacherei ist doch das Letzte! Typisch deutsch! So 'ne Vereinsmeierei im Partnerlook. Wo bleibt da die Vielfalt!« Ich freute mich jetzt schon auf die entsetzten Gesichter. Als brave Tochter kam ich natürlich in einem weißen Kleid, denn im Gegensatz zu Lena, die neuerdings ja als Rebell gefeiert wurde, durfte ich mit null Toleranz und Zeter und Mordio rechnen, wenn ich solch einen Auftritt wagen würde.

Als wir die Auffahrt hochfuhren, sah ich schon, dass die Gärtner ganze Arbeit geleistet hatten. Überall waren Maiglöckchen, weiße Lilien und rosarote Landhausrosen verteilt. Dazu weiße Bänder und Efeu, wohin man auch blickte. Wie immer, wenn meine Mutter feierte, war sogar das Wetter schön. Ein strahlender Frühlingstag und weiß gekleidete Damen und Herren im Smoking.

»Wenn man es nicht wüsste, könnte man meinen, aus Versehen auf einer dieser Hochzeitsmessen gelandet zu sein«, stänkerte Lena, die sich umso mehr auf ihren Auftritt freute.

Kaum waren wir ausgestiegen, da hatte meine Mutter uns auch schon entdeckt. Sofort kam sie auf uns zugestürmt und begutachtete Lenas Aufmachung mit deutlichem Missfallen. Sie zog mich beiseite.

»Hast du Lena nicht Bescheid gegeben? Das ist doch keine Beerdigung hier! Was sollen denn die Leute denken? Jetzt wird jeder fragen, was es mit dem schwarzen Kleid auf sich hat. Mein Hochzeitsfest ist ruiniert!«

»Ruiniert« zog sie besonders in die Länge, um es noch theatralischer wirken zu lassen.

Schon eilte Marlene zu Hilfe.

»Unmöglich. Das war ja wieder klar, dass sie sich nicht an den Kleiderkodex halten wird! Ich bewundere deine Geduld, liebe *Susanna*! Dass du sie immer noch einlädst, zeigt dein großes Herz!«

Das gefiel meiner Mutter: als gnädige Wohltäterin aufzutreten.

»Was soll ich denn machen? Sie ist doch *Carlottas* Freundin und außerdem mit Casper Kröger liiert. Wie der das erträgt, ist mir allerdings schleierhaft. Ich finde ja auch, dass Frau Kröger sehr gealtert ist, seit diese Liaison besteht.«

Kopfschüttelnd gingen die beiden ins Haus, Lena, die bereits vorausgegangen war, erwartete mich mit einem zufriedenen Grinsen.

»Und wie war ich? Die Party schon nach zwei Minuten gesprengt? Ich werde immer besser!«

Casper stand neben ihr und reichte mir ein Glas.

»Hier, Lotte, trink. Gemeinsam sind wir stark. Man weiß ja nie, was Lena sich als Nächstes einfallen lässt.« Dabei setzte er ein leidendes Gesicht auf. In Wirklichkeit war es aber genau Lenas streitbarer Geist, das Unvorhersehbare an ihr, das ihn fesselte. Klar, wenn man aus einer Welt kam, in der die Morgenzeitung vom Dienstmädchen gebügelt wurde, damit den Herrschaften keine Druckerschwärze an den Fingern kleben blieb!

»Lotte! Da bist du ja!«

Eine aufgeregte Caroline kam auf mich zugerannt.

»Wir sind gerade gelandet. Hab mich im Taxi schon umgezogen. Ach, das ist übrigens Laurent.«

Neues Spiel, neues Glück. Diesmal ein Franzose, wie passend zu einem Fest der Liebe!

Ich freute mich, Caroline wiederzusehen, vor allem unter besseren Vorzeichen.

»Wo sind denn unsere Eltern?«

»Im Garten vor dem Pavillon mit dem Fotografen.«

Und weg war sie.

Dafür trudelte Mimi mit Tim, Yannick und Felix ein.

Felix sah verkleidet aus in seinem Smoking und fühlte sich sichtlich unwohl, was man von Tim und Yannick nicht behaupten konnte.

»Wo sind denn deine Eltern? Wir haben ein Geschenk dabei!«

»Kommt mit, ich bring euch hin.«

Lena flüsterte: »Wie hast du denn das geschafft, dass Tim und Yannick eingeladen wurden?«

»Meine Mutter fand, das gebe ihrem Fest einen Hauch von *liberté*. Wahrscheinlich wollte sie nur Marlene ärgern und für Gesprächsstoff sorgen, was sie aber im Leben nie zugeben würde. Ein Alibi hat sie ja. Es sind schließlich Freunde von mir.«

»Wenn sie dich und deine missratenen Freunde nicht hätte, wäre ihr Leben nur halb so spannend.«

Da war allerdings etwas dran.

Das Fotoshooting meiner Eltern war in vollem Gange. Während mein Vater sich sichtlich unwohl ob des Rummels fühlte und sein gleich bleibendes Fotogesicht aufsetzte, hatte meine Mutter großen Spaß und nahm eine Pose nach der anderen ein. »Hallo, ihr Lieben! Das ist ja schön, dass ihr kommen konntet! Ein Geschenk für uns? Ach, wie reizend. Stellt es bitte auf den Geschenketisch, ja? Ach, Tim und Yannick. Bleibt ihr schnell da? Ich hätte zu gerne ein Foto mit euch beiden. Zwei so gut aussehende junge Männer hat man ja nicht alle Tage!«

Wie peinlich! Meine Mutter hatte ihre Ich-bin-eine-aufgeklärte-Weltbürgerin-und-das-bin-ich-mit-meinen-schwulen-Bekannten-auf-dem-Foto-Phase.

Ausgerechnet in dem Moment, als sich die drei umeinander drapiert hatten, lief Katharina vorbei. Sofort machte sie eine Kehrtwende, nicht etwa, weil sie so verletzt war, Yannick und Tim zu sehen, nein, sie kehrte schnell um, um ihren neuen Ersatzverlobten zu holen, damit er mal den schwulen Ex sehen konnte.

»Der Rechte ist es!«, zeigte Katharina so gar nicht fein auf Yannick.

Jörg, ihr neuer Verlobter, der mit ihr die Hochzeit exakt wie geplant durchführen würde, schüttelte den Kopf! »Sei froh, dass das vorbei ist, Sonnenschein!«, und zog sie weiter.

Einige Meter entfernt hörte ich, wie die beiden mit Marlene diskutierten, wer bei Tim und Yannick wohl die Frau sei. Nicht auszuhalten!

Das Shooting war vorbei, und meine Mutter eilte auf mich zu.

»*Carlotta*, wir wollen gleich mit der Zeremonie beginnen. Wann kommt denn Justus?«

»Ich habe dir gesagt, dass er es zur Zeremonie nicht schaffen wird. Seine Vorstellung fängt jetzt erst an.«

Verständnisvoll nickte sie. »Ja, so ist das, wenn man Künstler ist. Kein leichtes Brot ist das … Aber zum Essen ist er da?«

»Ja, Mama!«

Zufrieden ging sie weiter. Der Tag war gerettet.

Caroline kam mir mit zwei Gläsern Champagner entgegen.

»So, Schwesterlein. Jetzt lass uns mal anstoßen! Auf die Liebe und das Leben!«

Zwei Dinge, auf die man immer trinken konnte.

»Sag mal, Lotte. Ich hab gerade Mimi kennen gelernt. Die ist ja ein Geschoss! Alle Achtung. Dass die Männer da scharenweise umfallen, wundert mich nicht. Hat sie eigentlich noch den Popstar?«

»Um Himmels willen nein! Zum Glück nicht mehr! Und sprich sie ja nicht darauf an, hörst du?«

Carolines Neugierde war geweckt.

»Wieso, was ist denn passiert?«

»Der Popstar hatte sie spontan nach Südamerika eingeladen. Leider wurde Mimi in letzter Minute krank, konnte nicht mit, musste zu Hause bleiben und durfte live dabei sein, wie ein Interview mit ihm und seiner Frau ausgestrahlt wurde, in dem sie gegenseitig versichern, wie sehr sie sich nach all den Jahren lieben und was für eine wichtige Rolle Treue spielt. Böse Zungen behaupten, das Timing und die Einladung der Reise war extra so gelegt, dass Mimi eigentlich außer Landes gewesen wäre. Na ja, das war schon hart genug, aber den Rest hat ihr schließlich gegeben, dass der Popstar nicht alleine nach Südamerika aufgebrochen ist, sondern sich ein neues junges Ding mitnahm.«

»So ein Arsch! Und jetzt?«

»Jetzt ist endgültig Schluss. Es wird wohl dauern, bis sie drüber weg ist, aber sie macht schon Fortschritte. Und außerdem weicht Felix ihr nicht von der Seite und muntert sie auf. Vielleicht findet sie ihn ja irgendwann sogar gut.«

»Wer findet wen gut?«

Die anderen waren zu uns getreten.

»Nichts Wichtiges«, bog ich schnell ab.

Zum Glück wurden alle in das eigens aufgebaute Hochzeitszelt gerufen, wo meine Eltern sich gleich noch mal das Jawort geben würden. Zumindest meine Mutter, bei meinem Vater würde mich ein zaghaftes »Vielleicht« auch nicht überraschen.

Jeder nahm seinen Platz ein, der Hochzeitsmarsch erklang, und meine Eltern kamen gemeinsam den Gang entlang. Wer meine Mutter kannte, wusste, dass sie auf nichts verzichtet hatte, und so folgten ihnen kleine Blumenmädchen, die Rosenblätter streuten.

Mir kam ein Verdacht. Bestimmt hatten die Vorbereitungen für Katharinas Hochzeit sie inspiriert, und da weder Caroline noch ich zur Verfügung standen, für die man eine prunkvolle Hochzeit hätte ausrichten können, veranstaltete sie eben ihre eigene. Zu helfen wusste sie sich ja schon immer.

Meine Theorie bestätigte sich, als sie nach der Zeremonie und den freigelassenen weißen Tauben – wie gesagt, es wurde kein Klischee ausgelassen – zu Caroline und mir eilte.

»Na, seid ihr auf den Geschmack gekommen?«

Zum guten Glück war Justus nicht da, und Carolines Franzose verstand kein Deutsch.

Als weder Caroline noch ich gebührend reagierten, rauschte sie zum Geschenketisch weiter und fing an, einige Geschenke unauffällig in die Hand zu heben und sie zu schütteln, um zu erraten, was wohl darin sei. In dieser Hinsicht war meine Mutter wie ein kleines Kind. Sie liebte es, Geschenke zu bekommen, und konnte es kaum erwarten, sie auszupacken.

Wir schauten ihr amüsiert zu, vor allem, da sie sich unbeobachtet wähnte.

»Hoffentlich schüttelt sie unseres nicht zu doll, da sind mundgeblasene Kristallchampagnerflöten drin«, lachte Mimi.

»Also wirklich, Mimi, das ist übertrieben. Ihr solltet nur eine Kleinigkeit besorgen.«

Sie winkte ab.

»Lass mal gut sein. Hat der Popstar gezahlt.«

»Ach so, na dann!«

Lena verstand gar nichts.

»Mimi hat noch eine Kreditkarte von ihm, die nächste Woche ausläuft. Wir kommen in letzter Zeit gar nicht mehr dazu, was zu zahlen, da Mimi uns alle zum Essen oder Trinken oder ins Kino einlädt. *Lass doch mal den Popstar zahlen* ist ein geflügeltes Wort.«

»Aha. Findet ihr das nicht albern und unter eurer Würde? Mit dem Geld könnte man wahrlich etwas Sinnvolleres anfangen, als profane Alltagsrechnungen zu begleichen. Was meint ihr, wie die Frauenhäuser zum Beispiel sich freuen würden oder der AStA!«

Mimi sah sie entzückt an. »Aber natürlich. Hier hast du die Karte. Kann man bei denen auch per Karte spenden?«

»Bestimmt! Wie lange, sagst du, ist die noch gültig? Bis nächste Woche? Da fallen mir noch einige Organisationen ein.«

Casper hielt sich die Ohren zu.

»Als dein Anwalt habe ich natürlich nichts dergleichen gehört.«

»Na, hängt der Haussegen wieder schief?«

»Justus!«

Vor mir stand Justus, immer noch in seinen Theaterklamotten und geschminkt.

»Und, wie war die Vorstellung hier?«

»Wie immer – bühnenreif.«

Er küsste mich.

»Sag, können wir schnell reingehen? Ich möchte mich duschen und umziehen, bevor mich deine Mutter sieht.«

»Klar!«

Ich schleuste Justus an den anderen Gästen vorbei unters Dach, wo er ungestört duschen konnte.

Ich setzte mich auf den Klodeckel, während er unter die Dusche sprang.

»Und was hab ich verpasst?«

»Blumenkinder, weiße Tauben, den Hochzeitsmarsch, Lenas Auftritt als schwarzes Schaf, Mimis Geschenk, das der Popstar gezahlt hat, ach ja, und Caroline hat einen neuen Freund.«

»Was für ein Landsmann diesmal?«

»Einen Franzosen!«

»Wurde ja auch langsam Zeit. Allzu lange ist sie ja nicht mehr in Paris.«

»Stimmt, da sollte ich sie noch mal besuchen. Dieses Mal könnte ich vielleicht sogar die Zeit dort genießen.«

»Ha, ha, sehr witzig!«

Justus schwenkte den Duschkopf kurz in meine Richtung, um mich nass zu spritzen.

»Ja, jetzt kannste gleich als *Miss-Wet-T-Shirt* runtergehen, du freches Stück!« Sprach's, trocknete sich ab und zog sich seinen Smoking an. Er stand ihm gut – viel zu gut.

»Kann ich so gehen?«

Er zog mich an sich.

»Ja, pass auf, dass meine Mutter dich nicht heiratet!«

Wir küssten uns und gingen nach draußen.

»Na, ihr Turteltäubchen! Da kommt ihr gerade richtig. Wir wollen gleich die Torte anschneiden gehen.« Meine Mutter umarmte Justus.

»Fabelhaft siehst du wieder aus, einfach fabelhaft! Und ihr beiden erst zusammen. Man könnte glatt meinen, ihr beiden wärt das Hochzeitspaar.«

»Netter Versuch, Mama. Justus hält nichts vom Heiraten und ich auch nicht.«

Sie seufzte. »Ja, die Künstler! Das muss man verstehen.«

Mein Vater klopfte Justus auf die Schulter, ob Beifall spendend oder mitfühlend, konnte ich nicht ganz erkennen. »Zum Glück habe ich Verstärkung in diesem Weiberhaushalt bekommen. Wir müssen uns mehr zusammentun«, raunte er Justus hörbar zu. Mein Vater war schon nicht mehr ganz nüchtern.

»Machen wir!« Justus wusste, wie man mit meinem Vater umgehen musste.

Katharina und ihr neuer Verlobter schlichen, kaum dass sie Justus erblickt hatten, um ihn herum.

»Hallo, Justus. Na, wie geht's? Wollte dir noch mal zu deinem riesigen Erfolg mit *Erspare dir die Liebe* gratulieren! Super Film! Und ausgezeichnet ist er auch noch worden! Wann fängst du denn wieder an zu filmen?«

»Erst im Herbst. Ich brauche dieses halbe Jahr Theaterspielen einfach. Endlich am Stück in einer Stadt sein und Charlotte regelmäßig sehen können.«

Hach, war er nicht charmant!

Und das, obwohl wir jetzt fast ein Jahr zusammen waren. Na ja, genau gerechnet ein halbes, ohne die Pause.

Katharina wollte etwas von Justus, sie war nicht sehr gut im Verstecken.

»Und was macht ihr diesen Sommer?«

Justus, stets höflich, antwortete: »Wir wollten erst meinen Vater in Wien und dann meine Mutter in New York besuchen. Je nachdem, wie Charlotte freibekommt.«

»Also wir ...«, setzte Katharina an, »wir werden ja auf die Bahamas fliegen, sozusagen als Flitterwochen im Anschluss an die Hochzeit.«

Nein! War das die Möglichkeit?

»Wo wir gerade über die Hochzeit sprechen«, druckste Katharina herum.

»Würdest du für uns ein Gedicht oder so was vortragen?«

Na also, ging doch ganz einfach! Jetzt war es raus.

»Aber das mache ich gerne, Katharina!«

Glückselig drehte sie mit ihrem neuen Verlobten ab und spielte an ihrem Verlobungsring, den sie übrigens praktischerweise von Yannick gleich behalten hatte, schließlich konnte der Ring ja nichts dafür.

»Ich könnte vielleicht nach Wilhelm Busch zitieren: ›Julchen ist nun wirklich groß, pfiffig, fett und tadellos. Und mit teilnahmsvollem Sinn schaut sie gern zu Knaben hin …‹, irgendetwas Passendes wird mir schon einfallen.«

»Du spinnst!«, sagte ich und musste lachen.

»Huhu, Charlotte, Justus, kommt her. Ich werde gleich meinen Brautstrauß werfen!«, rief meine Mutter lautstark durch den Garten.

»Eines muss man ihr lassen. So schnell gibt sie nicht auf!«

Allerdings. Sie hatte auch eine Busenfreundin namens Marlene, die ihr im Nacken saß.

»Sag mal, Charlotte. Wann sagen wir denn deiner Mutter, wer ich wirklich bin?«

»Hm, deine Familiengeschichte wird ihr die gesellschaftliche Vormachtstellung für mindestens zwei Monate sichern. Ich würde sagen, das bekommt sie von uns zum Geburtstag, falls die Medien es nicht schon früher herausfinden.«

Justus zwickte mich. »Du und deine Freunde seid doch die Medien!«

»Ja, und wenn du mich noch mal zwickst, fliegt die Tarnung morgen auf, Herr Dornbaum!«

»Uuuuuh! Jetzt habe ich aber Angst!«

»Das solltest du auch! Ich habe dich nämlich in der Hand!«, triumphierte ich.

Er setzte sein unverschämtes Grinsen auf. »Glaub mir, das ist ein verdammt gutes Gefühl!«

Danksagung

Ich danke Hagen, meinen Eltern, meinem Bruder Henning, der Agentur Schlück, besonders Tanja »Tanina« Heitmann und Bastian Schlück, Karin Schmidt, Sylvia Gredig, Nicola Bartels, Norbert Sindram, Manou, Jochen, Pia, Franz, Helga, Atha, Kochi, Nicola und Winston.

Für alle um die dreißig, die ihre biologische Uhr zwar hören, aber trotzdem normal ticken

Anke Greifeneder
KLATSCHMOHN
Roman
288 Seiten
ISBN 3-404-15191-7

Klatsch und Tratsch sind das Lebenselixier von Pia Mohnhaupt. Und so kann sie ihr Glück kaum fassen, als ihr das Schicksal den begehrtesten Mann der Republik in die Hände spielt: Talkmaster Leander Bergland. Der Stammplatz in Gala & Co scheint Pia sicher, und auch Familie und Freunde sind entzückt. Aber dann muss Pia feststellen, dass sich das Goldstück als harte Nuss entpuppt, denn der Prachtkerl nutzt sie schamlos für seine Zwecke aus. Pias neurotische, aber sehr loyale Freundinnen schwören Rache. Und so legt das Trio infernale los …

Bastei Lübbe Taschenbuch

Marsha Mellow weckt Ihre sündigen Seiten – dieses Buch werden Sie vernaschen!

Maria Beaumont
MARSHA MELLOW
UND ICH
Roman
384 Seiten
ISBN 3-404-15352-9

Amy hat einen langweiligen Job, eine spießige Mutter, einen sexbesessenen Exfreund – und keinen Sex. Aber Amy hat ein süßes Geheimnis ...

Marsha Mellow weiß alles über Sex, ist Autorin eines erotischen Bestsellers und Londons neue Sexgöttin. Doch niemand hat sie je gesehen ...

Amy hatte ein Geheimnis. Jetzt hat sie ein riesengroßes Problem. Denn wahre Sexgöttinnen sind selten – und ausgesprochen schwer zu verstecken!

Eine umwerfend komische Verwicklungskomödie: süß, stark und zum Vernaschen frei gegeben!

Bastei Lübbe Taschenbuch